Susanne Mischke

# Wer nicht hören will, muß fühlen

Roman

Piper
München Zürich

Von Susanne Mischke liegen außerdem vor:

Die Eisheilige (SP 3053)
Freeway (SP 2756)
Stadtluft (SP 1858)
Der Mondscheinliebhaber (SP 2828)
Mordskind (SP 2975)

ISBN 3-492-04241-4

Gesetzt aus der Bembo
Satz: Uwe Steffen, München
Druck und Bindung: Graph. Großbetrieb Pößneck, Pößneck
Printed in Germany

Schlachtabfälle, Eingeweide von Tieren und Geflügel, wie sie im Haushalt oder in größeren Mengen in Schlachthäusern abfallen, sind doppelt so gehaltreich wie reiner Stallmist, müssen aber verfaulen, sie sind frisch zu scharf. Deshalb auf den Komposthaufen damit!

*Boettners Gartenbuch, 1969*

# I

»Die sind von einem Schwein«, sagt Frau Pauly.

»Einem Schwein?« fragt Rosa.

»Ja, einem Schwein.«

»Das sind keine Schweineknochen.«

»Ein Hund wird sie verbuddelt haben.«

Beide senken den Blick in das Erdloch.

»So tief gräbt kein Hund.«

Frau Paulys schmächtiger Brustkorb hebt sich, als sie verärgert schnauft.

»Nun gut. Wir haben sie vergraben. Damals, nach dem Krieg. Hier wurde ab und zu schwarz geschlachtet, unten, in der Waschküche.«

»Das sind keine Schweineknochen«, wiederholt Rosa.

»Hunde hatten wir auch. Zwei Riesenschnauzer, Terry und Harry, und davor mal einen Spitz. Das war ein ganz scharfer. War auch gut so, sonst hätten die uns alles geklaut.« Frau Paulys Arm beschreibt einen Bogen von der gestutzten Thujenhecke im Norden über die noch kahlen Rosen hinweg bis zu den baumhohen Hibiskussträuchern an der südlichen Grundstücksgrenze. »Das war mal ein Acker. Kartoffeln, Rüben, Kohl. Können Sie sich das vorstellen?«

»Nein.«

»Wir waren darauf angewiesen, zum Überleben. Und zum

Tauschen. Wie hieß er nur? Fällt mir schon noch ein. Spitze sieht man jetzt kaum noch. Sind nicht mehr in Mode, was?«

Rosa deutet auf die erdverschmierten Knochen, die auf dem Aushub neben der Grube liegen.

»Das hier war jedenfalls ein Mensch.«

Frau Pauly läßt den Blick schweifen, als betrachte sie zum erstenmal die Rhododendren, den Kirschbaum und die Kletterrosen, die sich verspielt am Pavillon hochranken. Es ist eine frühblühende Sorte, cremefarben.

»Der Pavillon müßte mal wieder gestrichen werden.«

»Hier ist ein Stück vom Becken. Das da sind Rippen. Und das ist ein Wirbel ...« Rosa tippt jedes angesprochene Teil mit der Schaufel des Spatens an. Dann bückt sie sich und streckt Frau Pauly etwas Langes, Schmutziges hin. »Der Oberschenkel. Die halten sich immer am besten.«

»So. Tun sie das?«

»Ja.« Rosa neigt den Kopf und schaut ihrem Gegenüber in die Augen. Sie mochten einmal braun gewesen sein, vielleicht auch grün, nun ist die Farbe verwässert.

»Frau Pauly, der Bursche da ...«

»Wieso Bursche?« fährt Frau Pauly dazwischen.

Rosa hebt ihr rechtes Knie und hält den Knochen neben ihren Schenkel. »Viel länger als meiner. Und das ohne Kniegelenk. Das muß ein Mann gewesen sein. Ein größerer, für damalige Verhältnisse. So, wie der beeinander ist, liegt er bestimmt schon dreißig, vierzig Jahre da drin.«

Sie ist sich mit der Datierung der Gebeine längst nicht so sicher, wie sie vorgibt. Ihre einzige Erfahrung mit einem Fund dieser Art liegt fünfundzwanzig Jahre zurück, und sie erinnert sich nicht gerne daran.

»Mein Mann war groß«, bemerkt Frau Pauly. »Aber der liegt nicht hier im Garten. Er ist auf dem Waldfriedhof. Er war immer für Ordnung.«

»Und wer ist dann der da? Ein lästiger Liebhaber?«

»Jackie!«

»War er ein Ami?«

»Ein Ami?« wiederholt Frau Pauly begriffsstutzig.

»Also Jackie«, hält Rosa fest. »Und wie weiter?«

»Nur Jackie. Seit wann haben Hunde Nachnamen?«

»Wieso Hunde?«

»Ich habe Ihnen doch eben von unserem Spitz erzählt. Sie sind heute ein wenig zerstreut, liebe Rosa. Man könnte meinen, Sie haben Alzheimer!« Frau Pauly strafft die Schultern und reckt ihr schroffes Kinn. »Und überhaupt: Wie kommen Sie dazu, riesige Löcher in meinen Rasen zu buddeln?« Sie deutet auf die Grube und hebt streng die Augenbrauen, die nur noch in Form zweier zittriger Linien aus braunem Kajal existieren.

»Ich bin die Gärtnerin«, setzt Rosa dagegen. »Schon vergessen?«

»Werden Sie nicht süffisant.«

»Tut mir leid.« Das ist aufrichtig gemeint. Sie hat Respekt vor dieser Frau, einer Dame zweifellos, auch wenn sie etwas bizarr aussieht: Stets trägt sie taubengrauen Lidschatten und einen Lippenstift, den Rosa für Frau Paulys Alter zu grell findet. Das nußbraun gefärbte Haar trägt sie offen, es ist über schulterlang und an den Spitzen fedrig dünn. Ein wie mit einem Säbel abgeschnittener Pony verdeckt bis zur Hälfte die hohe Stirn mit den tiefen Furchen.

»Ich bin noch nicht so vertrottelt, wie es einige Leute gerne hätten.« Frau Pauly verschränkt trotzig die Arme, wobei ihre Hände in den Ärmeln einer eierlikörgelben Kaschmirjacke verschwinden. Der Farbton harmoniert mit dem Schottenkaro ihres wollenen Faltenrocks, den sie über schwarzen Wollstrumpfhosen trägt. Bis dahin findet Rosa Frau Paulys Garderobe ganz in Ordnung, aber unterhalb der Knie schlottern weiße Kniestrümpfe mit Lochmuster um ihre spatzendünnen Fesseln, und die Füße stecken in flachen, beigefarbenen Lackschuhen mit silbernen Spangen.

»Also, raus damit! Wonach haben Sie gesucht?«

»Ich habe nichts gesucht, Frau Pauly.«

»Wozu dann diese Verwüstung?«

»Ihre Schwiegertochter sagte mir, daß Sie an diese Stelle einen Pfirsichbaum gepflanzt haben wollen«, erklärt Rosa ruhig und zeigt auf die dürre, zwei Meter hohe Staude im Plastikeimer.

»Das soll ich gesagt haben?«

»Und wie ich das Pflanzloch aushebe, finde ich diese Knochen.«

»Einen Pfirsichbaum? Mein Sohn ißt doch gar keine Pfirsiche. Die sind ihm zu pelzig. Höchstens Nektarinen. Als Kind mußte ich ihm immer die Schale abmachen, damals gab es noch keine Nektarinen, Ende der Vierziger. Noch nicht mal in den Fünfzigern. Die erfand man erst viel später.«

»Vielleicht ißt sie selbst gerne Pfirsiche. Oder Sie vielleicht?«

»Mir kommt da kein Pfirsichbaum hin! Ich will, daß alles so bleibt, wie es früher war. Genau so.«

»Kartoffeln, Rüben, Kohl?«

»Unsinn!« Frau Pauly fuchtelt unwirsch mit der Hand. Ihre Nägel sind perlmuttfarben lackiert. »Nicht, wie es nach dem Krieg war. Sondern früher. Am Anfang.«

»Es ist schwierig, einen Garten zu konservieren, Frau Pauly. Pflanzen verändern sich nun mal.«

Frau Pauly antwortet nicht, und auch Rosa schweigt. Ihr Blick verfängt sich im Frühlingsgrün, Frau Paulys in der Vergangenheit.

Der Garten. Kamelien, die nicht mehr da sind, englische Rosen am Erker, eine Sorte, die es nicht mehr gibt. Eine warme Nacht im September: In den Bäumen weiße Girlanden über weiß gedeckten Tischen. Die vielen schönen Frauen. Die einen tragen Feengewänder, andere Kleider, die verboten schwarz und eng sind. Eine rezitiert im Schein zweier Fackeln traurige Gedichte unter dem Mandelbaum, den es auch nicht mehr gibt. Ihr Gesicht ist kalkweiß mit Augen wie Kohlen, ihr Kleid eine einzige schwüle Männerphantasie. Im großen Zimmer, das Salon genannt wird, sitzt ein Mann im Frack an einem lackschwarzen Klavier. Dissonante Klänge verschmelzen mit dem Gesprächslärm, dem Gurren und Lachen, den Schmeicheleien und Streitereien. Ein Paar tanzt in ekstatischen Verrenkungen, ein anderes huscht die Treppe hinauf, im Nebenzimmer wird über Politik debattiert und Billard gespielt. Es wird reichlich geraucht, Zigarren, und getrunken, Kognak und Champagner, *Veuve Clicquot*. Wie hieß nur der Kognak? Jakob muß dem Mädchen helfen, Tabletts mit Häppchen und Gläsern in den Garten zu tragen, Luise wandert in dem großen Haus herum und öffnet eine falsche Tür. Da ist ein Geräusch, ein schweres Atmen, ein glucksendes Lachen. Luise muß jetzt einfach stehen bleiben, Augen und Ohren weit aufgesperrt. Irgendwo im Raum brennen drei Kerzen, drei schwebende Sterne in einem großen Spiegel. Etwas Helles bewegt sich hinter einer Bettlade aus Eisenschnörkeln, deren verschlungene Schatten die Wände mit Ornamenten verzieren. Gehauchte Worte, das Flüstern von Seide. Jetzt erkennt Luise zwei entblößte Knie, die wie weiße Berge aufragen, eine zuckende Hand.

Sie hält den Atem an. Das Gesicht mit den Höhlenaugen wird für einen Moment deutlich sichtbar, es schwebt wie ein Vollmond zwischen den beiden Marmorschenkeln, ein Stöhnen veranlaßt Luise, auf die Knöchel ihrer Faust zu beißen. Dann fällt ein dunkler Haarvorhang.

Lene, die kennt sich mit solchen Sachen aus. Theoretisch. Beim Ballett seien die Männer alle schwul, damit müsse sie, Lene, sich als künftige Primaballerina beizeiten abfinden.

Aber wie ist das bei Frauen? Ist denen so etwas erlaubt? Gehören diese schlanken Finger, die sich gerade in einen fleischigen Hintern krallen, einer Kriminellen? Ist die Kohlenäugige, die jetzt eine Billardkugel in der Hand hält, sie kurz mit den Lippen berührt und sie dann …

»Die rosa Blüten werden sich vor dem weißen Pavillon gut machen«, bricht Rosa das Schweigen, denn sie verspürt wenig Lust, den Baum wieder abzutransportieren.

Frau Pauly schaut sie an wie eine Schlafwandlerin, die man gerade vom Dach geholt hat.

»Es war die Acht.«

»Die Acht?«

»Ach, nichts. Der Pavillon müßte dringend gestrichen werden.«

»Das sagten Sie schon. Ich werde mich darum kümmern.«

»Ein Mandelbaum wäre auch gegangen.«

»Wie?«

»Wegen der rosa Blüten.«

»Kann schon sein. Was machen wir jetzt mit den Knochen?«

»Warum wollte Gertrud den Pfirsichbaum?« insistiert Frau Pauly.

»Keine Ahnung. Sie sagte auch was von noch mehr Rosen und einem Gartenfest zu Ihrem Achtzigsten.«

Frau Pauly schüttelt energisch den Kopf. »Nichts da. Wenn ich gestorben bin, kann sie alles auf den Kopf stellen. So lange muß sie noch warten. Sagen Sie ihr das, wenn sie Sie das nächste Mal dazu anstiftet, den Garten zu verwüsten.«

Rosa verdreht die Augen himmelwärts. An manchen Tagen kann Frau Pauly ziemlich anstrengend sein.

Frau Pauly hebt die Hand an den Mund und wispert: »Wissen Sie, manchmal hat sie nicht alle beisammen.«

Das gleiche hat Gertrud Pauly über ihre Schwiegermutter auch gesagt, und im Prinzip ist Rosa geneigt, beiden zu glauben. Aber möglicherweise ist das Theater wegen des Baumes nur ein Ablenkungsmanöver, da die Hausherrin offensichtlich gar nicht gern über den Fund in ihrem Garten sprechen will. Rosa wirft den Schenkelknochen ins Gras, stößt den Spaten in die Erde und holt tief Atem. Sie bemüht sich, ihre ganze

Entschlossenheit in Haltung und Stimme zum Ausdruck zu bringen: »Frau Pauly. Wer ist der Tote da?«

Die alte Dame senkt den Kopf, ihre Nackenwirbel stechen unter dem dünnen Haar hervor wie Zahnräder. Sie scheint nachzudenken.

Schließlich verkündet sie feierlich: »Ich hab's vergessen.«

Sie wendet sich um und tippelt in ihren Kleinmädchenschuhen über den Rasen in Richtung Haus.

»Was soll ich denn jetzt damit machen?« ruft ihr Rosa nach.

»Zurück ins Loch«, befiehlt Frau Pauly, ehe sie durch die Terrassentür schlüpft. »Und kein Wort davon zu meiner Schwiegertochter!«

Nachdenklich auf den Spatenstiel gestützt, steht Rosa vor einem Problem. Ehe Gertrud Pauly zur Kartoffelkur in die Eifel entschwand, hat sie Rosa genau gezeigt, wo der neue Baum hin soll. Er soll ein gleichschenkliges Dreieck mit dem Kirschbaum und dem Pavillon bilden. Das Wort »gleichschenklig« ist Rosa im Gedächtnis geblieben, weil früher an dieser Stelle im Mathematikunterricht immer gekichert wurde. Wenn man nur Gertruds Mann um Rat fragen könnte. Rosa sieht Herrn Pauly gischtbesprüht in den Wanten hängen, die Situation ist kritisch, doch der Pensionär hat die Elemente im Griff, er spürt den Wind (Stärke sieben bis acht) im graubärtigen Gesicht, er bläst ihm gerade den letzten Aktenstaub aus dem Hirn, endlich Freiheit und Abenteuer, da dudelt das Handy unter seinem Friesennerz. Eine Sturmwarnung vom Wetterdienst? Nein, es ist die Gärtnerin seiner Mutter, die ihm etwas von Pfirsichbäumen, gleichschenkligen Dreiecken und Knochen erzählt.

Lieber nicht.

Sie raucht eine Selbstgedrehte und entscheidet sich dann für Frau Pauly seniors Vorschlag. Immerhin arbeitet sie noch für die alte Dame. Sie wird das Loch ein wenig tiefer und breiter machen, die Gebeine zurück an ihren Fundort legen und den Baum obendrauf setzen. Die beste Lösung, findet sie, auch für den Toten. Es gibt häßlichere Orte, um begraben zu sein.

Sie gräbt noch nicht lange, als der nächste Knochen sichtbar wird. Eine Rippe. Beim nächsten Stich findet sie den Schädel.

Rosa macht sich die Mühe und spritzt ihn mit dem Gartenschlauch ab. Er ist bräunlich verfärbt, aber sonst gut erhalten, nur der Unterkiefer fehlt. Rosa wendet sich um in Richtung Haus und hält den nassen Schädel wie eine Monstranz vor sich hin. Sie ist sicher, daß Frau Pauly hinter irgendeiner Gardine auf der Lauer liegt. Aber nichts rührt sich, nur Vogelgezwitscher durchbricht die Stille.

Rosa legt den Schädel auf die zierliche Eisenbank vor dem Pavillon und setzt sich neben ihn. Sie raucht noch eine. Das mit dem Schädel ist doch etwas anderes. Sie kann den Pfirsichbaum jetzt nicht mehr einfach in die Grube setzen, als ob nichts wäre. Denn da ist etwas. Ein Mensch, der gelebt hat, geatmet. Wurde er das Opfer eines Verbrechens? Gut möglich. Sonst würde er ja auf einem Friedhof liegen, wie es sich für Tote gehört, und nicht hier im Garten. Wie auch immer, beschließt Rosa, er soll ein richtiges Grab bekommen.

Ein richtiges Grab. Seit ihrem siebten Geburtstag wünscht sie sich ein richtiges Grab für ihre Mutter. Mit einem Stein, vielleicht sogar einer Figur, und einer Inschrift in Goldbuchstaben: Hier ruht Hemma Ganni, geborene Semper… Ein Grab, das man bepflanzen und gießen kann, ein Ort, an dem unsichtbare Drähte oder Strahlen direkt vom Himmel münden, wie eine unsichtbare Telefonleitung, durch die der Tote ansprechbar, quasi erreichbar, bleibt.

Eine tote Mutter wäre gar nicht so schlimm gewesen. Eine tote Mutter wirft keine Fragen auf, höchstens nach dem Wie und dem Wann. Zwei klare, knappe Antworten, und dann wird man zum Gegenstand reinen Mitleids ohne den Beigeschmack von Neugier und Sensationslust.

Sie drückt die Zigarette aus und hält ihre Hand über den Schädel, als wolle sie ihn tätscheln, aber sie sagt nur: »Keine Sorge, wir finden schon was für dich.«

Tatsächlich steht Luise Pauly hinter der blauen Gardine ihres Schlafzimmers und sieht mit zusammengepreßten Lippen zu, wie ihre Gärtnerin neben dem Schädel auf der Bank sitzt und raucht. Ab und zu scheint sie etwas zu ihm zu sagen, aber da ist sich Frau Pauly nicht ganz sicher. Jetzt drückt Rosa die Zigarette auf der Bank aus, schnippt sie in Richtung Komposthaufen und steht auf. Sie ist groß und breitschultrig, ihr tabakbraunes Haar ist von künstlichen blonden Strähnen durchzogen. Ein hübsches Ding, aber kein Stil, denkt Frau Pauly. Woher auch, wenn die Mutter fehlt.

Rosa fängt erneut an zu graben. Einmal bückt sie sich und legt etwas beiseite, es sieht aus wie ein Unterkiefer. Dann verschwindet sie aus Frau Paulys Blickfeld und kommt mit einer leeren Plastiktüte mit dem Aufdruck *Humuserde – Beste Gärtnerqualität* zurück. Sie sammelt die Knochen ein und stochert anschließend mit dem Rechen im Aushub. Warum tut sie nicht, was ich ihr gesagt habe? Was sollen die Knochen in dem Plastiksack? Eigensinnige Person! Und jetzt? Jetzt geht sie einfach. Macht pünktlich um fünf Uhr Feierabend. Nimmt den Sack mit, läßt den Baum im Eimer und das Loch im Rasen. Es hat inzwischen die Größe einer Badewanne. Oder eines Sargs.

Rosa hüpft von Grab zu Grab. Wasser schwappt aus der Gießkanne auf die nagelneuen roten Sandalen – Größe 33 –, die Hemma für sie im Sommerschlußverkauf erstanden hat. Die rechte ist schon ganz naß. Drei Spritzer je Grab. Im Namen des Vaters, des Sohnes und des heiligen Geistes. Das hat sie neulich bei einer Beerdigung gesehen. Der Priester verwendete sogar eine spezielle Grabspritzbürste. Rosa hat nur eine

Spülbürste mit platten Borsten, aber das geht genauso gut. Sie gibt sich der Vorstellung hin, ihre Fürsorge muntere die Verstorbenen für eine Weile auf – einen Tag vielleicht, oder eine Nacht, sofern der Unterschied für die da unten überhaupt feststellbar ist. Sie verrichtet ihr Werk systematisch und im Akkord. Drei Spritzer je Grab, denn die Drei ist *die* Zahl. Drei Wünsche gewährt die Fee, im Himmel thront die heilige Dreifaltigkeit, drei goldene Haare hat der Teufel. Tick, Trick und Track. Vater, Mutter, Kind …

Drei Spritzer je Grab, eine Reihe nach der anderen. Stets hofft sie, alle Toten zu beglücken, ehe Hemma mit dem Gräberrichten fertig ist, aber es gelingt nie. Es sind zu viele. Sie merkt sich den letzten Grabstein, um beim nächstenmal dort weiterzumachen, aber oft findet sie den Stein nicht mehr, weshalb sie sich beeilt, lesen zu lernen. Mit fünfeinhalb kann Rosa die meisten Grabinschriften entziffern und beherrscht das Dreier-Einmaleins bis fünfzehn.

Doch das neu erworbene Wissen schafft neue Erschwernisse. Rosa entdeckt, daß in manchen Gräbern mehrere Tote liegen, und aus Gründen der Parität verlangen diese Gräber nach drei Wasserspritzern *pro Person*. Rosa sieht sich gezwungen, sich vor jeder Grabbespritzung über die Belegung zu informieren, wobei das Lesen der Namen ungleich mehr Zeit in Anspruch nimmt als die Beweihwässerung.

Der Totengräber ist taubstumm, Rosa versteht sich gut mit ihm. Zwei Wochen vor ihrem siebten Geburtstag schenkt er ihr ein paar Knochenstücke, die bei einer Umbettung vergessen wurden. Rosa wundert sich, daß die Knochen nicht weiß sind, sondern erdbraun. Sie steckt sie in die geräumige Tasche ihrer orangefarbenen Latzjeans und zu Hause, als ihre Mutter im Laden ist, in die Spülmaschine. Die Maschine ist nagelneu, erst kürzlich angeschafft, »wegen dem Baby«, wie Hemma Enzo gegenüber argumentierte. Es soll und wird ein Junge werden. Ihre Eltern sprechen jedenfalls von »ihm«, und das andauernd. Vor allem ihr Vater. Sie weiß nicht, was an einem Jungen so Besonderes sein soll, daß man seinetwegen eine Spülmaschine von AEG im Haus haben muß, aber immerhin weiß Rosa bereits, wie man das Gerät einschaltet.

*Laden zu vermieten* steht auf dem verblichenen Schild hinter der Scheibe, und man braucht nur einen Blick auf die staubigen Fenster und den leeren Verkaufsraum zu werfen, um zu erkennen, daß die Geschäfte hier schon seit längerer Zeit ruhen. Die Blechbuchstaben *Gärtnerei Semper* an der Front des Gebäudes sind verrostet, rotbraune Spuren ziehen sich über den grauen Putz, der am Sockel Blasen wirft. Ihre Mutter wollte einen grasgrünen Neonschriftzug haben, aber dazu ist es nicht mehr gekommen.

Rosa parkt den Wagen vor der Ladentür und folgt dem holprigen, bemoosten Betonplattenweg, der um das Gebäude herum führt, zu einem unproportionierten Anbau. Das flache Rechteck ist zu groß für das kleine spitzgiebelige Haupthaus und zu klein für die großflächigen Fenster. Panoramafenster, wie sie in den Sechzigern Mode waren. An der Haustür, unter dem Schild *Komme noch heute wieder, Rosa*, klebt ein kleiner gelber Zettel: *Habe vielleicht eine Spur. Komm doch mal rauf. J.* Sie dreht sich um. In der Dachwohnung, die über dem Laden liegt, sind die Rolläden heruntergelassen. Wie immer. *Vielleicht eine Spur.* Sehr vielversprechend klingt das nicht, aber wenn ihr überhaupt einer helfen kann, dann Jochen. Sie macht sich nicht viele Hoffnungen, versucht, sich überhaupt keine zu machen, zwingt sich zur Gelassenheit, indem sie beschließt, sich erst morgen darum zu kümmern. Nach so vielen Jahren kommt es auf einen Tag nicht an. Außerdem hat sie heute schon etwas vor.

Sie schlüpft aus den Arbeitsklamotten, schaltet in der Küche das Radio und im Bad den Elektroboiler ein und brüht sich einen Instant-Cappuccino auf. Die Kaffeedose ist schon seit Tagen leer, es macht ihr nichts aus, heute nicht. Ronald will mit ihr Essen gehen, so ganz außer der Reihe, mitten in der Woche, einfach so. Sie setzt sich auf einen der drei Küchenstühle und lackiert sich die Zehennägel dunkelblau. Im Radio werden deutsche Schlager abgenudelt. Die getigerte Katze nimmt Reißaus. Das Tier hat Geschmack, erkennt Rosa.

*Eine neue Liebe ist wie ein neues Leben …*

Rosa dreht sich eine Zigarette und steckt sie sich an, während sie mit gespreizten Zehen auf dem Stuhl hockt. Sie schaut erst ihre Füße an – ihre Zehen sind zu lang, findet sie – und dann ihre Küche. Sie erprobt einen neuen, einen distanzierten Blick, als wäre sie eine Besucherin. Blümchentapete (verblaßt), orangefarbene Wandfliesen (verkalkt), Nirostaspüle (zerkratzt und verbeult), darüber ein kleiner Boiler (ein Stromfresser), eine höhlenartige Lücke unter der abgestoßenen Kunststoffarbeitsplatte, wo die Spülmaschine war und nun der Putzeimer steht, ein Hängeschrank in Babyhellblau mit geriffeltem Glas (dahinter ein Geschirrmix aus Ikea und Woolworth). Ein nagelneuer Kühlschrank, viel zu groß für eine Person, ein Schnäppchen mit kleinen Lackschäden, die man nur sieht, wenn man's weiß. Er steht auf einem ockerfarbenen Fliesenboden mit verschmutzten Fugen. (Sein Inhalt besteht im wesentlichen aus Tomaten- und Zucchinisoße.)

*Schalala lalala …*

Rosa summt mit. Warum will er wohl so ganz außer der Reihe, mitten in der Woche, mit ihr Essen gehen? Auch noch ins *Weststadt*. Ich werde das rote Kleid anziehen, das mit dem Wahnsinnsausschnitt, und die neuen Schuhe, oder vielleicht …

Sie steht abrupt auf. Rosa, du Gans! Du bildest dir doch hoffentlich keine Schwachheiten ein? Es wird enden, wie es immer endet. Sie geht zum Radio und würgt das Geräusch ab. Trotzdem kann sie nicht verhindern, daß gewisse Bilder in ihrem Kopf herumgeistern. Die von der allerkitschigsten Sorte.

Rosa fährt mit dem Zeigefinger an der Tischkante auf und ab und hört Ronald zu. Schon zum drittenmal benutzt er das Wort »Karrieresprungbrett« – und zum drittenmal sieht ihn Rosa auf einem Dreimeterbrett über einem türkisglitzernden Schwimmbad stehen. Er schwärmt von Reisen, einem Dienstwagen. Es klingt wie ein Refrain. Zukunftsmusik.

Die Kellnerin serviert den Hauptgang. Fisch für Rosa, Lamm für Ronald, eine neue Flasche Rotwein für beide.

Sie stoßen an. Ronald beschwört die Schönheit des Sees, das internationale Flair der Stadt, beklagt die Immobilienpreise, füllt zum dritten- oder viertenmal Rotwein in Rosas leeres Glas. Er trinkt fast nichts, er ist der Fahrer.

Ronald nimmt ihre Hand, die zur Faust verkrampft neben dem Teller mit der Seezunge auf Limettenschaum liegt, und küßt sie. Er redet und redet, und als er endlich einmal schweigt, sieht er sie erwartungsvoll an.

»Jetzt sag doch auch mal was!«

Aber Rosa kann nichts sagen, sie kämpft gegen das Kribbeln in der Nase, das Beben der Lippen, die Klammer in der Kehle. Das Aufstehen ist ein Kraftakt, die Erdanziehung hat sich verdoppelt. Sie hat beinahe vergessen, daß es auch körperlich weh tut.

Hemma Ganni schaut verstohlen auf ihre Armbanduhr. Nur die Dame mit dem schwarzen Hut ist noch im Laden. Sie erscheint in letzter Zeit regelmäßig freitags kurz vor Ladenschluß und kauft einen Strauß in mittlerer Preislage. Heute schwankt sie zwischen Gerbera und Schwertlilien und verwickelt Hemma dabei in ein persönliches Gespräch, was selten jemandem gelingt. Unterhaltungen mit der Kundschaft, die über das Floristische hinausgehen, manövriert Hemma geschickt ins allgemeine.

»Wie soll es denn heißen?« will die Dame mit dem schwarzen Hut wissen.

»Vielleicht Carlo.«

»Carlo gefällt mir, ›Vielleicht‹ ist etwas ausgefallen. Und wenn es ein Mädchen wird?«

»Es wird kein Mädchen.«

»Davon bitte sieben Stück mit ein bißchen Grünzeug dabei.« Die Dame deutet auf die Schwertlilien. »Wann ist es denn soweit?«

»In fünf Wochen.«

»Hoffentlich bekommt es ihr schönes dunkles Haar.«

Vielleicht sollte man die Beleuchtung im Laden ändern, überlegt Hemma. Ihr Haar ist braun, ein schlichtes, bescheidenes Braun, weder hell noch dunkel.

»Bestimmt bekommt er schönes Haar. Wenn nicht von mir, dann von seinem Vater. Papier oder Folie?«

»Papier. Wie geht es der Frau Semper?«

Hemma wickelt den Strauß ein und nimmt den Geldschein entgegen. Die Frage stellt die Dame jede Woche. Anscheinend ist sie eine Stammkundin ihrer Mutter, die bis vor wenigen Wochen den Laden regierte.

»Unverändert«, antwortet Hemma mit unbewegtem Gesichtsausdruck, und die Dame lächelt, als hätte sie eine gute Nachricht vernommen, nimmt das Wechselgeld und ihren Strauß und geht, einen Gruß murmelnd, durch die bimmelnde Ladentür.

Kaum ist die Kundin draußen, schließt Hemma den Laden ab und eilt über die frisch gelegten Betonplatten. Sie muß für Rosa und Enzo das Abendessen vorbereiten, sie selbst will noch ins Krankenhaus, ehe sie dort keinen Besuch mehr hineinlassen.

Mit raschen Schritten betritt sie die Küche. Rosa kauert mit angezogenen Beinen auf dem Eßtisch und sieht fasziniert zu, wie aus den Türritzen der Maschine Schaum auf die ockerfarbenen Fliesen quillt und sich dort zu Bergen türmt. Sie bemerkt ihre Mutter erst, als die einen kleinen Schrei ausstößt und im knistrigen Weiß versinkt. Rosa muß lachen.

Rutschend rappelt sich Hemma auf und holt zu einer Ohrfeige aus, was sie beinahe erneut aus dem Gleichgewicht bringt, aber kurz vor dem Ziel läßt sie die Hand sinken. Sie schimpft nicht, sondern krümmt sich über die Spüle und verzieht das Gesicht zu einer Grimasse, als hätte sie am Grund des blankgescheuerten Stahlbeckens etwas Scheußliches entdeckt. Rosa hat aufgehört zu lachen.

In der Nacht wird Hemma von Enzo in das Krankenhaus gefahren, in dem schon die Großmutter liegt.

Morgenlicht sickert durch das Blau der Gardinen. Luise ist schlecht. Vom *Veuve Clicquot* und all dem anderen Zeug. Sie liegt auf seinem Bett in ihrer Unterwäsche, und für einen Augenblick muß sie an das andere Zimmer denken und wie sie die Treppe hinunter taumelt, nach dem erstbesten Glas greift, das man ihr entgegenstreckt, und es auf einen Zug leert. Und gleich noch eins. Eine Hand auf ihrer Schulter, man nimmt ihr das Glas aus der Hand. Jakob. Berühr mich und küß mich, küß mir die Bilder von den Augen, die schaurigschönen, verbotenen Bilder, tanz mit mir, drück mich ganz fest an dich!

Jetzt liegt Jakob zusammengerollt wie eine Katze in einem tiefen Ohrensessel unter einer Wolldecke. Sie streicht eine dunkle Locke aus seiner blassen Stirn und küßt die freigewordene Stelle.

Er seufzt. Sie schlüpft in ihre Kleider, die ordentlich über einem Stuhl hängen, neben Jakobs Anzug, seinem Hemd, seiner … Erschrocken sieht sie an sich hinunter, greift sich zwischen die Beine. Ihr wird erneut übel. Was, wenn er … Aber das müßte sie doch merken. Oder? So was merkt man doch, oder, Lene? Wo ist die Expertin, wenn man sie braucht? Das Bettlaken ist sauber. Nein, was für eine Idee, Jakob würde niemals … Aber wenn er ebenfalls betrunken war? Wenn er ist wie … wie die anderen hier? Sie schämt sich sofort für diesen Gedanken, und ihr wird jetzt in raschem Wechsel heiß und kalt. Sie öffnet die Tür, ihre Hand hinterläßt einen flüchtigen feuchten Fleck auf der polierten Messingklinke. Gott, ist mir übel. Sterben will ich, sterben. Aber nicht hier. Nicht im Tod würden mir die Eltern das verzeihen. Ich muß es bis zu Lene schaffen. Die Holztreppe knarrt, daß es durch das ganze Haus tönt, aber außer ihr scheint niemand wach zu sein. Im Erdgeschoß stinkt es nach erkaltetem Zigarrenrauch und abgestandenem Alkohol. Sie erreicht gerade noch die Küche, ehe der Champagner seinen Weg zurück in den silbernen Kübel nimmt, in dem er Stunden zuvor serviert worden war. Sie säubert das Gefäß und sich selbst, dann hastet sie durch den stillen, kühlen Morgen hinunter ins Dorf.

Als Rosa wach wird, ist ihr Kopf einen Augenblick lang wie leergefegt. Dazu kommt ein ausgedörrtes Gefühl im Mund, vom Geschmack gar nicht zu reden. Sie ist froh um die Stiche im Kopf, die einsetzen, sobald sie sich bewegt, als hätte sie ein Messer im Schädel. Vielleicht können sie verhindern, daß die Bilder zu schnell ins Bewußtsein sickern, vielleicht bleiben noch ein paar Minuten, in denen sie denken kann: ich habe einen Kater, bloß einen Kater. Sie kennt das: Das Aufwachen ist das Schlimmste, wenn einen die Realität mit voller Wucht erwischt.

Sie richtet sich auf, sehr langsam, die Augen läßt sie noch zu, es gilt, schnelle, unkontrollierte Bewegungen zu vermeiden, doch dann fährt sie mit einem heftigen Ruck in die Höhe und reißt die Augen auf. Ein Geräusch. Ein Brutzeln, Zischen und Röcheln. Es kommt aus der Küche. Ronald? Kann nicht sein, nicht seit gestern. Und zweitens weiß – oder soll sie sich schon mal angewöhnen, von ihm in der Vergangenheitsform zu denken? –, wußte Ronald, daß die Espressokanne tabu ist, und das Geräusch *ist* die Espressokanne. Sie kann es jetzt riechen, die verbrannten Kaffeetropfen auf der Herdplatte, ohne die es nie geht. Sie steigt aus dem Bett. Das rote Kleid liegt als obszöner Kringel auf dem Flokati, das lange T-Shirt, in dem sie üblicherweise schläft, befindet sich in dem Berg Kleidung, der sich um einen Sitzsack aus Kunstleder herum sedimentiert hat. Sie schlüpft hinein, sie bewegt sich lautlos und vorsichtig, als wäre das Zimmer vermint. Die Tür ist offen, auch nicht üblich, sie schleicht über den schmalen Flur. Die Küche befindet sich gegenüber, durch den Spalt sieht Rosa einen ihrer Rohrstühle und neben dem stählernen Stuhlbein etwas Menschliches. Haarig. Ein Bein, ein Fuß, Schuhgröße 44, mindestens. Rosa stößt die Tür an, ein paar Zentimeter noch, dann wird sie anfangen zu knarren. Ein Hinterkopf mit dunkelbraunem Stoppelhaar, ein filigran gemeißeltes Ohr, eine Wange mit Dreitagebart, ein nackter Rücken, unbehaart. Sie macht die Tür auf. Der Mann dreht sich zu Rosa um, langsam, als wäre sein Hiersein etwas Selbstverständliches. Er hebt die Tasse an. »Schmeckt scheußlich.«

Er hat feine, gerade Augenbrauen, dunkler als das braune Haar, die Nase ist schmal und ein bißchen krumm, aber nur, wenn man genau hinsieht.

»Das Aroma läßt mit den Jahren ein bißchen nach.«

Er steht auf und kippt den Espresso in den Ausguß. Er muß Kanne und Kaffee aus dem hintersten Winkel des Schranks gezerrt haben. Ihr Vater war der letzte, der das Gerät benutzt hat.

Rosa geht ins Bad. Der Boiler ist bereits an. Auf der Toilette sitzend, den Kopf in die Hände gestützt, versucht sie, den gestrigen Abend von jenem Moment an zu rekonstruieren, als sie Ronald und seine Lammnüßchen im Kräutermantel im *Weststadt* zurückgelassen hat. Da wäre vor allen Dingen einmal *die* Frage. Sie hat keine einschlägigen Spuren an sich entdecken können, aber was heißt das schon, im Zeitalter von *safer sex*? Lieber Himmel, Rosa! Wie tief bist du schon gesunken, um dich *so was* fragen zu müssen? Wenn Papa dich jetzt sehen könnte, heilige Madonna!

Auf dem Sofa im Wohnzimmer liegt ein Haufen Bettzeug, und der Besucher steht vor dem geöffneten Kühlschrank und bestaunt den Inhalt: vierundvierzig Gläser mit rotem, achtundzwanzig mit grünem Inhalt. Tomaten oben, Zucchini unten. Ordnung muß sein. Dazu eine Tüte H-Milch und eine Tube scharfer Senf.

Seine Unterhose sitzt ziemlich knapp. Netter Hintern. Unter dem Küchentisch liegen ihre neuen Stilettos. Jetzt erinnert sie sich an den abgebrochenen Absatz und sieht sich durchs Industriegebiet humpeln, mißtrauisch beäugt von den Exotinnen der Straße, die in lockeren Abständen dastehen und auf Fremdenverkehr aus sind. Hätte Ronald nicht wenigstens ein Lokal wählen können, das in einer respektablen Gegend liegt? Ein Wagen hält, es ist nicht Ronald. Sie steigt in den Jeep, und sie und der Fahrer stranden an einer Wachstischdecke in den italienischen Nationalfarben, darauf kleine Tonvasen mit orangeroten Tagetes. Eine dürre Pizza mit Sardellen und Chianti aus der Korbflasche, ein Lautsprecher krächzt *Volare*.

Rosa wirft zwei Aspirin in ein Glas und füllt es mit Leitungswasser, während sie weiterhin versucht, die Erinnerungsfetzen zu einem Ganzen zusammenzufügen. Sie öffnet die Kaffeedose. Himmelherrgott! Ein total verwahrloster Haushalt ist das! Also wieder dieses Fertigzeug.

Er macht den Kühlschrank zu, dreht sich um und lächelt bedauernd, als wären die Zustände da drin seine Schuld. Zwischen seinen oberen Schneidezähnen klafft eine kleine Lücke. Olivgrüne Augen. Auch das noch.

»Wieso läufst du hier halbnackt herum?«

»Weil meine Sachen noch nicht trocken sind.«

»Sachen?«

»Der Rotwein«, hilft er ihr auf die Sprünge. »Das Glas, das du … das umgefallen ist und mir Hemd und Hose eingesaut hat.«

»Ah, ja.« Er scheint die Wahrheit zu sagen, seine Jeans und sein Hemd hängen über der Stuhllehne vor dem Heizkörper. Und es stimmt, da war noch was mit einer Weinflasche, hier, am Küchentisch …

»Die Heizung ist kalt«, gibt Rosa zu bedenken. »Das kann dauern.«

»Hast du einen Fön?«

»Im Bad.«

Er sammelt seine Klamotten ein. Rosa hört ihn im Bad hantieren, dann ertönt das gleichmäßige Dröhnen und Rasseln des uralten Föns, der noch von ihrer Mutter stammt.

»Nicht zu lange, sonst brennt er durch, und es gibt einen Kurzen!« schreit sie in Richtung Bad.

»Gibt's Kaffee?« fragt er, als er angekleidet zurück in die Küche kommt.

Statt einer Antwort hält ihm Rosa die leere Dose unter die Nase, worauf er sich wortlos umdreht und geht. Die Haustür klappt. Sie hört ihn fluchen. Wahrscheinlich ist er in eine tote Maus getreten, da wäre er nicht der erste. Schritte auf den Platten vor dem Fenster, ein Motor springt an.

Rosa macht sich einen Instant-Cappuccino und dreht sich eine Zigarette. Ein Zug, ein Schluck, bis die Tasse leer ist.

»Zum Kotzen«, sagt sie zu der schwarzen Katze, die zögernd herangeschlichen ist und sich am Tischbein reibt.

»Warum machst du es dann?«

Sie fährt herum. Ein bleiches Gesicht im Türrahmen. Als wäre ein Sarg aufgegangen.

»'tschuldige, hier war offen. Ich wollte dich nicht erschrekken.«

Rosa winkt mit einer müden Geste ab. »Setz dich.« Aber Jochen bleibt stehen, leicht gebückte Einsneunzig, schütteres Haar, eine Spur dunkler als seine Augenringe.

»Hast du meinen Zettel gefunden?«

»Nein«, schwindelt Rosa. »Ich komme heute abend zu dir rüber, ich habe saumäßige Kopfschmerzen.«

»Jajaklar«, nuschelt Jochen und ist schon an der Tür.

»Oder warte!«

Jochen wartet.

»Sag mal ... hast du gestern, ich meine heute nacht, irgendwas gehört?«

Jochen schaut sie ein wenig tumb an. Er hat bernsteinfarbene Augen, das fällt Rosa zum erstenmal auf, sie kennt sein Gesicht nur als weißen Fleck vor einem Monitor.

»Du weißt schon ...«

»Oh«, sagt Jochen und setzt sich jetzt doch hin. »Nein, ich hab nichts gehört. Nur diesen Jeep, der vorfuhr, so gegen drei, sonst nichts. Ist was passiert?«

»Ich denke nicht.«

»Was ist mit dem Typen im karierten Sakko? Ich hab da doch schon im Geiste die Hochzeitsglocken läuten hören.«

»Auch Geister irren sich bisweilen.« Rosa läßt den Kopf sinken, sie muß blinzeln.

»Ach, Scheiße.« Jochen drückt ihr die Hand. Seine ist weiß, kühl und feucht. Sie kann nicht verhindern, daß ein paar Tränen auf die Tischplatte tropfen. Ronald. Ein Jahr, zwei Monate und vier Tage war sie mit ihm zusammen, und den gestrigen Abend hat sie sich anders vorgestellt, ganz anders. Jochen stellt die Rolle mit den Papiertüchern vor sie hin. Rosa schneuzt sich ausgiebig.

»Warst ihm nicht genug Schickimicki, was?«

Die Küchentür geht auf, eine Tüte landet auf dem Tisch, sofort duftet es aufdringlich nach Kaffee und Croissants. Der Geruch verursacht bei Rosa Übelkeit, und mit der Übelkeit überkommt sie die Erkenntnis, daß sie heute keinen lebenden Menschen ertragen kann, weder Jochen noch diesen anderen Gockel, der hier herumstolziert, als wäre das sein Misthaufen.

Jetzt stellt er noch eine Packung Filtertüten dazu! Der überläßt wohl nichts dem Zufall. Fehlt nur noch die Lätta! Was, glaubt er, gibt ihm das Recht, sich in meinen Haushalt einzumischen?

Rosa steht auf und fixiert ihre Besucher aus schmalen Augen.

»Was soll das Rambozambo hier? Ihr könnt hier nicht rumgammeln und einfach Kaffee trinken. Ich bin UNTERNEHMERIN, ich habe TERMINE, da sind Kunden, die warten, die rechnen fest mit mir, also dann, wenn ich die Herren bitten darf...«

Mit drei Schritten ist sie im Schlafzimmer. Sie schließt die Tür mit einem Fußtritt, greift sich ihren abgewetzten Teddybären und wirft sich mit ihm aufs Bett, daß die Sprungfedern krachen. Sie zieht die Bettdecke über sich und den Bären, denn plötzlich friert und zittert sie am ganzen Körper.

Als sie nach einer halben Stunde den tränenfeuchten Bären wieder an seinen Platz auf dem Bücherbord setzt, ist im Haus alles still. Die rote Katze wagt sich herein, Rosa spendiert ihr einen Klecks Milch in einer Untertasse. Die Croissants und der Kaffee liegen noch immer auf dem Tisch. Auf der Rückseite eines ihrer Rechnungsformulare steht in großen Ziffern eine Telefonnummer. Sonst nichts. Rosa knüllt den Zettel in den Aschenbecher, hält ihr Feuerzeug an eine Ecke und sieht zu, wie der Papierball sich in eine schwarze Aschekugel verwandelt. Muß dieser Kerl auch noch meine Rechnungsformulare vergeuden! Bei Jochen wird sie sich heute abend entschuldigen. Oder morgen. Jetzt gibt's erst einmal einen anständigen Kaffee...

Als Rosa zum Gewächshaus geht, knirscht es unter ihrem Stiefel. Sie flucht hinüber zu den gestreiften Markisen, die sich hinter dem Bahngleis aneinanderreihen. Die Kinder aus der Wohnsiedlung pflegen die Steine vom Bahndamm auf das Gewächshaus zu werfen, wenn ihnen danach ist, und das ist es in letzter Zeit immer öfter. Je mehr Scheiben fehlen, desto mehr scheinen die verbliebenen zur Zerstörung einzuladen. Sie flickt die schadhaften Stellen mit Plastikfolie.

Rosa schließt das Eisentor auf. Gleich rechts lagert ein Vorrat diverser Pflanzböden in Plastiksäcken, links stehen leere Töpfe und Kübel. In der Mitte des Treibhauses wachsen mediterranes Gemüse und Kräuter, die Basis von Rosas Ernährung. Letzten Sommer ergaben die vier Zucchinipflanzen eine kleine Überproduktion. Auch die Tomatenstauden wird sie dieses Jahr reduzieren. Lieber etwas mehr Basilikum und zwei, drei Kürbisse. Die Zierpflanzen für ihre Kunden kauft Rosa größtenteils im Gartencenter, selbst zu züchten rentiert sich nicht.

Im hinteren Drittel des Gewächshauses beginnt der Urwald. Es sind die Pflanzen, die vor acht Jahren keiner wollte, ausgesondert, übriggeblieben, weil sie schon zu groß waren oder nicht ganz in Ordnung; krummgewachsene Palmen mit zuwenig Blättern. Rosa bringt es seit Jahren nicht übers Herz, sie wegzuwerfen, im Gegenteil, sie gießt sie, und obwohl sie auf Dünger verzichtet, äußern die Pflanzen ihre Dankbarkeit durch intensives Wachstum, besonders die Bananenstauden und die Schlingpflanze, die bald das ganze Gewächshaus mit ihren Tentakel durchzieht. Dort hat Rosa ihren Lieblingsplatz, eine Holzbank ohne Lehne auf Ziegelsteinen, zwischen Palmen und einem riesigen Farn. Dort sitzt sie manchmal, raucht eine Zigarette und schaut durch das Glasdach den Wolken zu.

Aus irgendeinem Grund sind damals, als ihr Vater seine Wahlheimat endgültig verließ, zwölf mickrige Pfirsichbäume stehengeblieben. Sie sind inzwischen über zwei Meter hoch und tragen jedes Jahr Früchte. Seit gestern sind es nur noch elf, registriert Rosa zufrieden, belädt die Schubkarre mit vier Sack dunkler Erde und karrt sie zu ihrem Transporter. Der Ford ist nicht mehr der Jüngste, doch bis auf das defekte Schloß an der Hecktür ist er gut in Schuß. Der Wagen ist ihr

Betriebskapital. Erst letzten Herbst hat sie ihn neu lackieren lassen, knallrot, damit die weißen Buchstaben auf beiden Seiten und am Heck gut zu lesen sind:

*Gärtnerei Semper, Inh. Rosa Ganni*
*Gartengestaltung, Grabpflege*

Darunter die Telefonnummern. Seit die Handynummer auf dem Auto steht, wird sie hin und wieder von anderen Handybesitzern angerufen, die neben ihr an der Ampel oder im Stau stehen. Sie grinsen dann verstohlen oder auch ganz frech aus ihren BMWs und Golfs. Auf diese Weise hat sie Ronald kennengelernt.

Sie hat vorhin nicht ganz die Wahrheit gesagt, was ihre Kundschaft betrifft. Heute wartet niemand auf sie, zumindest nicht mit Ungeduld. Donnerstag ist Friedhofstag. Rosas Lieblingstag. Da ist niemand, der sie beobachtet, ihr dazwischenredet, Ratschläge erteilt, eine Lebensgeschichte erzählt – die eigene oder die der Nachbarin – oder ihre Zigarettenpausen zählt. Auch die Angehörigen kümmern sich kaum um Rosas Arbeit, Hauptsache, an Feiertagen und zum Geburts- und Todestag des Verstorbenen macht das Grab etwas her.

Rosa parkt vor dem Alten Friedhof, wuchtet ihre Schubkarre aus dem Wagen und belädt sie mit den vier Säcken Erde, ihrem Spaten und einem zugeknoteten Plastiksack. Langsam, wie es sich für einen Leichenzug gehört, rollt die schwere Fracht über die Kieswege.

*Karl Isidor Schepp*
*5.7.1928 – 1.4.1999*

steht auf dem provisorischen Holzkreuz. Er ist am Gründonnerstag gestorben. Magenkrebs. Die Tochter lebt in Lüneburg, sie wird sich nicht viel um ihren toten Vater kümmern können. Das macht ab jetzt Rosa. Man kann sich auf sie verlassen, sogar mehr als das. Ihre Gräber werden liebevoll betreut. Die Gärtnerei Semper ist seit langem im Friedhofsgeschäft. Rosas

Großmutter Agathe Semper knüpfte und pflegte die geschäftlichen Beziehungen zu den örtlichen Bestattungsinstituten, die sich trotz einer längeren Unterbrechung bis heute gehalten haben. Dort empfiehlt man Rosa an die ratsuchenden Hinterbliebenen weiter, wie zuvor ihre Mutter und davor ihre Großmutter empfohlen wurden.

Rosa fühlt sich wohl auf Friedhöfen, seit jeher, und an Tagen wie heute haben die Gräber etwas Tröstliches. Alte, verläßliche Freunde. Wie könnte sie die je im Stich lassen? Bestimmt hätte ich mich dort gar nicht wohl gefühlt, überlegt sie, während sie die Säcke ablädt, die welken Kränze und Gestecke vom Grab ihres neuen Schützlings sammelt und auf die Schubkarre legt. In die Schweiz, was für ein Gedanke! Regelrecht absurd! Warum erwarten Männer von Frauen, daß sie ihren Karrieren hinterherziehen wie die Dorfhunde der Karawane?

»Du bist über Dreißig, du solltest jetzt wirklich an eine eigene Familie denken«, meinte ihr Vater, als sie vor ein paar Wochen mit ihm telefoniert hat. »Willst du eine alte Jungfer werden wie deine Großtante Lene?«

Sie hat geantwortet, er könne ganz unbesorgt sein, *der* Zug wäre längst abgefahren.

Sollte ihr Vater in seinem festen Glauben, sie führe ein wüstes Lotterleben, bestätigt werden. Vor Jahren, als sich Rosa naturgemäß fürs andere Geschlecht zu interessieren begann, brach in ihrem Vater urplötzlich der Sizilianer durch. Sämtliche Jungen, die Rosa seiner Meinung nach zu nahe kamen, wurden von ihm erfolgreich vergrault. Rosa war neunzehn, als sie ihren ersten festen Freund hatte, einen schüchternen Betriebswirtschaftstudenten. Die Beziehung ging vor Langeweile nach einem Jahr in die Brüche. Danach wechselte Enzo komplett die Zielrichtung. Er war fortan der Ansicht, seine Tochter sollte endlich wissen, »wo sie hingehört«, vorher könne er nicht guten Gewissens in seine Heimat zurückkehren. Kaum ein Versuch, Rosa zu verkuppeln, war ihrem

Vater zu peinlich. Als Rosa vierundzwanzig wurde, gab er endlich auf. Schweren Herzens entschloß er sich, nach Sizilien zurückzukehren, ohne seine Tochter unter die Haube gebracht zu haben.

Doch ehe Enzo Ganni das Land verließ, bestand er auf dem Verkauf der Gärtnerei. »Ich kann nicht nach über fünfundzwanzig Jahren mit leeren 'änden nach 'ause kommen«, jammerte er und bestätigte damit Rosas leisen Verdacht, den sie seit Jahren hegte, daß Enzos eifriges Bestreben, Rosa zu verheiraten, nicht allein seiner väterlichen Fürsorge, sondern auch einer Spur schnödem Materialismus entsprang.

»Der Betrieb rentiert sich nicht mehr. Das Gartencenter, du weißt doch.«

Natürlich wußte Rosa.

»Und wenn sie heimkommt?«

»Sie wird nicht kommen«, antwortete Enzo. »'ör doch endlich auf damit.«

Rosa verkaufte den Pflanzenbestand, die Ladeneinrichtung und die meisten Geräte und nahm eine Hypothek auf, um ihren Vater auszuzahlen, der wiederum seine beiden Geschwister auszahlte und den elterlichen Hof zu renovieren begann. Ein Projekt, das ihn bis heute beschäftigt. Rosa verspricht ihm jedes Jahr, ihn im Winter, in der toten Saison, zu besuchen. Ihn und seine sizilianische Großfamilie und damit eigentlich auch ihre, aber dieser Gedanke will ihr nicht vertraut werden.

Rosa fährt die Kränze und Gestecke zum Kompost. Die Bänder mit den letzten Grüßen löst sie ab, sie müssen in die Mülltonne. Unterwegs bleibt sie stehen und zupft am Grab ihrer Großmutter ein paar Unkräuter aus. Es ist das gemeinsame Grab ihrer Großeltern, aber ihren Großvater Hagen Semper hat Rosa nicht mehr gekannt, er starb zwei Jahre vor ihrer Geburt, als ihre Eltern sich gerade kennengelernt hatten.

An ihre Großmutter erinnert sich Rosa noch. Eine große Frau mit einem blondierten Haarturm, einer »Hochfrisur«, und einem schmalen, fast lippenlosen Mund, der häufig von ihrem verstorbenen Mann sprach. »Die Russen haben ihn auf dem Gewissen«, hörte man sie oft sagen, und dabei wurden ihre Augen immer ganz klein vor Haß.

Rosas letzte Erinnerung an sie ist verbunden mit einem Kruzifix an einer Wand, die in einem kränklichen Gelbton gestrichen ist. Darunter ihre Großmutter in einem Bett auf Rädern, sie hat ein Vogelgesicht, gelb wie die Wand, der Mund ist eingefallen, ihr Haar ist strähnig und am Haaransatz aschgrau. Schläuche kriechen unter der Bettdecke hervor, aus dem Handgelenk und aus der Nase. Einige sind blutig, in anderen fließt eine gelbe Flüssigkeit in sie hinein oder aus ihr heraus, Rosa ist fasziniert von diesem Kreislauf der unterschiedlichen Körperflüssigkeiten, der nun nach außen verlegt und quasi für jedermann sichtbar gemacht wurde. Ihre Mutter sitzt auf einem Stuhl neben dem Bett, sie hält Agathes Hand, die schlauchlose, in ihren Händen, sie hat wunderschöne Hände, ihre Mutter, trotz der Gärtnerarbeit. Es ist das erste und das letzte Mal, daß Rosa die beiden Frauen eine zärtliche Geste tauschen sieht.

Vor dem Grabstein aus grauem Odenwälder Granit bilden drei kugelförmig gestutzte Buchsbäumchen ein exaktes Dreieck. Rosa schneidet die Bäumchen regelmäßig zurecht, damit sie nicht zu einem Busch zusammenwachsen. Vor den drei Buchskugeln liegt ein umgekippter Plastiktopf, der einen dürren Rosenstock mit kleinen weißen Blüten enthält. *Schneewittchen* steht auf dem Plastikschild vom Gartencenter. Wahrscheinlich wollte jemand das mickrige Ding loswerden. Rosa befreit die Pflanze vom Kunststoff und setzt sie an eine freie Stelle. Sie hat erst neulich den Efeu gestutzt, damit Tulpen und Zwergnarzissen Luft und Sonne bekommen. Sie nimmt die Schubkarre wieder auf, entsorgt den Inhalt gemäß der Friedhofsordnung und fährt zurück zu Isidor Schepp. Einen Buchsbaum wird sie pflanzen, links vor den Stein. Oder drei? In der Mitte auf jeden Fall niedrigwachsende Rosen, eine duftende, mehrmals blühende Sorte. Dazwischen Lavendel. Zitronenthymian als Randbepflanzung. Rosa liebt es, wenn Gräber duften.

Sie lockert den Untergrund und gräbt ein Loch von einem knappen Meter Durchmesser und gut eineinhalb Meter Tiefe, bis die Schaufel zum erstenmal auf Holz stößt. Sie sieht sich um. Ihr war eben, als hätte sie Schritte auf dem Kies knirschen hören, doch es ist niemand in der Nähe. Vielleicht statt dem Buchs lieber eine Feige? Mal was anderes, ein bißchen ausgefallener. Oder einen ihrer elf *Prunus persicus*? Wieder schaut sich Rosa um, sie ist nervös, als habe sie vor, eine Straftat zu begehen. Wahrscheinlich begeht sie gerade eine. Sie kauert vor dem Erdloch nieder und öffnet den Sack.

»Bist nicht so allein«, sagt sie zu Isidor Schepp und wirft den ersten Knochen hinab. Er landet seufzend auf der lockeren Erde. Es folgen Oberschenkel, Becken, Schulterblatt, Rippen, wobei es jetzt ab und zu leise klackert, wie Bocciakugeln. Am Ende sind bloß noch ein paar Wirbel und winzige Knöchelchen übrig. Rosa leert sie auf einmal aus, faltet den Sack zusammen, mechanisch, gedankenverloren, den Blick starr nach unten gerichtet. Sie war sich schon gestern darüber im klaren, daß das Skelett nicht bis zur letzten Rippe komplett ist, aber die wichtigsten Teile, die, die einen Menschen ausmachen, waren da. Jetzt fehlt eines. Sie steht auf, läßt den Sack fallen und sieht sich um. Alles ist still, wie es sich für einen Friedhof gehört. Vögel zwitschern.

Der Sack war fest verknotet, als sie ihn aus dem Wagen genommen und hierher gebracht hat. Da ist sie hundertprozentig sicher. Sie steckt sich eine Zigarette an und überlegt. Als sie aufgeraucht ist, zuckt Rosa mit den Schultern, nimmt den Spaten und schaufelt das Grab zu. Obendrauf schüttet sie die vier Sack Friedhofserde. *Business as usual.* Sie geht zum Auto, um ihren Rechen zu holen, den sie vorhin vergessen hat. Die große Schubkarre und den Spaten nimmt sie mit. Sie will sie nicht am Grab stehen lassen, keine zwei Minuten. So wie hier geklaut wird.

»Was machen Sie denn hier?«

Rosa fährt erschrocken aus der Grube. Frau Pauly steht vor ihr, die Arme streitlustig in die Seiten gestützt. Sie trägt schwarze *Reeboks* und eine an den Seiten aufknöpfbare Trainingshose, ihr Outfit für den täglichen Spaziergang um den Tannenberg.

»Der Baum muß in die Erde, sonst wächst er nicht an.«

»Ein Riesenloch für so ein Bäumchen!«

»Ich lockere nur die Erde«, erklärt Rosa unwirsch.

»Heute ist gar nicht Ihr Tag. Oder haben wir etwa Mittwoch? Nein, heute ist Donnerstag. Heute kommt die Fußpflegerin, nicht Sie. Sie bringen ja alles durcheinander!«

»Ich weiß, daß heute Donnerstag ist. Aber ich mußte gestern weg, ich war verabredet. Ich wollte den Baum pflanzen, ehe Ihre Schwiegertochter wiederkommt. Sie kommt doch am Wochenende zurück, oder?«

»Ja, ich erinnere mich.« Frau Pauly mustert das Bäumchen, das bereits von seinem Plastikgefäß befreit wurde, wie einen ungebetenen Gast. »War's schön?«

»Das müssen Sie schon Ihre Schwiegertochter fragen.«

»Ihre Verabredung.«

»Ach so, das. Ja, ganz nett.«

»Würden Sie vielleicht eine Tasse Tee mit mir trinken?« fragt Frau Pauly und lächelt Rosa huldvoll an.

Rosa fühlt sich plötzlich erschöpft, und Durst hat sie auch. Nachdurst wahrscheinlich.

»Ja, danke. Ich komme gleich.«

»Ich warte im Salon«, verkündet Frau Pauly, »ziehen Sie bitte Ihre Stiefel in der Küche aus.«

Rosa stellt den Baum in die Grube. Die Wühlerei ist sowieso zwecklos. Der Schädel war in der Tüte, da wette ich meinen Kopf. Sie schaufelt die ausgehobene Erde zurück, mischt dabei frischen Kompost unter, tritt den Boden um den Baum fest, so daß sich um ihn herum ein kleiner Graben bildet, und begießt ihn mit Wasser aus der Regentonne. Drei Kannen braucht es, bis die Erde eingeschlämmt ist. Sie zieht sich die schmutzigen Stiefel vor der Terrassentür aus und wäscht sich die Hände in der Spüle, dem Anblick von Kunststoff in Eichenmaserung ausgeliefert. Es ist keine Seife da, nur Pril. Rosa muß sich überwinden, aber sie möchte nicht mit schwarzen Händen zur Audienz erscheinen.

Sie hat den Verdacht, daß Gertrud Pauly die Kücheneinrichtung zu verantworten hat, die goldenen, verschnörkelten Griffe erinnern an die Art von Schmuck, mit dem sie sich behängt und der die Mittvierzigerin zehn Jahre älter macht. Die »jungen« Paulys scheinen sich hier nach und nach einzunisten; auch was den Garten betrifft, mischt Gertrud Pauly bereits ordentlich mit. Sie und ihr Mann wohnen in einem Reihenhaus, nur ein paar Straßen weiter. Wahrscheinlich zwischen halbgepackten Umzugskartons, spekuliert Rosa.

Frau Pauly hat die Sportkleidung gegen einen Rock und schwarze Samthausschuhe ausgetauscht und wartet an einem ovalen Tisch aus Nußbaum. Er steht in der Mitte des Raumes und bietet genug Platz für eine kleine Hochzeitsgesellschaft.

Frau Pauly gießt dünnen Tee in hauchdünne Tassen. Rosa setzt sich hin und sieht sich um. Hohe Decken, schwere dunkelrote Vorhänge, ein riesiger Perserteppich auf polierter Eiche. Es gibt wenig Möbel; eine Vitrine voller Geschirr und Tinnef, ein dunkelrotes Zweiersofa mit zierlichen, nach außen geschwungenen Beinchen, eine massive Anrichte, auf der ein Buddha aus Ebenholz thront und als Stütze für die Post der letzten Tage dient. Das Ganze wirkt edel und ein bißchen düster und eigentlich so, wie Rosa es erwartet hat. Weit und breit kein Aschenbecher.

Frau Pauly hat Rosa bei der Betrachtung des Raumes beobachtet. »Finden Sie auch, daß das Haus zu groß für mich ist?«

»Nein. Wenn es *Ihnen* nicht zu groß ist.«

»Ich bin's gewohnt.«

»Geht mir auch so«, stimmt Rosa zu. »Ich wohne zwar in einem kleinen Haus, aber auf einem Riesenareal, der früheren Gärtnerei eben. Es hat was Einsames, aber auch was von Freiheit.«

Frau Pauly lächelt erfreut, dann verdüstert sich ihre Miene. »Meine Schwiegertochter will mich unters Dach verbannen. Sie war schon mit einem Architekten hier, angeblich weil sie den Dachstuhl untersuchen lassen wollte. Der ist völlig in Ordnung, der Dachstuhl. Ich kenne ihre finsteren Pläne. Erst unters Dach, und wenn ich mir auf der Treppe nicht bald das Genick breche, was ihr sicher gelegen käme, dann ab ins Altersheim. Aber das kann sie vergessen. Ich unters Dach! Bis da hinauf schaffen es meine alten Beine gar nicht mehr.«

Rosa verkneift sich ein Grinsen. Es sind dieselben Beine, die sie noch jeden Tag auf steilen, holprigen Wegen durch den Odenwald tragen.

Das Teegeschirr klirrt, als ihre Faust auf die Tischplatte schlägt. »Ich verlasse dieses Haus erst auf der Bahre! So lange muß sie sich gedulden, auch wenn sie jetzt schon die Rolle der Schloßherrin probt. Und Bäume setzen läßt.«

Sie sieht Rosa mit einem verschlagenen Blick an. Gleich wird sie mich fragen, was ich mit dem Skelett gemacht habe. Deshalb sitze ich wahrscheinlich hier.

Aber Frau Pauly ist noch nicht fertig: »Außerdem sind diese alten Häuser viel zu hellhörig. Ich habe einen leichten Schlaf, ich will nicht mitanhören müssen, wie mein Sohn dieses Sumpfhuhn begattet.«

Rosa nimmt einen Schluck Tee. »Haben Sie kürzlich ein Rosenstöckchen auf das Grab meiner Großmutter gestellt?«

»Nein«, sagt Frau Pauly, und Rosa ärgert sich über die aufblitzende Idee in ihrem Kopf. Die Rosen können von wer weiß wem sein, ruft sie sich zur Ordnung. Andererseits hat sich Agathes Bekanntenkreis während der letzten Jahre zusehends selbst zu Asche und Staub verflüchtigt, und der Typ für einen heimlichen Verehrer war sie erst recht nicht. Ihr Vater war – außer Rosa selbst – der letzte, der das Grab seiner Schwiegermutter regelmäßig besuchte und damit eine Harmonie demonstrierte, die zu ihren Lebzeiten nie existiert hatte.

»Ein kleiner Topf mit *Schneewittchen* aus dem Gartencenter?«

»Hören Sie mal! Ich bin nicht vertrottelt, ich weiß, wem ich Blumen aufs Grab stelle. Und Ihre Großmutter, Gott hab sie selig, wäre die letzte! Außerdem war ich zum letztenmal im November auf dem Alten Friedhof, als ich Sie kennengelernt habe, wissen Sie noch?«

»Stimmt, am Totensonntag.«

»Nein, es war an Allerheiligen. Sie waren dort, mit Lene. *Sie* haben eine Schale auf Agathes Grab gestellt. Was waren das noch gleich für Blumen?«

*Helleborus orientalis*. Rosa hat das Bild deutlich vor Augen: Sie und ihre Großtante Lene stehen mehr oder weniger andächtig vor der feiertäglich gepflegten Grabstätte von Rosas Großmutter, Lenes Schwester. Rosa fühlt sich auf eine nervöse Art gelangweilt. Sie ist es nicht gewohnt, untätig vor Gräbern herumzustehen. Gräber bedeuten für sie Arbeit – pflanzen, jäten, umgraben, gießen –, und die vielen herausgeputzten Leute, die an diesem Tag, es war tatsächlich Allerheiligen, ihren Arbeitsplatz bevölkern, empfindet sie als Eindringlinge. Währenddessen hängt Tante Lene an ihrem Arm wie ein Regenschirm und murmelt wiederholt vor sich hin: »Sie ist nicht hier. Sie ist bei *ihm*«, und Rosa denkt: Dann hätte man sich den Besuch ja sparen können.

»Meinst du, bei *ihm* da unten?« sagt plötzlich eine Stimme hinter ihnen. Lene mustert die alte Dame mit dem schwarzen Schleierhütchen flüchtig und zieht eine ihrer noch immer sehr markanten Augenbrauen hoch. »Scheußlicher Deckel.«

Sie deutet mit krummem Finger auf den Grabstein: »Das Miststück hat mir meine Amerikatournee vermasselt.«

»Ich weiß«, sagt die Dame und wendet sich an Rosa: »Lene und ich sind Schulfreundinnen.«

»Und im BDM waren wir auch zusammen.«

»Jaja, da auch.«

Seit dieser Begegnung zählt Luise Pauly zu Rosas regelmäßigen Auftraggebern.

»Es war weißes Heidekraut«, behauptet Rosa.

»Quatsch! Es waren Christrosen.«

*Helleborus orientalis.* Kein Zweifel, Frau Paulys Gedächtnis ist bestens in Schuß.

»Habe ich den Alzheimertest nun endlich bestanden?«

Rosa bekommt dunkle Wangen, und Frau Pauly murmelt etwas von Mätzchen, die sie sich sparen könne, und sagt dann: »Sie können ruhig rauchen. Ich kenne diesen gierigen Blick, ich habe auch mal geraucht.«

»Sie?«

»Ich war nicht immer alt«, versetzt Frau Pauly. »Da drin steht ein Aschenbecher.« Sie deutet auf die Glasvitrine an der Stirnseite des Raums.

»Es muß nicht sein«, meint Rosa, aber vorsichtshalber steht sie doch auf. Auf der Vitrine lächelt ihr ein junges Paar aus einem Silberrahmen zu. Der junge Mann mit dem Schnauzer und den langen Koteletten besitzt Ähnlichkeit mit Frau Paulys Sohn, dem Segler, den Rosa allerdings nur ein einziges Mal gesehen hat, auf der Terrasse von Frau Pauly. Er hat Rosa begrüßt und sehr genau gemustert, sie erinnert sich noch an seinen nicht unfreundlichen, aber doch irgendwie sezierenden Blick. Die Frau ist hübsch und sehr schlank, mit langem dunklem Haar, ihre Hand ruht auf der Schulter eines Jungen, er ist acht oder neun Jahre alt. Rosa fühlt einen kleinen Stich. Auf dem jüngsten Foto, das sie mit ihren Eltern zusammen zeigt, trägt Rosa eine Schultüte. Danach gibt es nur noch Bilder von ihr allein und ein paar wenige mit ihr und ihrem Vater.

»Ihr Enkel?« erkundigt sich Rosa.

»Ja. Das ist die erste Frau meines Sohnes. Eine Elsässerin. Gertrud ist die zweite. Stammt aus der Pfalz. Die erste war mir lieber.«

Das Foto wurmt Gertrud sicherlich jedesmal, und so wie Rosa ihre älteste lebende Kundschaft einschätzt, steht es allein zu diesem Zweck da. Sie entdeckt den Aschenbecher im zweiten Fach, zwischen allerlei Figuren exotischer Herkunft. An der Rückwand, halb verdeckt von einem siebenarmigen Kerzenleuchter aus Messing, lehnt das Hochzeitsfoto der Paulys. Sie sitzen auf einer Bank, trotzdem erkennt man, daß sie fast einen Kopf kleiner ist als er. Sie trägt keinen Schleier auf dem dauergewellten Haar, und ihre großen Augen scheinen gerade aus einem verstörenden Traum zu erwachen. Er hat dunkelblondes Haar, es ist ebenfalls wellig und exakt rechts gescheitelt. Er blickt starr geradeaus, mit einem Ausdruck, als habe man ihn vor die Kamera des Erkennungsdienstes gezerrt. Sein Arm ist um seine Braut gelegt, aber man erahnt, daß seine Hand ihre Schulter kaum berührt. Ein ziemlich verhuschtes Paar, findet Rosa, und wuchtet den Aschenbecher heraus. Er ist aus Kristall, der reinste Totschläger.

»Drehen Sie mir auch eine«, verlangt Frau Pauly, und Rosa macht sich an die Arbeit.

»Haben Sie auch Feuer?« fragt Frau Pauly, als sie die Zigarette zwischen ihren Fingern hält und sie voller Vorfreude betrachtet. Rosa streckt das Feuerzeug über den Tisch, Frau Pauly nimmt es ihr aus der Hand und zündet sich die Zigarette selbst an.

»Ich weiß, daß Sie nicht vertrottelt sind«, greift Rosa das Thema wieder auf, »aber Sie sagen nicht immer die Wahrheit.«

Frau Pauly nippt geziert an ihrem Tee, ein Abdruck bleibt am Tassenrand zurück.

»Ich glaube Ihnen zum Beispiel nicht, daß Sie vergessen haben, wer der Tote in ihrem Garten ist.«

Frau Pauly hüllt sich in eine Rauchschwade und seufzt, als würde man sie zum x-ten Mal mit etwas Lästigem behelligen, aber diesmal weicht ihr Blick dem von Rosa nicht aus.

»Ich habe das Recht zu vergessen.«

Rosa antwortet nicht. Vielleicht hat sie recht. Ich mische mich in Dinge ein, die mich überhaupt nichts angehen, und das nur, weil ich ein bißchen zu tief gebuddelt habe. Oder an der falschen Stelle.

»Sagen Sie immer die Wahrheit?« fragt Frau Pauly.

»Meistens«, behauptet Rosa.

»Was würden Sie tun, wenn Ihre Mutter heute vor Ihnen stünde?« fragt Frau Pauly, und Rosa zuckt zusammen.

Nach einem längeren Zögern antwortet sie: »Sie fragen, ob sie wegen mir verschwunden ist.«

»Wegen Ihnen? Ich bitte Sie! Sie waren – wie alt? – sechs oder sieben?«

»Ich bin schuld daran, daß das Baby gestorben ist.«

»Unsinn«, behauptet Frau Pauly. »Das war ein Unfall, das weiß ich von Lene. Sie ist ausgerutscht und unglücklich gestürzt. Solche Dinge passieren eben.«

»Sie war danach so anders.«

Frau Pauly zieht den Rauch tief in die Lungen. Sie hustet nicht. »Sie war sicher sehr traurig. Es ist schlimm, ein Kind zu verlieren. So oder so.« Die Zigarette glüht erneut auf. Noch immer kein Huster. »War's für Sie auch schlimm, das mit dem Baby?«

»Nein.«

»Sie waren eifersüchtig, stimmt's?«

»Ja.« Rosa senkt den Blick und spielt mit den goldenen Fransen des Tischläufers. Frau Pauly raucht genußvoll vor sich hin.

»Vielleicht hätte Tante Lene meiner Mutter helfen können. Die zwei haben sich immer gut verstanden.« Unwillkürlich schaut Rosa aus dem Fenster in Richtung Dorfkern. Lene wohnte, wenn sie mal zu Hause war, im Dachgeschoß eines kleinen, winkeligen Fachwerkhauses mit einem Aprikosenbaum davor. Im Erdgeschoß befand sich der Laden von Lenes Mutter. Der Laden war ebenfalls klein und winkelig, sogar aus Rosas Kinderperspektive, und Lenes Mutter hatte sich ihrer Umgebung angepaßt; gebückt schluffte sie durch ihren Laden, eine Hexe mit einem dunklen Schnurrbart und einzelnen langen Haaren am Kinn. Rosa durfte sich Brausepulver nehmen, so viel sie wollte, Waldmeister und Himbeer, und Kaugummizigaretten, während Lene und ihre Mutter Kaffee tranken und rauchten. Ihre Mutter rauchte seltsamerweise nur in Tante Lenes Gegenwart.

»Die Lene«, sagt Frau Pauly und bläst den Rauch langsam aus. »Die hat's verstanden. Wenn's ans Arbeiten ging, hatte die Ballettstunden oder Klavier oder was weiß ich. Agathe mußte oft im Laden helfen, sie war halt die Ältere, die Große. Ihr Lebtag lang war sie eifersüchtig auf Lene. Besuchen Sie Lene oft in diesem Heim?«

Rosa schüttelt den Kopf. »Es ist so deprimierend.«

Beide ziehen an ihren Zigaretten.

»Ich habe Sie und Hemma – ich meine, Ihre Mutter – bei Agathes Beerdigung gesehen. Sie sind nicht ganz so schön, aber Sie haben viel von ihr.«

An die Beerdigung ihrer Großmutter erinnert sich Rosa sehr deutlich. Hemma hatte ihr zu diesem Anlaß schwarze Lackschuhe gekauft, in denen sie während der Andacht und am Grab entsetzlich kalte Füße bekam, aber das war Rosa egal. Sie hatte sich solche Schuhe schon so lange gewünscht. Die Schuhe, Größe 34, besitzt Rosa heute noch.

»Ja, sie war wunderschön«, bestätigt Rosa.

Frau Pauly nimmt noch einen tiefen Zug, dann drückt sie die halb gerauchte Zigarette aus. »Das war köstlich. Aber man sollte in meinem Alter nicht übertreiben. Was glauben Sie, ist Ihre Mutter freiwillig verschwunden?«

»Was meinen Sie damit?« fragt Rosa argwöhnisch zurück.

»Nun, ob sie gegangen ist oder ob ihr … sagen wir mal … etwas zugestoßen ist.«

Rosa schüttelt heftig den Kopf. »Nein. Dann hätte die Polizei … dann hätte man sie …« Rosa schluckt, dann fährt sie mit leiser Stimme fort. »Sie hat fast alles dagelassen. Die Kleider, sogar die Fotoalben. Ich weiß nicht, ob sie überhaupt ein Foto von uns dabei hat, von Papa und mir.«

»Eben«, sagt Frau Pauly nüchtern, aber dann langt sie plötzlich über den Tisch und ergreift Rosas Hand. Rosa steht rasch auf und geht in die Küche, da sie nicht weiß, wo das Bad ist. Sie klatscht sich kaltes Wasser ins Gesicht und schneuzt sich in einen Bogen Küchenpapier. Sie hat schon Jahre nicht mehr geweint. Heute scheint sie das gründlich nachzuholen. Reiß dich gefälligst ein bißchen am Riemen, ermahnt sie sich, und geht wieder in den »Salon«. Sie setzt sich auf die Kante des gepolsterten Stuhls, lange will sie nicht mehr bleiben.

»Tut mir leid. Ich bin heute ein bißchen daneben. Hatte gestern Ärger mit meinem Freund, Exfreund vielmehr.«

Frau Pauly schaut sie forschend an. »Was heißt Ärger?«

»Wir … ich habe Schluß gemacht.«

»Warum?«

»Er wollte mich heiraten.«

»Ach so.« Frau Paulys Haltung und Blick spiegeln geduldige, aber beharrliche Erwartung wider, und Rosa weiß, daß sie so billig nicht davonkommt.

»Ich meine … ich kenne ihn ja erst seit einem halben Jahr, und … und da finde ich Heiraten schon ziemlich übertrieben. Und ich bin auch gar nicht der Typ für Familie und so. Ich brauche meine Freiheit.« Sie verstummt wie ein Schauspieler, der merkt, daß er beim Vorsprechen hoffnungslos durchgefallen ist.

»Ein halbes Jahr, das kann viel und nicht viel sein«, meint Frau Pauly. »Als ich meinen Jakob traf, da wußte ich nach ein paar Minuten, daß er der Mann meines Lebens ist.«

»Schön, wenn alles so klar ist.« Rosa bemüht sich um ein Lächeln.

»Warum ziehen Sie nicht erst mal nur mit ihm zusammen? Heute muß man doch nicht gleich heiraten, da gebe ich Ihnen völlig recht.«

»Das geht nicht«, antwortet Rosa einen Tick zu schnell.

»Warum denn nicht?« bohrt Frau Pauly erbarmungslos.

»Er hat eine neue Stelle. Er geht nach Genf.« Sie überlegt, wie sie um weitere Erklärungen herumkommt, ohne Frau Pauly zu brüskieren. Die Frau hat etwas von einem Inquisitor, kein Wunder, daß ihr Sohn bei der Polizei gelandet ist. Und dabei wollte doch *sie*, Rosa, die Teestunde nutzen, um Frau Pauly auf den Zahn zu fühlen. Sofern sie noch einen eigenen hat.

»Nach Frankreich«, sagt Frau Pauly nachdenklich.

»Nein, in die Schweiz. Genf ist ...« Rosa verstummt, denn Frau Paulys eben noch so messerscharfer Blick ähnelt auf einmal dem von Tante Lene, wenn sie dasitzt wie ein ausgestopfter Vogel und durch Rosa hindurchsieht, als wäre sie gar nicht mehr da.

»Wir gehen nach Frankreich«, sagt Jakob. Luise sagt nichts.

Das Atmen fällt ihr auf einmal schwer.

»Komm doch mit.«

Hat er das ernst gemeint? Wohl kaum.

»Die lassen mich nicht, und das weißt du auch.«

Jakob nimmt ihre Hand. Er hält seine Finger gegen ihre, seine sind lang, nicht zu dünn, der Handrücken kräftig. Es sind die schönsten Männerhände, die Luise je gesehen hat.

»Dann kommst du nach, später.«

Luise schüttelt den Kopf.

»Du brennst einfach durch. Wir brennen einfach durch, wir beide.«

Luise lächelt und schweigt.

Der Korbsessel knistert, als sich sein Mund ihrem Ohr nähert.

»Wir könnten heiraten«, flüstert er.

»Das lassen sie mich erst recht nicht!« seufzt Luise.

»Wir sagen, du wärst schwanger!«

Luises Wangen fangen an zu brennen. Sie ist froh, daß es im Pavillon so dämmrig ist.

»Jakob, bitte!«

Er wird ernst, sie sieht es trotz der Dunkelheit, spürt seine Stimmung, noch ehe er etwas sagt. »Wir müssen weg. Es geht nicht anders. Das Klima hier bekommt unsereinem nicht mehr.«

»Wann?« preßt Luise heraus, denn etwas drückt ihr die Luft ab.

»Bald. Noch vor dem Winter. Wir haben Verwandte in der Nähe von Paris.«

Sie nickt. Sie kann nicht verhindern, daß sich eine Träne aus dem Augenwinkel löst und sich über die Schläfe, am Ohr vorbei, davonmacht.

Jakob leckt sie weg. Seine Zunge kitzelt.

»Nicht weinen. Uns bringen die nicht auseinander. In ein paar Monaten ist das ganze Affentheater vorbei. Auf die Dauer wird dieser Pöbel keine Chance haben. Wir sind eine Kulturnation, sagt mein Vater.«

Luise zuckt die Achseln. »Meiner sagt, es gibt Krieg.«

Ein Luftzug läßt die zwei Kerzen flackern, eine verlöscht.

»Mußt du nicht zur Bahn?«

Luise schüttelt den Kopf und flüstert: »Ich übernachte heute offiziell bei Lene.«

»Weiß sie Bescheid, ich meine, über uns?«

»Das ging nicht anders. Aber man kann sich auf sie verlassen, wirklich.«

»Dann kannst du ja noch bleiben.«

»Ja.«

Eine Weile ist es ganz still, nur der Korbsessel knackt, es ist ein breites, großzügiges Möbel im Kolonialstil, eng aneinandergepreßt haben beide darin Platz, er umhüllt sie wie eine Muschel. Luise streicht Jakob durch sein wirres Haar, Jakobs Hand verirrt sich zwischen Luises Unterröcken. Ihr Magen knurrt.

»Du hast Hunger! Soll ich uns was kochen?«

»Du und kochen.«

»Ich kann alles«, behauptet er.

»Soso.«

»Wie wäre es mit Rührei?«

»Es geht schon.«

»Wir sollten trotzdem reingehen, es wird kalt hier. In der Küche steht, glaub ich, noch ein Topf mit Hühnerbrühe. Ist allerdings mit Vorsicht zu genießen, meine Mutter hat sie gekocht. Unser Mädchen ist nämlich weg.«

»Wieso denn?«

»Das übliche.«

»Wo sind denn deine Eltern?«

»Die sind in Frankfurt, irgendeine Premiere, das wird spät. Die kontrollieren mich nicht, keine Angst. Sie sind in solchen Dingen großzügig, besonders meine Mutter. Was bei denen am Theater so los war, meine Herren, das darf ich dir gar nicht erzählen ...«

»Ich kann's mir vorstellen.«

»Kannst du nicht.«

»Dann erzähl's mir doch.«

»Gut. Aber oben, in meinem Zimmer.«

Sie gehen durch den Garten, fest umarmt, inzwischen ist es stockfinster, bis auf einen hellen Schein am Himmel über dem Dorf.

»Sieht aus, als ob da was brennt.«

»Ich seh nichts.« Jakob küßt ihren Nacken.

Luise bleibt stehen. »Hörst du den Krach?«

»Ich hör nichts«, murmelt Jakob, die Lippen an ihrem Hals.

»Das kommt vom Dorf her.«

»Besoffener Pöbel, geht uns nichts an«, sagt Jakob und zieht sie ins Haus.

»'n Abend. Störe ich?«

»Komm nur rein.« Jochen löst seinen Blick nur ganz kurz vom Bildschirm, als Rosa eintritt. Sie zieht sich einen Stuhl heran und setzt sich unaufgefordert neben ihn.

»Niedliches Kerlchen.« Rosa deutet auf ein echsenartiges Wesen, das durch eine mondähnliche Landschaft trampelt und rülpsende Laute ausstößt.

»Das bin ich.«

»Bist du da sicher?«

»Das sind *Muds*. Ich bin heute der Drache.«

Ein Zombie mit einem Maschinengewehr taucht auf und gibt der Echse den Rest, ihr Kopf explodiert.

»Ah, Scheiße, gepennt.«

Er drückt die Pausetaste.

»Was sind *Muds*?«

»*Multi-User-Dungeons*. Weltweite Netzwerkspiele. Die wirklich guten Leute sitzen alle drüben, in den Staaten. Moment, muß mich nur schnell abmelden.« Er läßt den toten Drachen im Cyberspace verschwinden, tippt eine Abkürzung ein und unterzeichnet mit *Eddie*.

»Du heißt Eddie?«

Jochen grinst. »Nach Ed Gein. Dem nettesten von meinen Jungs. Die Tage haben sie übrigens einen dicken Fang gemacht, in Texas. Er soll in dreißig Jahren über sechzig Frauen umgebracht haben, überall in den Staaten. Er hat ihre Organe in Marmeladengläsern konserviert ...«

»He, wegen heute morgen ...«, unterbricht Rosa, die heute keinen Magen für Jochens »Jungs« hat, »ich glaube, ich war ein bißchen hysterisch, aber mir ging's wirklich nicht besonders. Und wenn's mir schlechtgeht, muß ich allein sein.«

Jochen schaut sie verwirrt von der Seite an, zumindest ahnt Rosa das, denn die Rolläden sind heruntergelassen, und das Zimmer wird nur von den drei Monitoren und einer schwachen Schreibtischfunzel erhellt.

»Heute morgen?« wiederholt er Buchstabe für Buchstabe, er kann mit dem Begriff so viel anfangen wie Rosa mit cat<datei/sed″s/^dies/das/g″/sed″s/#/2″/sort/tac<>datei>, was Jochen noch rasch in einen anderen PC hackt, ehe er sich zu ihr umdreht. Nach ein paar Sekunden scheint er in die Offline-Welt gefunden zu haben, denn er sagt: »Ach das. Geschenkt. Also, paß auf!« Er wendet sich wieder dem Bildschirm zu, über den jetzt ein englischsprachiger Chat zuckelt. »Ich hab die Suchmeldung in etlichen Chats in den Staaten der Ostküste plaziert und in den Gästebüchern der größeren und mittleren Städte, sofern sie eins haben.«

»Weißt du, Jochen«, meint Rosa vorsichtig, »meine Mutter wird dieses Jahr sechzig. Ich bin mir nicht ganz sicher, ob sie im Internet chattet.«

»Klar«, räumt Jochen ein, »aber jemand könnte sie kennen oder was wissen oder sie auf dem Foto erkennen.«

»Falls sie überhaupt in den Staaten ist. Das ist ja nur eine Vermutung von mir, weil sie angeblich diesen Amerikafimmel hatte, wenn man meinem Vater glauben darf.« Sie ist dabei, Barrikaden aus Zweifeln zu errichten, damit sich diese irre Hoffnung nicht breitmachen kann.

Jochen rollt mit seinem Bürostuhl zu einer Anrichte und kramt in Papierstößen. Er reicht Rosa ein Foto. »Da, ich brauch's nicht mehr. Ist eingescannt, geht um die ganze Welt.«

»Irre, wie du das machst.« Die schiere Zeitverschwendung!

»Ist doch Klikibuti.«

»Was?«

»*Easy*. Kann jeder Idiot.«

Rosa hält das Foto unter die Schreibtischlampe. Es zeigt

eine Frau mit zusammengebundenem Haar. Sie trägt eine Bluse mit einem braun-grün-orangefarbenen Rautenmuster. Das Bild wurde im Laden aufgenommen, vor dem Regal mit den bunten Übertöpfen für die Hydrokultur, und Hemma streckt abwehrend die Hand gegen die Kamera, weshalb das vordere Drittel des Fotos nur die verschwommene Hand zeigt. Sie lächelt dazu in gespielter Strenge. Es muß im Sommer '73 gewesen sein, dafür sprechen die Rosen und Sonnenblumen in den Kübeln auf dem Boden und ihr Bauch, der sich deutlich unter der knallgrünen Schürze abzeichnet. Wahrscheinlich wollte Enzo ein Bild von seinem *figlio* im Frühstadium machen.

»Ein Paßbild wäre besser«, meint Jochen.

»Auf ihrem letzten ist sie Mitte Zwanzig, ein neueres gibt es nicht.«

»Sie war fünfunddreißig, als sie verschwand?« Die Frage ist rhetorisch, Jochen kennt von Rosa alle Daten, er weiß, daß Hemma Semper am 30. Juli 1939 zur Welt kam und im Mai 1965 die Frau von Enzo Ganni wurde, einem sizilianischen Gastarbeiter. Und er weiß natürlich, wann Rosa geboren wurde, am 27. September 1967. Er hat das alles gespeichert, sein Hirn ist eine Festplatte, angefüllt mit Phantasiewesen und Datenschrott. Manchmal hat Rosa den Eindruck, daß Jochen nur online existiert. Sie hat ihn vor einigen Wochen, kurz nach seinem Einzug, gefragt, wovon er lebt, und Jochen hat vage mit »Börse« geantwortet.

»Aber hast du nicht was von einer Spur geschrieben?«

»Du hast den Zettel also doch gefunden.«

»Ja, doch, später«, murmelt Rosa verlegen, aber Jochen ist schon einen Schritt weiter: »Ja, da ist noch eine Sache: Ich war ein bißchen in den Dateien von American Express zugange und bin auf eine Helena Ganni gestoßen, in Baltimore.«

»Wie alt?« Dieses idiotische Herzklopfen schon wieder.

»Weiß ich nicht. Noch nicht. Ich hab nur den Zahlungsverkehr gecheckt, die Personaldateien sind extra geschützt, aber das krieg ich schon noch hin.«

»Helena, Hemma ... aber eigentlich mochte sie ihren Vornamen, glaube ich. Wenn ich untertauchen wollte, würde ich lieber meinen Nachnamen ändern.«

»Ja, das wäre logisch. Aber dafür brauchst du einen neuen Paß, und das ist nicht leicht, oder wüßtest du so auf die Schnelle, woher du einen neuen Paß kriegen könntest?«

»Auf die Schnelle, nein.«

»Hat die Polizei damals die Unterlagen der Einwanderungsbehörden gecheckt?«

»Ich glaube schon. Aber sie kann auch erst ein paar Monate später eingewandert sein. Mit falschem Paß oder mit dem richtigen, ach, was weiß ich.«

Schon zu oft haben sie diese Dinge durchgekaut, allmählich ödet sie das Detektivspielchen an, aber Jochen scheint es Spaß zu machen, er ist nach wie vor mit vollem Einsatz dabei. Manchmal hat sie das Gefühl, sie tut Jochen mit ihrer Bitte um Hilfe einen größeren Gefallen als er ihr selbst.

»Wir finden sie«, versichert Jochen, und seine Augen bekommen einen matten Glanz. Vielleicht ist es auch nur der Widerschein des Bildschirms. »Weißt du, die Polizei, die Behörden, die haben gar nicht die Zeit und die Mittel, die ich einsetzen kann. Klar, die haben auch das technische Equipment, aber die machen sich nicht allzuviel Mühe, außerdem komm ich in Dateien, da haben die weder Ahnung noch Chancen, Polizei hin oder her. Neulich hab ich mich in Pullach eingeklinkt und davor bei der GRS, Gesellschaft für Reaktorsicherheit. Auch das FBI ist zu knacken, ist gar nicht so schwer ...«

»Wahnsinn.« Rosa stützt den Kopf in die Hände, das allzu bekannte Thema läßt sie auf einmal deutlich spüren, daß sie einen anstrengenden Tag hinter sich hat.

»... ist heute keine Sache von Soldaten und Panzern mehr. Wer die Computer beherrscht, beherrscht die Welt, alles, die

Banken, die Wirtschaft, die Energieversorgung, nichts geht mehr, das wird schlimmer als der zweite Weltkrieg, das verspreche ich dir.«

»Vielleicht könntest du – nur so zur Übung – mal meine Hypothek bei der Volksbank eliminieren«, schlägt Rosa vor und steht auf.

»Wenn es soweit ist, wird deine Hypothek kein Schwein mehr interessieren«, prophezeit Jochen.

»Na dann, gute Nacht. Ich danke dir jedenfalls.« Sie stakst vorsichtig durch das Zimmer, wegen der Kabel, die im Dunkeln lauern. Sie findet sich trotz schwacher Lichtverhältnisse zurecht. Bis auf die Computer und die Monitore ist so gut wie nichts umgestellt worden, alles, was ihre Großmutter Agathe an Möbeln besaß, steht noch an seinem Platz. Zum Möbelrücken hat Jochen keine Zeit. Er ist ein idealer Mieter, ruhig, völlig anspruchslos, zahlt regelmäßig und pünktlich. Jedenfalls bis zum digitalen Weltuntergang.

Das Klappern von Rosas Absätzen wird untermalt vom Quietschen der Gummisohlen an Schwester Benediktas Gesundheitsschuhen und dem Klimpern ihres Schlüsselbunds. Die Schwester begleitet Rosa jedesmal bis zur Zimmertür, obwohl Rosa den Weg längst kennt. Vor der 311 bleiben sie stehen. Schwester Benedikta klopft forsch an und sperrt gleichzeitig die Tür auf.

»Warum ist sie eingeschlossen?«

Die Schwester hält inne, die Hand auf der Türklinke. Sie sieht Rosa in die Augen, um einen nüchternen Ausdruck bemüht, was ihr nicht ganz gelingt.

»Sie findet sich in ihrer Umgebung nicht mehr zurecht. Die Gefahr ist zu groß, daß sie das Gelände verläßt und in der Gegend herumirrt.«

Rosa nickt. Sie atmet flach. Wie immer hat sie Mühe, die beklemmenden Vorstellungen zu verdrängen, die der spezifische Geruch des Gebäudes bei ihr auslöst.

»Kann ich mit ihr in den Garten?«

»Sicher. Die Bewegung wird ihr guttun. Wir sperren unsere Bewohner nicht gerne ein, aber wir haben auch nicht das Personal, um jedem seinen Leibwächter an die Seite zu stellen, das müssen Sie verstehen.«

»Ja, klar«, murmelt Rosa. Sie hat ein schlechtes Gewissen, weil sie seit drei oder vier Wochen nicht mehr hier war.

Schwester Benedikta öffnet die Tür. Zur einschlägigen Geruchsmischung gesellt sich augenblicklich eine weitere Komponente, ein Duft sakraler Art, er geht von der Mitte des Zimmers aus. Auf einem runden Teetisch steht ein Alabastergefäß, in dem zwei Räucherstäbchen vor sich hin rußeln. Offenbar haben sie keine Angst, daß Tante Lene die ganze Bude abfackeln könnte.

»Putzig«, sagt Schwester Benedikta und schüttelt den Kopf. Sie hat ein altersloses Spitzmausgesicht, das im krassen Gegensatz zu ihrer rundlichen Figur steht. Rosa kann nicht abschätzen, ob die Frau fünfzig oder siebzig ist. »Der neue Zivi. Ich muß mal ein ernstes Wort mit ihm reden.« Laut sagt sie: »Frau Flossmann, da ist Besuch für Sie.« Ihr Ton gleicht eher dem einer Sekretärin als einer Pflegeschwester, was Rosa ihr hoch anrechnet. Sie gehen hinein, Rosa voran.

Helene Flossmann sitzt vor der geschlossenen Balkontür in einem dieser Stühle, die auf hunderterlei Arten verstellt werden können. Sie schaut hinunter auf die Gartenanlage und wendet den Kopf erst, als sie angesprochen wird. Ihr tiefschwarz gefärbtes Haar ist um das Gesicht herum mit einer gehörigen Portion Haarspray zu einem festen Kranz zementiert. Am oberen Hinterkopf, wo die steifen Arme beim Frisieren nicht mehr so gut hinkommen, liegt das Haar strähnig platt, so daß die Kopfhaut rosig durchschimmert. Lene blinzelt. Während sich ihre Pupillen auf die Lichtverhältnisse im Zimmer einstellen, steht sie in einer raschen, flüssigen Bewegung auf. Sie ist noch immer recht gelenkig. Ihr rechter Arm schnellt nach vorn.

»DREI LITER!«

Auch ihre Stimme ist kräftig und klar. Draußen auf dem Gang geraten die Schritte aus dem Takt. Schwester Benedikta seufzt.

»Frau Flossmann … Ihre Nichte.«

Großnichte, korrigiert Rosa im stillen und schaut auf Tante Lenes noch immer zum Faschistengruß ausgestreckte Hand.

»Echt scharfer Nagellack.«

»Putzig«, erklärt Schwester Benedikta mit einem gepreßten Lächeln und wendet sich zum Gehen.

»Warum sagt man mir das nicht gleich? Ich dachte, es ist schon wieder meine Schwester. Kann ich mir diese Farce doch sparen.« Tante Lene läßt ihren Arm sinken, plumpst zurück in den Sessel und kichert.

»Machen Sie bitte diese Dinger aus, bevor Sie in den Garten gehen«, sagt Schwester Benedikta und schließt die Tür von außen.

Tante Lene betrachtet mit verzücktem Gesichtsausdruck ihre Hand. »Hoffentlich hält er bis zur Premiere. Gefällt er dir?«

»Schon, ja. Ein bißchen sehr … blau.« Man muß wirklich mal mit diesem Zivi reden. Sie zieht ihren rechten Schuh aus. »Schau, ich hab fast den gleichen.«

Tante Lene schaut sich Rosas nackten Fuß an, wobei sie den Kopf neigt wie eine Amsel, die gleich einen Wurm aufpicken wird.

»Du hast auch diese langen Zehen. Wie deine Mutter.«

»Schuhgröße vierzig«, seufzt Rosa. Ihr Blick fällt auf die Wand mit den gerahmten Fotos. Ohne Ausnahme zeigen sie Leute beim Tanz, meist Frauen, einzeln und in Gruppen. Eine davon ist Lene selbst, aber Rosa ist sich nicht mehr ganz sicher, welche.

Lene schlägt die Hand vor ihren Mund. »Das hast du nicht gehört«, flüstert sie erschrocken. »Das hätte ich nicht sagen dürfen.«

»Ist nicht so tragisch«, beruhigt Rosa sie. »Vierzig geht ja noch. Wollen wir in den Garten gehen? Draußen ist Frühling.«

»Es gibt jetzt diese Nylonstrumpfhosen. Das ist was Praktisches. Und noch dazu sexy.«

»Kenne ich. Brauchst du welche?«

Lene schüttelt den Kopf. Sie trägt schwarze Jogginghosen, kein so sportliches Modell wie Frau Pauly, eher dezent, bis auf den weißlichen Klecks über dem linken Knie.

»Damit sind sie uns meilenweit voraus, die Amis, mit solchen Erfindungen. Hast du gewußt, daß sie wegen der Mondlandung die Teflonpfannen erfunden haben?«

»Komm mit raus«, sagt Rosa und bietet Tante Lene ihren Arm an, aber die Hilfe wird verschmäht. Tante Lene geht Rosa gerade bis zur Schulter, wenn sie aufrecht steht, und sie steht aufrecht, noch immer. Das macht das Tanzen, denkt Rosa. Tante Lene tippelt in ihren rosa Pantöffelchen zur Zimmertür hinaus. Ihr Hintern wirkt zu dick für die schmächtige Figur, er ist außerdem seltsam deformiert. Windeln, erkennt Rosa, und etwas in ihr krampft sich zusammen. Vor der Tür schlägt Tante Lene prompt die falsche Richtung ein, und Rosa nimmt sie vorsichtig am Arm, dreht sie um und führt sie zum Aufzug. Davor steht ein Servierwagen mit vielen ausgekratzten und drei vollen Schälchen Quarkspeise, was den Fleck auf Lenes Hose erklärt. Rosa taucht den Finger in eine der vollen Schalen und leckt ihn ab.

»Aber Kind!« sagt Tante Lene streng. »Wenn Agathe das sieht!«

»Sie ist tot, Tante Lene.«

»Tot?«

»Ja. Seit fünfundzwanzig Jahren.«

»Hagen auch?«

»Der auch.«

»Gut so.«

Es bimmelt, die Aufzugstür öffnet sich.

Draußen atmet Rosa tief ein und aus, um den Geruch nach Inkontinenz und Kantinenessen aus ihren Atemwegen zu pressen. Trotz des sonnigen Wetters sind nur wenige Heimbewohner draußen. Es riecht nach frisch gemähtem Gras, und um die knospenden Sträucher herum blühen gelbe und rote Tulpen. Sie steuern ohne Absprache eine freie Bank an.

»Tante Lene«, sagt Rosa, als sie sitzen und Rosa eine Zigarette raucht und Lene sich umsieht, als wäre sie zum erstenmal hier, »du kennst doch Frau Pauly ganz gut, von früher.«

»Nein.«

»Luise Pauly.«

Sie dreht sich zu Rosa um und schaut sie erstaunt an. »Luise? Luise Reuber, meinst du die? Ich mag den anderen Namen nicht.«

Offensichtlich hält Lene nicht viel von Ehemännern.

»Sie hat es gewußt. Sie hat es doch gewußt.«

»Was denn, Tante Lene?«

»Es war nur wegen des Hauses.«

»Was ist damit?«

Tante Lene blinzelt in die Sonne und grinst. Jemand muß ihr den Schnurrbart gerupft haben.

»Was ist mit dem Haus, Tante Lene?«

»Sie sagen, sie würden dort Orgien feiern. Pah! Diese Spießer wissen doch gar nicht, was eine Orgie ist!«

»Was ist denn eine Orgie?« fragt Rosa und grinst ebenfalls.

»Luise war dabei«, flüstert Lene, »aber sag das niemandem. Sie kriegt sonst fürchterlich Dresche von ihrem Vater. Immerhin sind es Juden.«

»Das Haus hat früher Juden gehört?«

»Die Sulzers. Sind weg, nach Frankreich. Mußten ja.«

»Und Luises Mann hat das Haus gekauft?« kombiniert Rosa.

Lene schüttelt den Kopf. »Sein Vater, der alte Pauly, der Fuhrunternehmer, hat sich's unter den Nagel gerissen. Für zweitausend Reichsmark. War ja lange im Gemeinderat. Der Doktor Sulzer übrigens auch, bis dreiundddreißig. Die zwei und mein Vater waren Kriegskameraden unter Kaiser Wilhelm, witzig, was?« Lene kichert.

Rosa nickt nur, sie kann sich das Lachen gut verbeißen. »Und später hat der alte Pauly das Haus seinem Sohn vererbt?«

»Und sie erst! Das war vielleicht eine! Ich hab mal Schauspielunterricht bei ihr genommen. Eine feine Frau. Etwas zu aufgedonnert für unsere ländlichen Verhältnisse, aber schön. Sehr schön war die. Trug immer sehr gewagte Hüte.«

»Diese Sulzers ... die sind nie mehr wiedergekommen?«

Tante Lene schaut sie groß an. »Das weißt du doch.«

»Erzähl's mir noch mal.«

Tante Lene schüttelt den Kopf. »Darf ich nicht.«

»Wer soll dir was verbieten?«

Lene antwortet nicht. Ihre dunklen Pupillen flitzen unruhig hin und her.

»Tante Lene, deine Schwester ist tot. Ihr Mann auch.«

Lene zupft stumm an ihrer Unterlippe.

»Tante Lene, ist in dem Haus, in Luises Haus, irgendwann ein Verbrechen geschehen?«

»Der Sulzer war ein guter Arzt. Hat mal mein dickes Knie punktiert, obwohl er damals schon gar keine Christen mehr behandeln durfte. Aber die Leute sind noch immer heimlich zu ihm hin.«

»Wurde in dem Haus mal jemand getötet?«

»Sie sind alle tot.«

»Aber was ist in dem Haus passiert?«

Lene Flossmann sieht ihr Gegenüber bekümmert an. »Weißt du, es war auch meine Schuld. Wir haben so wenig gewußt. Unsere Mütter haben mit uns nie über so was geredet. Als ich mit sechzehn meine Periode bekam, da bin ich furchtbar erschrocken, da dachte ich, ich wäre todkrank.«

»Tante Lene, in Luises Garten habe ich ...«

»Zur Hochzeit ...« Sie spuckt das Wort aus und ähnelt einen Moment lang einem bösen kleinen Tier. » ... da bin ich nicht hingegangen.«

Rosa spürt ein Kribbeln im ganzen Körper. Es ist wie in einem Labyrinth. Alle Antworten stecken irgendwo in diesem verwirrten Hirn, für das Zeit und Ort nicht mehr existieren.

»War ein fescher Kerl, der Schack«, unterbricht Lene Rosas Grübeleien. »Bißchen klein vielleicht, aber fesch. Hui, diese Augen! Da konnte man nicht widerstehen.«

»Wer ist Schack?«

Lene bekommt wieder ihren flatterigen Blick, dann flüstert sie: »Neulich ist sie erst in aller Herrgottsfrühe zurückgekommen. Den Aprikosenbaum hoch. Ich hab mein Fenster die ganze Nacht offen gelassen. Daß sie das geschafft hat, so wie die beieinander war! Leichenblaß sah sie aus, die Knie haben ihr gezittert. Und gestunken wie eine Likörfabrik! Aber es hat keiner was gemerkt, Gott sei Dank. Das wär' was geworden. Wir hätten so was von Dresche bezogen, alle beide. Bloß gut, daß Agathe nicht mehr bei uns wohnt.«

»Tante Lene, ist dieser Arzt in Luises Garten vergraben?«

»Spielt jetzt Chefin in einer großen Gärtnerei in Darmstadt und wartet, daß sie von ihrem Hagen schwanger wird. Nachwuchs für den Führer.« Sie fängt wieder an zu kichern. »Die Brust voller Orden, aber nichts in der Hose!«

»Was geschah in diesem Haus?« wiederholt Rosa mit der Beharrlichkeit eines Papageien.

Lene schnaubt böse. »Die hätte uns garantiert an die Eltern verpfiffen, das Miststück. Hat mich jedesmal verpfiffen, wenn ich was aus dem Laden gemopst hab.«

»Frau Flossmann! Hier sind Sie, ich suche Sie schon überall. Unsere Yogastunde fängt gleich an.«

Rosa schaut den stämmigen Typ im weißen Anzug unfreundlich an. Sein Kopf ist so kurz geschoren wie der Rasen, auf dem er breitbeinig vor ihnen steht.

»Putzig«, seufzt Rosa.»

»Es war eine schöne Beerdigung. Du hast toll ausgesehen. Ich habe Schack getroffen, aber das darf sie nicht wissen.«

»Genau!« Er grinst über die gesamte Breite seines Mondgesichts. »Julius, wenn Sie mögen.«

»Sie stören, Herr Putzig. Wir unterhalten uns gerade über alte Häuser und Männer, die nichts in der Hose haben.«

Putzig grinst noch breiter: »Das klingt interessant. Aber Therapie geht vor.«

»Aber den haben wir schön drangekriegt, unseren DREI LITER.«

»Okay.« Rosa klappt mit einer beiläufigen Bewegung den ausgestreckten Arm ihrer Tante nach unten, atmet tief durch. »Und noch eins: Ich wäre Ihnen dankbar, wenn Sie meine Tante nicht noch einmal mit so einem Nagellack bemalen oder sie sonst irgendwie lächerlich machen, haben wir uns verstanden?«

Lene kichert. »Von wegen hart wie Kruppstahl ...«

»Ihre Tante hatte die Idee. Sie hat die Farbe selbst ausgesucht. Sie ist keineswegs unmündig, sie kann durchaus für sich selbst entscheiden. Alte Menschen sind ...«

»Sparen wir uns das.« Rosa steht auf. Für heute ist da wohl nichts mehr zu retten.

Putzig wendet sich an Tante Lene: »Meine liebe Helene, es wird Zeit.«

*Meine liebe Helene.* Das hält man nicht aus. Sieht aus wie ein Schlächtergeselle und seift rum wie ein österreichischer Kellner.

»Es war ein Blutbad.« Lene schüttelt sich.

»Darf ich Ihnen behilflich sein?« sülzt Putzig dazwischen, und Lene schlägt ihre dunkelblauen Krallen in den weißen Ärmel. Es geht wirklich rasant bergab mit ihr, stellt Rosa fest. Vor ein paar Minuten konnte sie noch ganz prima alleine aufstehen.

»Weißt du, Kind, du darfst ihr nicht böse sein. Wir haben

nicht gewußt, daß alle neugeborenen Kinder blaue Augen haben.« Tante Lene entschwebt am starken Arm von Julius Putzig, als ginge es zum Tanztee. »Du entschuldigst doch, Kind.«

Zu meiner Zeit, grollt Rosa, waren die Zivis dürr wie Zaunlatten, hatten ungewaschene Zotteln und schlechte Manieren. Zu meiner Zeit, wie sich das anhört. Gott, ich werde alt!

»Ja, sicher. Auf Wiedersehen, Tante Lene. Ich komm bald wieder.«

Das Versprechen gibt sie hauptsächlich sich selbst, denn für Lene gibt es kein »bald« und kein »lange« mehr. Sie hat die Zeit überwunden.

Lene dreht sich um und hebt graziös die Hand. »Auf Wiedersehen, Hemma.«

Als Rosa zu Hause ankommt, hat sich ihre Laune etwas gebessert, aber das ändert sich rasch wieder. Breitreifig steht der schwarze Jeep auf ihrem angestammten Parkplatz vor dem Laden. Angeberkarre! Das linke Seitenfenster ist heruntergelassen, Rauchzeichen steigen in den Himmel. Rosa parkt ein paar Meter daneben, wo das Unkraut durch den Asphalt bricht. Sie steigt aus, der Indianer ebenfalls.

»Schon Feierabend, Frau Unternehmerin?«

»Keineswegs«, sagt Rosa reserviert.

»Kann ich helfen? Vielleicht die Tomaten im Gewächshaus gießen?«

»Ich hab's nicht gern, wenn man auf meinem Gelände herumschnüffelt.«

»Gibt's was zu verbergen?«

Rosa schaut ihn an. Heute ist er glattrasiert. »Tu mir den Gefallen und laß mich in Ruhe. Ich bin nicht besonders gut drauf.«

Sie geht an ihm vorbei und steuert auf ihre Haustür zu. Er folgt ihr in einigem Abstand. »Nicht gerade ein Aushängeschild für eine Gärtnerin.« Er deutet auf das verdorrte hohe Gras vom letzten Sommer, das entlang den Wegplatten Spalier steht.

»Wen geht das was an?« Wo ist nur der verdammte Haustürschlüssel. Sie kramt wild in ihrem Rucksack.

»Hey! Es war nichts, neulich. Ich habe ganz artig auf dem Wohnzimmersofa genächtigt.«

»Das will ich hoffen«, antwortet Rosa eine Spur freundlicher.

»Wofür hältst du mich? Für einen Leichenschänder? Womit wir beim Thema wären.« Er hält eine Tüte hoch und nimmt etwas heraus.

»Oh!«

»Dürfen wir reinkommen?«

Rosa nickt. »Du kennst dich ja aus.«

Er stellt den Schädel auf den Küchentisch und daneben eine Flasche Wein. Rosa holt zwei Gläser aus dem Schrank.

»Du solltest das Schloß an deinem Wagen reparieren lassen. Es wird zuviel geklaut heutzutage.«

»Ja, die Welt ist schlecht«, sagt Rosa und sucht in der Schublade nach einem Korkenzieher. *Cellaro Sicilia* steht auf dem Etikett, und Rosa verzieht das Gesicht.

»Ich weiß, es gibt bessere. Aber neulich konntest du gar nicht genug davon kriegen.«

»Ich will lieber nichts mehr davon hören.«

»Kapiert«, sagt er und nimmt ihr den Korkenzieher aus der Hand. »Darf ich?«

»Nur zu.«

Warum, überlegt Rosa, warum klaut er mir erst den Schädel und bringt ihn nach vier Tagen wieder zurück? Sie stellt die Frage laut.

»Ich hab ihn untersuchen lassen.«

»Von wem?«

»Einem Freund, der sich mit so was auskennt.«

»Du warst doch nicht bei der Polizei, oder? Ich will nicht, daß Frau … meine Kundschaft Schwierigkeiten kriegt, nur weil ich im Suff zuviel quatsche.«

»Das geht schon in Ordnung. Übrigens, ich heiße Volker. Falls du das nicht mehr weißt.« Er prostet ihr zu. Auch Rosa nimmt einen Schluck.

»Jetzt sag schon. Was ist mit dem Schädel?«

»Der Tote war männlich, weiß, zirka fünfzig bis fünfundfünfzig Jahre alt, hat an der Stirn eine vernarbte Verletzung aus der Jugendzeit, sonst keine besonderen Merkmale. Der Rest ist noch in Arbeit.«

»Was heißt Rest?«

»Wart's einfach ab, o.k.?«

»Bist du ein Bulle oder so was?«

»Nein.«

Obwohl Rosa gerne mehr über ihn wüßte, fragt sie nicht nach. Die Erfahrung hat gezeigt, daß jeder Mann früher oder später von selbst anfängt, von sich zu reden, und danach schier nicht mehr damit aufhören kann. Er soll bloß nicht glauben, er kann mich mit dieser Story ködern. Im geheimen noch immer empört über den unverschämten Diebstahl, ringt sie sich zu einem Lächeln durch und fragt: »Was hab ich sonst noch erzählt?«

»Daß du deine Freiheit brauchst.«

»Richtig.«

»Daß du Donald nicht heiraten willst.«

»Ronald.«

»Ronald.«

»Ich meine, über den da.« Sie deutet auf den Schädel, der sie aus leeren Höhlen ruhig anschaut. Irgendwie traurig, findet sie.

»Daß er dir beim Pflanzen von einem Apfelbaum in die Quere gekommen ist.«

»Pfirsich«, entschlüpft es ihr.

»Pfirsich.«

»Sonst nichts?«

»Daß du als Kind mal Knochen vom Friedhof in eure neue Spülmaschine getan hast, und dann hast du normales Pril reingegeben, und es hat wie irre ...«

»Hör auf!« schreit Rosa.

»Hey!« sagt er vorwurfsvoll, »*du* hast gefragt.«

Rosa fühlt sich unwohl. »Tut mir leid. Ich weiß schon, warum ich normalerweise nicht mehr als zwei Gläser trinke.«

»Ist doch nicht schlimm. Ich erzähl's niemandem weiter.«

»Sag mal, was meint dein geheimnisvoller Experte, wie lange der Schädel in der Erde gelegen hat?«

»Das ist kein geheimnisvoller ...«

Irgendwo fudelt ein Telefon. Rosa springt auf, folgt dem Geräusch in den Flur und kommt mit ihrem Handy am Ohr zurück. »Gärtnerei Semper, Rosa Ganni.«

Volker murmelt etwas wie »geh mal kurz pinkeln« und verläßt die Küche.

*»Hören Sie mal, was haben sie mir denn da in den Garten gesetzt?«*

»Sie meinen sicher den Garten Ihrer Schwiegermutter.«

*»Werden Sie nicht spitzfindig. Was ist das für eine dürre Staude?«*

»Ein Pfirsichbaum. *Prunus persicus*, wie Sie gesagt haben«, sagt Rosa voller Unschuld und klemmt sich die schwarze Katze, die aus dem Nichts aufgetaucht ist, unter den Arm.

*»Ich habe ganz deutlich eine Kirsche verlangt! Eine Zierkirsche, keine richtige Kirsche, die werden nach einer Weile so riesengroß und verschatten alles, aber so eine japanische Zierkirsche, die paßt gut zu den Rosen am Pavillon, darüber haben wir doch gesprochen, wissen Sie das denn nicht mehr?«*

»Nein«, sagt Rosa mit gespieltem Erstaunen. »Ach, das tut mir jetzt aber leid. Aber ich kann Ihnen versichern: Ein Pfirsichbaum wird auch nicht allzu groß und hat sehr schöne Blüten.«

*»Mag sein, aber wenn ich Kirsche sage, meine ich Kirsche und nicht Pfirsich!«*

»Vielleicht meinten sie Kirsche und sagten Pfirsich?«

*»Ich bin doch nicht blöd!«*

»Wie Sie meinen. Dann besorge ich Ihnen natürlich eine Kirsche, eine Zierkirsche, aber den Pfirsichbaum muß ich trotzdem in Rechnung stellen, der ist ja nun schon eingepflanzt, den kann ich niemand anderem mehr verkaufen.«

Ein paar Sekunden ist es ruhig am anderen Ende. Rosa lächelt voller Zuversicht und sieht dabei den Schädel auf dem Küchentisch an. »Ich kann schließlich nicht ewig auf den Dingern sitzen bleiben, sie werden zu groß«, erklärt sie ihm flüsternd. Apropos Schädel – wo ist der Kerl eigentlich abgeblieben?

Volker steht in dem Zimmer mit dem Ehebett aus weißem Schleiflack und hat den großen Kleiderschrank geöffnet. Die rechte Hälfte enthält Winterjacken, Anoraks, einen Mantel, Schals, Mützen, Fellstiefel, alles, was Rosa die nächsten paar Monate wohl nicht brauchen wird. Im linken Schrank sind großmustrige Blusen, ein hellgrüner Minirock aus Cordsamt, eine Lederweste mit Nieten und Fransen, eine durchsichtige schwarze Wickelbluse, zwei brave Kleider aus grauem Wollstoff, ein beiger Rock, knielang, ein Hängerkleid aus orangefarbenem Frottee, ein sonnengelbes Sommerkleid, das irgendwie indisch aussieht, zwei Hosen mit weitem Schlag, ein schwarzes Kostüm mit engem Superminirock, ein rükkenfreies Stretchkleid in Violett, ein duftiger hellblauer Unterrock … Eigenartige Mischung. Als führe die Trägerin ein Doppelleben, wechselnd zwischen zwei Extremen. Er kann nicht glauben, daß diese Kleider Rosa gehören, und das nicht nur, weil sie seiner Schätzung nach eine Nummer zu klein für sie sind.

»Ich mache Ihnen einen Vorschlag, Frau Pauly«, hört er Rosas durch Türen gedämpfte Stimme sagen.

In den oberen Fächern liegen Jeans und Pullover in grellen

Farben aus knistriger Kunstfaser. Auch wenn solche Klamotten inzwischen wieder modern sind, erkennt er doch auf den ersten Blick, daß diese Sachen alt sind. Originale sozusagen. Ein herber Duft strömt aus dem Schrank, irgendwie zimtig, pudrig, die letzten Noten eines verblassenden Parfums.

»… einen Mandelbaum vor den Pavillon setzen und den Pfirsich weiter nach hinten, vor den Komposthaufen …«

Die Schubladen sind auch nicht ohne. Oben die BHs. Er steckt seine Faust in eines der Körbchen. 75 C steht auf dem Stoffschild am Verschluß. Nein, der kann nicht Rosa gehören, die würde den höchstens zur Hälfte ausfüllen. Die nächste Schublade bietet Strapse; funktionelle weiße Dinger und einen schwarzen aus Spitze, daneben säuberlich aufgerollte Strümpfe und Strumpfhosen. Eine hautfarbene Miederhose. So ein Teil hat seine Mutter ab und zu getragen. Er erinnert sich auch an die toupierte Dame im Fernsehen – schwarzweiß –, die stöhnt, ihr Hüfthalter brächte sie um, weswegen sie eine Party vorzeitig verlassen muß.

Die unterste Schublade enthält brave Unterhemden aus Baumwolle mit züchtigen Spitzen am Ausschnitt, eine Menge »vernünftiger« Unterhosen, weiter hinten auch ein paar unvernünftige. Er hält sich ein schwarzes Etwas mit viel Spitze und wenig Stoff an die Nase. Der pudrige Duft wird intensiver, er sieht seine Mutter vor sich, wie sie in ein Seidenkleid schlüpft und sich von ihm den Reißverschluß am Rücken zumachen läßt. Ihr Duft war ähnlich, findet er, vielleicht hatten die damals alle das gleiche …

»RAUS.«

Volker nimmt den Slip von der Nase und wendet sich errötend um. »Sind nicht deine, wie?«

»Raus«, wiederholt Rosa leise. Die Katze springt von ihrem Arm und flieht.

Volker legt das Spitzending auf den Nachttisch. »Reg dich nicht auf …«

»Sofort!«

Sie wartet wie am Türrahmen festgenagelt, bis er an ihr vorbei ist und die Haustür hinter ihm zufällt. Dann geht sie um das Bett herum, legt den Slip vorsichtig wie einen verletzten Vogel wieder an seinen Platz. Mit energischen Bewegungen schließt sie die Schubladen und den Schrank.

Eine ältere Frau mit ausgefranster Dauerwelle und Doppelkinn berichtet in holprigen Sätzen und mit tränenerstickter Stimme von ihrem Sohn, den sie in den Wirren der letzten Kriegstage verloren hat. Die dürre Blonde gibt sich bestürzt, ein paar Zuschauer tupfen sich die Augen. Dann schleicht sich in den Blick der Moderatorin ein verheißungsvolles Leuchten, sie macht es spannend, bis sie endlich mit ihrer Überraschung, die nur noch für komplette Idioten eine sein kann, herausrückt. Rosa, versunken in ihrem haltlos weichen Sessel, das Rotweinglas in der Hand, verzieht den Mund. Sie weiß, was kommt, und muß dennoch hinschauen, die ältere Frau weiß es wohl auch, und auch sie muß dableiben, bestimmt hat sie was unterschrieben. Und da geht die Wand auf, ein unattraktiver kleiner Mann um die Vierzig mit einem Schnauzbart stapft herein, die ältere Frau ist aufgestanden. Die Gladiatoren der Show fallen sich in die Arme, ohne sich vorher groß anzusehen, was Rosa erstaunlich findet. Die Kamera saugt sich an den schlaffen, tränennassen Wangen der Frau fest, an ihrem verzerrten Mund, dem zitternden Doppelkinn, im Scheinwerferlicht glitzern die Tränen des Sohnes, alles in Nahaufnahme, GROSS, messerscharf, obszön. Es ist der Moment.

Man läßt das Paar etwa zehn Sekunden in ihrer Umarmung, dann trennt sie die Moderatorin. Ihre Miene zeigt Triumph und Rührung.

Die Gladiatoren stehen jetzt linkisch blinzelnd neben ihr, sie sind – ohne es zu wissen – bereits abgehalftert. Die Voyeure im Studio und an den Bildschirmen sind fertig mit ihnen. Was bleibt, ist ein schales Gefühl von Peinlichkeit.

Der Sohn spricht nur wenige Brocken Deutsch, die Mutter spricht nur wenige Brocken Englisch, sonst würde vielleicht einer der beiden sagen: »Laß uns schleunigst von hier abhauen.« Aber so stehen sie da, entblößt, mit ihren verkauften Gefühlen, ihrer verratenen Intimität.

Rosa weint. Sie weint, weil sie sich für die beiden schämt.

»Bleiben Sie dran«, fleht die Moderatorin in die Kamera, und dann folgt eine Werbung für Bier und dann eine für Damenbinden, und Rosa muß an die junge, erschrockene Tante Lene beim Anblick ihrer ersten Menstruationsblutung denken. Wie hätte sie sich erst geschockt, wenn es damals Fernsehwerbung gegeben und sie eine *blaue* Flüssigkeit erwartet hätte?

Der Kernpunkt aller guten Samenzucht besteht darin, daß der Züchter nur die schönsten und vollkommensten Pflanzen zur Zucht auszuwählen versteht. Wer solche Auswahl nicht trifft, verschlechtert naturgemäß seinen Stamm.

*Boettners Gartenbuch, 1969*

# II

Hemma steigt aus der Straßenbahn und geht dem blauen Schild nach. Es ist ein Marsch von gut zwanzig Minuten auf dem Fahrradweg entlang der Landstraße. Sie muß öfter stehen bleiben. Der Asphalt flimmert und schwankt wie eine windbewegte Wasserfläche, und sie steht in einem wackeligen Kahn. Die Narbe fühlt sich an, als wolle sie gleich reißen. Es ist kein Schmerz, mehr ein beunruhigender Druck. Sie preßt ihre Faust dagegen. Tief atmen. Es geht wieder.

Da ist schon die Auffahrt zur Autobahn nach Frankfurt, hinter der Brücke geht es nach Heidelberg. Jedes Jahr fährt Enzo mit ihr nach Heidelberg, an ihrem Hochzeitstag im Mai.

Links oder rechts? Nord oder Süd? Frankfurt, der Flughafen, London, New York, L. A. oder Heidelberg, Karlsruhe, Basel, Milano, Roma? Sie ist noch nicht entschlossen, sie überlegt noch, probt, bleibt über dem staubgrauen Grünstreifen stehen. Kurios, so eine Autobahn. Ein Fluß, der in zwei entgegengesetzte Richtungen fließt. Außen Laster, Käfer, Fiats, Kadetts, innen die schnelleren Modelle.

Sie hebt Rock und Mantel, steigt über die schmutzige Leitplanke und preßt sich gegen das Eisengeländer, bis sie ihre Hüftknochen spürt. Sie macht das häufig, seit sie aus dem Krankenhaus entlassen wurde, zu Hause, im Laden, bei jeder

Gelegenheit lehnt sie sich gegen Fenstersimse und Möbelkanten und fühlt ihren flachen Bauch. Hat sie sich nach Rosas Geburt auch so befreit gefühlt? Sie erinnert sich nicht mehr. Da war wenig Zeit für sich selbst, eigentlich gar keine. Da gab es nur noch diesen roten Wurm, der gierig nach ihren entzündeten Brustwarzen schnappte und halbe Nächte durchschrie, aus keinem ersichtlichen Grund. Jetzt ist da nur eine Narbe, die ab und zu spannt und juckt, und auch das wird bald vorbei sein.

»Der Sturz«, mutmaßte der Oberarzt.

»Eine Insuffizienz der Plazenta«, sagte der Chefarzt.

Ein Rudel schwerer Laster donnert unter ihr durch, die Brücke bebt ganz leicht. Hemma fährt zusammen, als einer der Laster hupt. »Blödmann!«

Und wenn sie den Mittelweg nimmt, jetzt hier? In ein paar Sekunden könnte alles vorüber sein.

Enzo würde es verstehen. Wäre todtraurig, aber würde es verstehen. Sie hat versagt. Sein *figlio* ist tot, kann es ein größeres Unglück geben? Ihre Ehre als Mutter ist dahin. Und von Ehre und Müttern versteht Enzo eine Menge. Sie muß lächeln. Ihrer Mutter würde es den Rest geben. Ein Selbstmord in der Familie Semper – noch eine unerträgliche Schande, nachdem es sich die einzige Tochter des Hauses bereits geleistet hat, einen sizilianischen Gastarbeiter zu heiraten.

Hemma schaut den sich jagenden Autos nach. Der Lärm, den sie verursachen, macht ihr ein wenig angst. Wäre die Brücke überhaupt hoch genug? Wahrscheinlich nicht. Sie müßte sich einen Laster aussuchen. Sie sieht Bilder von zermatschten Tieren vor sich. Was, wenn Rosa mich so sieht? Soll mich überhaupt irgendwer so sehen?

Ein vollbesetzter Opel Admiral passiert die Brücke in gemächlichem Reisetempo, hinter der Heckscheibe winken ihr zwei Mädchen zu. Sie haben ihr Haar rechts und links zu pinselartig abstehenden Schwänzen gebunden, so wie Rosa es zur Zeit trägt.

Wer wird es Rosa sagen? Wer wird sie in zwei Wochen zur Schule begleiten und ihr aufmunternd nachwinken, wenn sich die Klassenzimmertür zum erstenmal hinter ihr schließt?

Sie hebt die Hand und winkt zurück, obwohl die Mädchen im Opel längst außer Sicht sind. Dann dreht sie sich um.

Der asphaltgraue BMW hält in einigen Metern Entfernung.

Ein Mann steigt aus. Er trägt Jeans und eine Jeansjacke und kommt langsam auf sie zu. »Alles o.k.?«

»Ja.«

Er bleibt in einigem Abstand stehen. »Wirklich?«

»Ja.«

»Kann ich Sie irgendwohin bringen?«

Jetzt steht er vor ihr, auf der anderen Seite der Leitplanke. Hemma mustert ihn unverhohlen. Glattrasierte Wangen, halb verdeckt von langen Koteletten, das braune Haar im Nacken länger, wie es zur Zeit bei Männern Mode ist.

»Was schlagen Sie vor?«

»Nach Hause?«

»Lieber nicht.« Sie lächelt. »Mein Mann könnte was Falsches denken.«

Der Mann lächelt ebenfalls. Ein schöner Mund unter einem albernen Schnauzer. Ein Stenz, denkt Hemma. Jetzt steht er so nahe bei ihr, daß sie sein *Irish Moos* riechen kann. Galant nimmt er sie am Arm, doch dann wird sein Griff eisern und zwingt sie, über die Leitplanke zu steigen.

»Wo wohnen Sie?«

»Sie sind ein Bulle.«

Er läßt ihren Arm los und nickt. »Kripo Darmstadt. Ein LKW-Fahrer hat die Zentrale angefunkt, es kam ihm seltsam vor, wie Sie da auf der Brücke standen, und weil ich gerade auf dem Weg nach Hause war … ja. Da bin ich jetzt.«

»Ein Lebensretter also.«

»Bin ich das?«

»Die Araber sagen, wenn man jemandem das Leben rettet, ist man von dem Moment an für ihn verantwortlich.«

»Für wie lange?«

»Für immer.«

Er räuspert sich, dann, offenbar froh, etwas tun zu können, öffnet er seine Jacke und kramt seinen Dienstausweis hervor. Hemma schaut ihn nur kurz an.

»Sie können mich zur Straßenbahnhaltestelle bringen. Die fährt mich dann fast bis vor die Haustür.«

Er führt Hemma zu seinem Wagen, in dem das Funkgerät vor sich hin krächzt wie ein einsamer Sittich. Hemma schaut auf seine Hände am Steuerrad. Er trägt einen silbernen Ehering. Die Ampel vor der Haltestelle Jugenheim steht auf Rot, und die Acht nach Arheilgen fährt gerade ab.

»War das Ihre?«

»Es kommen noch mehr.«

»Soll ich Sie nicht doch nach Hause fahren? Ich kann Sie ein paar Straßen vor Ihrem Haus absetzen.« Sein Ton ist bittend.

»Gut.«

Er setzt den Blinker, sie rutscht auf dem Sitz herum und kämpft sich aus ihrem Trenchcoat. Es ist warm im Auto. Er schaltet irgendein Gebläse ein.

Sie schweigen.

»Wie alt sind Sie?« fragt Hemma plötzlich, als sie sich der Stadtgrenze nähern.

»Ich?«

»Ja, Sie. Wie alt ich bin, weiß ich schließlich.«

»Ich bin letzten Monat dreißig geworden.«

*»Happy birthday«*, haucht Hemma, und ihm stellen sich die Nackenhaare auf.

»Ich bin letzten Monat vierunddreißig geworden. Ich habe vor drei Wochen mein zweites Kind verloren. Ein Junge. Wir wollten ihn Carlo nennen. Ich hatte ihn nicht ein einziges Mal lebendig im Arm. Als ich aus der Narkose aufgewacht bin, lag er schon im Brutkasten. Er hat nur zwanzig Stunden gelebt. Sie wollten ihn mir danach nicht mal mehr zeigen. Als ob er eine Mißgeburt wäre, dabei war alles an ihm dran, er war im sechsten Monat. Er hatte Glück, er bekommt ein richtiges Grab. Unter 500 Gramm Gewicht wirft man die Frühgeburten zum OP-Abfall, zu den amputierten Gliedmaßen, Blinddärmen und Geschwüren ...«

»Bitte«, unterbricht er, »hören Sie auf damit.«

»So sensibel? Als Bulle müssen Sie das doch aushalten.«

»*Ich* halte das aus.« Er sieht sie von der Seite an. Sie hat eine schmale, gerade Nase, eine hohe Stirn, ihre Lippen formen einen eigenwilligen Bogen, sie erinnern ihn an den Mund von Jeanne Moreau, nur nicht ganz so ausgeprägt.

Sie wirft den Kopf zurück und lacht. Es klingt bitter. Er kann nicht mitlachen, also fährt er und sehnt sich plötzlich einen Stau herbei, der sich nicht vor morgen früh auflöst.

»Und Sie wollten wirklich nicht ...?« fragt er, als sie das Merck-Gelände passieren.

»Nein. Ich hab nur so rumgesponnen. Wie es wäre, wenn.«

»Kein schöner Anblick«, meint er. Ihr Haar ist zusammengebunden, flaumige Härchen wachsen bis tief in den Nacken, und er verspürt auf einmal den dringenden Wunsch, diese Stelle mit seinen Lippen zu berühren.

»Da vorn ist die Haltestelle. Da will ich raus.«

Er hält, sie sehen sich an.

»Danke«, sagt Hemma, und ehe er die geistreichen Worte sagen kann, an denen er während der letzten paar Minuten gefeilt hat, ist sie schon ausgestiegen und geht die Straße entlang, in ihrem beigefarbenen, knielangen Rock, den Mantel über dem Arm, denn die Sonne ist herausgekommen, zum erstenmal an diesem trüben, kühlen Hochsommertag. Ihr Gang ist eigentümlich, ein wenig müde, aber nicht plump, das Rollen ihrer Hüften ist stets einen aufreizenden Tick zu langsam. Die Form ihrer Waden! Sie sind nicht besonders dünn, aber es sind die aufregendsten, perfektesten und zugleich rührendsten Waden, die er je gesehen hat. Ihre Linie schreibt sich in dieser Sekunde für immer in sein Gedächtnis, bohrt sich in seine Phantasie, und er schaut Hemma noch minutenlang nach, als sie schon längst um die Ecke gebogen ist.

Auf dem Parkplatz vor dem Laden steht der rote Alfa Giulietta neben dem grauen Lieferwagen. Hinter der blankgeputzten Scheibe leuchten Sonnenblumen und gelbe Astern, dahinter ist alles dunkel. Es ist schon nach sechs. In der oberen Wohnung sind die Rolläden heruntergelassen. Man sollte da mal wieder durchlüften, denkt Hemma, während sie über die frisch gelegten Waschbetonplatten zu ihrer Haustür geht.

»Wo warst du?« fragt Enzo.

»Im Krankenhaus.« Hemma hofft im selben Moment, daß ihre Mutter nicht gerade an diesem Nachmittag gestorben ist. Aber dann würde Enzo sie wohl anders empfangen. Wie er es ihr wohl beibringen würde? Liebes, da war gerade ein Anruf von der Klinik, wegen deiner *mamma* ...

»Ich wollte dich abholen. Du warst nicht da.«

»Ich mußte danach noch an die Luft. Wo ist Rosa?«

»Du sollst dich schonen, sagt der Arzt.«

»Es geht mir gut.« Hemma hört das Mißtrauen hinter seiner Besorgnis. Sie lehnt sich mit dem Bauch gegen die Kante des Küchentischs. »Wo ist Rosa?«

»'inten.« Er deutet in Richtung Gewächshaus. »Sie begräbt eine tote Taube.«

»Hm. Mal was anderes als immer nur Mäuse.« Die Küche riecht nach Tomatensoße mit Kapern, eine der drei Katzen, die Schwarze, drückt sich klagend um ihre Beine.

»Es war falsch von uns, sie mitzunehmen«, seufzt Enzo.

Seit der Beisetzung ihres Bruders beerdigt Rosa die Mäuse, die die Katzen beinahe täglich anschleppen, die Vögel, die gegen das Gewächshaus geprallt sind, und im Notfall müssen ein paar Fliegen oder Käfer herhalten. Die Gräber liegen auf einem brachen Beet hinter dem Gewächshaus, sie mopst Setzlinge und Blumen aus dem Laden, um sie zu schmücken. Manchmal legt sie die Tiere vorher in eine Tupperbox und spielt einen Tag lang Brutkasten, ehe sie sie verscharrt.

»Laß sie. Es ihre Art, das zu verarbeiten«, meint Hemma und erinnert sich an das Gesicht ihrer Tochter beim Anblick der leeren Babytragetasche, mit der Enzo und sie aus der Klinik kamen. Sie schien zu verstehen. Sie lächelte.

Armer Enzo. Er hat die Tasche und die neue Wiege inzwischen irgendwo versteckt, um Hemma den Anblick zu ersparen. Und sich selbst.

Hemma kichert unvermittelt. »Vielleicht übt sie schon für die ihrer Großmutter.«

»Emma! So was darfst du nicht sagen. Sie ist deine *mamma.*«

»Es heißt nur *Du sollst Vater und Mutter ehren.* Von Liebe ist keine Rede. Was meinst du, ob Rosa uns wohl liebt?«

Enzo starrt seine Frau fassungslos an. »Aber klar tut sie das.« Er wendet sich ab und nimmt den großen Spaghettitopf aus dem Schrank. »Wie geht es deiner Mutter?«

»Schlecht«, antwortet Hemma, denn damit liegt man auf keinen Fall verkehrt. Beim letzten Besuch jedenfalls, vor sechs oder sieben Tagen, sah sie gar nicht gut aus. Hemma hat ihr käsiges, eingefallenes Vogelgesicht noch deutlich vor Augen und hört ihre angerauhte Stimme: »Wie geht's dem Kleinen?« Dabei saugt sich ihr Blick gierig an Hemmas weiter Bluse fest.

»Gut«, antwortet Hemma krampfhaft fröhlich und denkt: Hoffentlich stirbt sie rechtzeitig.

Plötzlich schnappt Agathe mit ihrer Hand, die die Krankheit zur Klaue hat werden lassen, nach Hemmas Hand, und prompt folgt der ganze Unsinn, den Hemma längst kennt: vom Stammhalter und daß sie sich schonen müsse, egal was mit ihr, Agathe, passiere. Sie hört kaum hin, was zählt, ist die ungewohnte Geste. Hemma hat plötzlich Tränen in den

Augenwinkeln, wo es doch nichts zu weinen gibt, absolut nichts. Verlegen sieht sie Rosa an, doch die betrachtet nach wie vor das Kruzifix an der blaßgelben Wand, versunken in ihre eigene Welt. Ein rätselhaftes Kind. Alle Kinder sind rätselhaft. Wie Katzen.

»Ich mußte 'eute nachmittag den Laden abschließen.« Enzo füllt den Topf mit Wasser. »Der Termin mit diesem Architekten, 'ast du den vergessen?«

»Nein.«

Es handelt sich um eine neue Wohnanlage auf der Mathildenhöhe, Darmstadts Vorzeigehügel. Sie haben lange für diesen Auftrag gekämpft.

Er lächelt unsicher. »Ist ja nicht so schlimm.« Dann leuchten seine Augen, zum erstenmal seit dem Ereignis, das sein Leben für alle Zeiten in ein Davor und ein Danach teilen wird. »Wir kriegen den Auftrag. Alles. Planung, Neuanlage, Pflege... das wird sich lohnen.« Er zaubert eine Flasche Chianti im Korb hervor. »Ich dachte, darauf stoßen wir mal an.«

»Ja.«

»Wollen wir am Wochenende zusammen wohinfahren, einen Ausflug machen, mit Rosa, willst du? Du mußt doch nicht jeden Tag zu deiner Mutter.«

»Meinetwegen«, sagt Hemma, »jetzt bin ich hungrig.« Sie zupft an ihrem Rockbund, der ihr sichtlich zu weit ist, und lächelt Enzo an: »Ich brauch was Neues zum Anziehen.«

In den folgenden Wochen fährt Hemma häufig mit der Straßenbahn in die Stadt. Sie scheint wahllos zuzuschlagen. Ein paar Sachen sind dabei, die sich beim besten Willen nicht mit ihrem bisher so dezenten Geschmack vereinbaren lassen. Ein giftgrüner, ultrakurzer Rock, eine schwarze Lederweste, Dralonpullover in schreienden Farben, ein durchsichtiger Unterrock in billigem Hellbau. Für Rosa hat sie eine Barbiepuppe in einem pinkfarbenen Tüllkleid mitgebracht, ansonsten kümmert sie sich nicht viel um ihre Tochter. Enzo sieht seine Frau die neuen Sachen nie tragen, nur am Abend nach dem Einkauf, wenn sie eine Modenschau für ihn veranstaltet und er *»bellissimo«* oder »interessant« sagt, weil er es sagen muß, da sie sich sonst stundenlang im Schlafzimmer einschließt, wie an dem Abend, als sie vom Friseur kam und Enzo bemerkte, daß er ihr langes Haar schöner fand.

Er macht sich angesichts ihrer Kaufwut allmählich Sorgen um die Finanzen. Er schmeißt den Laden, so gut er kann, aber er ist kein Gärtner, er ist Maurer. Hemma hat ihn angelernt. Wenn sie in der Stadt ist, muß er Sträuße binden und zur mäkeligen Kundschaft freundlich sein, was ihm nicht liegt. Einige Kunden sind schon abgesprungen. Außerdem kann er nicht stundenlang im Laden stehen, er hat Aufträge zu erledigen. Er hat sich auf Garten- und Landschaftsbau spezialisiert; Trockenmauern setzen, Terrassen und Wege anlegen, Gartenhäuser aufstellen, das macht ihm Freude, darin ist er gut. Zudem ergänzt er damit das Angebot der Gärtnerei Semper, und vor allem: er ist aus dem Haus. Weg von Agathe, die bis zum Ausbruch ihrer Krankheit das Regiment im Laden führte, während Hemma für das Gewächshaus und die Grabpflege zuständig war und sich um Rosa kümmerte.

Jetzt ist alles durcheinandergeraten. Aber noch wagt er nicht, seiner Frau Vorwürfe zu machen. Und vielleicht, denkt er, ist die viele Arbeit das beste für mich, um den Schmerz zu betäuben. Ein Fertigwerden gibt es für ihn sowieso nicht.

Rosa ist in dieser Zeit oft sich selbst überlassen. Sie sudelt ihre Hausaufgaben hin, und dann vergräbt sie Tiere. Neuerdings auch billige Stofftiere, die Hemma ihr aus der Stadt mitbringt. Sie hat der Barbie das lange Blondhaar kurzgeschnitten, es mit schwarzem Filzstift angemalt und aus dem Trauerflor für die Kränze eine Art Kleid gefertigt. So ausgestattet, darf die Puppe an den Bestattungsfeierlichkeiten teilnehmen.

»Und morgen gibt es eine ganz tolle Beerdigung«, verkündete sie der Barbie, und ihre Augen, die die Farbe von *funghi porcini* haben, blitzen lebhaft.

Die Regale des Spielwarenladens sind bis obenhin gefüllt, aber die Kassiererin hat noch nicht allzuviel zu tun. Noch ist Zeit, noch schaut man sich um, überlegt, prüft, läßt sich inspirieren. Die Schwangere mit dem hellen Trenchcoat ist erst letzte Woche hier gewesen, sie stand lange bei den Barbies, hat aber keine gekauft. Heute zieht es sie in die Stofftierabteilung, wo es verhältnismäßig ruhig zugeht, verglichen mit dem Tumult um die große Carrerabahn. Sie streichelt die Tiere und steckt ihre Nase ab und zu in den weichen Plüsch, was man beim Personal nicht gerne sieht. Nachher ist das Fell wieder voller Lippenstift, und überhaupt, die Bakterien ... Die Schwangere nähert sich der Kasse mit einem kleinen Seehund, einem billigen Tier mit unsauber aufgeklebten Glasaugen. Schwangerschaft hin oder her, denkt die Frau hinter der Kasse, aber innerhalb weniger Minuten schwillt kein Bauch dermaßen an. Sie murmelt etwas von einem reduzierten Preis und verschwindet hinter einer Tür. Als sie mit dem Geschäftsführer zurückkehrt, ist Hemma schon am Ausgang.

»Sie da! Warten Sie mal!«

Der Mann überholt sie und stellt sich ihr in den Weg, Hemma streckt abwehrend die Arme aus, ihre Leibesfrucht fällt auf die Gummifußmatte. Die anderen Kunden glotzen.

Kurz darauf sitzt Hemma in einem Kabuff auf einem Bürostuhl und schaut sich den Wandkalender der Sparkasse an: Das Novemberbild zeigt einen nebelverhangenen Fluß mit Brücke. Der Bär sitzt gewichtig auf dem Schreibtisch. Er ist jetzt kein brauner Stoffbär mehr, sondern ein Beweisstück.

Der Geschäftsführer legt den Hörer auf die Gabel und dreht sich um zu der Kaffeemaschine, die hinter ihm vor sich hin schlürft.

»Kaffee?«

»Ja. Mit Milch, ohne Zucker.«

»Süßstoff?«

»Nein. Davon kriegt man Krebs.«

Der Mann, er hat eine Halbglatze und ein gutmütiges Mondgesicht, hebt besorgt die buschigen Brauen. »Tatsächlich?«

»Hab ich erst im *Stern* gelesen.«

»Aber Zucker …«, er klopft sich auf den Bauchansatz, dann füllt er die groben Becher und stellt den mit der Aufschrift *Ich bin der Boss* vor Hemma hin.

»Ach ja«, seufzt er, »die Klauerei. Das wird jetzt wieder schlimm werden, in der Vorweihnachtszeit.«

»Wird denn viel geklaut?« fragt Hemma interessiert.

»Einen pro Tag kriegen wir mindestens, oft auch zwei, drei. Natürlich viele Kinder.«

»Schrecklich.«

»Da verständigen wir erst mal die Eltern. Wenn es keine Wiederholungstäter sind, sehen wir von einer Anzeige ab.«

»Das ist nett von Ihnen.«

»Nur bei Kindern«, sagt er, um einem Mißverständnis vorzubeugen.

»Es ist schon in Ordnung, daß Sie die Polizei holen. So geht's ja schließlich nicht weiter.«

»Manche Eltern schicken ihre Kinder regelrecht zum Stehlen.«

»Das ist fast so schlimm wie zum Betteln.«

»Was meinen Sie mit ›so geht's nicht weiter‹?«

»Mit meiner Klauerei.«

»Klauen Sie viel?«

»Es geht so. Ich hab erst kürzlich damit angefangen.«

»Hier, bei uns?«

»Nein, das war der erste Versuch. Der Bär sollte für meinen Sohn sein.«

Er mustert ihre gepflegte Erscheinung. Armut kann es nicht sein. Aber das ist es in den wenigsten Fällen.

»Der Bär ist von Steiff. Unser teuerstes Modell. Sie haben Geschmack.«

»Er muß was aushalten.«

»Tja, bei kleinen Jungs. Wie alt ist Ihr Sohn?«

»Ich wollte ihn auf sein Grab setzen.«

»Das tut mir leid«, antwortet der Geschäftsführer knapp. Sein Mißtrauen ist geweckt, er bekommt hier viele rührselige Geschichten zu hören.

»Das muß es nicht. Ich bin nicht traurig darüber. Ich wollte sowieso kein zweites Kind. Ich habe heimlich die Pille genommen, weiß der Teufel, warum es doch passiert ist. Mein Mann würde ausflippen, wenn er das wüßte.«

Der Geschäftsführer schweigt verlegen in seinen Kaffeebecher, aber da klopft es endlich an die Tür, und zwei Uniformierte bitten Hemma mitzukommen. Sie sind sehr jung, einer lächelt ihr zu. Die Sache scheint ihnen unangenehm zu sein, aber was sollen sie machen, dafür sind sie schließlich da.

Stumm gehen sie durch die regengraue Stadt, Hemma in der Mitte, den weiten Mantel fest um ihren Körper geschlungen, es weht ein eisiger Wind.

Sie betreten das Präsidium. Auf dem Flur kommt ihnen ein Mann in Zivil entgegen, man grüßt sich, der Mann bleibt stehen, Hemma auch.

»Sie!?«

Hemma reicht ihm die Hand, die er nach kurzem Zögern nimmt.

»Mein Lebensretter«, stellt ihn Hemma den beiden jungen Polizisten vor, mit einer galanten Handbewegung, als befänden sich alle vier auf einem Empfang.

Die drei Beamten tuscheln. Dann gehen die zwei Uniformierten ihrer Wege, und Martin führt Hemma zu seinem Büro. Er öffnet die Tür. Sie zögert.

»Was ist? Soll ich Sie über die Schwelle tragen?«

»Wäre mal was anderes«, antwortet Hemma und geht hinein. Er deutet auf den Besucherstuhl, aber Hemma bleibt stehen und sieht sich um. Zwei Schreibtische stehen sich gegenüber, der rechte, größere, gehört *Hauptkommissar A. Miltenberger*, wie auf dem Schild aus zusammengesetzten Buchstaben zu lesen ist, und ist überaus penibel aufgeräumt, der von *Kommissar Martin Pauly* läßt eher den Verdacht aufkommen, daß hier gearbeitet wird. Sie registriert das Foto von Frau und Sohn und die volle Tasse, in der ein Beutel Gold-Teefix dümpelt.

Er starrt selbstvergessen auf ihre Beine, er weiß jetzt, woran ihn ihre Waden erinnern: griechische Amphoren. So harmonisch und wohlproportioniert in ihrer sanften Rundung …

»Die müßte man mal umtopfen.« Hemma weist auf die jämmerlichen Kreaturen auf dem Fensterbrett.

»Warum machen Sie so was?«

»Er war zu teuer. Nicht für mich. Prinzipiell. Spielzeug darf nicht teuer sein. Kinder brauchen gutes Spielzeug, alle Kinder, nicht nur die der Reichen.«

»Sie stehlen also aus politischen Motiven Teddybären?« schmunzelt er und glaubt ihr kein Wort.

»Nicht nur.« Sie löst ihren Blick von den Zimmerpflanzen und sieht ihm ganz plötzlich direkt in die Augen. »Ich wollte Sie wiedersehen.«

»Verarschen kann ich mich selber«, erwidert er, aber sie lächelt, und er bereut seinen barschen Ton. Gemäßigter fährt er fort: »Ich bin für geklaute Stoffbären nicht zuständig. Es war ein Zufall, daß ich Sie gesehen habe. Ich hoffe, ich kann die Kollegen von der Streife irgendwie dazu bewegen, die Sache zu vergessen.«

»Danke.«

»Ich sagte, ich hoffe. Steht Ihnen übrigens gut, der Haarschnitt.« Ihr Nacken liegt nun bloß. Diese feinen Härchen.

»Wann haben Sie Dienstschluß?« fragt sie. Das Lächeln ist verschwunden, sie geht sparsam damit um.

»Um fünf.«

»Ich gehe jetzt in die ›Bockshaut‹ und warte da auf Sie«, sagt Hemma und verläßt ohne ein weiteres Wort das Büro.

Um halb fünf betritt er – das Beweisstück unter dem Arm – die schummrige Gaststube, in der es nach Bratensoße, Bier und Glühwein riecht. Sie sitzt allein an einem großen Tisch. Ein Café hätte besser zu ihr gepaßt. Sie nimmt den Bären entgegen wie eine selbstverständliche Huldigung und steckt ihre Nase kurz in den Plüsch, dann legt sie ihn beiseite. Es ist warm, ihr Gesicht ist gerötet.

»Danke.«

Ein Kellner kommt an den Tisch, kaum daß Martin sich hingesetzt hat, aber Hemma sagt: »Ich zahle«, und legt ein paar Münzen hin. Sie läßt ihr halbes Glas Cola stehen und geht zur Garderobe. Martin folgt ihr. Täuscht er sich, oder hat sie ein bißchen zugenommen? Aber zum Glück sind ihre Waden noch so wie in seinen Träumen. Schöner sogar, in diesen schwarzen Strümpfen. Frauen mit solchen Beinen müßte es verboten werden, jemals Hosen zu tragen. Sie schlüpft in ihren weiten Mantel und geht überraschenderweise nicht nach draußen, sondern steigt, ohne sich nach ihm umzudrehen, eine knarrende Treppe hinauf, dann noch eine, ein düsterer Gang, es riecht nach Jägerschnitzel und Möbelpolitur. Sie zieht einen Schlüssel mit einem Messinganhänger aus der Manteltasche und öffnet damit eine Tür. Martin ist ihr gefolgt wie eine Marionette am Faden, den Bären unter den Arm geklemmt. Er ist noch nicht dazu gekommen, über irgend etwas nachzudenken, und als sie jetzt die Tür hinter ihm zustößt und den Mantel fallen läßt und er den Bären, scheint ihm nicht der geeignete Zeitpunkt, um damit anzufangen.

Sie lassen sich viel Zeit. Sie findet seine Lippen überraschend weich, sein Schnurrbart kitzelt, ihr Lippenstift schmeckt nach Vanille, ihre Zähne sind klein und scharfkantig, die seinen wie glattpolierte Steine, ihre Zungen umspielen sich, wagen sich vor, ziehen sich zurück, und dann haben beide Angst vor dem Loslassen, vor der Verlegenheit beim Sich-Ansehen, Angst, den Fluß zu unterbrechen. Die Lippen immer noch auf ihren, öffnet er den Verschluß des beigen Rocks, den er schon kennt. Jetzt muß er ihren Mund doch freigeben, denn da ist etwas seltsam. Er schaut über ihre Schulter. Sie trägt noch einen Rock. Einen schwarzen Mini. Hinten, am Reißverschluß, baumelt das Preisschild.

Sie streift sich den engen Schwarzen selbst von den Hüften und steigt dann aus beiden Röcken wie aus einer Badewanne. Auf der Bettkante sitzend, schält sie langsam ihre Strumpfhose von den Beinen. Dünne, weißschimmernde Haut an den Innenseiten ihrer Schenkel. Er schluckt. Sie steht auf, legt die Arme um seinen Hals, und er küßt ihren Nacken, ihr Ohr, schmeckt ihre Haut, riecht ihr pudriges Parfum, zieht ihr den schwarzen Pullover aus und den lilafarbenen mit dem Etikett von *Henschel und Ropertz*. Ungeduldig nestelt er am ladensteifen Stoff der Bluse. Das Seidenunterhemd zu DM 29,95 segelt elegant durch den Raum und landet sanft auf dem orangefarbenen Bettvorleger. Der Duft ihres Schweißes. Seine Gürtelschnalle gräbt sich in ihren weichen Bauch, und das kalte Metall erwärmt sich, als sie den Druck seiner Hüften erwidert. Er atmet schwer.

Die Verschlüsse der beiden BHs sind schwer zu knacken, besonders, wenn einem die Hände nicht mehr gehorchen, sie dagegen öffnet seinen Gürtel mit ruhiger Hand. Das kleine Zimmer füllt sich mit Textilien. Wenigstens ist bei ihm nichts doppelt.

Endlich dürfen seine Hände ungehindert über die feuchtwarme Haut ihres Rückens gleiten, Wirbel für Wirbel, bis unter die schwarzen Spitzen ihres allerletzten Kleidungsstücks. Und noch ein wenig weiter. Er küßt ihren Hals, fühlt, wie das Blut unter seinen Lippen pulsiert, zupft ganz leicht mit den Zähnen an ihrer Haut und verspürt den irrsinnigen Wunsch zuzubeißen. Er schließt die Augen. Er hat jetzt nur noch einen Gedanken, und der geht ihm ausgerechnet in Form jenes Vokabulars durch den Kopf, das die Kollegen zuweilen benutzen, wenn sie mit ihrer Manneskraft prahlen.

Was ist jetzt? Plötzlich läßt sie ihn los. Hat er etwa aus Versehen laut gesagt, daß er sie ficken möchte wie ein Stier eine angebundene Kuh? Sie legt sich auf das Bett, Arme und Beine von sich gestreckt, als zögen unsichtbare Stricke sie in alle vier Himmelsrichtungen. Ihre Augen sind geschlossen, so daß er sie ungeniert betrachten kann. Es ist eine Pose, die er noch nie bei einer Frau gesehen hat, schamlos in ihrer Bereitwilligkeit und gleichzeitig rührend wehrlos. Als würde sie sich opfern.

Und während er noch in tiefer Verwirrung dasteht, zieht ihre Hand das schmale Mittelteil des Slips wie einen Vorhang beiseite.

Agathes Beerdigung ist trotz der Kälte dieses Januartages gut besucht. Nicht, daß sie übermäßig beliebt gewesen wäre, aber sie war bekannt und genoß den Ruf einer respektablen Geschäftsfrau. Außerdem war sie nach dem Tod ihres Mannes fromm geworden, eine verkrampfte Protestantin, die Geld und Torten für Wohltätigkeitsbasare stiftete und trotz ihrer Stimme, die an eine schlecht geölte Fahrradbremse erinnerte, im Kirchenchor sang.

Der Blumenschmuck erregt Bewunderung, Hemma und Enzo haben bis in die Nacht hinein Kränze gebunden und Gestecke arrangiert. Sogar Rosa mußte helfen. Rotnasige, vor Kälte schniefende Leute kommen ans Grab und drücken Hemma die Hand. »Viel zu früh«, sagen die meisten und daß dreiundsechzig doch noch kein Alter zum Sterben sei.

Und dann kommt auch Tante Lene, buchstäblich in letzter Sekunde. Sie schließt ihre Nichte fest in die Arme, und Hemma muß sich zusammenreißen, daß sie nicht zu sehr strahlt. »Endlich«, flüstert Hemma ihr ins Ohr, und Lene zwinkert ihr zu und streicht dabei Rosa übers Haar, aber die scheint nur Interesse für ihre neuen schwarzen Lackschuhe zu haben, verzückt starrt sie sie immer wieder an und wischt sie alle paar Sekunden an der Wollstrumpfhose blank, bis Enzo ihre Hand drückt und ihr zuflüstert, sie solle das lassen.

Dann sieht sie ihn. Er steht am Rand der Menge, ein paar Meter hinter einer Stammkundin, es ist die Dame mit dem schwarzen Hut, die heute endlich einmal nicht durch ihre Kopfbedeckung auffällt, es ist das reinste Hütetreffen, was wären Hutläden ohne Beerdigungen? Sie haben sich seit drei Wochen nicht gesehen. Da waren die Weihnachtstage mit viel Arbeit im Betrieb und Rosa, die die Masern hatte, und nach Neujahr verschlechterte sich Agathes Zustand dramatisch, und Hemma verbrachte viele Stunden im Krankenhaus. Zudem äußerte Enzo in letzter Zeit Unmut über ihre ausgedehnten Spaziergänge, nachdem er zunächst erleichtert das Ende des Konsumwahns zur Kenntnis genommen hatte.

Auch Martin hat die Weihnachstage mit seiner Familie verbracht.

»So kann es nicht weitergehen«, hat Hemma beim letzten Treffen zu ihm gesagt.

»Nein«, hat er geantwortet, »so nicht.«

Sie hat ihn nicht mehr angerufen, und wenn er im Laden anrief, hat sie nach einer Sekunde aufgelegt.

Er schaut zu ihr hin, unentwegt, unverschämt. Es muß jedem auffallen, denkt Hemma erschrocken und wagt kaum, ihn länger als einen Wimpernschlag lang anzusehen. Er hat sich die Koteletten gestutzt, die Hemma »geckenhaft« nannte, und Hemma findet ihn verdammt attraktiv.

»WAS?« fragen seine Augen, und sie spürt ein Kribbeln im ganzen Körper, ein Ziehen im Unterleib, ihr Gesicht unter dem Schleierhütchen fängt an zu glühen. Sie lächelt ihm ganz kurz zu, neigt den Kopf in Richtung Grab und streicht mit einer beiläufigen Geste über die Härchen in ihrem Nacken. Seine Lieblingsstelle. Eine davon. Er atmet tief durch und hebt den Blick zum grauen Himmel, als sei ihm soeben von dort oben ein Segen erteilt worden. Danach gönnt sie ihm keinen Blick mehr, als wolle sie ihn bestrafen, für sein freches Auftreten oder für ihre künftige Niederlage.

Dabei ist er durchaus offiziell hier. Seine Mutter hat ihn gebeten, sie zu begleiten, angeblich kennt sie Agathe Semper von früher. Zuvor muß er mit ihr zum Flughafen fahren, um ihre Freundin Lene, die Schwester der Verstorbenen, abzuholen.

»Warum macht das nicht … ihre Familie?« fragt er auf der Hinfahrt.

»Die haben jetzt genug um die Ohren«, antwortet sie barsch.

»Woher kennst du sie?«

»Vom Eleonoren-Gymnasium und dem BDM«, antwortet sie erneut so kurz angebunden, daß ihm das Fragen vergeht. Erst als sie in der Ankunftshalle stehen, wird sie wieder gesprächig: »Lene muß extra ihre Tournee unterbrechen«, erklärt sie in einem Ton, der den Gedanken nahelegt, Agathe Semper habe ihren Tod extra herbeigeführt, um ihrer jüngeren Schwester einen Streich zu spielen.

»Ist sie Schauspielerin?«

»Ballett.«

»Aber sie tanzt doch nicht mehr, oder?«

»Natürlich nicht, sie wird heuer vierundfünfzig, genau wie ich. Als Tänzerin hat sie es leider nie bis ganz nach oben geschafft. Die wichtigsten Jahre sind ihr durch den Krieg verlorengegangen. Wie uns allen.« Sie seufzt. »Aber sie hat das Stück choreographiert. Sie ist eine recht anerkannte Choreographin, vor allem im Ausland. Sie war jetzt gerade mit ihrem neuen Stück in Boston und New York.«

Die Art, wie Lene Flossmann die Ankunftshalle betritt, erinnert Martin an einschlägige Filmszenen, und es hätte ihn nicht gewundert, wenn plötzlich eine Horde Reporter auf sie zugestürmt wäre. Sie trägt einen ziemlich kurzen Hosenrock und darüber ein weites schwarzes Cape. Ihre Schuhe sind zierlich, mit flachem Absatz, dabei hätte sie ein paar Zentimeter gut vertragen, denn sie ist klein, kleiner als seine Mutter, aber ihr Körper ist muskulös, das verraten ihre Bewegungen. Sie ist der Typ, der gemeinhin als »rassig« bezeichnet wird, was bedeutet, daß man unter ihren Nylons den angepreßten dunklen Haarwuchs erkennt und ihr Oberlippenbart mit manchem Abiturienten konkurrieren kann. Martin hat sich seinen vor ein paar Tagen abrasiert, weil Hemma ihn irgendwann »albern« genannt hat.

Trotz der Behaarung und einiger Falten ist Lenes Gesicht das einer von Natur aus schönen Frau. Sie hat es auch nicht nötig, sich die grauen Strähnen zu färben, und obwohl da nicht allzuviel Ähnlichkeit zwischen Tante und Nichte ist, erinnert sie ihn an Hemma. Hemma hat auch so ein zeitlos schönes Gesicht.

»Ein schöner Sohn«, sagt Lene zu Luise, nachdem sie Martin kurz, aber unverhohlen gemustert und ihm die Hand gedrückt hat. Es klingt überrascht.

»Was hast du erwartet. Daß er zwei Köpfe hat?« gibt seine Mutter prompt zurück.

»Mindestens«, sagt Lene und lacht.

Martin kommt sich vor wie ein kleiner Junge. Fehlt nur noch, daß mich eine der beiden in die Wange zwickt oder mir den Kopf tätschelt.

»Wo ist dein Mann?« fragt Lene, und diesmal läßt ihr Ton keinen Zweifel aufkommen, daß sie Ernst Pauly nicht besonders gut leiden kann.

»Unterwegs«, antwortet Luise. »Wie immer«, fügt sie hinzu.

In seinem Wagen setzen sich die beiden Damen gemeinsam nach hinten, und Lene streckt plötzlich die Hand zum Faschistengruß aus – so weit es die räumlichen Verhältnisse in seinem Opel Kadett zulassen. »DREI LITER!« schreit sie, und die beiden Frauen brechen in gänsehaftes Gekicher aus. Dann reden sie mit gesenkten Köpfen sehr leise miteinander. Um seine Diskretion zu demonstrieren, schaltet Martin das Radio ein. Einmal glaubt er durch James Browns Röhre hindurch Hemmas Namen zu hören, aber er ist sich nicht sicher. Er sieht in letzter Zeit ständig Hemmas, überall, auf der Straße, in fremden Autos, sogar im Fernsehen. Dort ist die Linie ihres Nackens, hier ein ähnlicher Gang, eine Handbewegung, die Neigung eines Hinterkopfes, die Kontur eines Mundes. Einmal hat er eine Straßenbahn vom Luisenplatz bis nach Eberstadt verfolgt, wegen einer Wade, die er beim Einsteigen nur noch flüchtig sah …

Als er nach einer Weile in den Rückspiegel schaut, ist das lebhafte Gesicht von Lene ruhig und ernst geworden, und das seiner Mutter, das mit seinem verhangenen Blick und dem verträumten Mund stets einen aparten Hauch von Melancholie und Abwesenheit zeigt, wirkt plötzlich resigniert und traurig. Sicher nicht wegen des Todes von Agathe Semper, so viel hat er begriffen, denn als sie sich zu Hause für die Beerdigung zurechtmachte, Hüte und Schuhe anprobierte und ihren Mantel bürstete, hat sie noch *Auf in den Kampf, Torero* vor sich hin gepfiffen.

Kurz vor dem Aussteigen am Friedhof kommt es zu einem seltsamen Dialog.

»Du wirst den Mund halten, Luise«, sagt Lene zu seiner Mutter in einem, wie ihm scheint, unangemessen gebieterischen Ton, und die antwortet so kleinlaut, wie er es noch nie von ihr gehört hat: »Ja, ich versprech's.«

»Mein Gott, sie hat sich aber auch von nichts trennen können!« ruft Hemma ärgerlich. »Sogar seine Socken hat sie behalten.«

Tatsächlich befinden sich in den Schränken von Agathes Wohnung über dem Laden mehr Sachen von Hagen Semper als von seiner Frau.

»Was soll ich damit machen?« fragt Lene.

»Womit?« Hemma sitzt an Agathes Schreibtisch und

schwelgt in Rechnungen über Grabpflege, Beerdigungs- und Hochzeitsschmuck, die bis in die fünfziger Jahre zurückreichen.

»Mit Hagens Buntmetall.« Lene legt die Tafel, die mit nachtblauem Samt überzogen ist, vor Hemma auf den Schreibtisch.

Hemma nimmt die Tafel in die Hand. »Ah, da sind sie ja. Die habe ich schon lange nicht mehr gesehen.« Sie läßt ihren Zeigefinger die Reihen abschreiten: »Deutsches Kreuz. Kriegsverdienstmedaille. Ritterkreuz. Die Medaille ›Winterschlacht im Osten‹. Das Verwundetenabzeichen. Das gab's für den Granatsplitter in seinem Hintern. Die Nahkampfspange. Das Cholmschild.« Sie schaut ihre sprachlose Tante amüsiert an. »Für den Völkermord an den Leningradern. Er hat das nur ein wenig anders formuliert. Und das da …«, sie deutet auf eine Auszeichnung in Form einer Schlangengrube, in die ein Schwert mit Hakenkreuz am Knauf und SS-Totenkopf an der Spitze stößt, »… das ist was ganz Besonderes: das Bandenkampfabzeichen. Für den Kampf gegen Partisanen. Im Klartext also für den Mord an unbewaffneten Zivilisten. Frauen und Kinder.«

Lene starrt ihre Nichte mit offenem Mund an. »Woher weißt du das alles?«

»Das waren meine Gutenachtgeschichten.«

»Großer Gott!«

»Ich war sehr stolz auf ihn. Bis wir am Gymnasium diesen jungen Geschichtslehrer bekamen. Er hat uns ein paar Bücher lesen lassen und Filme gezeigt. An den einen, ›Nacht und Nebel‹, erinnere ich mich besonders gut. Er handelte von den Vernichtungslagern der Nazis. Damals kamen die ersten Differenzen in der Familie auf.«

Hemma verschweigt, daß sie die Bücher vor allen Dingen verschlungen hat, weil sie in diesen Lehrer verliebt war, und daß diese Lektüre und die daraus resultierenden Fragen an ihre Eltern der wahre Grund waren, weshalb sie vom Gymnasium auf die Handelsschule wechseln mußte, und nicht, wie vorgeschoben, die Vieren in Mathematik und Englisch.

»Mich wundert nur, daß sie sie nicht aufgehängt hat.« Hemma wirft die Tafel zu den Sachen für den Sperrmüll.

Lene sieht auf einmal ziemlich mitgenommen aus. »Weißt du, ich konnte meinen Schwager nie sonderlich leiden, aber daß es so schlimm mit ihm war, das war mir wirklich nicht bewußt.«

»Er war halt mit Leib und Seele dabei.«

»Sei nicht so streng, jetzt, wo beide tot sind. Ich koch uns mal einen Kaffee.« Sie verschwindet in der Küche. Hemma wundert sich. Es ist sonst nicht die Art ihrer Tante, sich vor unbequemen Gesprächen zu drücken.

Streng. Hemma schnaubt. Sie nimmt die nach Mottenpulver riechenden Anzüge ihres Vaters aus dem Schrank und legt sie in einen Karton, wo sie die wenigen Kleider ihrer Mutter erdrücken. Streng, aber gerecht, äfft sie im Geist ihre Mutter nach. Strenge und Gerechtigkeit schienen Hemma lange Zeit die höchsten Tugenden zu sein, über die ein Vater verfügen konnte. So hat es ihr Agathe immer wieder erklärt, nach jeder Ohrfeige, nach jedem Hausarrest. Erst nach seinem Tod fragte Hemma sich manchmal, ob er sie auch geliebt hatte.

Mit einem boshaften kleinen Lächeln erinnert sie sich an die Szene, als Hagen erfuhr, daß sie mit Enzo »ging«. Genaugenommen krachte es erst, als Hemma ihren aufgebrachten Vater, der Enzo gerade als »hergelaufenen sizilianischen Bauernlümmel« bezeichnet hatte, mit provozierender Direktheit ansah und fragte: »Wäre es dir lieber, er wäre ein Jude oder ein Russe?«

Es war die letzte Ohrfeige, die er austeilte. (Schon deshalb, weil er ein halbes Jahr später starb.) Danach ging Hemma in ihr Zimmer, packte ein paar Sachen ein und fuhr zu Enzo, der sich ein Dachzimmer im Martinsviertel mit einem Jugoslawen teilte. Enzo meldete sich krank, und sie vögelten drei

Tage lang fast ohne Pause, sogar dann, wenn der Kollege im Bett nebenan zu schlafen vorgab.

»Ihhh! Pfui Teufel!«

»Was ist?« fragt Lene, die gerade die Tassen auf den Tisch stellt.

»Sie hat sogar sein Gebiß aufgehoben!« Hemma hält mit spitzen Fingern eine Plastiktüte hoch.

»Das ist Liebe. Der Kaffee ist gleich fertig.« Sie setzen sich an den runden Tisch mit der Häkeldecke.

»Was wirst du mit den Möbeln machen?« will Lene wissen.

»Weiß nicht. Verkaufen.«

»Und mit der Wohnung?«

»Vielleicht richte ich sie später mal für Rosa her. Ihr jetziges Zimmer ist recht klein.«

»Und du?«

»Was ist mit mir?« fragt Hemma, obwohl sie weiß, wovon Lene spricht.

»Bist du einigermaßen drüber weg?«

»Seh ich aus, als wäre ich todtraurig?«

»Das nicht«, gibt Lene zu. »Nein, du siehst sogar sehr gut aus.«

»Ich wollte kein zweites Kind. Ich bin nicht der mütterliche Typ. Und einen Sohn wollte ich schon gar nicht. Enzo hätte den Kleinen maßlos vergöttert, und Rosa wäre zu seinem Kindermädchen degradiert worden. Ich denke, es war gut so. Es hätte uns, Rosa und mich, nur unglücklich gemacht. Ich weiß nicht, ob du das verstehen kannst.«

»Das fragst du mich?« Sie lächelt. »Mir waren mein Beruf und meine Selbständigkeit immer das Wichtigste. Ich kann bis heute nicht nachvollziehen, was die Frauen an der Mutterschaft so beglückend finden.«

»Das darfst du aber nicht vor Enzo sagen«, meint Hemma stirnrunzelnd.

»Ich sage grundsätzlich alles, was mir paßt, vor wem auch

immer. Ich habe lange genug den Mund halten müssen.« Lene kramt in ihrer Handtasche und zündet sich eine Zigarette an. Sie grinst. »Wenn das meine Schwester sähe. Noch dazu in ihren Räumen!«

Hemma antwortet nicht, sie denkt an ihre Mutter. Sie war auch nicht gerade der warmherzige Typ. Ihr Leben drehte sich um ihren Mann und um den Betrieb. Nicht ein einziges Mal hat sie sie vor Hagen in Schutz genommen oder sie wenigstens heimlich getröstet.

»Ich mache mir Sorgen um Rosa«, wechselt Hemma das Thema.

»Spielt sie immer noch Beerdigung?«

»Nicht mehr so oft. Die Beisetzung ihres ›Kullertränchens‹ oder wie das Ding hieß, war vorläufig der Höhepunkt. Aber das ist es nicht. Ich habe mit dem Arzt meiner Mutter gesprochen. Leukämie ist erblich. Es kann sein, daß ich es bekomme, es kann aber noch viel eher sein, daß ich die Krankheit selbst nicht kriege und sie nur weitergebe. An Rosa.«

Lene drückt ihre Stuyvesant im Zwiebelmuster der Untertasse aus, stützt die Ellbogen auf den Tisch und vergräbt das Gesicht für einen Moment in den Händen. Dann sieht sie Hemma an, wobei ihre dunklen Pupillen nervös hin und her flackern.

»Hemma, ich muß dir was sagen.«

So klang Tante Lenes Stimme noch nie: brüchig, wie alter Zwieback.

»Ja?«

»Agathe war nicht deine Mutter und Hagen nicht dein Vater.«

Hemma nimmt das Gehörte scheinbar ruhig hin. Sie zweifelt keine Sekunde an der Richtigkeit. »Wer dann?« fragt sie schließlich.

»Sie haben dich adoptiert, als du ein Säugling warst. Du bist in einem Heim für ledige Mütter zur Welt gekommen.«

»Und wer sind meine richtigen Eltern?« fragt Hemma.

»Das weiß niemand.«

»Was soll das heißen? Es muß doch Papiere geben, eine Geburtsurkunde … Moment mal! Als ich geheiratet habe, da brauchte ich die Urkunde, und wir haben sogar ein Familienstammbuch, und da drin stehen Agathe und Hagen Semper als meine Eltern, eindeutig. Willst du es sehen?« Hemma ist aufgesprungen und in Richtung Schreibtisch gegangen.

»Spar dir das. Papier ist geduldig«, entgegnet Lene und nimmt einen Schluck Kaffee. »Ich habe Agathe oft gedrängt, es dir zu sagen, aber sie fand immer einen Grund, es hinauszuzögern, und ich mußte jedesmal versprechen, mich nicht in ihre Familienangelegenheiten einzumischen.«

Hemma sitzt am Schreibtisch und malt Kringel in den Staub.

»Hat sie aber nicht«, stellt sie leise fest. Sie schaut eine Weile stumm aus dem Fenster, dann dreht sie sich um, die Stimme voller unterdrückter Wut: »Sie haben mich belogen, alle beide! Über den Tod hinaus. Und du auch! Und sag jetzt nicht, ihr hättet nur mein Bestes gewollt.«

Lene schüttelt betrübt den Kopf. »Es ist meine Schuld. Ich war zu feige und zu sehr mit mir selbst beschäftigt. Vielleicht liegt's daran, daß sie uns das Wegschauen und Nichteinmischen so gründlich beigebracht haben.«

Hemma setzt sich wieder hin und wischt sich mit dem Ärmel über die Augen, dann sagt sie gefaßt: »Irgendwie bin ich auch erleichtert. Es war nie ein schöner Gedanke, so einen Erznazi zum Vater zu haben.«

»So gesehen …«, Lene wagt ein kleines Lächeln.

»Du bist also gar nicht meine Tante.«

»Nein.«

»Das ist schade.«

»Das ändert hoffentlich nichts zwischen uns. Deine Patin bin ich immer noch. Und vor allen Dingen deine Freundin. Weißt du, wenn ich je eine Tochter hätte haben wollen, dann nur so eine wie dich.«

Hemma wischt sich erneut über die Augen. »Wo war dieses Heim?«

»Das was?«

»Dieses Heim, in dem ich zur Welt gekommen bin. Wo war das?«

»Das weiß ich nicht«, antwortet Lene. »Es ist so lange her. Nein, das weiß ich nicht mehr.«

»Wir sollten zusammen verreisen«, sagt Martin. »Ich will endlich einmal mehr Zeit mit dir verbringen. Mit dir einschlafen, mit dir aufwachen …«

»Was wird deine Frau dazu sagen?«

»Ich könnte ja zu einem Lehrgang müssen.«

»Und was soll ich sagen? Eine Floristentagung?«

»Ich habe mir noch nie im Leben etwas so sehr gewünscht«, flüstert er, und sie muß den Kopf wenden, um ihm in die Augen zu sehen. Ihr Rücken lehnt an seiner Brust, und sein Rücken lehnt sich gegen die Bettlade, die mit einem pinkfarbenen Plüschfell überzogen ist. Aus dem in das Kopfteil eingebauten Radio schmeichelt es *Baby, I'd love you to want me …*

»Es ist unmöglich. Unser Verhältnis darf nie rauskommen. Enzo würde mir Rosa wegnehmen.«

»Nenn es nicht ›Verhältnis‹. Das klingt so schmutzig.«

»Der Scheidungsrichter würde es so nennen.«

Er legt das Kinn auf ihre Schulter, wie ein trauriger Hund. »Irgendwas stimmt mit unseren Gesetzen nicht. Es ist falsch, daß ein Mensch einen anderen besitzen kann.«

»Und du? Was ist mit deiner Familie?«

»Valérie will wieder nach Frankreich, möglichst bevor unser Sohn aufs Gymnasium kommt. Bis jetzt war ich natürlich dagegen, aber jetzt … ich würde sie gehen lassen.«

Für einen Moment flammt für Hemma so etwas wie ein fernes Licht am Horizont auf, eine ganz, ganz vage Möglichkeit, aber dann kommt sie rasch wieder zur Besinnung.

»Ihr könnt das vielleicht«, sagt Hemma bitter.

Es vergeht eine Minute, dann sagt Martin leise: »Manchmal kommt es mir vor, als würde ich dich schon ewig kennen. Aus einem früheren Leben oder so. Du bist wie ein Teil von mir, meine andere Hälfte. So etwas habe ich noch nie für jemanden empfunden.«

Hemma spürt, wie sie, ausgehend von der Herzgegend, von etwas Warmem durchflutet wird. Sie liebt ihn ganz besonders für diese Momente, in denen seine Seele bloßliegt. Sie sieht ihn nicht an, denn am erstickten Klang der letzten Worte erkennt sie, daß er mit den Tränen kämpft. Wieder schweigen sie eine Weile, jeder in seiner Gedankenwelt, dann sagt Hemma: »Ich bin so froh, daß es dich gibt. Ohne dich würde ich das alles nicht ertragen. Kannst du dir vorstellen, wie das ist, wenn man auf einmal nicht mehr weiß, wer man ist?«

Seine Arme schließen sich fester um sie. »Was bedeutet schon die biologische Herkunft? Wir beide sind Seelenverwandte. Daß wir uns gefunden haben, das zählt viel mehr.«

Hemma lächelt und streichelt sein Knie. Nein, er versteht sie nicht. Wie sollte er auch?

»Wie sind deine Eltern?« fragt sie.

»Meinen Vater kenne ich eigentlich kaum. Er hält sich mehr in Texas, Venezuela oder Saudi-Arabien auf als zu Hause. Er ist Ingenieur und arbeitet für diverse Mineralölfirmen.«

Hin und wieder muß Martin den Herrn Chefingenieur vom Flughafen abholen und nach wenigen Tagen wieder hinbringen. Er kommt sich dann jedesmal vor wie der Chauffeur eines hohen ausländischen Gastes, bei dem man nicht so recht weiß, ob und worüber man reden soll. Sein Vater hat nicht viel übrig für die Berufswahl seines Sohnes. »Beamter! Nur in der Industrie verdient man wirklich Geld«, pflegt er naserümpfend zu sagen.

»Bei den Scheichs?« hakt Hemma nach.

»Ja, genau.«

»Und deine Mutter?«

»Sie ist … eine ganz normale Mutter eben. Vielleicht ein bißchen überbesorgt. Sie war immer Hausfrau. Angeblich wollte sie früher Ärztin werden, aber der Krieg … Bis zur Hilfsschwester im Lazarett hat sie's immerhin mal gebracht.«

»Waren sie streng zu dir?«

»Was heißt streng. Mein Vater ist einer vom alten Schlag. Um meine Erziehung hat er sich aber nicht viel gekümmert, er war ja wenig da. Ich bin eher ein Muttersöhnchen«, grinst er. »Das heißt … bis ich sieben war, war mein Vater nicht viel unterwegs. Damals hat er sein Studium nachgeholt, er saß den ganzen Tag unten, im ›Salon‹, so nennt meine Mutter das Wohnzimmer, und lernte. Er saß im Rollstuhl. Er kam '42 von der Ostfront und hatte lahme Beine. Er hat nie erzählt, wie das passiert ist, er hat überhaupt nie über den Krieg gesprochen oder die Zeit davor. Kein Wort.«

»Waren er und deine Mutter da schon verheiratet?«

»Nein. Aber sie taten es, sobald er aus dem Lazarett kam.«

»Deine Mutter hat einen Invaliden geheiratet?« fragt Hemma erstaunt. »Das muß Liebe sein. Kannten sie sich schon vor dem Krieg?«

»Das weiß ich nicht. Darüber haben sie auch nie gesprochen. Nun ja …« Martin schmunzelt. »So ganz invalide war er ja wohl doch nicht, immerhin bin ich verdächtig bald nach der Hochzeit zur Welt gekommen. Er hat sich dann in Amerika operieren lassen, 1950 war das. Nach einigen Monaten konnte er tatsächlich wieder laufen. Ich weiß noch, wie er mit Krücken geübt hat. Und dann, als er wieder fit war, hat er diesen Job im Außendienst angenommen. Heute merkt man nichts mehr davon.«

»Komisch, nicht?« meint Hemma.

»Was?«

»Da heiraten zwei in einer sehr schwierigen Situation, und als der Krieg aus ist, das Wirtschaftswunder seinen Lauf nimmt, der Mann wieder gesund ist und noch dazu ein

Sohn da ist, da verdrückt er sich nach Arabien oder sonstwohin.«

»Stimmt. So habe ich das noch nie gesehen. Sie werden sicher ihre Gründe gehabt haben. Warum sollen sie keine Geheimnisse vor uns haben, wir erzählen denen ja auch nicht alles.«

»Mit der Geheimniskrämerei kann man es auch übertreiben«, meint Hemma skeptisch. »Schau mich an ...«

Mit einer sanften Bewegung dreht er ihr Kinn zu sich herum und küßt sie.

»Wer immer deine Erzeuger waren, sie haben was Tolles zustande gebracht«, sagt er mit aufgesetzter Munterkeit. »Dieses Ohr! Und diese Augen, dieses Grau mit ein bißchen Grün darin, aber nur manchmal, das ist einzigartig, und diese Hände ...« Er küßt jeden ihrer Finger. »Dieser Hals, dieser Nacken!« Er drückt seine Lippen auf ihre Haut. »Und wenn ich deine Beine sehe, dann könnte ich jedesmal ... äh, also ... ich könnte eben.«

Kopfschüttelnd rückt sie von ihm ab und greift nach dem vollen Sektglas auf dem Nachttisch. Zum Trinken sind sie bisher kaum gekommen. Sie reicht Martin das zweite Glas.

»Auf die Geheimnisse. Und auf unseren Hausherrn!«

Das Appartement im vierten Stock eines Wohnblocks gehört dem ranghöheren Kollegen, mit dem Martin das Büro teilt. Hemma hat den Mann, auf dessen pinkfarbenem Plüschbett mit integriertem Radio sie jetzt nackt im Schneidersitz sitzt und ihrem Geliebten zuprostet, noch nie gesehen.

»Wofür steht das A vor Miltenberger?«

»Für Adolf«, seufzt Martin.

»Der Ärmste. Und ich dachte, er säuft, um diese Einrichtung hier zu ertragen.«

»Besser als im Kadett«, gibt Martin zu bedenken.

Als sie sich am Tag nach Agathes Beerdigung zum erstenmal hier trafen, hat Martin angegeben, sein Vorgesetzter sei im Urlaub. Inzwischen sind vier Wochen vergangen, und sie weiß, daß er auf Entziehungskur ist.

»Weißt du, was mir nicht so recht in in den Kopf will?« fragt Hemma unvermittelt.

»Nein«, sagt Martin. »Ich weiß selten, was in deinem Kopf vorgeht.«

»Daß Agathe und Hagen keinen Jungen genommen haben. Einen Stammhalter.«

Martin nickt. »Ich verstehe. So einen Typen wie deinen Stiefvater, nur in klein.«

»Sie war auch nicht anders. Sie hat schon bei Rosas Geburt so süßsauer bemerkt, daß ein Mädchen ja ›auch ganz nett‹ sei.«

»Aus welchem Heim haben sie dich eigentlich geholt?«

»Das weiß Tante Lene nicht mehr.«

Martin zieht die Augenbrauen hoch. »Glaubst du ihr das?«

Hemma schüttelt stumm den Kopf.

»Sieht aus, als hätte deine Tante gelogen. Oder etwas verschwiegen.«

»Oder man hat sie belogen. Aber warum?«

»Vielleicht kennt sie die Wahrheit und will dich nur schonen? Vielleicht ist die Wahrheit irgendwie … unangenehm?«

»Unangenehmer, als Hagen und Agathe Semper als Eltern zu haben?«

»Du mußt noch mal mit deiner Tante reden.«

Hemma nickt. »Ich werde sie anrufen. Sie arbeitet zur Zeit in Turin.«

»Warum fährst du nicht hin? Besuch sie für ein paar Tage.«

Hemma sieht ihn an. Seine blaugrauen Augen fangen an zu leuchten.

»Du meinst, wir beide …« Sie zeichnet mit dem Zeigefinger nachdenklich verschlungene Linien auf seine Brust. »Nein. Nein, das wird nicht klappen, niemals.«

»Warum denn nicht?« Er umfaßt ihre Hüften und zieht sie an sich. »Jetzt ist doch in der Gärtnerei noch keine Saison.«

Rosa will gerade die Nudeln in ein Plastiksieb schütten, als es an die Tür klopft. Sie stellt den Topf zurück auf die Herdplatte und geht öffnen.

»Was willst du?«

»Hast du Zeit?« fragt Volker.

»Nein.«

Er hat eine weiße Rose in der Hand und streckt sie ihr hin. »Als Entschuldigung. Ist zwar etwas blöd, einer Gärtnerin Blumen zu bringen …«

»Warum?« fragt Rosa, »siehst du hier welche?«

Er schnuppert. »Riecht verführerisch.«

»Spaghetti. Willst du mitessen?«

»Nein danke. Ich wollte dich mal kurz entführen.«

»Jetzt esse ich erst mal«, sagt Rosa und geht in die Küche, ohne sich um ihn zu kümmern. Sie gießt die Nudeln ab, stellt die Rose in ein Wasserglas und häuft die Hälfte der Spaghetti auf einen Teller.

»Mist. Zu weich«, bemerkt sie vorwurfsvoll und gießt die blaßgrüne Soße, die auf dem Herd vor sich hin köchelt, über die Nudeln. »Setz dich.«

Er folgt der Aufforderung, und sie setzt sich ihm gegenüber und fängt an zu essen, aber nach drei Bissen legt sie die Gabel hin.

»Es macht mich nervös, wenn mir jemand zusieht und selbst nichts ißt.«

»Soll ich rausgehen?«

»Nur, wenn ich dich im Klo einschließen darf.«

»Übertreib nicht. Ich habe mich entschuldigt.«

»Wo wolltest du mit mir hin?«

»Es geht um unseren gemeinsamen Freund. Wo ist er?«

»Im Gewächshaus.«

»Der ganze Kerl?«

»Nur der Schädel. Der Rest ist da, wo er hingehört.«

Rosa schiebt den Teller von sich und steht auf. »Sind mir zu matschig.«

»Darf ich dich zum Essen einladen?«

Rosa überlegt kurz. »Meinetwegen. Ich zieh mich um. Und du bleibst so lange hier auf deinem Hintern sitzen und rührst dich nicht, klar?«

Sie klatscht den Rest ihres Abendessens in eine angeschlagene Emailleschüssel und stellt sie vor die Haustür. Aus dem Nichts stürzen sich drei Katzen auf die Nudeln. Rosa kann das Kampfgeschrei bis in ihr Zimmer hören. Sie steht unschlüssig vor ihrem Kleiderschrank, reißt das eine oder andere Teil vom Bügel, wühlt in dem Haufen unaufgeräumter Klamotten. Mist. Alles billiger Mist. Dann tut Rosa etwas, was sie noch nie getan hat: Sie geht zum Kleiderschrank ihrer Mutter …

Inzwischen hat die rote Katze gesiegt, sie geht als erste zum Napf. Die Schwarze und der graue Tiger umkreisen sie, wobei sie bedrohliche Laute ausstoßen. Die Szene, die sich im schwachen Lichtkegel der Außenleuchte abspielt, hat etwas Bedrohliches, findet Volker, der auf den Stufen stehen geblieben ist und den Kampf ums Futter beobachtet hat. Außen an der Haustür hängt ein Pappschild in einer Plastikhülle. Volker dreht es um. *Komme noch heute wieder, Rosa.*

»Es sind immer drei«, erklärt Rosa, die neben ihn getreten ist. »Drei Katzen. Seit ich denken kann. Sie wechseln zwar – mal wird eine überfahren, mal sucht sich eine ein Zuhause, in dem es *Sheba* und Katzenstreu gibt statt Spaghetti und Mäusen, aber dann taucht immer sofort eine andere auf.«

»Und wovon ernährst *du* dich?«

»Ich laß die Mäuse weg.«

Die Schwarze und die Graue dürfen jetzt an die Schüssel, man hört ihr gieriges Schmatzen.

»Schick«, sagt Volker, und Rosa lächelt. Der schwarze Rock ist ungewohnt kurz, außerdem hat sie das Gefühl, dauernd den Bauch einziehen zu müssen, damit sie keine Naht sprengt. Die dazu passende schwarze Jacke zwickt unter den Armen, die Bluse ist weit genug. Besonders oben herum.

Rosa schließt die Haustür ab und dreht das Schild mit der Schrift nach außen.

»Du hast das Licht angelassen.«

»Ist schon gut so«, sagt Rosa. Sie gehen in der Dunkelheit über die schwach beleuchteten Platten zum Wagen. Rosa bewegt sich sicher, wie eine Katze, Volker stolpert über jede dritte Platte.

»Etwas mehr Licht wäre auch kein Luxus.«

Als sie wenige Minuten später das Darmstädter Kreuz passieren, wird Rosa unruhig. »Wohin fahren wir, wenn ich fragen darf?«

»Nach Frankfurt.«

»Zum ESSEN?«

»Ja. Warum nicht?«

»Schon gut.«

Es ist eine Weile still, während Volker mit hundertneunzig auf der vierten Spur dahinrauscht. Es ist dunkel geworden, und es hat angefangen zu regnen. Ab und zu schielt sie zu ihm hinüber. Sein Profil gefällt ihr.

»Wenn ich dir zu schnell fahre, mußt du es sagen.«

»Du wirst schon wissen, was du tust.«

»Danke für das Vertrauen.«

»Ich häng nicht so sehr am Leben.«

»Blödsinn«, sagt Volker; Rosa schweigt eingeschnappt.

Er drosselt das Tempo, sie passieren das Frankfurter Kreuz mit seinen unzähligen Dauerbaustellen.

»Mann, wird hier gebuddelt«, stellt Rosa verblüfft fest, und ebenso verblüfft sieht Volker zu ihr hinüber.

»Seit wann warst du nicht mehr hier?«

»Eine Weile. So acht, neun Jahre.«

Er schüttelt den Kopf.

»Was ist dabei? Ich habe in Frankfurt nichts verloren.

Ich bin ausgelastet, ich habe keine Zeit zum Spazierenfahren.«

»Ist ja gut. Reg dich wieder ab.«

Rosa verstummt.

Er verläßt die Autobahn, sie fahren durch die Stadt. Rosa sieht auf ihre Uhr. Schon neun. Hoffentlich erreicht sie notfalls den letzten Zug nach Darmstadt. Wie lange fährt eigentlich die S-Bahn in der Nacht?

Er biegt ein paarmal ab, sie fahren anscheinend im Kreis, bis er endlich eine Parklücke findet, in die der Jeep paßt. Sie müssen ein Stück zu Fuß gehen. Es ist ein Viertel mit vielen Altbauten, manche gepflegt, manche weniger. Er führt sie in ein kleines Lokal.

Der Wirt begrüßt Volker mit Handschlag und *Bonjour, mon cher ami*.

»Es ist nichts Besonderes«, erklärt Volker, als sie sich an einen kleinen Tisch setzen, »aber ich mag es. Ich wohne in der Nähe.«

Die Speisekarte ist klein, französische Küche. Kleine Lämpchen beleuchten die Tische.

»Die Schnecken sind zu empfehlen.«

»So was esse ich nicht.«

Der Besitzer kommt an den Tisch und rattert die Ergänzung der Speisekarte herunter. Das meiste ist französisch, und Rosa ärgert sich, weil sie kaum etwas versteht.

»Bestell du für mich. Aber keine Schnecken oder Frösche und so'n Zeug«, flüstert sie.

»Wein?«

»Bloß nicht.«

»Ein Glas?«

»Nein. Wasser.«

Volker gibt die Bestellung komplett auf französisch auf, es entsteht ein langes Palaver, bis der Mann endlich mit einem vollgeschriebenen Zettel in der Küche verschwindet.

»Ist dir Seezunge recht? Noch kann ich ...«

»Ist schon in Ordnung.«

Der Wirt bringt einen Teller mit kleinen Pastetchen.

»Was machst du eigentlich so?« fragt Rosa.

»Ich schreibe Drehbücher. Für Krimis hauptsächlich.«

»Davon kann man leben?«

»So recht und schlecht.«

Seine Lederjacke, die über dem freien dritten Stuhl hängt, sieht teuer aus. Der Jeep ist neu. Vielleicht hat er reiche Eltern.

Volker erzählt von seiner Arbeit, den Serien, für die er schreibt und schon geschrieben hat, und von *dem* Film, den er im Kopf hat. Rosa hört ihm nur halb zu.

Hoffentlich dauert das hier nicht zu lange. Die Franzosen essen bekanntlich endlos. Außerdem ist fraglich, ob ich überhaupt was essen kann. Dieser verdammte Rock schnürt mir sämtliche Eingeweide ab. Ob es auffällt, wenn ich den Reißverschluß öffne, solange ich sitze?

Ein halber Liter Wein im Glaskrug und eine Flasche Wasser werden auf den Tisch gestellt. Volker übernimmt das Einschenken.

»Falls du doch ein Glas Wein möchtest, dann sag es einfach.«

»Werde ich.«

»Darf ich dich was fragen?«

»Du tust es ja sowieso.«

»Wem gehören die Kleider in dem Schrank?«

»Meiner Mutter.«

»Wo ist sie?«

»Gestorben.«

»Ah.«

Er könnte wenigstens sagen, daß ihm das leid tut, grollt Rosa.

»Schon lange?«

»Ja.«

Der Wirt bringt zwei Teller mit grüner Suppe.

»Zucchini?« Rosa zwingt sich zu einem verkrampften Lächeln. Dafür fährt man nun in die Großstadt.

»Kerbelrahm.«

Sie essen schweigend, bis auf die gegenseitige Versicherung, daß die Suppe ganz vorzüglich sei.

»Wann hast du mir eigentlich den Schädel geklaut?« fragt Rosa, als sie fertig sind.

»Am Morgen, auf dem Weg zum Bäcker. Ich sah die Tüte in deinem Wagen, und mir ist eingefallen, was du mir in deinem angeheiterten Zustand für abstruses Zeug erzählt hast. Das kaputte Schloß war wie eine Einladung …«

»Machst du so was öfter?«

»Schädel aus Autos klauen?«

»Dich in anderer Leute Angelegenheiten einmischen.«

»Du wirst mir noch dankbar dafür sein.«

Blödmann! »Und warum nur den Schädel? Warum nicht den ganzen Kerl?«

»Wart's ab.«

Sein Getue geht Rosa so auf die Nerven, daß sie den Tisch verläßt und zur Toilette geht. Sie öffnet den Rock und atmet tief durch. Was müssen die Frauen früher in ihren Korsetts gelitten haben. Sie läßt sich kaltes Wasser über die Hände laufen und schminkt sich ein bißchen nach. Ihre Wangen sind rot, was sie noch mehr ärgert. Als sie zurückkommt, ist der Hauptgang serviert, und Rosa findet es besser, während des Essens nicht über halbverweste Menschenknochen zu reden.

Sie wartet, bis die Teller abgeräumt sind, dann fragt sie Volker: »Hast du den Unterkiefer eigentlich auch mitgenommen?«

»Ja.«

»Und wo ist der jetzt?«

»Der ist noch in der Rechtsmedizin. Es gibt ein Problem damit.« Volker nimmt einen Schluck Wein.

Diese Theatralik! Muß ein Berufsleiden sein.

»Wirst du's mir verraten, oder kommt erst noch ein Werbeblock?«

Volker setzt das Glas ab. »Er paßt nicht zum Schädel.«

Seit Bregenz sitzt Hemma allein im Abteil des Schnellzugs. Bis dahin hat sie gelesen. *Die Antwort kennt nur der Wind*. Sie hat sich den Roman extra für diese Fahrt besorgt, doch jetzt klappt sie das Buch zu, denn keine Silbe ist in ihr Bewußtsein gedrungen, was nicht an ihrem Lieblingsschriftsteller liegt. Sie legt die Beine auf den Sitz gegenüber und schaut aus dem Fenster. Kahle, vom Regen verdunkelte Felswände, Nebelschleier, die tief ins Tal drücken. Zu Hause schien heute morgen die Sonne, die japanischen Zierkirschen blühen schon und an der Bergstraße die Mandelbäume. In den Alpen herrscht noch Winter, das Tal, durch das der Zug gerade fährt, ist wie ein düsterer Korridor. Aber dahinter, in Italien, wird es richtig Frühling sein. Ihr Gesicht glüht. Immer wieder malt sie sich die Szene aus, wie sie aussteigen wird, wie sie den Bahnsteig nach ihm absucht, wie sie aufeinander zugehen und sich in die Arme fallen werden. Wie im Film. Andererseits wünscht sie sich, daß diese Fahrt nie ein Ende nähme. Sie fühlt sich wie eine Braut am Vorabend der Hochzeit, die vor Freude und Erwartung bebt und gleichzeitig befürchtet, der Wucht der kommenden Ereignisse nicht gewachsen zu sein. Sie überlegt. Wann war sie jemals so glücklich wie jetzt, während dieser Stunden im Zug? Als Kind? Wohl kaum. Als Braut? Als junge Mutter?

Seit Lenes Beichte hat sich ihr Blickwinkel auf die Vergangenheit verändert. Manches Unverständliche erscheint nun logisch, vieles lächerlich. Selbst Rosas Geburt muß neu erinnert werden: Auch da drückte Agathe ihr die Hand, nur daß Hemma im Bett lag und Agathe neben ihr saß und mit feierlichem Ernst kundtat, dies sei der glücklichste Moment im Leben einer Frau. Hemma kichert vor sich hin, während der Zug in einen Tunnel eintaucht.

Die erste Zeit mit Enzo? Vielleicht die allerersten Wochen, als sie sich heimlich trafen und er auf seinem Zweiplattenherd in der Dachkammer für sie sizilianisch kochte. Hemma verliebte sich bei einer Portion *Spaghetti alla Norma* (mit Auberginen, Tomaten und Kapern). Sie hatte gerade *Es muß nicht immer Kaviar sein* gelesen, und trotz dieses populären Romans hatte ein Mann, der seine Liebste bekochte, Mitte der Sechziger etwas Exotisches, ja beinahe Revolutionäres. So kam ihre Heirat mit dem Gastarbeiter, der noch dazu dem Kommunismus nahestand, zwar in erster Linie aus Zuneigung zustande, war aber gleichzeitig ein wohltuender Racheakt an den konservativen Eltern. Ja, es hat glückliche Phasen mit Enzo gegeben, aber war da je dieses rasende Glücksgefühl, das sie jetzt schier zu zerreißen droht, das in unkontrollierten Momenten ihre Gesichtszüge, die sie in der Fensterscheibe sehen kann, in ein naiv entrücktes Lächeln entgleisen läßt, das nur schwer zu kontrollieren ist?

Jetzt muß sie sich an niemandem rächen, niemandem etwas beweisen, jetzt kann sie einfach nur genießen und lieben. Vier Tage. Tag und Nacht, Stunde um Stunde. Ich werde versuchen, mit der Hälfte Schlaf auszukommen, Schlafen ist verlorene Zeit. Und danach? Danach werde ich sterben, beschließt sie, so wie Teenager zu sterben beschließen, sobald sich die ersten Altersleiden zeigen werden. Die Zeit nach diesen vier Tagen ist Hemma ferner als das Alter. Vier Tage Leben. Ein großzügiges Geschenk vom Schicksal. Den meisten ist weniger vergönnt. Meine Mutter… Agathe, zum Beispiel. Hat sie in ihrem Leben erfahren, was Leidenschaft ist? Kannte sie ein Gefühl jenseits ihrer ergebenen und doch so besitzergreifenden Liebe zu Hagen? Und Tante Lene? Hemma lächelt. Die schon. Der vorgeschobene Grund ihrer Reise fällt ihr wieder ein. Ein paar Stunden wird sie opfern müssen, um mit Lene zu sprechen. Nicht viele. Ihre Wurzeln sind ihr plötzlich nicht mehr so wichtig. Wer ich bin? Ich bin eine Frau in einem Zug, die ihrem Geliebten entgegenfährt. Nur das zählt.

Ich werde Lene von Martin erzählen. Sie wird mich verstehen. Vielleicht kann sie mir noch öfter zu einem Alibi verhelfen.

Enzo weiß nichts über das plötzlich aufgetauchte Rätsel ihrer Herkunft. Sie hat behauptet, Lene habe sie zur Premiere ihres neuen Stücks eingeladen, Freitag abend. Vorher will Lene ihrer Nichte Turin zeigen und vielleicht mit ihr nach Mailand fahren. Am Samstag würde sie wieder zurückkommen.

Heute ist Dienstag. Viereinhalb Tage. Vier Nächte. Mehr war beim besten Willen nicht drin. Es war so schon schwierig genug.

»Du wolltest doch nie wieder nach Italien!« hat Enzo ihr vorgehalten.

»Nach Sizilien«, hat Hemma entgegnet. »Das ist ein Unterschied.«

Martin ist schon seit gestern da, denn Lehrgänge beginnen für gewöhnlich am Montag.

»Sei froh, daß es überhaupt klappt«, hat ihn Hemma getröstet, denn natürlich wollte er lieber mit ihr zusammen fahren.

»Ich werde ein schönes Hotel aussuchen und schon morgens am Bahnhof sein«, hat er versprochen, »um die Vorfreude auszukosten.«

Ein Bild, das sie seither immer wieder vor Augen hat. Martin in seinem grauen Mantel, der am Bahnsteig auf und ab geht. Ob sein Herz wohl ebenso laut hämmert wie ihres?

Bis sie heute morgen mit ihrer Reisetasche in der Straßenbahn saß und zum Bahnhof fuhr, hat sie nicht geglaubt, daß es tatsächlich geschehen würde. Seit Tagen hat sie Rosa beobachtet, ob sie etwa krank werden könnte, hat streng auf warme Kleidung geachtet und ihr geballte Mengen *Rotbäckchen* und *Hohes C* verabreicht. Bis heute morgen ist sie bei jedem Telefonklingeln zusammengezuckt, aus Angst, es könnte ein Auftrag für eine Beerdigung sein, den Enzo nicht allein bewältigt. Sie hat sich den Kopf zerbrochen und nach Gründen gesucht, die Enzo sich einfallen lassen könnte, um ihre Abreise zu verzögern oder zu verhindern, hat Gegenargumente und Finten entworfen. Denn begeistert ist er nicht gerade, das hat er sie deutlich spüren lassen. Ihre Schonzeit neigt sich unwiderruflich dem Ende zu.

»Du kannst wieder schwanger werden, die Ärzte 'aben nicht gesagt, daß es wieder so kommen muß«, hat er neulich im Bett zu ihr gesagt und sich erkundigt, ob sie »da unten« noch Schmerzen habe, und Hemma hat sich gefragt, was ihn mehr zu dieser Frage veranlaßt hat, das gynäkologische Interesse an ihrer Fortpflanzungsbereitschaft oder der Wunsch nach Sex.

»Nein«, hat sie geantwortet, denn es sind nur noch zwei Tage, und nichts darf die Reise gefährden.

Danach ist sie wieder aufgestanden und hat heiß geduscht, bis ihre Haut himbeerrot und der 80-Liter-Boiler leer war.

Hemma schaudert. Sie hat mit Martin nie über dieses Thema gesprochen, sie will gar nicht wissen, ob er noch mit seiner Frau schläft, aber sie hat in diesen Minuten unter der Dusche beschlossen, nie mehr mit Enzo zu schlafen.

Enzo. Jetzt, im Sog ihres maßlosen Glücklichseins, empfindet sie wieder eine tiefe Zärtlichkeit für ihn. Verrückt, denkt sie, es ist alles verrückt.

»Danke für die Einladung. Es war sehr gut.« Rosa sammelt ihre Raucherutensilien vom Tisch. Vor ihnen stehen nur noch zwei leere Espressotassen. »Kannst du mich jetzt nach Hause fahren? Du kannst mir unterwegs erklären, was das mit dem Unterkiefer zu bedeuten hat.«

Volker steht auf und zieht seine Jacke an, Rosa zwängt sich in die ihrer Mutter. Der Reißverschluß des Rocks läßt sich seit dem Hauptgang nur noch bis zur Hälfte schließen. Macht nichts, die Jacke hängt ja drüber. Solange ich mich nicht bücke, wird man es nicht bemerken. Flach atmen!

»Nein, das kann ich dir nicht erklären. Das muß ich dir auf meinem PC zeigen.«

»Bitte nicht mehr heute. Ich bin hundemüde.«

Volker verabschiedet sich vom Besitzer des Lokals, Rosa nickt ihm zu. Sie treten vor die Tür. Der Regen hat aufgehört, es weht ein lauer Wind.

»Eine herrliche Frühlingsnacht«, meint Volker und macht einen tiefen Atemzug, um den ihn Rosa beneidet.

»Hör zu, du kannst auch bei mir pennen, auf dem Sofa. Ist bequem, echt. Irgendwo habe ich auch noch eine frische Zahnbürste. Ich wohne gleich um die Ecke. Ich stehe morgen früh auf, damit du …«

»Das geht nicht.«

»Warum nicht?«

»Ich habe meine Nachtcreme nicht dabei.«

»Du kannst was von meiner haben. Ausnahmsweise.«

»Ich schnarche wie ein Bär.«

»Keine Angst, ich falle schon nicht über dich her.«

Rosa bleibt stehen und sieht ihn an. »Ich habe keine Angst vor dir, ich will einfach nur nach Hause.«

»Willst du nicht wissen, was ich über das Skelett rausgefunden habe?«

Rosa will vor allem diesen scheißengen Rock endlich ausziehen. Und wenn sie das bei ihm macht, dann kommt das garantiert falsch rüber.

»Will ich schon. Aber bitte nicht jetzt.«

»So ein schöner Parkplatz«, bedauert er, als sie den Wagen erreichen. Stumm rollen sie durch Frankfurt. Der Verkehr hat sich beruhigt, es ist halb eins.

»Rosa?«

»Was ist?«

»Wann bist du zum letztenmal verreist?«

»Wie, verreist?«

»In Urlaub gefahren. Oder … ja, verreist eben. Eine Geschäftsreise … auf die Bundesgartenschau zum Beispiel.«

Rosa kichert.

»Oder nur zum Spaß, mit einem Freund, oder allein, was weiß ich.«

»Ist schon 'ne Weile her.«

»Wie lange?«

»Weiß ich nicht mehr. War wohl mit meinem Vater. Der wollte immer ans Meer.«

»Willst du nie ans Meer?«

»Nein. Ich bade im Woog. Ich kann diesen Massentourismus nicht leiden, dieses Gedrängel an den Stränden und in den alten Kirchen … Außerdem hab ich ein Geschäft zu führen.«

Anstatt zu antworten, setzt er den Blinker und hält an einer Bushaltestelle. Er wendet sich ihr zu und sieht sie an. »Dieser Ronald, dein letzter Freund …«

Rosa stöhnt. »Was ist mit dem?«

»Bist du bei dem mal über Nacht geblieben?«

»Wird das eine Psychoanalyse, oder was?«

»Bist du bei Ronald mal über Nacht geblieben?«

»Klar.«

»Du lügst.«

»Und wenn schon, was geht dich das an? Und jetzt fahr zu, oder ich steig aus.«

»Was ist los mir dir? Du verreist nie, du gerätst in Panik, wenn du mal eine Nacht außer Haus verbringen sollst … Auf wen wartest du, Rosa?«

Rosa öffnet die Tür und steigt aus. Volker geht ihr nach.

Sie studiert das Schild an der Bushaltestelle. »Verschwinde«, sagt sie, ohne den Blick von den rätselhaften Zahlen zu wenden.

»Warum schickst du alle Männer früher oder später zum Teufel?«

»Weil sie da hingehören.«

»Warum hängt dieses Schild *Komme noch heute wieder* an deiner Tür? Warum sieht deine Bude aus wie ein Siebziger-Jahre-Museum?«

»Ich kann mir halt kein weißes Loft leisten. *Sorry!*«

»Das ist es nicht, das weißt du genau. Du lebst zwischen *ihrem* Geschirr, *ihren* Möbeln, hörst *ihre* Platten ...«

... und trage auch noch ihre Klamotten, fügt Rosa im stillen hinzu.

»Ist dir schon mal aufgefallen, daß in diesem Haus so gut wie nichts von dir ist? Du benutzt sogar ihren Fön, obwohl das Ding lebensgefährlich ist. Benutzt du auch noch ihre Zahnbürste? Oder hat sie die mitgenommen?«

Rosa verspürt das dringende Bedürfnis, ihm ein paar deftige italienischen Flüche an den Kopf zu werfen, doch ihr Hals ist wie zugeschnürt.

»Mußt du jetzt nach Hause, weil du hoffst, daß deine Mutter noch auf einen Sprung vorbeikommt? Nach fünfundzwanzig Jahren?«

Für einen Moment sieht es so aus, als wollte Rosa ihm ins Gesicht schlagen. Aber dann sieht sie ihn nur an, geht an ihm vorbei und winkt ein sich näherndes Taxi heran.

Der Nachmittag, den Hemma mit ihrer Tante verbringen wird, gerät zu einer harten Probe.

»Wir müssen ausprobieren, ob wir überhaupt noch ein paar Stunden ohne einander auskommen«, meint Martin, der Hemma zusieht, wie sie sich vor dem Spiegel im Bad die Wimpern tuscht. »Weiß sie von mir?«

»Ich hab ihr was angedeutet. Ich mußte sie warnen, falls Enzo anruft.«

»Sie wird es dir ohnehin sofort ansehen.«

»Sie wird's verstehen. Ihr Liebesleben besteht nur aus Techtelmechteln mit verheirateten Männern. Zumindest hat Agathe das immer behauptet. Aber da ist schon was dran. Bei denen kann sie wenigstens sicher sein, daß sie ihr nicht in die Karriere pfuschen. Sie ist eine tolle Frau, du mußt sie kennenlernen.«

»Ich kenne sie doch schon. Von der Beerdigung.«

»Ich meine, richtig kennenlernen.«

»Vielleicht sagst du ihr lieber noch nicht, daß ich es bin, mit dem du hier bist.«

»Warum nicht?«

»Weil sie meine Mutter gut kennt. Und auf deren Kommentar bin ich jetzt nicht unbedingt scharf.«

»Sie wird ihr nichts sagen, wenn wir es nicht wollen«, entgegnet Hemma. Sie stellt sich vor ihn auf die Zehenspitzen und küßt ihn, vorsichtig, wegen des Lippenstifts. »Aber wir werden nicht bloß von *dir* reden, bilde dir bloß nichts ein.« Sie geht ins Zimmer, schlüpft in ihre Pumps und betrachtet sich in der verspiegelten Schranktür.

»Du siehst einfach … irre aus.«

Sie trägt ihr schwarzes Kostüm mit dem Minirock, er muß sich zusammenreißen, um nicht ständig auf ihre Beine zu starren.

»Was tust *du* so lange?«

»Was schon? Ich vergnüge mich mit den Damen aus der Bahnhofsgegend.«

Hemma droht ihm mit dem Finger. »Wehe. Ich bringe dich um. Ich bin höllisch eifersüchtig.«

»Wirklich? Das ist mir neu.«

»Mir auch«, sagt Hemma und sieht ihn mit ihren großen Augen ernst an.

Er weiß inzwischen, daß ihre Scherze meistens einen Kern Wahrheit enthalten.

»Mund auf, Augen zu!«

Etwas Weiches, Süßes zergeht auf ihrer Zunge. Es ist eine

Nougatpraline, die das Hotelpersonal beim Bettenmachen auf das Kopfkissen gelegt hat. Die Pralinen haben die Form kleiner Hausdächer und schmecken unvergleichlich.

»*Gianduia*. Eine Turiner Spezialität. Gibt es nur hier«, hat der Zimmerkellner stolz erklärt.

Ich werde welche mit nach Hause nehmen, denkt Hemma, und im selben Moment wird ihr klar, daß dieser Termin nicht mehr allzu weit weg ist, daß über die Hälfte ihrer Zeit schon abgelaufen ist, und plötzlich umarmt sie Martin, daß ihm fast die Luft wegbleibt.

»Ich werde ihn verlassen. Mit oder ohne Rosa, ich …«

Martin legt ihr den Finger auf den Mund. »Nicht jetzt. Das Taxi wartet. Bis später. Und viel Glück, oder was man in so einem Fall sagt.«

Sie ist schon halb aus der Tür, als sie sagt: »Komm nachher nicht ins Zimmer, ja? Sei um sechs unten in der Bar. Ich will mich in Ruhe für dich schönmachen, und dann komm ich runter, und wir trinken einen Cocktail, und dann essen wir was, und dann …«

Beim Gedanken an das Dann wird ihm anders. Er sieht ihr nach, bis sie beim Aufzug ist. Ihr Gang wird ihm noch irgendwann den Verstand rauben. Wenn es nicht schon passiert ist. Er spurtet ihr hinterher, als sie eben in den Aufzug steigen will. Ihr Kuß schmeckt nach *Gianduia*. Ein Geschmack, den er sein Leben lang nicht vergessen wird.

Luise befestigt den Einkaufskorb auf dem Gepäckträger ihres Fahrrads. Sie war heute schon einkaufen, in Darmstadt auf dem Markt, aber eben, als sie mit dem Gulasch anfangen wollte, hat sie festgestellt, daß sie nur noch eine Zwiebel hat. Früher, grollt sie, hatte man so was im Garten. Einen Augenblick spielt sie mit dem Gedanken, den Mercedes zu nehmen und noch mal in die Stadt zu fahren. Oder wenigstens bis Alsbach. Aber es ist schon später Nachmittag, und ein Gulasch sollte schon ein paar Stunden köcheln, also müssen die Zwiebeln jetzt rasch her, und das geht mit dem Rad am schnellsten.

Wenn Ernst im Ausland ist, braucht er den Wagen nicht und überläßt ihn Luise. Aber die läßt ihn die meiste Zeit in der Garage stehen. Ernst hat die Garage – gegen Luises Willen – vor zehn Jahren errichten lassen. Ein beträchliches Stück Vorgarten mußte dafür geopfert werden. Umsonst, findet Luise. Bald können wir uns Autofahren gar nicht mehr leisten. Seine Freunde, die Scheichs, werden uns den Ölhahn zudrehen. Bestimmt haben die sich prächtig amüsiert über unsere autofreien Sonntage. Schon jetzt redet man davon, daß der Liter Benzin bald zwei Mark kosten wird. Wer soll da noch fahren? Gut, daß in der Küche noch der Kohleherd steht. Wenigstens ein Raum, in dem man nicht den Launen dieser Geschirrtuchträger ausgeliefert sein wird.

Radeln ist auch viel gesünder. Und besser für die Figur. Sie ist stolz auf ihre Figur, die trotz ihrer fünfundfünfzig Jahre immer noch mädchenhaft wirkt. Sie atmet tief ein. Diese herrliche Luft! Luise liebt die Bergstraße um diese Zeit. Nirgends ist der Vorfrühling so schön wie hier. Die Mandelbäume blühen, die Kirschen knospen schon, die ersten Frühlingsblumen schießen aus dem Boden. Er hatte schon recht, dieser Kaiser, sie hat vergessen, wie er hieß, der beim Anblick der Bergstraße ausgerufen haben soll: »Hier beginnt Deutschland Italien zu werden.« So ein Kaiser kommt viel herum, der muß es wissen.

Italien. Da würde sie auch gerne mal hinfahren.

Unsinn, Hirngespinste! Bald wird es wieder viel im Garten zu tun geben, und diese Woche will sie auf jeden Fall noch einen Spaziergang zum Blütenhang machen, ehe das schöne Wetter sich ändert.

Sie fährt gerade am Friedhof vorbei, als ihr ein Mann auf einem Fahrrad entgegenkommt. Der Bruchteil einer Sekunde reicht ihr, um ihr diesen herrlichen Frühlingstag gründlich zu verderben. Sie schielt nach beiden Seiten. Es gibt keinen Abzweig. Das Friedhofstor? Nein, das wird sie nicht mehr schaffen. Sie spürt ihren Herzschlag bis zum Hals. Ruhig, Luise. Damit mußt du rechnen, täglich. Das ist der Preis. Sie ist ihm insgesamt nur viermal begegnet, seit sie hier wohnt. Ein akzeptabler Schnitt, wenn man bedenkt, wie klein der Ort ist. Das erste Mal im September 1949 in der Straßenbahn. Es vergingen drei Jahre, ehe Luise es wieder wagte, dieses Verkehrsmittel zu benutzen. Im Frühjahr 1953 spazierte er die Darmstädter Straße entlang. Luise floh in ein offenes Hoftor. Sie meidet diese Straße seither und betritt sie nur, wenn sie Lene in dem Haus mit dem Aprikosenbaum besucht. Aber diese Besuche werden immer seltener, Lene ist kaum noch zu Hause. Acht Jahre später saß Luise neben Ernst in ihrem ersten Auto. Der Käfer stand vor der roten Ampel des Nachbarortes Jugenheim, als er vor ihnen über den Zebrastreifen ging. Beide taten, als hätte sie ihn nicht bemerkt, und Luise bedauerte zutiefst, nicht selbst am Steuer zu sitzen. Schon am nächsten Tag meldete sie sich bei einer Fahrschule an, doch leider bekam sie ihn nie mehr vor die Stoßstange. Zur bisher letzten Begegnung kam es vor fünf Jahren, im Juli 1969 auf dem Marktplatz in Bensheim. Luise war auf der Suche nach einem Teleskop für ihren Enkel. (Obwohl Martin zu bedenken gegeben hatte, ein Vierjähriger könne womöglich Probleme haben, das Gerät zu handhaben.) Sie ging gerne in das kleine Städtchen zum Einkaufen, hier wähnte sie sich sicher, bewegte sich dementsprechend sorglos und wäre um ein Haar vor dem Brunnen mit ihm zusammengestoßen. Er war ihr so nah, sie konnte seinen Atem riechen. Seit der Mondlandung ist sie nicht mehr in Bensheim gewesen.

Luise steigert ihr Tempo und fixiert starr einen Punkt über dem Lenker. Als sie auf seiner Höhe ist, nimmt sie aus dem Augenwinkel eine Bewegung wahr. Tatsächlich, sie hat sich nicht getäuscht. Er ist langsamer geworden und … es ist unglaublich … er nickt ihr zu. Er grüßt. Wenn sie ihre Sinne nicht komplett trügen, hat er sogar kurz die Hand vom Lenker gehoben.

Luise merkt, wie ihr heiß wird, wie sie knallrot anläuft. Wie kann er es wagen zu grüßen, zu winken! Hätte nur noch gefehlt, ihr einen guten Tag zu wünschen. Glaubt er etwa, es wäre an der Zeit, ihr Verhältnis zu normalisieren? Nach lächerlichen fünfunddreißig Jahren? Sie tritt heftig in die Pedale, rast mit wehendem Rock am alten Schulgebäude vorbei, rattert über die Gleise der Straßenbahn und kommt erst an der Kreuzung zur Heidelberger Straße zum Stehen und zur Besinnung. Sie steigt vom Fahrrad, hält den Lenker wie eine Gehhilfe umklammert. Ihr ist übel. Sie weiß nicht, wie lange sie da über den Lenker gebeugt steht, sie hat das Zeitgefühl verloren. Erst als eine Frau mit einem Kinderwagen anhält und besorgt fragt, ob ihr nicht gut sei, steigt sie wieder auf ihr Rad und fährt auf Schleichwegen zurück. Als sie das Gartentor hinter sich zuzieht, keucht sie wie ein Marathonläufer.

Martin sitzt in der Hotelbar und schaut alle paar Augenblicke zum Eingang der Bar und dann wieder auf seine Uhr. Zwanzig Minuten. Sie ist sonst pünktlich. Zu Hause. Hier, in Italien, kann es anders sein, er weiß es nicht, denn hier haben sie sich noch nie getrennt. Hier gelten andere Regeln, sie müssen sich nicht auf die Minute treffen, wie die Agenten, um sofort an einen entlegenen Ort zu fahren oder in Miltenbergers Absteige unterzukriechen. Hier sind sie frei, ein Paar, das vor aller Augen essen geht und unter den vielen Arkaden der Stadt entlangbummelt. Ein ganz normales Paar. Nur ein bißchen verliebter. Sie haben in den drei vergangenen Tagen fast nur das Stadtzentrum gesehen, wo auch ihr Hotel liegt, das Principi di Piemonte, ein vornehmer alter Kasten mit riesigen Sälen und rot-golden uniformierten Türstehern. Weiter als einen halben Kilometer wagen sie sich nicht vom Hotel weg, denn es kann passieren, daß sie sich ansehen und dann mit einem gemurmelten Satz wie: »Höchste Zeit für einen Nachmittagsschlaf...« durch die Via Roma eilen und auf ihr Zimmer hasten, so wie gestern, als sie das ägyptische Museum im Laufschritt verlassen haben. Nur einmal sind sie bis zu einem Park am Ufer des Po gelaufen und dann, nach einem kurzen Blickwechsel, schleunigst mit dem Taxi zurückgefahren.

Am liebsten würde er ihr Verbot ignorieren und zu ihr hinaufgehen. Er spürt ihre Abwesenheit wie das plötzliche Fehlen eines Körperteils. Jetzt versteht er den Ausdruck »ans Herz gewachsen«. Er ist mit ihr verwachsen in der kurzen Zeit. Sie gehen kaum einen Schritt, ohne daß sich ihr Arm um seine Taille schmiegt oder sein Arm auf ihrer Schulter liegt, sie berühren sich im Schlaf, und wenn sie sich beim Essen gegenüber sitzen, verhaken sich ihre Blicke ineinander und unter dem Tisch ihre Beine, und sobald sie das Besteck weglegt, nimmt er ihre Hand oder sie die seine. Sie umarmen sich im Aufzug, sie duschen zusammen ... vielleicht duscht sie gerade? Er schließt die Augen und sieht ihren nackten Körper vor sich, an dem das Wasser in unregelmäßigen Bahnen hinunterläuft.

*»Un altro Martini«*, sagt er zum Barkeeper und wischt sich über die Stirn.

Vielleicht ist sie aber noch gar nicht zurück. Ein Gespräch dieser Art läßt sich bestimmt nicht so einfach zeitlich begrenzen, wie Hemma sich das gedacht hat. Noch zehn Minuten, beschließt er. Dann sehe ich da oben mal nach.

Ein Kellner mit dichten schwarzen Locken und blitzblauen Augen stellt zwei winzige Tassen mit einem Fingerhut voll Espresso vor ihnen ab, auf den Untertassen das obligate *Gianduia*. Hemma kann Martins Kuß noch immer schmecken.

*»Grazie«*, sagt sie und lächelt verstohlen. Lene sieht dem Kellner wehmütig nach, als er wieder im Café verschwindet.

»Dieser Ganymed hat einen göttlichen Glutaeus. Könnte

ein Tänzer sein. Hach, man müßte noch mal jung sein. Jetzt, wo es die Pille gibt, mein Gott, was habt ihr es gut! Apropos – dein Begleiter – ist er zärtlich? Oder eher ein Wilder?«

Hemma errötet. »Je nachdem.«

»Das ist gut. Hat er schöne Hände?«

»Sehr schöne. Und einen schönen Mund.«

»Weiß er beides zu gebrauchen?«

Hemma wird noch eine Spur röter. Lene ist in ihrem Element: »Weißt du, Kind, drei Dinge muß man beachten, wenn man einen Mann kennenlernt: wie er ißt, wie er tanzt und ob er schöne Hände hat. Wenn einer beim Essen schlingt, so schlingt er auch im Bett, und wenn einer beim Tanzen seinen Hintern nicht bewegt, dann bewegt er ihn im Bett auch nicht …«

Hemma lauscht nur mit einem Ohr den Ausführungen ihrer Tante. Abwesend beobachtet sie die Italienerinnen, die unter den Arkaden flanieren, die Auslagen der exquisiten Geschäfte betrachten und dann auf ihren dünnen, hohen Absätzen über die Marmorfliesen weiterstöckeln. Was für elegante Menschen hier leben! Was für eine schöne, elegante Stadt. Ein Windstoß pfeift durch die Arkaden, sie stellt den Mantelkragen hoch.

»Wo waren wir stehengeblieben?« unterbricht Lene ihren Vortrag: »Ah, ich weiß: Hagen war impotent.« Ehe der schwarzgelockte Kellner vom Café Baratti & Milano sie vom Kurs abbrachte, hat Hemma wissen wollen, weshalb die Sempers keine eigenen Kinder hatten.

»Richtig impotent oder nur zeugungsunfähig?«

»So genau weiß ich das nicht.« Lene lächelt boshaft. »Aber wenn ich so an meine säuerliche Schwester denke … ich tippe auf ersteres.«

Jetzt muß auch Hemma grinsen, aber dann fragt sie ernst: »Warum haben sie überhaupt ein Kind adoptiert? Sie brauchten mich doch gar nicht.«

»Doch, Hemma, sie brauchten dich.«

»Wozu denn? Die haben mich doch nie geliebt. Ein Schäferhund hätte es auch getan.« Und als Lene nicht sofort antwortet, faßt Hemma Mut und sagt: »Du hast mir nicht alles gesagt, nicht wahr? Ein paar Dinge ergeben nämlich keinen Sinn …«

Lene hört Hemma an, ohne sie zu unterbrechen. »Du hast recht«, gibt sie schließlich zu. »Ich habe dir nicht alles gesagt.«

Sie nimmt einen Schluck aus ihrer Tasse. »Hagen und meine Schwester haben '33 geheiratet. Hagen war der einzige Sohn der Sempers, aber die Gärtnerei hat ihn nicht so sehr interessiert. Er hatte den Drang zu Höherem. Er ging zur Wehrmacht. Agathe stürzte sich auf die Gärtnerei, nachdem sich Hagens Eltern vom Geschäft zurückgezogen hatten. Hagen und Agathe waren *das* arische Paar. Da war nur dieses gewisse Problemchen … Als sich nach fünf Jahren Ehe noch immer kein Nachwuchs einstellte, fürchtete unser Held allmählich um sein Ansehen. Noch dazu wurde im August '38 ein neues Eherecht erlassen: Kinderlosigkeit war ab sofort ein Scheidungsgrund. Meine Schwester bekam es mit der Angst …«

»Moment mal!« unterbricht Hemma. »Wieso sie? *Er* war es doch, der keinen hochkriegte.«

Lene schnaubt. »Kindchen, du glaubst doch nicht, daß er das jemals zugegeben hätte! Nein, nein, bei so was waren immer die Frauen schuld, und Agathe ging ja immerhin schon langsam auf die Dreißig zu. Ich habe ihr geraten, sich von einem anderen ein Kind machen zu lassen. Aber das hat sie abgelehnt, die alberne Pute. Außerdem hätte man da erst mal ein Opfer finden müssen. Sie hat Hagen vorgeschlagen, einen der vielen kleinen Arier zu adoptieren, die sie aus Polen, Norwegen oder sonstwoher heim ins Reich verschleppt hatten. Aber das wiederum wollte Hagen nicht.«

»Es wäre ein Eingeständnis seiner Schwäche gewesen«, vermutet Hemma.

Lene zupft eine Zigarette aus der Packung und zündet sie an. Hemma nimmt sich ebenfalls eine.

»Es gab eine junge Frau im Bekanntenkreis, die ›in Hoffnung‹ geriet. So nannte man das, obwohl von Hoffnung keine Rede sein konnte. Sie war neunzehn und in einer verzweifelten Lage, ihre Eltern waren drauf und dran, sie rauszuwerfen. Das darf man nicht falsch verstehen, sie waren keine Unmenschen. Die damaligen Verhältnisse veranlaßten gewöhnliche Menschen oft, unmenschlich zu handeln. Ein lediges Kind galt als eine fürchterliche Schande. Und wenn das Kind nicht arisch war, dann war es noch dazu eine Rassenschande, man wurde bestraft.«

»Es gab doch wohl auch einen Vater? Was ist mit dem?«

Lene schüttelt den Kopf. »Den hat sie verheimlicht. Warum, kann ich dir nicht sagen. Kurz und gut: Die Ärmste wurde rechtzeitig, ehe man etwas sehen konnte, aufs Land geschafft. In ein katholisches Heim, irgendwo im Odenwald. Den Leuten erzählte man, sie würde ihr Pflichtjahr in der Landwirtschaft absolvieren. Und Agathe hat angefangen, über Übelkeit zu klagen und Jäckchen zu stricken ...«

»Hat Hagen das nicht gemerkt? Oder sonstwer?«

»Wo denkst du hin? Bei dem verklemmten Sexleben von denen ... Außerdem war Hagen wenig da, er war ja Soldat und gerade damit beschäftigt, der Ostmark den Anschluß ans Reich zu erleichtern. Die alten Sempers haben nichts mitbekommen. Unsere Mutter, die hat wohl was geahnt, aber was hätte sie tun sollen? Als das Kind – also du – da war, hat Agathe dich gleich am übernächsten Tag mitgenommen. Sie hat eine Hebamme bestochen, die ihr eine Hausgeburt bescheinigt hat. Damit konnte sie dann später anstandslos eine Geburtsurkunde für dich bekommen. Sie hat sich ins Wochenbett gelegt und Hagen ein Telegramm geschickt. Der ist dann eine Woche später gekommen für ein paar Tage. Er war ein bißchen enttäuscht, weil er natürlich einen Sohn erhofft hatte, aber immerhin – sein Ruf war fürs erste gerettet.«

»Er muß doch gewußt haben, daß das gar nicht sein Kind sein konnte.«

Lene winkt ab. »Sie wird schon zur rechten Zeit ein bißchen mit ihm herumgestöpselt haben. Dumm war sie ja nicht. Und Männer glauben in so einer Situation gerne das, was sie glauben wollen.«

Hemma schaut über den zierlichen Eisentisch hinweg auf die Piazza Castello. Sie braucht eine Weile, um die vielen Gedanken, die ihr durch den Kopf schwirren, zu sortieren.

»Woher bist du so gut informiert? Du und Agathe – euer Verhältnis war doch nicht gerade das engste.«

Lene nimmt einen tiefen Zug und schaut dem Rauch hinterher. »Damals waren, wie gesagt, andere Zeiten. Man mußte als Familie zusammenhalten, auch wenn man sich nicht gerade innig liebte. Und außerdem war ich es, die die ganze Sache eingefädelt hat.«

»Du?«

»Ja. Ich war die Vermittlerin, sozusagen.«

Hemma schließt für einen Moment die Augen. Ihr ist schwindlig.

»Wer ist es?«

Es ist fünf nach halb sieben, als Martin an der Zimmertür klopft. Nichts rührt sich. Er klopft noch einmal, dann drückt er die Klinke nieder. Die Tür läßt sich öffnen. Sein Herz macht einen Sprung. Wahrscheinlich ist sie im Bad.

»Ich bin's! Wo bleibst du so lange?«

Das Zimmer ist leer. Bad und Toilette auch. Ein ungutes Gefühl schnürt ihm die Kehle zu. Er öffnet den Schrank, ein letzter Hauch ihres Parfums, vermischt mit dem muffigen Geruch des alten Schranks. Ihre Kleider sind verschwunden. Ihr Nachthemd liegt nicht mehr auf dem Kopfkissen. Im Bad steht kein Haarspray mehr, ihre Strümpfe hängen nicht mehr über dem Heizkörper, ihre Cremedosen sind weg. Einsam ragt seine Zahnbürste aus dem Glas.

Eine Angstwelle überrollt ihn. Fieberhaft sucht er nach einem Zettel, nach einer Spur von ihr, nach irgendwas. Es ist, als wäre sie nie dagewesen. Er ruft die Rezeption an. Nein, niemand weiß, wann die Signora zurückgekommen und wann sie gegangen ist. Ja, der Zimmerschlüssel ist hier. Martin stürmt die Treppen hinunter, durch die Hotelhalle. Ein Taxi fährt vor, es dauert unerträglich lange, bis der Fahrgast den Fahrer bezahlt und sein Gepäck ausgeladen hat.

»*Stazione, per favore!* Und schnell!«

Der Fahrer gibt rasant Gas, nachdem Martin ihm ein Bündel Tausend-Lire-Scheine zugesteckt hat. *»Presto, presto!«*

Vom Hotel zum Bahnhof ist es nicht weit, aber noch während er kreuz und quer durch den Bahnhof flitzt, Leute anrempelt, *»scusi, scusi«*, fremden Frauen ins Gesicht starrt, weiß er, daß er zu spät kommt. Ein Schnellzug nach München ist vor einer halben Stunde abgefahren. Etwas sagt ihm, daß Hemma mit diesem Zug aus seinem Leben verschwunden ist. Für einen Augenblick sieht er sein künftiges Dasein klar vor sich: Es ist ein Tunnel ins Nichts, eine Hülle ohne Inhalt.

WAS IST PASSIERT?

Er geht zu Fuß zurück zum Hotel. Das Zimmer empfängt ihn mit hämischer Stille. Er vergräbt das Gesicht in ihr Kopfkissen, auf das der Zimmerservice bereits ein neues *Gianduia* gelegt hat, atmet den Duft ihres Haarsprays und fängt leise an zu weinen. Erst als es draußen vor dem Fenster dämmert, kommt ihm der Gedanke, daß er vielleicht diese Tante Lene ausfindig machen sollte.

Rosa hat den Gartenschlauch in der Hand und wässert gerade den elften Pfirsichbaum. Immer wieder gehen ihr Volkers Worte durch den Sinn. »Er paßt nicht zum Schädel.« Soll das heißen, daß da noch einer …? Vielleicht hätte sie Antwort bekommen, wenn sie mit ihm in seine Wohnung gegangen wäre. Aber ich lasse mich doch nicht erpressen! Nein, so eilig ist die Sache nicht. Der Tote ist schon länger tot und wird es auch bleiben. Und eines habe ich in meinem Beruf gelernt: Geduld. Abwarten und beobachten, wie sich die Dinge entwickeln. Er wird schon noch rausrücken mit dem, was er weiß oder zu wissen glaubt.

Sie nimmt eine Sichel vom Haken, die zwischen der Heckenschere und einer Hacke an einem Brett hängt, prüft mit dem Daumen die Schärfe und beginnt die Schlingpflanze zu stutzen. Es ist wie ein Kampf gegen die neun Häupter der Hydra, jeden Schnitt scheint die Pflanze, es ist eine Pfeifenwinde, *Aristolochia durior*, mit explosionsartigem Wachstum zu vergelten.

Ein Flugzeug startet über ihren Kopf hinweg, die noch vorhandenen Glasscheiben vibrieren. Vielleicht sind es gar nicht die Gören von drüben, die Scheiben zerdeppern, überlegt sie, als sie schräg hinter sich eine Bewegung wahrnimmt. Sie fährt herum und läßt vor Schreck die Sichel fallen. Jochen steht vor ihr. Im grünen Dämmerlicht leuchtet sein blasses Gesicht wie Phosphor.

»Guten Morgen.«

»Also wirklich. Du hast ein echtes Talent, mich zu erschrekken!«

»Tut mir leid. Ich habe gerufen.«

»Gibt's was Neues?« Mehr aus Instinkt als aus Überlegung stellt sich Rosa so hin, daß sie Jochen die Sicht auf den Schädel nimmt. Obwohl der sicher Freude an der Geschichte hätte.

»Wegen deiner Mutter …«

»Ja?«

»Bin leider noch nicht groß weitergekommen. Das mit Helena Ganni war nichts, sie ist zu jung.«

»Trotzdem danke.«

»Aber ich hab was anderes, was dich vielleicht interessiert.«

»Bitte nichts über deine Jungs! Mir ist jetzt nicht nach Eingemachtem.«

»Es ist nichts über meine Jungs, sondern was über deine.«

»Häh?«

»Also: Der Jeep, der neulich die ganze Nacht hier stand, wurde vor einem Jahr zugelassen auf einen gewissen Volker André Bernheim, geboren am 22.4.65 in Darmstadt, jetzt wohnhaft in ...«

»Sag, spinnst du«, faucht Rosa ihn an. »Wer hat dir gesagt, daß du meine Besucher ausspionieren sollst?«

»Niemand«, murmelt Jochen. Er steht unter einer krummen Phönixpalme, hat die Schultern hochgezogen und sieht sie an wie ein getretener Hund.

»Also wirklich, Jochen! Du bist ein paar Jahre zu spät auf die Welt gekommen. Bei der Stasi hättest du eine steile Karriere hingelegt!«

»'tschuldige. Ich dachte, es interessiert dich vielleicht.«

»So, dachtest du. Das tut es aber nicht. Und wenn, dann frage ich ihn selbst.«

Jochen sieht aus, als würde er gleich zusammenklappen. Rosas Empörung verwandelt sich in Mitleid. Armer Kerl. Offensichtlich passiert bei ihm so wenig, daß er sich auf jeden Krümel im Leben anderer stürzen muß. Stumm ergreift sie einen Laubrechen und fegt die abgeschnittenen Pflanzenteile zusammen. Jochen bückt sich nach der heruntergefallenen Sichel und hängt sie wieder an das Regalbrett.

»HAAH!«

»Hast du dich geschnitten? Da muß man aufpassen, das Ding ist scharf.«

Aber die Sichel hängt bereits an ihrem Platz. Jochen deutet mit dem Finger unter die Bananenstaude. »Da ... da liegt ein Totenkopf.«

»Ich weiß«, antwortet Rosa und fegt weiter. »Den habe ich mal als Kind vom Totengräber geschenkt gekriegt. Zum Spielen.«

»Ist ja hart.«

»Warum? Irgendwann sehen wir alle mal so aus. Das ist das reale Leben, mein Lieber. Das findet nicht nur im Internet statt.«

Jochen beugt sich über den Knochen, allerdings ohne ihn zu berühren.

»Keine Angst, der beißt nicht mehr.« Wie auch, ohne Unterkiefer?

»Ist er die neue Liebe?«

»Also, ehrlich gesagt, er ist mir ein bißchen zu alt.«

»Ich meine diesen Bernheim.«

»Quatsch!«

»Wo hast du ihn eigentlich aufgegabelt?«

»Er hat mich aufgegabelt. Auf der Straße, sozusagen. Ist ein bißchen peinlich, die Geschichte. Äh … was steht da sonst noch?« Sie nimmt einen Besen und bearbeitet mit Hingabe die alten, an manchen Stellen bereits morschen Holzdielen, mit denen der Boden ausgelegt ist.

Jochen berichtet: »Bei der Sozialversicherung wird er als Student geführt. Seine Eltern sind Valérie Bernheim, geschiedene Pauly …«

Rosa hört mitten in der Bewegung auf zu fegen. »Geschiedene *was*?«

»Pauly. Mit Ypsilon. Sein Vater ist Bulle, hier in Darmstadt. Vielmehr, er war Bulle, ist jetzt frühpensioniert. Martin Pauly, Jahrgang '43, zuletzt Kriminalrat …«

»Ach du Scheiße!«

»Kennst du ihn?«

»Nur vom Sehen«, antwortet sie mühsam beherrscht. »Danke. Das reicht.«

»Ich muß sowieso wieder.« Jochen wendet sich zum Gehen. »Hab noch ein Date.«

»Am PC?« fragt Rosa abwesend.

»Ja«, antwortet Jochen verwirrt. Als ob es noch was anderes gäbe.

»Dann viel Spaß.« Rosa denkt sich ihren Teil. Sie würde Jochen nie unaufgefordert Lebensratschläge erteilen, sie kann es selbst nicht ausstehen, wenn andere sich in ihr Leben einmischen.

»Wegen deiner Mutter ... ich bleib dran«, verspricht Jochen und geht mit vorsichtigen Schritten aus dem Gewächshaus. Was in seiner Bude die Kabel, sind hier die Bodenbretter: tückische Stolperfallen, wenn man sich nicht auskennt.

Rosa wartet, bis das Tor zufällt. »Scheißkerl! *Stronzo!*« brüllt sie, aber schon legt sich das Startgeräusch eines Jumbos wie eine wattierte Decke über ihr Wutgeschrei.

Lene sitzt in einem schwarzen Unterrock vor dem Spiegel in ihrem Hotelzimmer und bearbeitet ihre Wimpern mit der Wimpernzange, als es an der Tür klopft.

*»Avanti, amore!«* ruft sie, ohne den Blick vom Spiegel zu wenden. Sie wartet schon ungeduldig auf Roberto, mit dem sie zur Zeit ihre kurzen Nächte teilt, und auf den Sekt, den er besorgen wollte für die Stunden nach der Vorstellung. Aber ein, zwei Gläschen könnte man durchaus jetzt schon trinken. Früher war das anders. Da ließ man den Schampus vom Hotel aufs Zimmer bringen und schlief mit dem Intendanten oder dem Primaballerino, falls der ausnahmsweise mal nicht schwul war. Jetzt gibt es Sekt vom *Supermercato* und Geschlechtsverkehr mit dem Tontechniker. Grausam, was das Alter mit einem anstellt. Aber ich darf nicht unzufrieden sein. Roberto ist ein lieber Kerl und gut gebaut, was macht es schon, wenn er nicht allzuviel Grips hat?

Der Anklopfer tritt ein. Lene braucht ein paar Sekunden, um in dem jungen Mann mit dem geröteten Gesicht den Sohn ihrer Jugendfreundin Luise wiederzuerkennen.

»Oh!« sagt sie erstaunt. »Martin?«

»Wo ist Hemma?« stößt der Besucher atemlos hervor.

Langsam steht Lene auf. In ihrem Kopf wirbeln die Gedanken wild durcheinander. Hemma–Martin. Martin–Hemma. Beide in Turin. Du lieber Gott! Es dauert, bis sie in ihren Morgenmantel geschlüpft ist. Dann sieht sie Martin an, der mitten im Zimmer steht und nervös seine Hände ineinander verknotet.

»Wissen Sie, wo Hemma ist?«

»Nein. Nein, das weiß ich nicht. Warum?«

»Sie haben doch heute nachmittag mit ihr gesprochen. Und jetzt ist sie weg.«

»Was heißt ›weg‹?«

Der arme Kerl ist den Tränen nahe. »Abgereist. Ohne mir ein Wort zu sagen, ohne eine Nachricht …«

»Aha.«

»Als wir uns heute nachmittag verabschiedet haben, da war noch alles in Ordnung. Sie und ich …«

»Ich weiß«, sagt Lene. »Sie hat mir von Ihnen erzählt.«

»Und warum ist sie jetzt weg? Was haben Sie ihr gesagt?«

»Nichts Besonderes«, entgegnet Lene. Sie hat sich wieder gefangen. Und sie hat einen Entschluß gefaßt.

»Aber etwas muß vorgefallen sein«, beharrt Martin stur.

»Ich kann Ihnen nicht helfen«, antwortet Lene. »Ich habe meiner Nichte lediglich geraten, daß sie nicht vergessen soll, daß sie ihrer Familie gegenüber eine Verantwortung hat. Das war alles.«

»Und? Wie hat sie darauf reagiert?«

»Sie wurde sehr nachdenklich und ist gegangen.«

Lene sieht Hemma vor sich, Hemma, die sie entgeistert anstarrt und dann wie in Trance vom Tisch aufsteht und wie eine Schlafwandlerin über die Piazza geht.

»Das glaube ich nicht!« ruft Martin verzweifelt. »Nicht so. Sie hätte mich nicht einfach so sitzenlassen! Es muß was anderes geschehen sein. Hat es was mit Hemmas richtigen Eltern zu tun? Haben Sie Hemma etwas gesagt, was sie in Panik versetzt hat?«

»Nicht, daß ich wüßte«, lügt Lene. »Im übrigen sind das

Familieninterna, die soll sie Ihnen lieber selbst erklären. Falls sie das möchte.«

Martin sieht sie an. »Sie lügen«, flüstert er zornig. »Sie haben auch Hemma belogen.«

Am liebsten würde Lene ihn in den Arm nehmen. Aber in Hemmas Interesse ist es wohl besser, die Unterkühlte zu spielen.

»Entschuldigen Sie mich, ich muß mich fertig machen, die Vorstellung beginnt in Kürze.«

»Warum tun Sie das?« schreit Martin und streckt die Arme nach ihr aus, als wolle er sie an den Schultern packen, aber da geht die Tür auf, und ein Mann in seinem Alter platzt ins Zimmer.

*»Che c'è?«*

Er trägt eine Plastiktüte im Arm und mustert Martin mit feurig-finsterem Blick.

»Darf ich vorstellen: Roberto. Und das ist Martin, *figlio d'un amica.«*

Roberto entspannt sich und will ihm die Hand reichen, aber Martin wendet sich ab und verläßt stumm den Raum.

Lene sieht Roberto an oder vielmehr durch ihn hindurch. »Er sucht Hemma, meine Nichte Hemma«, erklärt sie.

*»Emma, sì, sì.«* Roberto lächelt Lene schmachtend an und öffnet eine der beiden Flaschen Asti Spumante. Er tritt hinter sie, reicht ihr ein Sektglas und küßt sie auf die Schulter.

»Sie wird uns dafür hassen.«

*»Salute.«*

Seine Hand schiebt sich unter ihren seidenen Unterrock. Er versteht so gut wie kein Deutsch.

Das Graben macht Vergnügen, wenn man einen guten Spaten hat.
*Boettners Gartenbuch, 1969*

# III

Rosa gräbt. Stich für Stich, Schaufel für Schaufel in gleichmäßigem Rhythmus. Sie gräbt und grübelt. Zu einem Ergebnis ist sie bereits gekommen: Ich bin eine naive Gans. Ich glaube zu leicht an Zufälle: Volkers ritterliches Auftauchen nach dem Abend im *Weststadt*, ihre angebliche Geschwätzigkeit im Suff. Von wegen. Er wußte längst von dem Skelett, aber nicht von mir, sondern von seiner Großmutter. Der Junge auf dem Bild. Rosa würde es sich gerne noch einmal ansehen, doch Frau Pauly ist nicht zu Hause, schon den ganzen Nachmittag nicht. Was auch sein Gutes hat, sie würde sich garantiert wegen ihres Rasens aufregen.

Schaufel um Schaufel Erde wirft Rosa hinter sich, sie gräbt immer im Kreis um den Pfirsichbaum, der jetzt inmitten des aufgewühlten Bodens wie auf einer Insel steht. Hoffentlich kriege ich das wieder einigermaßen hin, bis sie zurückkommt. Aber was bleibt mir anderes übrig? Nur so kommt vielleicht die Wahrheit ans Licht. Jeder hat seine Methode. Meine ist Graben. Sie richtet sich auf und wischt sich über die Stirn. Weiter unten beginnt die schwere Lehmschicht, und die großen Brocken Odenwälder Granit, die dazwischen lagern, erleichtern die Sache nicht gerade. Sie steckt sich eine Zigarette an, macht aber keine Pause, sondern arbeitet weiter, die Kippe im Mundwinkel.

Mal angenommen, die Paulys haben Dreck am Stecken … Welche Rolle spielt dann Volker? Wieso macht er sich an mich ran und verheimlicht mir seine Identität? Hat ihn seine Großmutter um Hilfe gebeten, weil ihr Sohn gerade nicht greifbar ist? Hilfe wobei? Das dunkle Geheimnis seiner Sippschaft zu schützen? Aber warum hat er mir dann nicht das ganze Skelett geklaut?

Die Schaufel stößt an etwas Hartes, aber es ist nur ein Felsbrocken von der Größe eines menschlichen Herzens. Rosa lockert ihn und wuchtet ihn neben die Grube.

Oder werde ich nur benutzt, um die Dreckarbeit für die feine Familie zu erledigen? Um die Leichen aus dem Garten zu holen, ehe das Häuschen vererbt wird? Ihr schwirrt der Kopf.

Wieder stößt die Schaufel auf Widerstand, doch diesmal ist es kein Stein. Rosa befördert den Knochen mit Schwung auf den Rasen. Könnte ein Schienbein sein oder was vom Oberarm.

Sie steigert ihr Arbeitstempo. Die Stelle ist ergiebig, sie findet noch mehr Gebeine, die sie alle rasch, und ohne anatomische Studien anzustellen, in die mitgebrachte Aldi-Tüte steckt. Man weiß hier nie, wer einem gerade zusieht. Ein Schädel ist nicht dabei, aber sie ist ja noch nicht fertig. Sie gräbt und gräbt, jetzt mehr in die Tiefe. Schon wieder etwas Hartes. Sie kann inzwischen am Klang unterscheiden, ob es ein Stein oder ein Knochen ist. Es ist ein Knochen, ein größerer. Oberschenkel. Na also. Davon hatten wir doch neulich schon zwei. Also handelt es sich bei unserem Freund entweder um einen Dreibeinigen, oder Volker hat tatsächlich recht: Da liegt noch einer.

»Du lieber Himmel, was soll denn das werden?«

Rosa fährt herum. »Oh. Frau … Frau Pauly. Wieder im Lande?«

Gertrud Pauly deutet anklagend auf die aufgehäuften Erdmassen. »Was treiben Sie denn da?«

»Ich suche das Bernsteinzimmer. Irgendwo muß es ja sein.«

»Das ist nicht witzig.« Gertrud Paulys blaue Augen blitzen sie an. »Erst setzen Sie falsche Bäume, jetzt verwüsten Sie den Rasen ...«

»Es ist wegen der Engerlinge.«

»Wegen was?«

»Maikäferlarven. Lesen Sie keine Zeitung? Dieses Jahr droht Südhessen eine Maikäferplage von biblischem Ausmaß.«

»Was Sie nicht sagen.«

»Wobei die Käfer nicht das Schlimmste sind. Schlimmer sind die Larven in der Erde, weil sie die Wurzeln der Bäume anfressen. Und hier gibt es eine ganze Menge davon, deshalb grabe ich die Erde um und hole sie raus.«

Gertrud Pauly setzt ihre Brille auf, die sie an einer goldenen Kette um den dürren Hals trägt. Das rotweiß gestreifte Gestell wirkt wie ein Bauzaun in ihrem Gesicht.

»Ich sehe keine Engerlinge.« Sie reckt den Hals aus dem weiten Rollkragen ihres Pullovers. Rosa muß an eine Schildkröte denken.

»Seien sie froh. Sie sehen aus wie riesige, fette Maden.« Rosas Hände deuten in etwa die Größe eines Brotlaibs an. »Ich habe sie schon alle aussortiert. Eklige Viecher.« Rosa schüttelt sich. »Passen Sie auf Ihre schönen Schuhe auf.« Rosa schubst den Oberschenkelknochen klammheimlich mit dem Fuß in die Grube zurück. Frau Pauly sieht ein, daß sich Lehm auf türkisfarbenem Wildleder nicht gut macht, und bleibt folgsam auf dem noch unangetasteten Rasenstück stehen.

»Was ist denn das?« Sie hält den kleineren Knochen, den Rosa als ersten auf den Rasen geworfen hat, in die Höhe wie eine Ratte am Schwanz.

»Der? Der ist von einem Schwein.«

»Einem Schwein?«

»Ja, einem Schwein. Hier wurde nach dem Krieg schwarz

geschlachtet. Die Knochen haben sie hier draußen vergraben. Das war früher mal ein Acker. Kartoffeln, Rüben, Kohl. Ihre Schwiegermutter hat es uns neulich erzählt.«

»Uns?«

»Mir und ihrem Enkel.«

Die Augen hinter dem Bauzaun starren Rosa verständnislos an.

»Der Junge auf dem Bild, das im Salon steht.« Rosa benutzt das Wort »Salon« mit Bedacht. Sie deutet auf die Villa, deren Fenster alle geschlossen sind. Vor der Terrassentür ist der Rollladen heruntergelassen. »Volker heißt er, nicht wahr?«

Der Knochen fällt auf den Rasen. »*Der* war hier?«

»Ja. Sie hat ihm den Garten gezeigt und sich mit ihm über Botanik beraten.«

»Über meinen … den Garten?« Sie macht ein Gesicht, als hätte sie gerade auf ein Stück Alufolie gebissen.

»Besucht er seine Großmutter sonst nicht so oft?«

»Ich finde, unsere Familiengeschichten gehen Sie nichts an.«

Rosa überhört die Bemerkung. »Er ist ein netter Kerl. Und er versteht sich blendend mit Ihrer Schwiegemutter. Ein Herz und eine Seele, das sieht man auf den ersten Blick.«

»So, so. Das ist ja interessant.« Dann räuspert sie sich und sagt in strengem Ton: »Also, liebes Fräulein, so geht das aber nicht. Das sieht hier aus, als hätte ein Meteorit eingeschlagen.«

Rosa winkt ab. »Kein Grund zur Aufregung. Den Rasen wollte ich sowieso neu aussäen, der war total vermoost. In zwei Wochen sieht man nichts mehr.«

»Na, hoffentlich. Wenn unsere Mutti das sieht, bekommt sie einen Herzanfall!«

Das würde dir so passen, denkt Rosa. *Unsere Mutti!*

»Wissen Sie zufällig, wann sie heute nach Hause kommt?« fragt Rosa.

»Ist sie denn weg?« fragt Gertrud Pauly zurück.

»Sie öffnet jedenfalls nicht.«

»Sie wird einkaufen sein.«

»Ich bin aber schon fast drei Stunden hier.«

»Drei Stunden wühlen Sie hier schon herum?«

»Wenn schon, dann gründlich.«

Gertrud zuckt die Schultern. »Na, mich geht's ja nichts an. Ist ja nicht mein Geld.«

Noch nicht, fügt Rosa im stillen hinzu.

»Halb zwei. Hm. Ich werde mal nachsehen«, verkündet Gertrud Pauly. Sie wendet sich von Rosa ab, bleibt dann aber nach drei Schritten stehen, dreht sich um und versucht ein Lächeln. »Oder ... würden Sie eventuell mit reinkommen?«

Rosa verkneift sich ein Grinsen und folgt der künftigen Hausherrin, die schon den Schlüssel gezückt hat. Sie würde jetzt gerne die Bilder sehen, die in Gertruds blondiertem Kopf herumspuken. Rosa zieht ihre Stiefel vor der Haustür aus und läuft auf Socken hinter Gertrud Pauly her.

»Mutti, ich bin es. Mutti?«

Es kommt keine Antwort. Kein Wunder, denkt Rosa. »Mutti« ist wohl die blödeste und lächerlichste Anrede, die man für Frau Pauly finden kann.

Die Räume im Erdgeschoß wirken über die Maßen aufgeräumt, zumindest nach Rosas Maßstäben. Die Fransen des Perserteppichs sind gekämmt, vornehm glänzt das Eichenparkett. Auf dem niedrigen Mahagonitisch vor der Couch liegt lediglich eine aufgeschlagene Fernsehzeitung. Das Programm von gestern, Dienstag, dem 27. April. Ein paar Sendungen sind mit pinkfarbenem Leuchtstift markiert, offenbar hält Frau Pauly nichts vom Zappen. Die Erde in den Blumentöpfen trieft vor Nässe, auch der Gummibaum im Erker nimmt ein Fußbad.

»Hier unten ist sie nicht, das sehen Sie doch. Kommen Sie schon«, drängt Gertrud, die schon an der Treppe steht.

Sie läßt Rosa vorangehen. Die Treppe macht auf halber Höhe eine Kurve und endet in einem großzügigen Flur, von dem fünf Türen abgehen, rechts und links je zwei und eine an der Stirnseite des Flurs. Sie sind alle geschlossen.

Gertrud Pauly deutet auf die zweite auf der rechten Seite. »Ihr Schlafzimmer.«

Sie klopfen an, aber erwartungsgemäß rührt sich nichts. Rosa öffnet die Tür. Das Bett – ein französisches Eisenbett mit stilisierten Lilien – ist ordentlich gemacht. Der Kleiderschrank ist zu, an der rechten Wand steht ein Frisiertisch auf dünnen gedrechselten Beinchen. Außer einer Flasche Uralt Lavendel steht nichts auf diesem Tisch, aber zum Frisieren ist er ohnehin nicht mehr zu gebrauchen, denn der Spiegel, dessen Rahmen die Schnörkel der Bettlade in kleinerer Form wiedergibt, ist nahezu blind. An einem Ständer hängt ein weißer Bademantel, sonst ist kein Kleidungsstück zu sehen.

Ohne auf weitere Anweisungen zu warten, geht Rosa aus dem Zimmer und öffnet die Tür daneben. Es ist ein kleinerer Raum, der von einem wuchtigen Schreibtisch beherrscht wird. Die Seitenwände sind mit Regalen vollgestellt, links Bücher, rechts Akten.

»Das Arbeitszimmer von Ernst. Ihrem Mann«, erklärt Gertrud, die nach ihr eingetreten ist. Im Gegensatz zum vorigen Raum riecht es hier muffig.

»Ernst?«

»Ja, er hieß Ernst.«

»Nicht Jakob?«

»Aber nein. Ernst Ludwig. Wie der Großherzog von Darmstadt.«

»Seit wann ist er eigentlich tot?« fragt Rosa.

»Och, schon über zwanzig Jahre. Ich kannte ihn nicht. Mein Mann und ich haben uns erst 1980 kennengelernt. Da war er schon etliche Jahre tot, vier oder fünf, ich weiß nicht so genau.«

»Woran ist er gestorben?«

»Was tut denn das jetzt zur Sache?« meint Gertrud Pauly unwirsch. »Sehen wir lieber mal im Bad nach.« Sie deutet auf die Tür an der Stirnseite. Wieder ist es Rosa, die mutig vorangeht und die Tür öffnet.

»Oh!«

»Was ist?« fragt Gertrud hinter ihr mit ängstlicher Erwartung.

»Nichts«, enttäuscht sie Rosa. »Es ist noch so … wie früher.« Die Einrichtung ist in der Tat nicht die modernste: Hellgelbe, bis Brusthöhe reichende Fliesen mit einem Jugendstilmuster, die Wand darüber bröselt in verblaßtem Blau vor sich hin. Eine gemalte Borte zieht sich unterhalb der Decke entlang, in der Ecke gegenüber der Tür prangt eine löwenfüßige Badewanne mit einem museumsreifen Gestell als Dusche, überragt von einem mächtiger Boiler, der dem in Rosas Bad ähnelt. Die rechte Wand nimmt ein breites, rechteckiges Waschbecken ein, der große Spiegel wirft Wellen, daneben hängt an einem krummen Nagel ein Kosmetikspiegel aus Plastik. Links eine Toilette mit Holzbrille und eine weißlackierte Kommode mit allerlei Dosen und Fläschchen darauf. Die Wasserleitungen sind nicht unter Putz, die blaue Wandfarbe ist nur noch in winzigen Spuren auf dem rostigen Eisen zu sehen. Wie aus einem alten Film, findet Rosa. Direkt malerisch.

»Es ist gräßlich! Aber sie läßt nichts ändern, egal, was Martin oder ich ihr sagen. Was glauben Sie, was wir für einen Kampf mit ihr hatten, damit sie sich endlich eine neue Küche anschafft. Bis vor fünf Jahren hat sie auf einem Kohleherd gekocht! Sie sträubt sich mit Händen und Füßen gegen jede Veränderung. Ein Wunder, daß hier überhaupt warmes Wasser fließt. Den Boiler hat noch ihr Mann anbringen lassen und die Zentralheizung. Da, sehen Sie …«, sie deutet auf ein paar Bodenfliesen aus stumpfem Marmor, die Risse bekommen haben, »… das müßte dringend renoviert werden. Nicht, daß sie kein Geld dazu hätte. Aber aus irgendeinem Grund muß alles so bleiben, wie es war. Sie läßt nur die notwendigsten Reparaturen machen.«

Rosa sagt nichts dazu. Sie schaut auch noch in die anderen beiden Zimmer. Das erste, kleinere, ähnelt Frau Paulys Schlafzimmer, nur daß das Bett einfach und aus Holz ist, und statt eines Frisiertisches gibt es ein Regal mit Büchern. Deutsche Klassiker, mehr kann Rosa auf die Schnelle nicht erkennen. Ernst Pauly war wohl ein eifriger Leser. »Ein Gästezimmer«, erklärt Gertrud rasch.

Getrennte Schlafzimmer.

Das Zimmer gegenüber Frau Paulys Schlafzimmer gehörte einmal Martin. Vom Schrank hängen noch immer ein paar Wimpel von Fußballvereinen, auf dem Bett steht ein abgewetzter Stoffelefant, im Bücherregal Karl May.

»Es sieht alles aus wie immer«, stellt Gertrud Pauly fest. »Es ist nur seltsam, daß sie nicht da ist.«

»Was ist oben?«

»Nichts.«

»Nichts?«

»Sie können gerne nachsehen.«

Rosa geht die zweite Treppe hinauf, sie ist kürzer als die erste, auf halber Treppe ist eine Tür. Wahrscheinlich ein Klo oder eine Abstellkammer. Rosa mag diese verwinkelten alten Häuser. Oben sind nur zwei Zimmer. Sie sind groß und haben schräge Wände, die Fußböden bestehen aus den gleichen durchgängigen Holzdielen wie in den Räumen im ersten Stock. Das eine Zimmer scheint als Rumpelkammer zu dienen, es steht voller Kartons und alter, teilweise kaputter Möbel.

Das andere ist leer bis auf ein Bett, das mitten im Zimmer steht und die Leere eher noch unterstreicht. Kein Schrank, kein Teppich, keine Gardine, keine Lampe. Es hängt kein Bild an den Wänden, deren letzter Anstrich wohl mindestens fünfzig Jahre zurückliegt. Das Bett ist ein schmales Einzelbett aus dunklem Kirschholz mit einer dreiteiligen Matratze in einem bläßlichen Grün. Das Fenster weist nach Westen, in Richtung Ortskern. Die Rolläden sind bis auf einen kleinen Spalt heruntergelassen, die Nachmittagssonne taucht den Raum in ein streifiges Licht. Überall sind Spinnweben, besonders in den oberen Zimmerecken. Auch das Bett ist eingesponnen.

Rosa fröstelt. Eine eisige Atmosphäre geht von diesem Raum aus, als betrete man eine Gruft. Dieses Bett … warum steht es so exakt in der Mitte? Wie auf einer Bühne. Rosa durchzuckt ein seltsamer Gedanke. Das da ist kein Zimmer wie alle anderen, das ist eine Kulisse. Aber was wird hier inszeniert?

Vor der Haustür findet Gertrud Pauly zu ihrer alten Form zurück. Sie spreizt ihre goldberingten Finger und verschränkt sie ineinander: »Fräulein Semper … was ich noch sagen wollte …«

»Ganni. Ich heiße Rosa Ganni.«

»Fräulein Ganni. Ich bin in letzter Zeit mit Ihrer Leistung nicht zufrieden. Sie sind mir zu eigenmächtig. Über eine Aktion wie diese hier …«, sie zeigt über Rosas Schulter auf den Blaumilchkanal, »… möchte ich gefälligst vorher informiert werden. Und wäre es nicht längst an der Zeit, die Rosen zu setzen, die ich haben wollte? Ich schlage vor, Sie bringen diese Buddelei da zu einem ordentlichen Ende, und dann werden wir unsere geschäftliche Beziehung wohl besser beenden.«

Rosa schlüpft in ihre Arbeitsstiefel und lächelt ihr Gegenüber an.

»Frau Pauly, *wir* haben gar keine geschäftliche Beziehung. Ihre Schwiegermutter hat mich beauftragt, ihren Garten zu versorgen, sie bezahlt mich, und nur sie kann mich rausschmeißen.«

Gertrud Paulys Gesichtsausdruck wird spitz, ebenso ihre Stimme. »Ihr Verhalten ist unklug. Sie sollten an die Zukunft denken. Aber gut, wie Sie wollen. Ich werde das meinen Mann regeln lassen.«

Die Sorte hat Rosa am liebsten!

»Wie geht es ihm denn, wann kommt er denn wieder, der Herr Seefahrer?« fragt Rosa leutselig. Ihr Interesse ist durchaus ehrlich. Aber die verlassene Seemannsbraut hat sich bereits umgedreht und hält stramm auf das Gartentor zu.

»Sumpfhuhn«, murmelt Rosa und macht sich wieder an die Arbeit.

Luise schneidet den Kirschkuchen in zwölf exakt gleich große Stücke. »Kirschstreusel«, erklärt sie. »Leider noch nicht vom eigenen Baum. Der blüht ja gerade erst. Ende Mai sind sie soweit.« Sie deutet mit dem Messer über ihre Schulter. Der Kirschbaum vor dem Pavillon blüht in diesem Jahr so üppig, daß das junge Blattgrün hinter dem weißen Blütenmeer verschwindet. Wie eine leuchtende Wolke scheint er über dem frisch gemähten sattgrünen Rasen zu schweben. Luise legt das Messer hin und wendet sich ihrer Besucherin mit ernstem Blick zu.

»Du hast vollkommen recht. Es hätte viele Gelegenheiten gegeben. Als Hagen tot war, als du geheiratet hast, als Rosa zur Welt kam. Aber Lene hat gemeint, man müsse es Agathe überlassen, dir die Wahrheit zu sagen. Erst als sie im Krankenhaus war, habe ich …« Sie vollendet den Satz nicht.

Hemma denkt an die kurzen Gespräche im Laden. Die Dame mit dem schwarzen Hut. Wo war da die Stimme des Blutes? Es scheint sie nicht zu geben, sonst wäre so manches nicht passiert.

»Ich weiß nicht, warum ich mich nie getraut habe. Immer wenn ich bei dir im Laden stand, hat mich der Mut verlassen. Auf der Beerdigung von Agathe war ich fest entschlossen. Aber dann habe ich es doch wieder hinausgeschoben.«

»Warum?«

Als Antwort hebt Luise nur die Schultern. Ihr Haar ist locker aufgesteckt, es muß recht lang sein. Sie trägt ein modisches Twinset aus hellblauem Strick und dazu eine Perlenkette. Für mich? rätselt Hemma.

»Sie war immer gut angezogen«, hat Martin über seine Mutter gesagt, »als würde im nächsten Moment hoher Besuch kommen. Zur Hausarbeit trug sie zwar eine Schürze, aber darunter war sie immer ganz Dame. Bis heute habe ich sie nie in Kleiderschürzen herumlaufen sehen.«

Sie sitzen auf der Terrasse in Korbstühlen, und die Situation kommt Hemma unwirklich vor, als würde sie von irgendwoher sich selbst und diese Frau, die nun ihre Mutter ist, beobachten. Gleichzeitig hat sie das Gefühl, das alles schon einmal erlebt zu haben.

Luise legt Hemma und sich Kuchen auf die Teller. »Meine Lage damals war verzweifelt. Ich hatte keinen Beruf, für meine Eltern war ich eine wandelnde Schande, ich wußte nicht, wie es weitergehen sollte. Ich war nahe daran, mich vor die Straßenbahn zu werfen. Da bot mir Lene diesen Ausweg an. Ich dachte, die zwei haben Geld, sie wollen ein Kind, du wirst es dort gut haben. Besser als bei einer ledigen Mutter. Außerdem hieß es zunächst, daß ich mit dir in Kontakt bleiben dürfte. Inkognito, sozusagen. Davon wollten sie später nichts mehr hören. Und dann kam Martin … Nimmst du Sahne?«

Als sie seinen Namen ausspricht, zuckt Hemma zusammen. Ihr wird heiß vor Scham. An jenem Nachmittag im Café Baratti & Milano hat ihre Liebe etwas Schmutziges bekommen. Was bisher zu ihren kostbarsten Erinnerungen gehörte, ist nun ein Straftatbestand, für den es eine ganze Reihe entsetzlicher Worte gibt. Sie zwingt sich, Luise zuzuhören.

»… nicht sagen, daß ich dich vergessen hätte. Aber ich war abgelenkt. Da war das Baby, und da war Krieg, und dann die Jahre, als es nichts gab. Erst mußten wir eine ausgebombte Familie aus Darmstadt aufnehmen und dann Flüchtlinge aus dem Osten. Du kannst dir nicht vorstellen, wie das Haus aussah, als diese Bagage endlich wieder fort war. Als hätten hier die Räuber gehaust!«

Hemma ißt ihren Kuchen (ohne Sahne) und läßt sie erzählen. Es sind die Geschichten, die alle erzählen, die in Luises Alter sind. Sie muß aber auch Dinge erlebt oder gesehen haben, die sie nicht erzählt. Martin hat ihr einmal geschildert, wie seine Mutter mit schreckgeweiteten Augen davonlief, als er zum erstenmal in seiner Polizeiuniform nach Hause kam.

»Der Garten hier, das war '45 alles Acker. Kartoffeln, Rüben, Kohl. Kannst du dir das vorstellen?«

»Ja. Die Gärtnerei war damals auch eine Landwirtschaft. Kartoffeln waren gefragt, Tulpen brauchte keiner.«

»Und Obstbäume gab es und Beerensträucher. So sind wir wenigstens nicht verhungert.«

Vielleicht braucht sie diesen Anlauf, um die Frage zu beantworten, die zwischen ihnen schwebt wie eine unsichtbare, aber spürbare Wolke.

»Ihr seht euch ähnlich, du und mein Sohn.«

Hemma dreht sich der Magen um. »Bitte sag ihm nichts von mir.«

»Warum nicht?«

»Bitte sag es niemandem. Du hast so lang geschwiegen, bitte tu's auch jetzt.«

»Wie du meinst.« Luise streckt die Hand aus, als wolle sie Hemmas Hand ergreifen, aber irgend etwas in deren Blick hält sie davon ab. Sie greift lediglich nach dem Milchkännchen und verdünnt damit den viel zu stark geratenen Kaffee.

Hemma sieht sich um. Hier ist er also groß geworden, auf diesen Kirschbaum ist er geklettert. Hier hat er mit seinem Hund gespielt. Ob er auch kleine Tiere beerdigt hat, so wie Rosa? Sie hat ihm geschrieben: Sie könne nicht mehr. Das schlechte Gewissen, Rosa, Enzo, seine Frau, sein Sohn … Um die Schuld an so viel Kummer auf sich nehmen zu können, dafür liebe sie ihn nicht genug.

»Gibt's den Hund noch, den Schnauzer?«

»Woher weißt du von dem Hund?«

»Von Lene«, lügt sie rasch, kann aber nicht verhindern, daß ihr die Hitze den Hals hinauf in die Wangen steigt.

»Nein, der ist vor zwei Jahren gestorben. Er war schon uralt.« Nach einer Pause sagt Luise: »Ich will mich damit nicht aus der Verantwortung stehlen, aber ein bißchen gilt für uns beide, daß wir Opfer der Verhältnisse geworden sind. Ich mußte dich weggeben, es blieb mir nichts anderes übrig. Womöglich hätten sie dich sonst umgebracht.«

»Warum?«

»Wegen deines Vaters«, antwortet Luise. »Ich werde dir sagen, wer es war, denn eher wirst du ja doch keine Ruhe geben. Was ich verstehen kann.« Sie lächelt versonnen. »Dein Vater ... er ist nicht arisch.«

»Ein Jude?«

Luise nickt.

»Schön«, lächelt Hemma. Es ist das erstemal, daß sie lächelt, seit sie hier ist.

Wie kurios es ist, denkt Luise. Inzwischen scheint es regelrecht schick geworden zu sein, einen Juden in der Biographie zu haben, während man zu meiner Zeit noch dafür umgebracht wurde.

»Ich hatte schon Angst, es wäre wieder so ein Nazi wie Hagen!«

»Wie kommst du denn darauf?« fragt Luise, und ein warnendes Ausrufezeichen erscheint als steile Falte zwischen ihren karamelbraunen Augen. Es ist der Grundton von Martins Augen, mit einem Stich ins Grüne. Wie bei Hemma.

»Könnte doch sein. Es rannten ja genug herum.«

Luise schüttelt energisch den Kopf. »Nein. Du bist von Jakob. Jakob Sulzer.«

Sie sagt diese Worte mit dem gleichen stolzen Trotz wie damals zu Lene.

Lene war die erste, die es erfuhr. »Es ist von Jakob. Jakob

Sulzer. Ich liebe Jakob, und ich werde auf ihn warten, ich und das Kind.«

»Halt bloß die Klappe, du sentimentale Gans«, antwortete Lene schroff, »und erzähl nicht solchen Unsinn. Oder willst du euch beide umbringen?«

»Es ist von Jakob. Jakob Sulzer«, sagte sie zu ihren Eltern und stampfte mit dem Fuß auf. »Und ich liebe ihn, und ich werde sein Kind nach ihm nennen, falls es ein Junge …«

Die Wucht des Schlages schleuderte sie auf den Küchenboden. Ihr Vater riß sie hoch, seine Fäuste trieben sie quer durch die Küche, den Flur entlang und die Treppe hinauf bis in ihre Kammer. »Sag das nie wieder. Sonst schlag ich dich lieber gleich tot!« Die Adern an seinen Schläfen waren blau und dick angeschwollen, aber hinter seinem zornigen Blick spürte sie seine Angst, und sie beschloß, von nun an den Mund zu halten, bis »der Affenzirkus«, wie Jakob die politischen Verhältnisse zu nennen pflegte, vorbei sein würde.

»Jakob Sulzer«, wiederholt Luise seinen Namen. »Der ist dein Vater. Er war einundzwanzig, ein Jahr älter als ich. Er mußte vor den Nazis fliehen. Er hat nie erfahren, daß ich schwanger war. Du hast sein Haar geerbt.«

Hemma fährt sich durch ihr Haar, das längst wieder einen frischen Schnitt vertragen könnte. Sie findet, daß sie eher Luises Haar geerbt hat. Es ist eine Spur heller als ihres, aber ebenso glatt und fein. Auch Rosas Haar ist so. Martins ist kräftiger.

»Ich brauch immer viel Spray, damit es nach was aussieht«, sagt Hemma.

»Du mußt es mit Essigwasser nachspülen, dann glänzt es.«

Ein Schweigen tritt ein.

Wie banal es ist, denkt Hemma. Zwei Kaffeetanten in einem blühenden Garten, die Kuchen essen und sich über Haare unterhalten. Wo bleiben die großen Gefühle?

»Hast du ihn sehr geliebt?«

»Er ist meine große und meine einzige Liebe«, antwortet Luise. Sie sagt es langsam, feierlich und mit trotzigem Ernst.

Seltsam, findet Hemma. Immer, wenn jemand über seine aufrichtigsten Gefühle spricht, klingt es pathetisch und beinahe lächerlich. Dennoch kann Hemma gut verstehen, was Luise meint.

»Ist er tot?«

»Nein«, sagt Luise barsch, dann milder: »Ich weiß es nicht. Seine Eltern sind tot. Er ist ... ich weiß nicht, wo er ist. Vielleicht in Amerika, vielleicht in Israel.«

»Wie lange habt ihr euch gekannt?«

»Ein knappes Jahr. Es war Liebe auf den ersten Blick. Ich weiß es noch wie heute. Es war im Februar '38, die ersten warmen Tage. Er kam in den Laden meiner Eltern und wollte einen Hut abholen, für seine Mutter. Der hat 26 Mark gekostet! Da hat es gefunkt, wie man heute so schön sagt.« Wieder das versonnene Lächeln, das die feinen Runzeln um ihren Mund glättet und ihr Gesicht auf einmal jung aussehen läßt, das Gesicht eines verträumten Mädchens. »Den Laden gibt's nicht mehr. Ist abgebrannt, '44, als die Bomben fielen. Meine Eltern mit. Ich war ja schon hier. Hier ist nichts passiert. Da war Martin gerade ein Jahr alt.«

»Ich war fünf«, sagt Hemma.

»Ihr seid zum Glück glimpflich davongekommen in eurem Dorf.«

»Ja, wir schon«, murmelt sie und spürt den wohlbekannten Kloß in der Kehle. Sie hat nichts vergessen. Im Gegenteil. Die Bilder drängen sich ihr häufig auf, ungerufen, ohne Vorwarnung, besonders in den Nächten. Alles ist schwarz. Schwarze Häuserruinen ragen turmhoch in den Himmel, die Bäume sind schwarz, schwarzer Rauch steigt auf. Es gibt zuviel zu sehen, während man an der Hand der Mutter über den Schutt stolpert. Die Menschen sind seltsam angezogen, manche haben nur Decken um sich gewickelt oder angesengte Bettücher. Sie wühlen in den Steinen oder versuchen, Leiterwagen zu ziehen. Ihre Augen sind rot und tränen, ein Mann wiegt eine Teekanne im Arm, wie ein Baby. Schwarze Puppen liegen auf glühendem Pflaster, man kann den Teer riechen. Seltsame Fetzen hängen in den Bäumen des Alten Friedhofs, und es stinkt. »Volltreffer, die Leichenhalle«, hört das Kind jemanden sagen. Die lilafarbenen Toten, die aussehen, als hätte man sie aufgeblasen, stinken am ekelhaftesten. Hemma meidet ihre Nähe. Nicht so die Hunde und Katzen, die man heute auf dem Friedhof antrifft, wo man hier sonst nur Vögel sieht. Schwarze Vögel gibt es heute auch mehr als sonst. Hemma streichelt heimlich die Hunde.

Männer mit Schaufeln erscheinen. »Franzosen«, erklärt die Mutter, und das Kind wundert sich, daß die Feinde keine Gewehre haben.

Auf dem anderen Friedhof, dem am Wald, sind noch mehr Männer mit Schaufeln zugange. Sie sind alle gleich angezogen und sprechen seltsam.

»Russen«, erklärt die Mutter.

Die Russen heben lange Furchen aus und schleppen Säcke heran, und Hemma zupft ihre Mutter am Ärmel.

»Warum streuen die Mehl da drauf?«

Alle Toten sehen jetzt weiß aus. Wie Engel.

»Chlorkalk«, meint ihre Mutter, und daß man hier heute wohl nicht viel ausrichten kann. An Grabschmuck denkt jetzt keiner. Als sie gehen wollen, fängt es heftig an zu regnen, und die verlassenen Engel, die in wildem Durcheinander in der Furche liegen, fangen nun plötzlich an, grün zu leuchten, wie schimmeliger Käse.

»Ich war fünf«, sagt Hemma leise. »Sie ist mit mir hingegangen. Ich habe alles gesehen. Die Trümmer, die Toten. Ich sehe es heute noch, fast jede Nacht.«

Luise verzieht kurz den Mund zu einem bitteren Lächeln. »Tja«, sagt sie achselzuckend, »eine schlimme Sache war das damals. Mußte Martin eben ohne Großeltern aufwachsen.

Ging auch.« Sie nippt an ihrem Kaffee. »O je, der ist ein bißchen stark geworden.«

Hemma muß an Lene denken, an den Wutanfall, den ihre Tante bekam, als sie etliche Jahre nach dem Krieg erfuhr, daß Agathe Hemma damals mitgenommen hatte, um »dem Kind zu zeigen, wozu unser Feind fähig ist«. Es gab einen wüsten Streit, und danach konnte Hemma ihre Tante nur noch in dem Haus mit dem Aprikosenbaum besuchen.

Hemma wird in diesem Moment klar, daß diese Frau, die ihr da gegenübersitzt, nichts für sie empfindet. Nichts, außer einem gewissen eitlen Interesse und einer sentimentalen Erinnerung an den verflossenen Geliebten.

»Was war mit den Eltern deines Mannes?« fragt Hemma, um kein peinliches Schweigen entstehen zu lassen.

»Der Vater ist kurz vor Kriegsende gefallen. Sie, die alte Pauly, konnte mich von Anfang an nicht leiden. Sie erzählt bis heute, ich hätte ihren Sohn nur wegen dieses Hauses hier geheiratet. *Ihr* Haus nennt sie es. Sie war dagegen, daß ihr Mann es uns zur Hochzeit überschrieben hat, daraus hat sie nie einen Hehl gemacht. Zum Glück ist sie bald zu Ernsts Schwester nach München gezogen. Von wegen ihr Haus! Lächerlich ist das! Anmaßend.«

Ihr Gesicht ist auf einmal eine böse Maske geworden. Hemma fühlt sich unwohl.

Luise beugt sich über den Tisch, ihr entgegen. »Soll ich dir sagen, wessen Haus das ist? Das von Jakob Sulzer. Die Nazis haben die Sulzers enteignet und umgebracht, und der alte Pauly und seine Frau haben das ausgenutzt und sich das Haus für einen Spottpreis ergaunert. Manche sagen, sie soll schon vorher immer hier herumgeschlichen sein. Aber es gehört Jakob. Es ist sein Haus!«

Hemma ist aufgestanden. Sie erträgt es nicht länger. Sie geht im Garten herum. Ein schönes großes Grundstück. Die Nachbarhäuser stehen in gebührender Entfernung, man ahnt ihre Mauern eher, als daß man sie durch die hohe, dichte

Randbepflanzung sieht. Zu hoch, die Büsche. Man müßte sie stutzen, damit sie von unten her nicht ausdünnen. Auf der Bank vor dem Pavillon liegt eine Rosenschere. Hemma beginnt, damit die Kletterrose zu schneiden. Nach einer Weile kommt ihre Mutter über den Rasen und stellt sich neben sie.

»Ich bin keine sonderlich begabte Gärtnerin«, gesteht sie.

»Das sind wilde Triebe«, erklärt Hemma ruhig, »die blühen nicht, die rauben der Pflanze nur Kraft. Und diese erfrorenen Äste müssen weg. Ich werde mich ein wenig um deinen Garten kümmern, wenn du es erlaubst.«

»Laß doch«, sagt Luise verlegen. «Du wirst dir noch die Strümpfe zerreißen.«

Als Hemma gegangen ist, räumt Luise den Kaffeetisch ab. Ich habe sie enttäuscht, grübelt sie. Sie hat sicher mehr Herzlichkeit von mir erwartet. Aber alles in allem ist sie eben doch eine Fremde. Sie kann nichts dafür, aber sie erinnert mich an Dinge, an die ich mich nicht mehr erinnern will.

Was sie jetzt wohl von mir denkt? Hält sie mich für feige, berechnend, kalt? Aber was blieb mir anderes übrig? Und sie hatte doch alles. Ich habe mein Möglichstes für sie getan, ich habe mir nichts vorzuwerfen.

Luise denkt an die Monate, Jahre nach Hemmas Geburt: Die Siegesmeldungen im Radio, die Parolen. Die Verwundeten. Die »Krone«, das alte Jugenheimer Kurhotel, ist nun ein Lazarett. Die ersten am »Unternehmen Barbarossa« Gescheiterten kommen an. Auf einmal sieht sie ihn. Und er sieht sie.

Der Arzt untersucht ihn. Es sind die Beine. Der Rest wird heilen.

Sie wäscht ihn, sie salbt seine Brandwunden und spritzt ihm Morphium, zweimal täglich. Noch sind genug Medikamente da.

»Wie spät ist es?«

Die Kammer, in die man ihn gelegt hat, hat kein Fenster.

»Abend. Es ist schon dunkel.«

Sie füttert ihn, denn seine Hände sind bis zu den Ellbogen verbunden.

Er meidet ihren Blick. »Warum machst du das? Warum keine andere Schwester?«

Sie antwortet nicht, zieht ihm das Hemd aus, reibt ihm den Rücken mit Franzbranntwein ab. Sie zieht ihm die Hose aus und knetet seine Beine durch wie schweren Teig. Er lehnt sich zurück und schließt die Augen. Er verbringt die meiste Zeit in einem schwebenden Zustand, kennt weder Tag noch Nacht, es ist Morgen, wenn sie ihm Kaffee bringt, und es ist Abend, wenn sie es Abend werden läßt.

Der feuchte Waschlappen hinterläßt ein wohliges Gefühl von Sauberkeit auf seiner Brust. Sie wäscht Füße und Beine. Davon spürt er wenig. Sie wäscht ihm das Gesäß, die Hoden. Sein Schwanz ruht wie ein kleines Tier in einem Haarnest. Sie umfaßt ihn mit dem warmen, seifigen Waschlappen. Sie macht ihre Sache sehr gründlich, und ihm passiert, was vielen hier beim Waschen oder beim bloßen Anblick einer jungen Schwester passiert. Den meisten ist es peinlich. Andere sind erfreut – immerhin ein Beweis, daß noch alles funktioniert, was einen richtigen Mann ausmacht. Was ist dagegen schon ein verlorenes Bein? Luise quittiert die kleinen Aufstände für gewöhnlich mit einem verlegenen Lächeln oder einer flapsigen Bemerkung und wendet sich weniger erregenden Behandlungen zu. Der Anblick von Spritze und Klistier ernüchtert die Herren meist rasch wieder.

Der Waschlappen gleitet auf und ab.

»Hör auf. Bitte hör auf damit!« Seine weinerliche Stimme paßt nicht zu der beachtlichen Erektion, die ihrer Hand entgegenwächst. Hilflos hebt er die eingebundenen Arme.

Sie ignoriert seinen Willen, sein Körper ebenfalls. Sie reibt ihn mit wohldosiertem Druck und Tempo.

Er stöhnt. »Bitte, laß das!«

Sie sieht ihm in die Augen, und mit einem kleinen Lächeln unterbricht sie ihre Tätigkeit, um die Tür abzuschließen und seine Arme an die Pritsche zu schnallen, wie man es bei Amputationen macht.

»Was hast du vor?« Angst färbt seine Stimme grell. Er schließt die Augen, seine Unterlippe zittert. Er spürt sie erst, als er in sie gleitet, warm und seifenglitschig, fast widerstandslos.

Sie bewegt sich, die Seife schäumt. Sie krallt die Hände in seine Brust und stößt ihn immer wieder in sich hinein, es stört sie nicht, daß er ein paarmal aufschreit. An Schreie ist man hier gewöhnt. Sie macht weiter, keuchend, mit wütender Kraft, bis sie ihn endlich aufschluchzen hört und etwas Warmes ausströmen fühlt.

Er öffnet die Augen. Sie schaut ihn an. Er erschrickt vor ihrem kalten Blick im Kerzenlicht. Ihre Lippen sind zu einem Strich zusammengepreßt, als sie von ihm heruntersteigt. Ohne sich abzuwischen, zieht sie ihre Unterhose wieder an, nimmt den erkalteten Waschlappen und wischt mit groben Bewegungen über sein noch nicht ganz erschlafftes Glied. Ein ranziger Geruch hängt in der Kammer.

»Warum ich?« flüstert er.

»Weil einer bezahlen muß.«

Sie zieht eine Spritze auf. »Wir werden heiraten«, sagt sie und jagt ihm die Nadel unter die Haut.

Rosa gräbt. Schaufel für Schaufel häuft sie die Humuserde auf. Sie konzentriert sich ganz auf ihre Tätigkeit und gönnt Volker, der wie ein aufgescheuchtes Huhn zwischen den Erdsäcken *Humuserde – Beste Gärtnerqualität* herumstakst, keinen Blick.

»Rosa, ich schwöre dir zum hundertsten Mal, daß ich genauso viel oder wenig weiß wie du. Sie hat mich angerufen und gebeten, so schnell wie möglich zu kommen. Sie sagte nicht, warum, aber es klang dringend. Sie hat das vorher noch nie getan. Ich dachte, sie wäre krank oder so, und bin sofort losgefahren. Und da saß sie putzmunter beim Tee und sagte wortwörtlich: ›Junge, du mußt mir einen Gefallen tun. Meine Gärtnerin hat dummerweise ein paar Knochen ausgegraben. Ich will wissen, was sie damit macht. Falls sie zur Polizei geht, müssen wir was unternehmen.‹ Mehr war nicht aus ihr rauszukriegen. Was immer ich fragte, sie sagte nur: ›Ich erkläre es dir ein andermal.‹ Du kennst sie doch, du weißt, wie stur sie sein kann.«

»Ja, ja«, stimmt ihm Rosa zu. Sie ist jetzt auf die ersten Knochen gestoßen.

»Also bin ich zu dir nach Hause gefahren. Ich sah den Plastiksack, den sie mir beschrieben hat, in deinem Wagen liegen, aber habe mich nicht getraut, ihn rauszunehmen, ich hatte Angst, daß man mich von der Wohnung über dem Laden aus sieht. Ich dachte erst, du wohnst da oben.«

Rosa schweigt und schaufelt.

»Glaub mir, ich will selbst wissen, was da war. Es betrifft immerhin meine Familie. Und ich vertraue dir. Ich finde, wir sollten zusammenarbeiten.«

»Gut. Dann gib mir mal die Aldi-Tüte rüber.«

Volker reicht ihr das Gewünschte, wirft aber vorher noch einen Blick hinein. »Ist das …?«

»Ja«, sagt Rosa. »Nummer zwei.« Es klappert dezent, als Nummer zwei auf Nummer eins trifft.

»Soll ich den Schädel draußen lassen, brauchst du ihn noch?«

»Welchen?«

»Beide.« Rosa ist doch noch fündig geworden, nachdem das Sumpfhuhn von Schwiegertochter gegangen war. »Wirf sie rein. Beide.«

»Ruht in Frieden«, wünscht Rosa und beginnt das Grab zuzuschaufeln.

»Amen.«

»Was hast du dann vor meinem Haus gemacht?« fragt Rosa nach einer geraumen Weile.

»Gewartet. Dann hielt der Kerl mit dem BMW, und du bist du rausgekommen, in deinen schicken Schuhen und dem roten Kleid, und …«

»Und?«

»Ich bin euch gefolgt. Was glaubst du, wie blöd ich mir dabei vorkam.«

»Saublöd hoffentlich.« Sie nimmt ein Pfirsichbäumchen, das zusammen mit einer Rose am Holzkreuz mit der Aufschrift *Isidor Schepp* lehnt und geduldig wartet, bis es seinen künftigen Lebensraum einnehmen darf. Sie stellt es in die vorgesehene Kuhle schräg vor dem Kreuz. »Warum hast du nicht gewartet, bis wir weg sind, und hast dann die Knochen geklaut?«

»Nun ja … du hast mich irgendwie mehr interessiert als der Haufen Knochen.«

Rosa nimmt einen Sack, schüttet die dunkle Erde um den Baum und tritt sie fest.

»So, das wär's. Hoffentlich taucht nicht noch einer auf, sonst gibt es hier bald Gedrängel.«

»Ist der Baum nicht ein bißchen groß für ein Grab?« meint Volker.

»Ich find's schön, wenn ein Friedhof Bäume hat«, antwortet Rosa. Sie hat zwar den Mickrigsten von den elf ausgesucht, trotzdem muß sie ihm im stillen recht geben.

»Ich habe euer Gespräch im *Weststadt* mitangehört.«

»Hat's Spaß gemacht?«

»Ging so. Kanntest du ihn lange?«

Rosa winkt ab. »Ist doch vorbei. Wir haben sowieso nicht zusammengepaßt.«

»Warum nicht?«

»Er braucht eine Frau zum Vorzeigen.«

»Und du bist nicht vorzeigbar?«

»Nicht für ihn.«

»Gab es schon mal jemanden, der zu dir gepaßt hat?«

Rosa rammt die Schaufel in den Boden, richtet sich auf

und stemmt die Hände in die Hüften. »Hör auf, mich zu löchern, *porco dio*, verdammt noch mal!«

»Fluch nicht. Wir sind auf einem Gottesacker.«

»Meinst du, die, die da liegen, haben nie geflucht? Warum bist du über Nacht bei mir geblieben? Du hättest mich doch zu Hause abladen, die Knochen aus dem Auto nehmen und für immer aus meinem Leben verschwinden können.«

»Ja, hätte ich«, gesteht Volker. »Aber du hast mich eingeladen, weißt du nicht mehr?«

»Nein, weiß ich nicht mehr. Ich vertrage keinen Rotwein auf nüchternen Magen. Nach dem dritten Glas reißt bei mir der Film.«

»Ich habe deine kleine Unpäßlichkeit aber nicht ausgenutzt«, beharrt Volker und hebt die Hände, um seine Unschuld zu demonstrieren. »Ich habe dich brav ins Bett gepackt, meine Sachen rausgewaschen und mich aufs Sofa gelegt.«

»Das war immerhin anständig von dir«, brummt Rosa. »Weißt du, es gab mal eine Zeit, da hätte mir so was nichts ausgemacht. Nachdem mein Vater wieder nach Sizilien gezogen ist, dachte ich, ich müßte was nachholen. Mit Männern und so.«

Sie nimmt den nächsten Plastiksack hoch und trägt ihn keuchend auf die andere Seite der Grabstätte.

»Sag doch was, ich helfe dir doch.«

»Kein Problem. Ich bin das gewohnt. Du hättest mal meine Mutter sehen sollen, die trug so einen Hundertzwanziger-Sack Rindenmulch wie nichts durch die Gegend. Dabei war … ist sie kleiner als ich.«

»Aber mehr Busen«, entschlüpft es Volker.

»Was?«

»Nichts. Solche wüsten Phasen hat doch jeder mal«, meint Volker. »Und jetzt hast du auf den Pfad der Tugend zurückgefunden, oder wie?«

»Man wird wählerischer.« Sie reißt den Sack auf und verteilt die dunkle Erde. »Was ist eigentlich mit dir? Warum wohnst du noch nicht mit Frau und Kind im Reihenhäuschen?«

»Bin halt auch immer an die Falschen geraten.«

»Was war falsch an ihnen?«

»Meistens waren sie verheiratet. Oder ich wurde der Karriere geopfert.«

Sie sehen sich an und lächeln verlegen.

»Wir sind die typischen Singles der Neunziger«, stellt Volker fest. »Oberflächlich, egozentrisch, bindungsscheu, aber erfolgreich.«

»Du vielleicht. Ich hab mehr Schulden als Haare auf dem Kopf.«

»Verkauf doch das Grundstück. Kannst du dir nicht vorstellen, irgendwo zu leben, wo dir nicht alle paar Minuten ein Jumbo über den Kopf donnert?«

»Nein«, sagt Rosa. »Ich brauch das. Gib mir mal die Rose rüber.«

Volker reicht ihr die Pflanze, und Rosa stellt sie in das vorbereitete Loch.

»Kannst du mal zum Wasserhahn gehen und die Gießkanne füllen?«

Volker geht artig mit der Gießkanne los. Rosa nutzt seine Abwesenheit, um ein Vaterunser für die drei da unten zu sprechen, eine Angewohnheit, die sie von ihrer Mutter übernommen hat, sie tat das immer, wenn sie mit einem Grab fertig war, und Agathe hatte es auch so gehalten. Als Volker zurückkommt, fragt er: »Warum öffnest du den Laden nicht wieder?«

»Ich arbeite lieber ambulant. Man lernt mehr Leute kennen.« Sie deutet mit einem schrägen Grinsen auf die leere Plastiktüte. »So, ich bin hier fertig.« Sie packt Tüten, Eimer und Spaten auf die Schubkarre.

»Hör zu«, sagt Volker, »wenn du nicht mit zu mir willst, kann ich dir auch hier zeigen, was ich rausgefunden habe. Ich brauche nur einen Computer dazu.«

Rosa denkt einen Moment nach. Nein, Jochen will sie lieber nicht einweihen.

»Ist schon gut. Ich nehme mir ausnahmsweise den Nachmittag frei und komme mit zu dir. Ich will mich nur noch vorher waschen und umziehen.«

»Klingt gut«, meint Volker, und zusammen schieben sie die Karre vom Friedhof.

»Eben war der Kerl wieder am Telefon«, sagt Enzo vorwurfsvoll.

»Welcher Kerl?« fragt Hemma und zieht ihre Strickjacke aus. Sie trägt ein kurzes Kleid mit einem tiefen Ausschnitt.

»Der immer gleich auflegt, ohne was zu sagen, wenn ich dran bin.«

»Woher willst du wissen, daß es ein Kerl ist, wenn er nichts sagt?«

»Ich weiß es eben.«

»Das ist unlogisch. Die Chance steht fünfzig zu fünfzig, daß es eine Frau ist.«

»Das sagt mir mein Gefühl.«

»Soso, dein Gefühl.«

»Wo bist du gewesen, Emma?«

»Bei einer neuen Kundin in Seeheim. Große Villa, großer Garten, viel zu tun.«

»In dem Kleid?«

»Ich habe mich nur vorgestellt, nicht gearbeitet.«

»Bist du angenommen worden?«

»Ja.«

»'eute Nachmittag ist in den Laden eingebrochen worden.«

Hemma starrt ihren Mann an. Mittwochnachmittag ist der Laden geschlossen wie alle Läden im Dorf.

»Das Türschloß 'aben sie aufgebrochen und die Kasse. Es fehlt aber kein Geld, weil ich die Kasse schon mittags geleert habe. Zwei große Keramiktöpfe sind kaputt, und den Taschenrechner 'aben sie geklaut.«

»Und wo warst du? Und Rosa?«

»Tomaten umsetzen.« Er deutet in Richtung Gewächshaus. »Rosa ist bei Silvia, sie will da übernachten. Ist wohl die neue Freundin.«

»Hast du nichts gehört?«

»Nein.«

»Hast du die Polizei angerufen?«

»Wozu? Das gibt nur Ärger. Morgen kommt der Schlosser. Und Paolo bringt mir eine Pistole mit, wenn er die Orangenbäume aus Sizilien liefert.«

»Spinnst du?«

»Ich muß mich wehren können gegen dieses Gesindel. Das kommt alles von den Drogen. Sie 'aben nur nach Geld für Drogen gesucht, ganz bestimmt.«

»Ich will so ein Ding nicht im Haus haben. Was ist, wenn Rosa die in die Finger bekommt?«

»Das wird sie nicht. Ich werde sie gut verstecken.«

»Hoffentlich weißt du dann noch, wo du sie hast, wenn ein Einbrecher kommt«, meint Hemma, aber Enzo gibt ihr keine Antwort, und sie geht ins Schlafzimmer, um sich umzuziehen. Was ist nur aus Enzo geworden?

Enzo tritt hinter sie, sie hat ihn nicht kommen hören. Er legt die Arme um ihren Bauch und küßt sie auf den Hals. Sie streift seine Hände ab wie Fussel. »Laß das.«

Er sieht sie aus seinen dunklen Augen groß und traurig an.

»Es tut mir leid«, murmelt Hemma und schlüpft rasch in ihren Overall und zur Tür hinaus.

Die getigerte Katze witscht um die Ecke. Vor ein paar Tagen war sie noch kugelrund, jetzt ist sie hager, das Fell sieht struppig aus. Sie trägt eine tote Maus im Maul, aber anders als sonst legt sie die Beute heute nicht vor der Haustür ab. Hemma geht zurück zum Kühlschrank und stellt eine Schale

Milch vor die Tür und daneben ein aufgeschlagenes Ei in einer Untertasse.

Zum Glück sind die Tage jetzt wieder lang, und man kann abends noch im Gewächshaus und in den Beeten arbeiten. Hemma stellt Schalen mit Blumen zusammen für den Laden. Die Kunden mögen Arrangements mit Ton in Ton aufeinander abgestimmten Blumen. Lila ist derzeit der Renner, besonders wenn es mit grellem Pink kombiniert wird.

Sie kann gut nachdenken bei ihrer Tätigkeit. Es gibt viel nachzudenken. Aber wie stets in letzter Zeit ist da ein beherrschender Gedanke, der zwar von anderen gelegentlich beiseite geschoben und überlagert, aber nie ganz zum Verschwinden gebracht wird. Wie das Thema einer Melodie. Martin. Hoffentlich hört er bald auf, hier anzurufen. »Nur ein Treffen«, hat er sie angefleht, als er sie einmal an den Apparat bekam. »Bitte. Nur ein einziges Treffen.« Aber Hemma hat »nein« gesagt, »es geht nicht«, und hat am ganzen Körper gezittert und den Hörer aufgelegt.

Was wäre, wenn ich von Martin schwanger wäre? Das wäre die Katastrophe schlechthin. Und doch ... Auf einmal überschlagen sich ihre Gedanken. Wenn Luise ihn so geliebt hat, wie sie sagt ... Würde ich ein Kind von Martin weggeben? Eher würde ich damit ans Ende der Welt fliehen. Aber sie hat mich am Tag nach der Geburt an Agathe weitergereicht, so wie ich die jungen Katzen verschenke und froh bin, daß sie weg sind, und hoffe, daß sie einen guten Platz bekommen, und wenn nicht, dann kann ich es auch nicht ändern. Ich habe meine Pflicht getan.

Es war ein Geschäft. Womöglich hat sie sogar Geld von den Sempers bekommen, oder genügte ihr ihre wiedergewonnene Freiheit als Lohn? Verfährt man so mit dem Kind des Mannes, den man liebt, dessen Schicksal ungewiß ist, auf dessen Rückkehr man hofft wie sonst auf nichts auf der Welt?

Hemma zieht die Handschuhe aus und wischt sich über

die Wangen. Sie schaut dem orangefarbenen Sonnenball zu, der hinter dem Gewächshaus im Dunst versinkt. Ein Flugzeug zieht steil in den Himmel, auf die Sonne zu, die Luft dröhnt. Sie ist gern hier und schaut den Flugzeugen nach. Wo dieses wohl hinfliegt? Amerika?

Luise hat mich angelogen. Jakob Sulzer ist nicht mein Vater.

Volker legt eine CD ins Laufwerk und trommelt mit den Fingern auf die Glasplatte, während das System hochfährt. Rosa sieht sich um. Die Wohnung liegt unterm Dach, sie ist etwas verwinkelt, aber geräumig. Die Einrichtung ist eine Mischung aus poliertem Design und wurmstichigen Antiquitäten, gut komponiert, aber unpersönlich, da ist wenig Gewachsenes. Die Wohnung von einem, der rasch zu Geld gekommen ist und es rasch ausgegeben hat. Eine Filmwohnung, eine Kulisse.

Sie sitzen vor Volkers Schreibtisch aus Glas und Metall, er auf einem gefederten Bürosessel aus Leder und Metall, sie auf einem Holzstuhl, jeder hat eine Tasse Kaffee vor sich stehen. Er klickt ein bißchen mit der Maus herum, dann erscheint ein Bild. Es ist eine Aufnahme des Schädels von vorn. Klick. Der Schädel von hinten. Dann von der Seite, noch mal von der Seite in einem spitzeren Winkel. Der Unterkiefer fehlt. Wieder erscheint die Frontansicht des Schädels, auf dem sich nun grellgrüne Linien netzartig auszubreiten beginnen. Das fertige Netz läßt die Konturen eines Gesichts ahnen, auch ein Kinn ist auf wundersame Weise entstanden. Volker veranlaßt das Bild, sich zu drehen, und sie betrachten den Kopf mit seiner Gitterhaut von allen Seiten, während er erklärt: »Das hat mein Kumpel gemacht. Er ist Pathologe in der Rechtsmedizin. Er hat den Schädel in so eine Art Tomographen gesteckt und das Ganze durch den Computer gejagt. Auf die Art läßt sich rekonstruieren, wie ein Mensch ungefähr ausgesehen hat.« Volker doziert, ohne den Blick vom Bildschirm zu wenden. In seiner Begeisterung erinnert er Rosa ein bißchen an Jochen.

Das neongrüne Gitter wird nun durch Haut ersetzt. Es sieht aus wie der Kopf eines Embryos.

»Gruselig«, findet Rosa.

»Augenfarbe?« fragt Volker.

»Blau?« sagt Rosa achselzuckend.

Es erscheint eine Liste, mit deren Hilfe man sich diverse Augen nach Form und Farbe aussuchen kann.

»Haare?«

»Braun.«

»Volles Haar oder Glatze?«

»Igelfrisur.«

Sie spielen eine Weile mit Haarfarben, Frisuren und Bärten herum. Auch Narben, Warzen und Muttermale lassen sich an jede beliebige Stelle plazieren. Jedesmal ist Rosa erstaunt, wie sehr sich der Mensch verwandelt, wenn man nur ein Detail ändert. Unter Rosas Regie entsteht am Ende das Bild eines jungen Mannes, das verdächtig Til Schweiger ähnelt.

»Stehst du auf so Typen?«

»Na klar«, grinst Rosa. »Diese stahlblauen Augen ...« Daß ihr olivgrüne im Grunde besser gefallen, braucht er ja nun wirklich nicht zu wissen, er ist schon so eingebildet genug.

»Na, dann paß mal auf.« Er grinst boshaft, klickt einen Befehl an, und das Bild fängt an zu leben. Die Haare werden weniger, Falten graben sich in die Haut, die Konturen gewinnen an Fülle, um dann zu erschlaffen.

»Halt an!« ruft Rosa. »Oh, Gott!«

Der junge Wilde sieht jetzt aus wie ein Lehrer mittleren Alters, der gerne wandert. Volker läßt den Zahn der Zeit erneut erbarmungslos weiternagen. Die Wangen fallen ein, die Lider drücken auf die Augen, die Nase tritt stärker hervor, die Lippen werden dünner. Innerhalb einer Minute mutiert der Mann zum Greis.

»Hör auf!«

Volker klickt den Greis weg, und es erscheint das Bild eines Mannes, etwa Anfang bis Mitte Fünfzig, er hat hellbraunes, sehr schütteres Haar, die Augen stehen dicht neben der scharfen Nase. Ein unauffälliges Gesicht, kantig-männlich, weder sympathisch noch unsympathisch. An der rechten Schläfe hat er eine Narbe.

»Das ist Nummer eins«, verkündet Volker.

»So?« fragt Rosa mißtrauisch.

Er schwingt in seinem Sessel zurück und faltet die Hände vor dem Bauch: »Bevor wir mit dieser Spielerei hier begonnen haben, wurde das Alter des Schädels bestimmt. Und zwar einmal das Alter des Menschen zum Todeszeitpunkt und dann natürlich, wie lange er in der Erde lag.«

»Wie lange lag er denn?« fragt Rosa gespannt.

»Etwa fünfundzwanzig Jahre.«

»Fünfundzwanzig Jahre? Nicht länger? Bist du da sicher?«

»Nicht aufs Jahr genau, dazu hätte man noch eine Bodenprobe von der Fundstelle gebraucht. Es können auch drei mehr oder weniger sein. Warum erstaunt dich das?«

»Weil Frau Pauly … deine Großmutter oft von ganz früher erzählt. Ich habe gedacht, daß es vielleicht mit dem Krieg zu tun hat.«

»Nein, so alt sind die Knochen auf keinen Fall.«

»Erzähl weiter.«

»Mein Kumpel und ich haben also mit den Bildern ein bißchen rumexperimentiert, so wie wir beide eben, nur daß wir gleich Männer um die Fünfzig genommen haben. So alt war der Mann nämlich, als er starb, das läßt sich ziemlich genau feststellen. Und da sind wir auf den da gestoßen.« Er deutet hinter sich auf den Bildschirm. »Hermann Baumgart, 1920 in Lorsch geboren, war von Beruf Gerichtsvollzieher und lebte bei seiner Mutter in deren Einfamilienhaus in Seeheim an der Bergstraße. Er war ledig. Er ist am 29. oder 30. Juli 1974 verschwunden. Der Fall kam damals sogar in

›Aktenzeichen XY‹ ungelöst. Ich habe das Video beim Sender angefordert, ist aber noch nicht da, nun ja, die Öffentlich-Rechtlichen ... Rosa? Hörst du noch zu?«

»Wie? Ja, klar hör ich dir zu. Wie sicher ist das? Ich meine, daß der Mann auf dem Bild zu dem Schädel paßt?«

»Er ist es, glaub mir.«

»Darf ich hier rauchen?«

»Du darfst hier alles.«

Sie holt den Tabak aus ihrer Jackentasche und dreht sich eine, während sie angestrengt nachdenkt. Baumgart. Schon mal gehört. Oder gelesen? Nur wo?

»Ein toter Gerichtsvollzieher im Garten deiner Großmutter. Vielleicht wollte er was pfänden? «

»Klar. Es war Totschlag im Affekt. Stell dir vor: Er klebt den Kuckuck auf den neuen Farbfernseher, als der Kommissar gerade unmittelbar vor der Auflösung des Falles steht ...«

»Oder als Robert Lembke gerade sein Schweinchen auspackt ...«, ergänzt Rosa. »Wie ich sie kenne, versteht sie da keine Späße.«

Sie lachen.

»Was siehst du mich so an?« fragt Rosa.

»Schön, dich lachen zu sehen.«

»Könnte es nicht so ähnlich gelaufen sein?«

Volker schüttelt den Kopf. »Er wurde vermutlich in seinem Haus umgebracht.«

»Woher weißt du das?«

»Aus dem Archiv vom ›Darmstädter Echo‹ und der ›Frankfurter‹.«

»Du bist gut im Schnüffeln«, meint sie, während sie grübelt: Baumgart ... woher kenne ich diesen Namen?

»Ich nehme das jetzt einfach mal als Lob. Und dieses Schnüffeln nennt man Recherchen. So was lernt man in meinem Job.«

»Und der andere?«

»Das ist höchstwahrscheinlich sein Bruder Franz. Er verschwand am selben Tag.«

Er öffnet die Schublade eines Metallcontainers, der unter dem Schreibtisch steht, und reicht Rosa ein paar Fotokopien. »Das sind alle Artikel, die ich über den Fall auftreiben konnte. Lies sie in Ruhe, vielleicht fällt dir noch was auf, was ich übersehen habe.«

»Danke.«

»Wofür?«

»Daß du mir das zutraust.«

»Dir trau ich noch viel mehr zu«, meint Volker vage.

»Wenn wir deiner Großmutter sagen, was wir wissen, dann muß sie doch reden, was meinst du?«

»Da bin ich mir bei ihr nicht so sicher«, zweifelt Volker. »Für sie gibt es schon lange kein Muß mehr. Aber ich werde auf jeden Fall mit ihr reden, am besten noch heute. Willst du mitkommen?«

Rosa schüttelt den Kopf. »Mach das mal lieber alleine.«

Er steht auf. »Wie wär's: Ich koche uns was, und du liest inzwischen die Artikel?«

»Aber keine Spaghetti.«

»Nein. Keine Spaghetti.«

Binnen kurzem ist der Teppichboden tapeziert mit Zeitungsartikeln. Die Baumgart-Brüder. Der Fall hat die Presse über Wochen beschäftigt. Franz Baumgart, ein Rechtsanwalt aus Eberstadt, und Hermann Baumgart, freier Gerichtsvollzieher aus Seeheim, verschwanden am Abend des 29. Juli 1974.

Rosa hat die Bilder der Brüder vor sich liegen. Franz war eindeutig der attraktivere der beiden. Sein Haar ist noch voll, die Augen stehen weniger eng, sind größer und blicken mit einem klugen, leicht arroganten Ausdruck in die Kamera. Die Nase ist ähnlich geschnitten wie bei Hermann, wirkt aber in seinem Gesicht eleganter. Eine Römernase. Hermanns Lippen sind für ein Männergesicht zu weichlich, er sieht aus, als neigte er zu Übergewicht. Franz ist Jahrgang 1917, drei Jahre älter als Hermann, verheiratet, hat eine fünfundzwanzigjährige Tochter. Helga Baumgart, die Ehefrau von Franz, meldete ihren Mann am 30. Juli als vermißt.

Hermanns Verschwinden wäre sonst womöglich gar nicht so schnell aufgefallen, weil seine Mutter zur Kur war. Der Mercedes von Franz stand vor Hermanns Haus, Hermanns Ford Taunus in der Garage. Blutspuren im Haus deuteten auf ein Verbrechen hin. In einem Artikel steht sogar das Wort »Blutbad«. Im Haus fehlte nichts, bis auf einen Orientteppich (Größe 120 × 180), der im Wohnzimmer gelegen hatte. Möglicherweise wurden damit die Leichen wegtransportiert.

Die Ermittlungsgruppe der Polizei vernahm alle Nachbarn, Verwandten und Bekannten der beiden; ein riesiger Personenkreis, da beide in der Gegend aufgewachsen waren. Hermann Baumgarts Nachbarn hatten weder an dem Abend noch an den Tagen davor etwas Auffälliges bemerkt. Allerdings grenzte das Grundstück mit zwei Seiten an eine seit Jahren unbewirtschaftete Wiese, eine hohe Thujenhecke versperrte den Nachbarn zur Rechten die Sicht, und am Jägerzaun, zur Straße hin, wucherte ebenfalls hohes Gebüsch.

»Kommt davon, wenn man sich keinen Gärtner leistet«, murmelt Rosa.

»Was sagst du?« ruft Volker aus der Küche, von wo es verführerisch duftet.

»Nichts. Es war nur mein Magen, der geknurrt hat.«

»Es ist bald soweit!«

Nichts gegen *Haute cuisine*, aber Spaghetti gehen wenigstens fix.

In allmählich größer werdenen Zeitabständen informierten das »Darmstädter Echo«, das »Bergsträßer Echo« und der Regionalteil der »Frankfurter Allgemeinen« ihre Leser über den Stand der Ermittlungen. Ab und zu schien es eine Spur zu geben, die aber stets in einer Sackgasse endete. Man vermutete die Tathintergründe eher bei Franz Baumgart, dessen

Geschäfte wohl nicht immer ganz durchschaubar waren. Von Geldwäsche war in der Presse die Rede und von eventuellen Verbindungen zur RAF und zur Mafia. Aber auch Hermanns »Kunden« hatten in dieser Zeit nichts zu lachen.

*Kripo Darmstadt tappt nach wie vor im dunkeln,* war im »Darmstädter Echo« vom 27. September 1974 zu lesen. Die Meldung war nicht mehr sehr groß, denn am selben Tag gab es eine frische Schlagzeile:

*Geschäftsfrau aus Arheilgen wird vermißt.*

Rosa lächelt bitter. Über diesen Fall besitzt sie sämtliche Artikel, ihr Vater hat sie ausgeschnitten und in einem Leitzordner aufbewahrt. Rosa liest sie von Zeit zu Zeit. Auch jetzt liegen ein paar Kopien über den »Fall Ganni« auf dem Teppich. Volker hat gründlich gearbeitet. Zu Beginn wurde bei der Polizei und in der Presse über einen Zusammenhang der Fälle Baumgart und Ganni nachgedacht und spekuliert. Diese Theorie wurde jedoch ziemlich bald fallengelassen. Es gab keinerlei Berührungspunkte zwischen den drei Personen oder ihren Familien, und bei den Gannis gab es weder ein »Blutbad« noch sonst eine Spur eines Gewaltverbrechens.

Rosa rollt ihre schmerzenden Schultern und zündet sich eine Zigarette an, wie immer, wenn sie angestrengt nachdenkt. Ob es wohl etwas zu bedeuten hat, daß die zwei am Vorabend des Geburtstages ihrer Mutter verschwanden?

Sie erinnert sich dunkel an diesen Geburtstag, Hemmas fünfunddreißigsten. Rosa hat ihr eine Figur aus Gips geschenkt, die sie im Werkunterricht angefertigt hat. Sie hatte Ferien, aber für ihre Eltern war es ein ganz normaler Arbeitstag. Hemma goß die Pflanzen im Gewächshaus, säuberte den Lieferwagen und verbrannte Unkraut. Am Abend gingen sie zusammen zum Essen, in eine Pizzeria in der Stadt. Wohin genau, weiß Rosa nicht mehr, sie erinnert sich aber noch daran, daß sie gegen den elterlichen Rat eine Pizza mit Artischocken bestellt hat, die ihr prompt nicht schmeckten. Ihr

Vater mußte seine Salamipizza mit ihr tauschen, und es gab deswegen einen kleinen Disput. Seltsam, an was für Dinge man sich erinnert. Artischocken und Autowaschen. Ansonsten war alles ganz normal gewesen, außer daß ihre Mutter sehr still war. Aber das war sie in der letzten Zeit oft. An den Abend davor, Montag, den 29. Juli, hat Rosa keine Erinnerung.

Was ist eigentlich aus der Gipsfigur geworden? Rosa kann sich nicht vorstellen, daß ihre Mutter das klumpige Ding, das eine Eule darstellen sollte, irgendwohin mitgenommen hat. Zu Hause ist es aber auch nirgends. Wahrscheinlich hat ihr Vater es weggeworfen. Er wollte ja auch nach einigen Jahren Hemmas Kleider weggeben und ihre Bücher. Er und Rosa haben sich deswegen gestritten.

Irgendwann im Winter konnte man dann auch über den Fall Hemma Ganni im Lokalteil lesen: *Kripo Darmstadt tappt nach wie vor im dunkeln.*

Die Kripo. Wer war die Kripo? Martin Pauly.

Allerdings wird in den Zeitungsartikeln ein anderer Beamter als Leiter der Ermittlungen im Baumgart-Fall genannt, ein gewisser Miltenberger. Derselbe Beamte bekam auch den Fall ihrer Mutter auf den Tisch. Rosa wollte vor ein paar Jahren mit dem Mann sprechen, aber er ist 1980 bei einem Autounfall ums Leben gekommen. Rosa rechnet. 1974 war Martin Pauly einunddreißig. Wer weiß, ob er überhaupt schon bei der Kripo war, und wenn, dann war er sicher nur ein kleines Licht in der »Ermittlungsgruppe«. Und an den Fällen haben sicherlich mehrere Beamte … Volker tritt neben sie.

»Alles klar?« Er legt die Hand auf ihre Schulter.

»Alles klar«, sagt Rosa. Sie lehnt ihre Wange an seine Hand. Sie fühlt auf einmal eine bleischwere Müdigkeit. Immerhin hat sie heute schon viel Erde bewegt.

»Essen ist fertig«, sagt Volker und hilft ihr beim Aufstehen.

»Was gibt's denn?« Rosa schaut neugierig auf den Tisch,

den er mit weißen Stoffservietten, silbernen Platztellern und Kerzen in Silberleuchtern gedeckt hat.

»Feldkaninchen in weißem Portwein mit Kartoffelgratin, glasierten Möhrchen und einem Salat von Rotkohl.«

Kartoffeln, Rüben, Kohl. Wie gehabt.

»Was gibt es denn da zu lachen?« Volker macht ein beleidigtes Gesicht.

»Nichts«, japst Rosa, »überhaupt nichts.«

»Sagt dir der Name Miltenberger was?« fragt Rosa, als Volker am Ende der Mahlzeit mit zwei Täßchen Espresso aus der Küche kommt. »Der wird in den Artikeln …«

»Ja, ich weiß. Das war der Chef meines Vaters. Er war sogar ein- oder zweimal bei uns zu Hause. Aber ich erinnere mich kaum an ihn. Inzwischen ist er tot. Mit dem Auto verunglückt.«

»Also war dein Vater bei den Ermittlungen dabei.«

»Sieht ganz so aus. Wird Zeit, daß er wieder auftaucht. Er wird einige Fragen beantworten müssen.«

»Hat er …«, stottert Rosa, »ich meine, kannst du dir vorstellen …«

»Ob mein Vater die zwei umgebracht hat?«

»Nun ja …«

Volker macht eine ratlose Geste. »Es heißt zwar, daß in jedem von uns ein potentieller Mörder steckt, aber er? Nein. So, wie ich ihn kenne …«

»Wie gut kennst du ihn denn?«

»Gute Frage. Meine Eltern haben sich ›harmonisch‹ getrennt, als ich neun war. Das heiß, sie haben sich nie vor mir gestritten. Nach der Scheidung hat er mich alle zwei Wochen für ein Wochenende abgeholt. Aber dann hat er diese – wie nennst du sie? – geheiratet.«

»Sumpfhuhn. Stammt von deiner Großmutter.«

»Da wollte ich nicht mehr so gern zu ihm nach Hause. Wir treffen uns seit Jahren ab und zu in Frankfurt oder Darmstadt zum Essen und gehen dann einen trinken. Er ist für mich eher so was wie ein älterer Kumpel. Er könnte nie jemanden ermorden. Und schon gar nicht auf diese Art. Der fällt schon um, wenn einer Nasenbluten hat. Und was soll er mit diesen älteren Männern zu tun gehabt haben? Bestimmt weiß er gar nichts von den Toten im Garten.«

»Oder er hält den Mund.«

Volker rührt gedankenverloren in seinem Espresso. »Meine Großmutter weiß davon, das gibt sie ja zu. Vielleicht hat mein Großvater die zwei auf dem Gewissen, der lebte ja damals noch. Überleg doch mal: Sie stammen alle aus demselben Ort. Außer meiner Großmutter, die kommt aus Darmstadt. Aber die Männer, die müssen sich gekannt haben. Hermann Baumgart und mein Großvater sind ein Jahrgang. Bestimmt sind sie zusammen zur Schule gegangen. Vielleicht waren sie zusammen im Krieg. Womöglich war da noch eine alte Rechnung offen.«

»Es steckt also doch eine alte Geschichte dahinter. Ich hatte gleich so ein Gefühl.«

»Jaja, Frauen und ihre Intuition.«

»Männer und ihre Logik.«

»Die Logik sucht als Kontrapunkt die Intuition.«

»Whow!«

Rosa trinkt ihren Kaffee, während Volker noch eine Flasche Wein öffnet.

»Es erscheint mir vom Standpunkt deines Großvaters aus nicht sehr logisch, die zwei in Hermanns Haus zu ermorden, um sie dann mühsam fortzuschaffen und im eigenen Garten zu begraben.«

»Nein«, stimmt ihr Volker zu. »Das wäre komplett irre.«

»Warum hast du die Artikel über meine Mutter kopiert?«

»Nur so.« Er gießt den Wein in frische Gläser. Rosa winkt ab. Sie hat zum Essen schon zwei Gläser getrunken.

»Nur einen Schluck. Das ist ein *Volnay*.«

»Na gut, auf deine Verantwortung. Aber ich will hinterher keine Vorwürfe hören.«

»Dein Vater wurde eine Zeitlang verdächtigt«, wirft Volker in beiläufigem Ton ein.

»Ja. Eine Zeitlang. Aber es ist absurd. Die Polizei hat das auch irgendwann eingesehen. Aber nicht die Leute. Arheilgen ist ein Dorf. Die Leute waren schnell mit ihrem Urteil: Sizilianer – alles Messerstecher.«

»Ich verstehe.«

»Es ging mit der Gärtnerei bergab, nachdem meine Mutter weg war. Nicht erst, als das Gartencenter eröffnet wurde. Wer kauft schon Blumen bei einem Mordverdächtigen.«

»Kannst *du* dir vorstellen, daß dein Vater das getan hat?«

Rosa schüttelt den Kopf. »Nein. Er hat sie abgöttisch geliebt.«

»Was glaubst du, wo deine Mutter ist?«

»Amerika vielleicht. Sie mochte die Musik. Und sie mochte die Leute. Sie haben ihr als Kind Kaugummi und Schokolade geschenkt.«

»So was prägt«, bestätigt Volker.

»Mein Vater hat sie nicht umgebracht. Sie hat uns verlassen.«

»Aber warum?«

»Ich weiß es nicht. Ich habe keine Ahnung. Sie verschwand drei Tage vor meinem siebten Geburtstag.«

Am Abend kommt Hemma an Rosas Bett. Sie liest ihr eine Geschichte vor, und Rosa freut sich. In letzter Zeit war ihre Mutter dazu oft zu müde. Sie küßt sie auf die Stirn, als sie ihr eine gute Nacht wünscht. Das tut sie immer. Am nächsten Morgen wird Rosa von ihrem Vater geweckt. Das kommt häufiger vor, wenn Hemma schon im Gewächshaus oder im Laden zu tun hat. Er sieht müde aus, aber auch das ist nichts Außergewöhnliches. Es riecht nach verbranntem Kaffee. Rosa löffelt ihre Cornflakes, er trinkt Espresso. Er steckt das Pausenbrot in ihren Schulranzen und küßt sie auf die Wange. Er ist unrasiert.

Als sie von der Schule kommt, ist ihr Vater in der Küche. Es gibt Ravioli aus der Dose. Erst als sie allein am Küchentisch sitzen und essen, stellt Rosa die Frage, die von nun an wie eine fette Schlagzeile über ihrer Lebensgeschichte stehen wird: »Wo ist die Mama?«

Verreist sei sie, die Mama, und sie käme bald wieder.

»Wohin?«

»Zu Tante Lene.« Rosa glaubt ihm, denn bei Tante Lene war sie schon einmal und ist nach ein paar Tagen wiedergekommen. Allerdings war sie danach sehr seltsam, hat wenig gesprochen, hat nie mehr mit Rosa geschimpft, aber auch nie mehr richtig mir ihr gelacht.

»Aber zu meinem Geburtstag ist sie doch wieder da?«

»Ich weiß es nicht«, antwortet Enzo, und Rosa fängt still an zu weinen.

An Rosas Geburtstag fährt Enzo mit ihr und ihrer Klassenkameradin Silvia in den Opel-Zoo. Die Stimmung ist gedrückt.

Tage vergehen. Ab und zu kommen Männer, die mit ihrem Vater sprechen. Ab und zu muß der Vater in die Stadt, einmal kommt er erst spät am Abend zurück. Rosa darf ein paarmal bei Silvia übernachten. Dann, eines Mittags, sind die Polizisten hier. Sie haben Hunde mitgebracht. Die Hunde schnüffeln auf dem Gelände herum. An manchen Stellen bleiben sie stehen und beginnen zu scharren und zu winseln. Die Männer nehmen Schaufeln und graben. Sie finden die Stofftiere und das Kullertränchen. Die Mäuse finden sie nicht, nur das Skelett der Katze. Rosa heult und schwört, daß sie sie tot auf der Straße gefunden hat. Aber niemand schimpft mit ihr. Keinen, außer die Hunde, interessiert die tote Katze. Ein junger Polizist, der keine Uniform anhat, unterhält sich mit ihr.

»Du bist Rosa?«

»Ja.«

»Du hattest erst Geburtstag, nicht wahr?« Rosa ist erstaunt.

»Ja.«

»Wie alt bist du jetzt?«

»Immer noch sieben.«

»Warte mal.« Er geht zu seinem Wagen und kommt mit einem großen braunen Teddybären wieder. »Den darfst du aber nicht vergraben. Der soll an deinem Bett sitzen und ... auf dich aufpassen.« Er streckt ihr den Bären hin.

Rosa zögert. Man hat ihr dringend geraten, nie Spielzeug oder Süßigkeiten von fremden Männern anzunehmen. Sicher will er, daß sie zu ihm in sein Auto steigt. Aber der Mann setzt den Bären einfach auf den Boden und geht zu seinem Wagen. Er winkt ihr zu, ehe er einsteigt. Erst als er weggefahren ist, wagt Rosa, den Bären aufzuheben. Sie versteckt ihn unter dem Bett und holt ihn nur nachts unter ihre Decke. Er ist sehr kuschelig. Eines Tages, als sie aus der Schule kommt, sitzt der Bär auf dem Bett. Ihr Vater hat nie gefragt, woher sie ihn hat.

Der Park liegt im Regen. Lene schaut schon seit etlichen Minuten schweigend aus dem Fenster auf das sattgrüne Gras und die knospenden Büsche. Rosa ist sich nicht sicher, ob ihre Großtante noch weiß, daß sie nicht allein ist. Dabei hat sich der Besuch heute recht gut angelassen. Rosa ist nicht mit »DREI LITER« begrüßt worden, sondern mit: »Du willst dich sicher entschuldigen und das Buch zurückbringen.« Die Tante trägt keinen Nagellack, und von Putzig war bisher noch keine Spur zu sehen.

»Soll ich dir was verraten?« durchbricht Lenes kräftige Stimme die Stille, und Rosas Hand fährt in die Tasche ihrer Jeansjacke. »Er hat *mich* gefunden.«

»Wer denn, Tante Lene?«

Hoffentlich funktioniert das Mikrofon durch den Stoff.

»Ich wüßte zu gerne, ob es ein Zufall war.«

»Von wem sprichst du, Tante Lene? Wer hat dich gefunden?«

»Eine ganze Etage im Zentrum, kostspielig möbliert, offener Kamin. Der hat uns längst vergessen. Dich sowieso.« Lene sieht ihr Gegenüber kopfschüttelnd an. Ihr Haar ist heute sorgfältig frisiert, und sie trägt ein blaues Sommerkleid mit weißem Kragen. Ihre Wangen sind gerötet. »Wie du das nur aushältst. Kannst du nicht mehr bis vier zählen?«

»Bis vier?«

»Weißt du, er ist nicht viel besser als die anderen«, fährt Lene fort. »Feige. Ein Mann eben.« Sie kippt plötzlich in ihrem Multifunktionssessel nach vorn und haut mit der Faust auf den kleinen Teetisch. »Die Lügerei muß doch mal ein Ende nehmen. Jemand muß dem Kind doch mal die Wahrheit sagen, oder?«

»Ganz recht, Tante Lene. Sag endlich die Wahrheit«, ermuntert Rosa ihre Tante.

Aber Lene schaut erneut aus dem Fenster. Draußen schiebt Putzig eine Frau im Rollstuhl durch den Garten. Er hält einen großen Regenschirm über sich und die Frau.

»Dieser Ganymed ist schwul, das sieht ein Blinder«, bemerkt Lene.

»Wer ist schwul?«

»Dieser Kellner.«

Rosa feixt. Anscheinend lebt Lene in dem Wahn, sie befände sich hier im Grandhotel. Um so besser für sie.

Ein Flugzeug fliegt über den Park und verschluckt Lenes nächste Worte, Rosa hört nur noch: »… ein Lump, der jede aufs Kreuz legen mußte. Aber er war es nicht.«

»Wer ist ein Lump?«

»Dein zweiköpfiger Sohn war bei mir, ich mußte ihn anlügen.« Sie schüttelt traurig den Kopf. »Hätte ich nur weiterhin meinen Mund gehalten, dann wäre das alles nicht passiert.«

»Wer war bei dir, Tante Lene, was für ein Sohn?«

»Wir hatten zehn Vorhänge nach der Premiere. Die Pariser haben Ahnung vom Tanz. Ganz anders als die Nazis. Körperkult ohne jede Erotik! Armselig, wirklich armselig!«

Rosa stöhnt in sich hinein. Es ist zum Verrücktwerden. »Tante Lene, hör mal ...«

»Ein guter Liebhaber war er, der Schack. Der einzige, der immer erst *nach* mir einschlief. Ich hasse schlafende Männer. Man fühlt sich wie unterwegs alleingelassen. Sag, verkehrst du eigentlich körperlich mit diesem Menschen?«

»Tante Lene. Ich muß dich was fragen. Im Garten von Luises Haus liegen zwei Tote ...«

»Schweine.«

»Nein, keine Schweine. Zwei tote Männer.«

Lene mustert Rosa mit einem durchtriebenen Blick. »Die Baumgart-Brüder?«

Rosa starrt Lene an. »Du weißt davon?« flüstert sie.

»Sie hat mir die Zeitung nachgeschickt. Mit einem bösen Brief dazu.«

»Ja, aber woher weißt du, daß die Brüder in Luises Garten vergraben sind?«

»Das hast *du* mir doch eben erzählt. Du bist heute etwas zerstreut, mein liebes Kind!«

Rosa braucht einen Moment, um ihre Gedanken zu ordnen. In Lenes Gegenwart fällt es schwer zu unterscheiden, wessen Sinne noch einigermaßen klar sind.

Lene seufzt tief auf: »So viele Lügen. So viele Lügen. Wegen einer einzigen.«

»Was ist da passiert, Tante Lene? Du mußt es mir sagen.«

»Der Franz hat immer von mir abgeschrieben. Nein, Quatsch, der Hermann war's. Der war nicht der Hellste. Der Franz war älter, der war mal in mich verliebt. Er ist später zur SA-Brigade nach Zwingenberg, zusammen mit dem Felber

Kurt. Mein Gott, sie sehen sich so ähnlich. So ähnlich ...« Sie seufzt tief auf.

»Das tun Brüder oft.«

»Sie muß nur in den Spiegel schauen.«

»Wer hat die Baumgart-Brüder getötet und verscharrt, Tante Lene? War es Luise. Oder ihr Mann?«

Ihre Pupillen geraten in Bewegung. »Schau sie dir an«, schreit sie plötzlich so laut, daß Rosa zusammenfährt. »Schau sie dir an! Sieht sie vielleicht jüdisch aus?« Das Geschrei löst prompt einen Hustenreiz aus. »Ein Witz«, stößt sie zwischen zwei trockenen Hustern hervor, dann wieder ruhiger. »Ich habe ihr das Bild gezeigt. Sie muß nur in den Spiegel schauen.«

Wieder schaut Lene aus dem Fenster, als wäre das ihr Spiegel der Vergangenheit.

Eine Minute vergeht oder zwei.

»Tante Lene, ich habe neulich den Enkel von deiner Freundin Luise kennengelernt. Volker. Kennst du ihn auch?«

Lene starrt stumm hinaus in den Regen.

Rosa kennt diese Absenzen von früheren Besuchen.

»Er ist ... sehr nett. Hat einen klasse Hintern und schöne Augen. So ein ... ein bodenloses Grün. Manchmal redet er etwas gescheit daher. Aber immerhin, durch ihn bin ich auf diese Baumgart-Geschichte gestoßen. Er ist der erste, mit dem ich über meine Mutter reden kann, Ronald hat das Thema nie interessiert. Ronald war mein letzter. Irgendwie fehlt er mir. Er hat so einen festen, flachen Waschbrettbauch mit dunklen, flaumigen Haaren drauf. Darauf bin ich total abgefahren. Eigentlich vermisse ich den am meisten, diesen haarigen Bauch. Sonst hat er mich nämlich in letzter Zeit ziemlich genervt: Hat an meinen Klamotten rumgemeckert und an meinen ›Wohnverhältnissen‹. Sicher, er hatte schon irgendwie recht. Alles verkommt so nach und nach. Das Flachdach ist undicht, bei Gewitter muß ich Eimer aufstellen. Tagsüber nerven die Flugzeuge, und abends ist es so furchtbar still … Vielleicht verkaufe ich das Ganze irgendwann und suche mir eine andere Wohnung. Wenn einen jemand finden will, dann tut er das auch. Ich muß ja nicht gleich ins Ausland ziehen, so wie Ronald das wollte. Wir sind oft zusammen ins Kino gegangen – vielleicht, weil da niemand meine Klamotten sieht. Das Kino vermisse ich auch. Ja, Kino und Sex, am besten nacheinander. Alleine macht beides keinen besonderen Spaß.«

Lene fixiert nach wie vor einen Punkt irgendwo weit draußen. Ihr Mund steht offen und verleiht ihrem Gesicht einen entleerten, demütigenden Ausdruck.

»Volker schreibt Krimis fürs Fernsehen, so einer geht sicher gern ins Kino. Ich werde ihn fragen, ob er mit mir in *Lola rennt* geht. Oder lieber was Romantisches? Nein, besser nicht. Sonst verliebe ich mich noch ernsthaft, und das brauche ich jetzt wirklich nicht. Ich könnte es nicht ertragen, wenn noch jemand geht, an dem mir was liegt. Und überhaupt ist das Unsinn, ich kenne ihn ja erst ein paar Tage, und ich habe nicht gerade den besten Eindruck hinterlassen: Beim ersten Mal war ich völlig am Boden und außerdem sturzbetrunken, beim zweiten Mal hab ich ihn rausgeworfen, beim dritten Mal haben wir uns gestritten, und gestern bin ich auf seinem Sofa eingeschlafen. Ich war so fertig vom Buddeln, und dann das gute Essen und der schwere Wein … Man kann nur hoffen, daß er annähernd so gut vögelt, wie er kocht. Aber meine Chancen stehen schlecht: Ich glaube, er steht auf Pamela-Anderson-Oberweiten. Und operieren laß ich mich nicht, so weit kommt's noch!« Rosa tippt sich an die Stirn. »Vielleicht versuche ich es mal mit so einem *Push-up*-BH und 'ner neuen Frisur. Ich werde Silvia anheuern, eine alte Freundin von mir. Sie macht jetzt in ihrem Kosmetikstudio auch Farb- und Stilberatung. Dafür style ich ihr dann den Garten. Was meinst du, würden mir kurze Haare besser stehen? Hemma hatte zuletzt kurzes Haar, erinnerst du dich? In letzter Zeit denke ich an sie immer öfter als ›Hemma‹, und nicht als ›meine Mutter‹. Ich weiß, ehrlich gesagt, gar nicht mehr so sicher, was der Begriff ›Mutter‹ für mich bedeutet. Ich erinnere mich immer verschwommener an sie, und manchmal weiß ich nicht mehr, was meine eigenen Erinnerungen sind und was mir mein Vater erzählt hat oder du und was ich mir ausgedacht habe. Ich weiß nicht mehr, ob ich sie liebe oder hasse oder ob sie mir inzwischen egal ist. Ich würde sie aber gerne mal treffen. Ich würde ihr nur eine Frage stellen, eine einzige.« Rosa verstummt für einen Moment, dann fährt sie mit rauher Stimme fort: »Weißt du, es war, glaube ich, doch meine Schuld, daß das Baby gestorben ist. Zuerst die Sache mit der Spülmaschine. Damit fing's an. Und dann, im Krankenhaus … Mein Vater hat mich mitgenommen. Er hat mir dieses Ding im Brutkasten gezeigt. Seinen *figlio*. Ich fand ihn grottenhäßlich: so verschrumpelt und bläulich, wie eine erfrorene junge Katze. Und ich dachte: Warum geben sie ihm keine Bettdecke, sondern lassen ihn da so offen liegen? Zwei Schläuche führten von seinem Körper zu irgendwelchen Geräten. Eines davon ging immer rauf und runter und hörte sich an wie die Luftpumpe für mein Planschbecken, das man mir im Sommer immer vors Gewächshaus gestellt hat. Ich hörte die Schwester sagen, die Chancen stünden fünfzig zu fünfzig. Jetzt würde *sein* Wille über Leben und Tod entscheiden. Ich habe nicht ganz verstanden, was sie damit meinte. Mein Vater ist zurück zu meiner Mutter, aber ich bin noch geblieben. Der *figlio* lag ganz ruhig auf der Seite, nur seine Arme und Beine zuckten manchmal. Seine Augen sahen aus wie Rosenknospen kurz vor dem Aufbrechen. Und da habe ich so intensiv wie noch nie gebetet: ›Lieber Gott, bitte sieh es ein: Wir brauchen keinen *figlio*. Wir sind schon drei: Vater, Mutter, Kind. Genau wie bei euch: Du, Jesus und der Heilige Geist. Bitte nimm ihn wieder mit.‹ Dann bin ich gegangen. Als ich auf dem Flur war, hat es im Zimmer plötzlich laut zu piepsen angefangen, und ich bin schleunigst ins Krankenzimmer meiner Mutter gerannt. Papa und ich haben ihr Tschüß gesagt, und als wir aus dem Zimmer gekommen sind, da gab es weiter hinten, wo der *figlio* lag, schon ein Gerenne auf dem Flur.«

Rosa atmet tief durch. Schweigen dringt aus dem Sessel.

»Ich glaube, meine Mutter hat geahnt, daß ich diesen *figlio* von Anfang an gehaßt habe. Vielleicht dachte sie, ich hätte irgendwas mit ihm gemacht, und wollte mich danach nicht länger um sich haben. Darum wüßte ich gerne, ob sie deshalb gegangen ist oder wegen was anderem. Das würde ich sie fragen. Nur das.«

Lene reagiert nicht. Wahrscheinlich hat sie nicht ein Wort mitbekommen, vermutet Rosa. Ist auch besser so. Was ist nur los mit mir, daß ich auf einmal über diese Dinge rede? Sie räuspert sich. »Tante Lene? Ich geh dann mal so langsam.«

Wenn sie wenigstens den Mund schließen würde.

Rosa steht auf und berührt ihre Schulter. »Lene?«

»Was ist das?«

Enzo hat die angebrochene Pillenpackung auf dem Handteller liegen und streckt sie ihr entgegen. Hemma antwortet nicht.

Was für kleine, kräftige Hände er hat. Bauernhände. Wie hat Hagen gesagt? Ein sizilianischer Bauernlümmel.

»Was das ist, will ich wissen!« Sie zuckt zusammen. Er schreit selten.

»Das siehst du doch.« Sie wäscht sich die Hände über dem Spülbecken und trocknet sie am Geschirrtuch ab. Auf dem Herd brodelt ein Topf mit Nudelwasser. Schon wieder Spaghetti. Allmählich hängen sie mir zum Hals raus.

»Ich will, daß du es mir sagst.«

»Es sind Anti-Baby-Pillen.«

»Und wozu nimmst du die?«

»Gegen Kopfschmerzen.«

Enzo packt sie am Arm. »Willst du mich für dumm verkaufen? Für wen nimmst du die? Für mich jedenfalls nicht. Wer ist es, 'äh? Ist es der Kerl, der immer anruft und auflegt?« Seine Stimme ist immer noch laut, und seine Augen sind zusammengekniffen. Hemma hat ein wenig Angst vor ihm, aber gleichzeitig kommt er ihr plötzlich unendlich lächerlich vor.

Sie sieht ihn ruhig an. »Du tust mir weh.«

Er läßt sie los.

Hemma reibt sich den Oberarm. »Ich habe keinen Liebhaber, falls du das glaubst.«

»Ich glaube dir gar nichts mehr.«

»Du schnüffelst in meinen Sachen?«

»Ich habe nicht geschnüffelt. Die Bücher sind mir runtergefallen.« Das ist die Wahrheit, wenn auch nicht die ganze. Enzo hat nach einem Versteck für die Pistole gesucht, die ihm sein Schwager tatsächlich besorgt hat.

»Bücher?« wiederholt Hemma spöttisch. »Ist der Fernseher kaputt?«

Noch Sekunden nach dem Schlag brennt ihre Wange. Sie sieht ihn an. Dann läßt sie sich an der Wand hinab auf den Küchenboden rutschen, wo sie mit gesenktem Kopf, die Arme fest um die angezogenen Knie geschlungen, sitzen bleibt. Enzo steht eine Weile stumm da, dann schaltet er die kochenden Nudeln ab und kniet sich neben sie.

»Emma! Es tut mir leid! Ich weiß auch nicht, wie das passiert ist, komm schon, steh auf.« Er rüttelt an ihrer Schulter. »Steh auf, Emma. Wenn Rosa dich so sieht!«

Sie bleibt sitzen.

Enzo geht ins Bad und wäscht sich das Gesicht kalt ab. Das hat er nicht gewollt. Niemals wollte er so sein wie ihr Vater, niemals einer von diesen Männern, die ihre Frauen schlagen, so wie sein Vater und sein Bruder, aber verdammt ... Er späht durch die angelehnte Küchentür. Sie sitzt immer noch auf den kalten Fliesen, die Knie umschlungen, in ihrem kurzen

Sommerkleid. Will sie bis zum Abendessen da hocken und ihn vor Rosa blamieren?

»Emma, bitte steh jetzt auf. So schlimm war es auch wieder nicht.«

Sie rührt sich nicht. Zwischen ihren Sandalen sieht er die Wölbung ihrer weißen Unterhose. Verdammt, was glaubt sie eigentlich, wie sie mit ihm umgehen kann? Die Stadtbummel, die Spaziergänge, der Volkshochschulkursus in Englisch, die Reise zu dieser Tante Lene, das alles erscheint plötzlich in einem ganz anderen Licht. Und gleichzeitig verweigert sie ihm sein Recht als Ehemann, und er, Trottel, der er ist, nimmt Rücksicht, denkt, es sei noch immer wegen des toten Babys. Und jetzt macht sie aus einer Ohrfeige ein Drama. Er umfaßt erneut ihren Arm und reißt sie in die Höhe.

*»Basta allora«*, flüstert er. »Dir werd ich's zeigen.«

Hemma hat inzwischen die Gewohnheit abgelegt, sich gegen Möbelkanten zu drücken, aber nachdem Enzo es ihr gezeigt hat, erinnern sie ihre blauen Hüftknochen noch tagelang daran, wie sich der Küchentisch anfühlt.

Rosa fährt durch den Regen. Sie weiß nicht genau, ob sie traurig ist. Schwester Benedikta hat ihr versichert, es sei eine Gnade. Für wen? Lene? Nur in ganz seltenen lichten Momenten erkannte sie ihr wahres Elend, dann aber senkte sich bald wieder der gnädige Schleier der Verwirrung über sie, und sie lebte in ihrer zeitlosen Welt, in der sie nicht unglücklich zu sein schien. Zumindest nicht mehr als andere in der Realität.

Rosa merkt auf einmal, daß sie nicht den Weg nach Arheilgen eingeschlagen hat, sondern den entgegengesetzten, Richtung Süden, an die Bergstraße.

Nach Hemmas Verschwinden spielte Tante Lene, wann immer sie da war, die Ersatzmutter. Aber sie spielte eben nur, und allzuoft war sie auch nicht da. Vater und Tochter kamen auch so einigermaßen zurecht. Rosa war ein stilles, anspruchsloses Kind, und Enzo verwöhnte sie, wann immer Geld da war, mit Spielzeug, das sie nach der ersten Begeisterung kaum anrührte. Rosa spielte lieber in der Gärtnerei. Sie interessierte sich früh für Pflanzen, lernte die lateinischen Namen auswendig und wollte immer dabei sein, wenn Enzo Wege pflasterte und Trockenmauern setzte. Solche Mauern aus Natursteinen zu bauen, aus deren Ritzen nachher Dolden bunter Steingartenblumen quollen, liebte Rosa am meisten. Vielleicht verfiel Enzo deshalb auf den Gedanken, seine Tochter habe das Zeug zur Architektin. Eine Zeitlang verdrängten sie Hemma aus ihrem Leben, fast, als wäre sie tot. Ein Anwalt riet Enzo, seine Frau nach fünf Jahren für tot erklären zu lassen, damit die Vermögensverhältnisse geklärt werden konnten, aber Enzo und Rosa lehnten diesen Vorschlag empört ab. Erst im Lauf der Jahre sollte sich Enzos Meinung in diesem Punkt ändern.

Mit fortschreitender Pubertät erwachte in Rosa das typische Bedürfnis, nach den Wurzeln ihres Selbst zu forschen. Es drängte sie zu wissen, was für ein Mensch ihre Mutter war und was damals geschehen war. Das WARUM wurde zu einer festen, alles beherrschenden Größe, gepaart mit dem uneingestandenen Wunsch nach Absolution. Das war die Zeit, Mitte der Achtziger, als Rosa wieder und wieder die Zeitungsausschnitte las, Hemmas Kleider vom Speicher holte, ihre Bücher – Simmel, Hemingway und Reader's Digest – wieder aufstellte, die alten Platten hörte. *Heavens in the backseat of my Cadillac … Baby, I'd love you to want me …* und natürlich *I can get no …*

Sie ließ den wenigen dagelassenen Silberschmuck reinigen: ein feingliedriges Armband, einen Ring mit einem großen, ovalen Lapislazuli, ein Anhänger mit dem sizilianischen Sonnenrad, zwei Paar Creolen und einige antik wirkende Stücke in Gold, die sie von Agathe geerbt hatte. Nichts davon besaß einen hohen materiellen Wert.

Rosa begann, ihren Vater über ihre Mutter auszufragen. Enzo gab bereitwillig Auskunft. Rosa erfuhr, daß ihre Mutter Kinder und Blumen liebte, während sie Lärm, Goldschmuck und Bananen verabscheute. Sie mochte angeblich Rock 'n Roll und italienische Opern und aß gerne Spaghetti und Kirschen. Aber all das gab keinerlei Hinweis auf das WARUM, und vieles schien mehr seiner Idealvorstellung von Hemma zu entsprechen als der Wirklichkeit. Wie paßte seine Aussage, Hemma sei stets dezent und elegant gekleidet gewesen, zu der ledernen Fransenweste mit dem Peace-Zeichen aus Silbernieten, der durchsichtigen lila Bluse mit den Trompetenärmeln, den grellen Dralonpullovern, die knatscheng gesessen haben mußten über den Miniröcken, die kaum breiter als ein Stirnband waren? Von einigen Dessous gar nicht zu reden.

Lene war da aufrichtiger, und sie schien mehr zu wissen. Doch was mit einer aparten Zerstreutheit begann, gewann erschreckend rasch an Dynamik. Lene konnte nicht mehr reisen, sie konnte nicht mehr arbeiten. Sie lebte vom Ersparten und einer kleinen Rente in dem Haus mit dem Aprikosenbaum. Und als Rosa auf die Erinnerungen ihrer Tante zurückgreifen wollte, hatte die Krankheit bereits einen großen Teil davon aufgefressen oder so verschlüsselt, daß Rosa nichts damit anfangen konnte.

Rosa fährt durch die schmale Straße und hält vor dem Haus. Das große untere Fenster läßt ahnen, daß hier einmal ein Laden war. Die Ladentür ist zugemauert und verputzt, die Stufen, die vom Gehsteig zur Tür führten, wurden entfernt. Der Aprikosenbaum ist einer Straßenbaumaßnahme zum Opfer gefallen.

Das Haus ist schon vor Jahren verkauft worden, um Lenes Aufenthalt im Heim zu finanzieren. Die letzten Jahre mußte das Sozialamt einspringen, weil nichts mehr da war. War es das, was Schwester Benedikta mit »Gnade« meinte? Daß Lene jetzt nicht mehr dem Steuerzahler zur Last fällt?

Hinter den Fenstern im oberen Stockwerk kleben bunte Schmetterlinge, davor blühen Geranien in toskanischer Terrakotta. Lene hätte es gefallen.

Rosa fährt weiter, ein Stück die Straße hoch, dann biegt sie rechts ab, in die Villengegend. Es ist besser, wenn sie es von mir erfährt. Sonst liest sie es womöglich erst Tage später in der Zeitung.

Rosa parkt auf dem Gehsteig vor dem Haus. Heimlich hat sie gehofft, Volker dort anzutreffen, der seine Großmutter heute »ins Gebet« nehmen wollte, aber von seinem Jeep ist nichts zu sehen. Sie klingelt dreimal, wartet fast eine Minute, klingelt erneut und noch einmal. Wo kann sie sein? Spazieren, einkaufen? Doch nicht bei diesem Sauwetter. Das Auto? Das Garagentor ist abgeschlossen, als Rosa daran rüttelt. Nein, Frau Pauly benutzt den uralten Mercedes, der, auf Hochglanz gewienert und mit einem alten Vorhang bedeckt, in der Garage steht, niemals zum Erledigen profaner Alltagsbesorgungen. Fraglich, ob sie ihn überhaupt noch benutzt. Bei Regen jedenfalls nicht. Vielleicht ist sie mit Volker weggefahren. Auch das schmiedeeiserne Tor zum Vorgarten ist verschlossen, was sonst tagsüber nie der Fall ist. Sie steigt vorsichtig über den Zaun, dessen eiserne Spitzen drohend zum Himmel zeigen, und geht um das Haus herum. Zwei Amseln zerren an einem Regenwurm, eine Schar Meisen pickt den Grassamen auf, den Rosa rund um den Pfirsichbaum gesät hat. Rosa klatscht in die Hände, die Vögel flattern kurzzeitig auf. Rollrasen wäre doch besser gewesen, erkennt Rosa. Oder ein paar wachsame Katzen. Vor der Terrassentür ist der Rollladen noch immer unten.

Seltsam.

Sie geht zurück, steigt wieder über den Zaun, als sich hinter ihr jemand räuspert. Es ist eine kleine Frau mittleren Alters.

»Darf ich fragen, was Sie hier machen?«

»Ich steige gerade über den Zaun. Ich bin die Gärtnerin.«

Rosa weist auf ihren Wagen mit der alles erklärenden Aufschrift. »Und Sie?«

»Ich bin die Fußpflegerin. Ich komme jeden zweiten Donnerstag um fünf.«

»Frau Pauly ist nicht da.«

Die Frau sieht Rosa groß an. »Sie würde mich nicht umsonst kommen lassen, das ist nicht ihre Art.«

»Tja, diesmal schon.«

Die Fußpflegerin läßt ihren Blick an der Fassade emporwandern, als könnten die zigmal unterteilten alten Sprossenfenster eine Auskunft über den Verbleib der Hausherrin liefern. Schließlich sieht sie Rosa besorgt an.

»Sollten wir jemanden benachrichtigen? Die Schwiegertochter vielleicht?«

Rosa nickt. »Sollten wir.«

»Wollen Sie das vielleicht machen? Wissen Sie, ich verstehe mich mit Frau Pauly junior nicht so besonders.«

»Wer tut das schon?« bemerkt Rosa und verspricht: «Aber ich mach's.«

Sie steigt in ihren Wagen und fährt nach Hause. Ich werde das Sumpfhuhn von zu Hause aus anrufen, beschließt Rosa, denn sie ist plötzlich sehr erschöpft und sehnt sich nach einem warmen Bad. Außerdem weiß Volker vielleicht, wo sich seine Großmutter herumtreibt.

Volker läßt gerade den in die Enge getriebenen Bankräuber eine hübsche junge Bankangestellte als Geisel nehmen, als das Telefon läutet. Es ist Rosa.

»Warst du heute bei deiner Großmutter?« fragt sie ohne Umschweife.

»Ja. Das heißt, nein. Ich war um zwei Uhr dort und noch mal um halb vier. Aber sie war nicht daheim.«

»Gegen fünf war sie auch nicht da.«

»Was ist los mit dir?« fragt Volker. »Du klingst so ... gedämpft.«

»Meine Tante Lene ist heute nachmittag gestorben.«

Volker schluckt. »Das tut mir sehr leid.«

»Ich war dabei.«

»Oh. Scheußlich. Hör zu, ich komme zu dir, falls du jetzt nicht gern allein sein willst.«

»Ja«, sagt Rosa. »Du solltest herkommen. Es sieht so aus, als ob deine Großmutter verschwunden ist.«

Das Schloß der Hintertür gibt sich mit einem dezenten Knacks geschlagen. Volker drückt die Klinke herunter und grinst Rosa triumphierend an.

»Klappt wie im Film.«

Sie schließt die Tür hinter sich, und für einen Moment stehen sie im Finstern. Es riecht nach Feuchtigkeit. Volker läßt seine Taschenlampe aufleuchten. Sie sind in der Waschküche. Allerhand Bottiche stehen herum, sogar ein Waschbrett lehnt an der Wand, aber trotz ihres nostalgischen Ticks scheint Frau Pauly auf gewisse neuzeitliche Errungenschaften nicht verzichten zu wollen, denn es gibt auch eine Waschmaschine und sogar einen Trockner.

»Wollen wir zuerst in ihr Zimmer?« fragt Volker, und Rosa murmelt etwas Unverständliches. Im Kegel der Lampe gehen sie die Kellertreppe und die Treppe zum ersten Stock hinauf. In Frau Paulys Schlafzimmer läßt Volker den Rolladen herunter, bis er einigermaßen dicht schließt, erst dann dreht er den altmodischen Lichtschalter um und läßt den fünfarmigen Kronleuchter aufleuchten. Er sieht sich um. Rosa steht neben ihm, die Hände in den Hosentaschen, sie fühlt sich deplaziert.

»Der Koffer fehlt. Auf dem Kleiderschrank war ein alter Koffer aus Leder. Auf den war ich immer scharf, sie hat mal im Spaß gesagt, daß ich den erben werde, aber noch könne sie ihn mir nicht geben, ›weil man nie wissen kann, wann man ihn plötzlich braucht‹. Das fand ich seltsam, denn sie ist nie verreist. So wie du«, fügt er hinzu.

»Schau doch mal in den Schrank, was sonst noch fehlt. Anderer Leute Schränke sind doch deine Spezialität«, sagt Rosa süffisant.

Lavendelduft breitet sich aus, als Volker die Schranktür öffnet. Seine Nasenflügel blähen sich, er saugt den Geruch ein und schließt dabei die Augen.

»Du sollst gucken, nicht inhalieren.« Rosa tritt neben ihn. Es gibt ein paar leere Kleiderbügel.

»Ich kann nicht sagen, ob was fehlt. Ich kenne ihre Garderobe nicht sehr gut. Ich kenne meine Großmutter eigentlich auch nicht so gut. Nach der Trennung meiner Eltern wohnten meine Mutter und ich acht Jahre lang in Straßburg. Während dieser Zeit haben wir uns wenig gesehen. Danach sind wir nach Frankfurt gezogen, weil meine Mutter sich neu verliebt hat... Öfter als drei-, viermal im Jahr bin ich nicht hier gewesen. Eher seltener.«

Rosa schaut in die Schrankfächer. »Die gelbe Kaschmirjacke fehlt.«

Die Schublade des Frisiertisches enthält Haarspangen, alte Kämme, ein Fläschchen eingetrockneten Nagellack, einen Lockenstab, einen leeren Bilderrahmen aus sorgsam poliertem Silber.

Rosa stellt sich plötzlich vor, jemand würde in ihren Sachen herumstöbern. Rasch schließt sie die Schublade. Sie sieht Volker unsicher an. »Meinst du, wir haben das Recht, hier herumzuwühlen?«

»Ob du's glaubst oder nicht: Es ist mir auch unangenehm. Aber hast du einen anderen Vorschlag?«

»Nein.«

»Das Sumpfhuhn war bestimmt schon hier. Sie wird die Chance nutzen und vorsichtshalber schon mal einen Blick aufs Testament werfen wollen.« Er schließt den Schrank. »Komm, wir gehen ins Arbeitszimmer.«

Auch im Nebenraum läßt Volker den Rolladen herunter, ehe er das Licht anknipst. Zum Glück weisen beide Zimmer nach hinten, zum Garten, denn die alten Holzläden schließen an etlichen Stellen nicht richtig.

Rosa überläßt es Volker, im Schreibtisch herumzusuchen.

»Ihr Reisepaß ist weg. Oder wo sollte sie ihn sonst aufbewahren?«

»Keine Ahnung«, murmelt Rosa abwesend. Sie hat sich einen Ordner aus dem Regal gegriffen, in dem sie nun langsam blättert. »Komm her. Sieh dir das mal an.«

Volker hockt sich neben sie auf den Fußboden. »Was ist das?«

»Das ist vom weltweiten Suchdienst der Heilsarmee. Und hier: vom Roten Kreuz. Sie hat ihn gesucht. Immer wieder, schau. Alle paar Jahre neue Suchanträge.«

»Wen hat sie gesucht?«

»Einen gewissen Jakob Sulzer. Das muß der Sohn des jüdischen Ehepaars sein, dem dieses Haus früher gehört hat. Ihre große Liebe«, fügt Rosa hinzu, die sich an ihr Teegespräch mit Frau Pauly erinnert.

»Du weißt mal wieder mehr als ich«, stellt Volker fest.

»Da, schau.« Rosa deutet auf einen Brief von der amerikanischen Heilsarmee, der das Datum 12. Juli 1962 trägt. »Der ist an Lene Flossmann adressiert. Wieso denn das?«

»Sicher hat sie die Suche vor meinem Großvater verheimlichen wollen. Welcher Mann ist schon begeistert, wenn seine Frau so verbissen nach ihrem Exliebhaber fahndet.«

»Nach 1975 sind die Briefe hierher, an diese Adresse, gekommen.«

»Da war er schon tot. Er starb '74.«

»Wann genau?«

»O je, das weiß ich nicht genau. Du kannst es auf dem Grabstein lesen, er liegt hier in Seeheim, auf dem Waldfriedhof. Oder wir finden hier was. Es war im Herbst, glaube ich. Ich erinnere mich, daß es auf dem Friedhof saukalt war und daß meine Großmutter alleine mit uns Weihnachten feierte.

Damals war ich neun, es war das letzte Weihnachten, an dem mein Vater noch bei uns wohnte.«

»Da war ganz schön was los, in diesem Jahr. Wie ist er gestorben?«

»Herzversagen. Stand im Totenschein.«

»Warum sagst du das so?«

»Im trauten Familienkreis wurde gemunkelt, er habe sich vergiftet.«

»Wie bitte?«

»Er war im Krieg ein sogenannter Geheimnisträger. Die hatten Zyankalikapseln, falls sie dem Feind in die Hände fallen sollten – du verstehst.«

»Nach dem Vorbild des Führers ...«

»Nein, er war kein Nazi, soviel ich weiß. Eher das Gegenteil. Aber wie gesagt, das sind Vermutungen, Gerüchte. Was man als Kind halt so mitkriegt, wenn die Erwachsenen denken, man würde ganz in sich versunken in einer Ecke spielen.«

»Aber der Arzt ...«

»Ich bitte dich! Ein alter Freund der Familie, so einer sorgt schon mal dafür, daß die Witwe keine Unannehmlichkeiten mit der Lebensversicherung bekommt.«

»War die hoch?«

»Nicht, daß ich wüßte.«

Rosa schüttelt den Kopf. »Feine Familie ...«

Volker macht eine hilflose Geste. »Was kann ich für die Sünden meiner ...«

»Oh, nein!«

»Was ist?«

Rosa beugt sich wieder über den Ordner. »Da. Von den Amis. Von der Militärregierung. Eine Abschrift von einer Totenliste des Konzentrationslagers Theresienstadt.« Unter dem Datum 4. Juli 1943 sind Laura und Chaim Sulzer aufgeführt, jemand hat die Namen mit Bleistift eingekringelt.

Volker starrt auf das vergilbte Papier. »Am 15. Juli '43 ist mein Vater geboren. Es ist unvorstellbar: Sie lebt hier und freut sich wahrscheinlich auf ihr Kind, und die alten Besitzer – die Eltern ihres früheren Freundes – werden gerade umgebracht.«

Rosa klappt den Ordner zu und stellt ihn wieder ins Regal. Erneut hat sie das ungute Gefühl, in Sphären vorgedrungen zu sein, in denen sie absolut nichts verloren hat. »Ich finde, wir sollten gehen.«

»Es sieht so aus, als ob sie verreist wäre«, resümiert Volker, als sie das Licht löschen und die Tür schließen.

»Aber wohin? Und warum so plötzlich und so heimlich?«

»War Gertrud schon bei der Polizei, hat sie was gesagt?« fragt Volker zurück.

»Noch nicht. Sie will auf die Rückkehr deines Vaters warten, er kommt wahrscheinlich Samstag abend. Typisch.«

»Das ist halt noch ein braves Weibchen. Gott sei Dank. Wenn die Bullen den frisch umgegrabenen Rasen sehen, dann weiß ich genau, was in ihren Hirnen vorgehen wird. Und wenn sie dann nach meiner Großmutter buddeln und dabei ein paar vergessene Stückchen von Franz und Hermann finden ...«

Unvermittelt fragt Rosa: »Kennst du das Zimmer da oben?«

»Welches Zimmer?«

»Komm mit.« Sie geht voran, Volker hinterher, er hat die Taschenlampe an, sie wollen kein Licht machen.

»Ich will mich nicht vor Gertrud rechtfertigen müssen«, hat Volker die Heimlichkeit ihres Vorgehens begründet.

Sie öffnet die Tür zu dem Zimmer mit dem Bett und läßt den Anblick eine Weile auf Volker wirken. Im Schein der Taschenlampe wirkt der leere Raum noch gespenstischer als bei Tag.

»Keine Ahnung, was das soll«, gesteht er. »Vielleicht das alte Liebesnest? Obwohl das schon ein bißchen pervers wäre.«

»Ich finde hier einiges pervers, und nicht nur ein bißchen«, platzt Rosa heraus. »Daß sie hier lebt. Im Haus ihrer Jugendliebe, einem Juden, der von den Nazis vertrieben und vermutlich auch umgebracht wurde. Sie zieht wenige Jahre später hier ein, mit einem anderen Mann, und dann sucht sie ihren Jakob heimlich. Stell dir vor, er wäre wirklich aufgetaucht. Wäre sie dann mit ihm durchgebrannt? Hat sie deinen Großvater gedrängt, das Haus zu kaufen?«

»Keine Ahnung. Darüber weiß ich nichts. Ich wußte bis eben nicht mal, wem es früher gehört hat.«

»Meine Tante wußte alles. Aber das nützt uns jetzt wenig. Ich kann dir nachher mal das Band vorspielen, vielleicht wirst du daraus schlau.«

»Welches Band?«

»Ihre Sätze sind manchmal so wirr, aber ich glaube, man muß sie nur richtig zusammenfügen, dann ergeben sie einen Sinn. Darum hab ich sie aufgenommen. Leider nur beim letzten Mal, ich hätte es schon früher tun sollen.«

»Du bist auch keine schlechte Schnüfflerin«, bemerkt Volker spöttisch.

Sie gehen hinunter ins Erdgeschoß.

»Es sieht nicht so aus, als ob sie überstürzt abgereist wäre«, stellt Volker fest. »Es ist alles ziemlich ordentlich.«

»Aber doch so kurz entschlossen, daß sie niemanden benachrichtigt hat. Die Fußpflegerin stand heute vor der Tür, und ich wette, am Montag kommt die Putzfrau und weiß von nichts.«

»Ich hab's«, verkündet Volker. »Sie läßt sich liften.«

»Zutrauen würde ich es ihr«, antwortet Rosa und lächelt.

Er blättert die geöffnete Post der letzten Tage durch, die auf der Anrichte des »Salons« neben dem Buddha liegt. Eine Einladung zu einer Weinprobe, ein Prospekt vom Buchklub, das Angebot einer Bank, sich an einem Flugzeugleasingprojekt zu beteiligen.

Das Telefon steht auf einem Biedermeierschränkchen im Flur. Rosa drückt die Wahlwiederholung und lauscht.

»Und?«

»Die Auskunft.«

»Hm«, macht Volker, und dann schlägt er mit der Faust auf den Stapel Post. »Verdammt noch mal, einen Zettel hätte sie wenigstens dalassen können!«

»Wem? Dem Sumpfhuhn? Vielleicht wollte sie allen beweisen, daß sie noch in der Lage ist, selbständig zu handeln.« Ich höre mich an wie dieser Putzig, denkt Rosa und fährt fort: »Am Dienstag hat sie noch ferngesehen. Oder hatte es zumindest vor. Sie hat die Sendungen angestrichen.« Rosa nimmt das Programmheft, das noch immer aufgeschlagen auf dem Couchtisch liegt. »Leuchte mal.«

»Lieber Himmel!« stöhnt Volker. »Da tun sich ja Abgründe auf! ›Gute Zeiten, schlechte Zeiten‹. So was guckt meine Großmutter!«

»Jeder hat seine Schwächen.«

»Ja? Was sind denn deine?«

»Ich heule bei Liebesszenen.«

»Ich auch«, gesteht Volker.

*»Was?«*

»Zumindest muß ich mal blinzeln. Beim *Englischen Patienten* habe ich mich schon gewaltig zusammenreißen müssen.«

»Da hab ich Rotz und Wasser geheult«, gesteht Rosa. Ronald hat sich deswegen geniert, erinnert sie sich. Mit wem Volker wohl den Film gesehen hat?

Außer der Serie ist die Tagesschau angestrichen, ein alter Derrick und im ZDF eine politische Sendung mit dem Titel »Zeugen des Jahrhunderts«.

»Denkst du, was ich denke?« fragt Volker.

»Ich denke, eine Kopie von dieser Jahrhundertsendung muß her. Kriegst du das hin?«

»Heute nicht mehr. Ich bin zwar ein Superschnüffler, aber irgendwo hat alles Grenzen. Und jetzt verschwinden wir besser von hier.«

»Scheiße«, flucht Rosa und wischt ihren Schuh im Gras neben der Treppe ab. »Wieso müssen diese mordlustigen Biester ihre Opfer immer vor die Tür legen?«

»Das sind Liebesgaben«, erklärt Volker. »Damit wollen sie dein Herz erobern.«

»Schönen Dank auch«, mault Rosa und schließt die Haustür auf.

Wieder brennt das Licht in Rosas Küche, aber Volker sagt nichts dazu.

Rosa öffnet eine Flasche Wein und nimmt zwei Gläser aus dem Küchenschrank.

»Laß uns einen Schluck auf Tante Lene trinken.« Sie holt das Diktiergerät und legt es auf den Tisch.

Es ist ein seltsames Gefühl, Lenes Stimme aus dem kleinen Apparat zu hören. Sie klingt krächzend, und Rosa findet ihre eigene Stimme unmöglich. Auf einmal ist es ihr peinlich, Volker Zeuge der Unterhaltung werden zu lassen, Lene in ihrer Verwirrtheit einem Fremden vorzuführen. Aber jetzt ist es zu spät für einen Rückzieher, und sie haben heute schon so viele Indiskretionen begangen, daß es auf diese eine nun auch nicht mehr ankommt, wischt Rosa ihre Bedenken vom Tisch. Sie hören das Band einmal durchgehend an, bis zu Lenes letztem Satz: *Sie muß nur in den Spiegel schauen.*

Die folgende Stille ist fast ebenso erschreckend wie Lenes vorhergehender Ausbruch.

»Das waren ihre letzten Worte«, sagt Rosa. Sie schaudert.

Voker hat sich das Gerät genommen und läßt das Band vor- und zurücklaufen.

*Ein guter Liebhaber war er, der Schack. Da hast du was …*

Volker stoppt. »Schack. Das könnte *Jacques* heißen.« Er spricht das Wort in seiner weichgespülten Version aus. Bei Lene klang es wie Holzhacken.

»Jacques – Jakob. Hat sie nicht davor was von Paris gesagt?«

»Ja. Irgendwas mit Vorhängen. Sie ist viel rumgekommen und bringt jetzt alles durcheinander, das macht es nicht gerade einfach.«

»Das klingt, als hätte Lene auch was mit diesem Jakob gehabt. Sie muß ihn wiedergetroffen haben, ohne es Luise zu sagen. In Paris und später noch einmal, hör genau hin.« Er spult zurück.

*... ganze Etage im Zentrum, kostspielig möbliert, offener Kamin. Der hat uns längst vergessen. Dich sowieso.*

Eine Pause entsteht, dann ihre veränderte Stimme: *Wie du das nur aushältst. Kannst du nicht mehr bis vier zählen?*

»Was soll das mit der Vier?« fragt Rosa.

*... besser als die anderen. Feige. Ein Mann eben.*

Es kracht.

»Was war das?«

»Sie hat auf den Tisch gehauen.«

»Resolute Dame. Gibt's im Pflegeheim schwule Kellner?«

»Nein«, erklärt Rosa. »Da hat sie draußen was gesehen.«

*Dein zweiköpfiger Sohn war bei mir, ich mußte ihn anlügen,* tönt Lenes Stimme.

Rosas Finger tanzen einen nervösen Trommelwirbel auf der Tischplatte.

»Zwei Köpfe? Was soll das? Wen mußte sie andauernd anlügen?«

»Sie wußte von den Baumgart-Brüdern«, hält Volker fest. »Und Franz Baumgart war bei der SA. Davon stand nichts in den Zeitungen.«

»So was vergißt man schon mal.«

*... sehen sich so ähnlich. So ähnlich ...*

»Aber so ähnlich sehen sich die Brüder doch gar nicht«, meint Volker.

»Vielleicht damals.«

*Schau sie dir an! Sieht sie vielleicht jüdisch aus?* schreit Lene vom Band. Ihr anschließender Husten versetzt den kleinen schwarzen Kasten in Vibration.

Volker schaltet aus. »Es klingt, als hätte sie zeitweise geglaubt, sie hätte Luise vor sich.«

»Und sie scheint irgendwie sauer auf sie zu sein, weil sie ihretwegen dauernd lügen muß«, ergänzt Rosa.

»Es ist, wie du gesagt hast: Für sie existiert weder Zeit noch Raum. Ihre Gedanken sind völlig frei.«

»Leider sind sie auch völlig frei von Logik.«

»Das will ich nicht sagen«, widerspricht Volker. »Es könnte doch sein, daß diese Jakob-Geschichten und der Tod der Baumgart-Brüder was miteinander zu tun haben.«

»Und von den Baumgart-Brüdern besteht eine geheime Verbindung zum schwulen jüdischen Kellner.«

Volker spielt gedankenverloren an dem Gerät herum und unterdrückt dabei ein Gähnen. »Man sollte es abtippen, in Schnipsel schneiden und neu zusammenfügen. Vielleicht ergibt sich dann ein klareres Bild. Jetzt schwirrt mir jedenfalls der Kopf.«

Sie nehmen beide ihre Weingläser.

»Auf Tante Lene«, seufzt Rosa.

»Auf alle exzentrischen alten Damen«, ergänzt Volker und berührt Rosas Hand, ganz vorsichtig, mit dem kleinen Finger.

Rosa beugt sich in einem Anfall von Courage über den Tisch, als ihre eigene Stimme dazwischenfährt.

*Tante Lene, ich habe neulich den Enkel von deiner Freundin Luise kennengelernt. Volker. Kennst du ihn auch?*

Das Geräusch dringt aus Volkers rechter Hand, mit der er noch immer das Diktiergerät hält.

*… klasse Hintern und schöne Augen. So ein … ein bodenloses Grün. Manchmal …*

Ein Grinsen beginnt Volkers Gesicht zu überziehen.

»Scheiße! Mach das aus!«

Rosa ist aufgesprungen. Volker steht ebenfalls auf und hält das Gerät in die Höhe. Rosa zerrt an seinem Arm.

»Gib das her. Gib das sofort her!«

*Ja, Kino und Sex, am besten nacheinander. Alleine macht beides keinen besonderen Spaß.*

»Da hast du verdammt recht«, lacht Volker. Rosa springt wie ein junger Hund an ihm hoch, während er sich bemüht, Rosas Konservenstimme von ihrem tatsächlichen Geschrei und Gefluche zu selektieren.

»Du sollst das ausmachen, verdammt noch mal!«

»Aber nein, jetzt wird's doch gerade interessant!«

Volker amüsiert sich blendend, obwohl Rosa mit den Fäusten heftig auf ihn eintrommelt.

»Gib das Ding her!«

*... versuche ich es mal mit so einem Push-up-BH ...*

»Mogeln gilt nicht«, bemerkt Volker und versucht wie ein Torero, Rosas Fäusten auszuweichen.

»Mach jetzt aus, oder ich trete dir wohin!«

Die Drohung treibt Volker samt Diktiergerät aus der Küche, und ehe Rosa zur Tat schreiten kann, hat er sich in ihrem Schlafzimmer eingeschlossen.

*... kurze Haare besser stehen? Hemma hatte zuletzt kurzes Haar, erinnerst du dich?* dringt es durch die Tür.

»Ich bin für kinnlang. Das müßte dir gut stehen, zu deiner frechen Nase«, ruft Volker.

»Komm da raus!« Rosa tritt gegen die Tür. Ihre Tonbandstimme ist lauter geworden, Volker hat voll aufgedreht, um ihren Protest zu übertönen.

»Du könntest ja mal ›bitte‹ sagen!« schlägt er vor.

Den Teufel werde ich! Rosa hört auf, die Tür zu bearbeiten, und geht zum Küchenschrank.

*... würde ihr nur eine Frage stellen, eine einzige,* hört sich Rosa sagen, während sie ein paar Schritte Anlauf nimmt und karatemäßig gegen ihre Schlafzimmertür tritt. Sie ist selbst überrascht, als sie plötzlich vor ihrem Bett steht und auf Volker hinabschaut, der das Diktiergerät erschrocken aufs Kissen fallen läßt.

*Aber damit fing's ... Knack.*

Das Band ist zu Ende. Volker starrt Rosa, die mit erhobenem Arm über ihm steht, mit tellergroßen Augen an.

»Findest du nicht, daß du jetzt ein bißchen übertreibst?«

»Schwein gehabt«, meint Rosa nur. Sie schnappt sich das Diktiergerät vom Kissen, wirft es in den Mülleimer und legt das Brotmesser wieder zurück in die Schublade des Küchenschranks.

Des Gartens größte Zierde ist die Ordnung! Das welke Blatt, das auf dem Rasen liegt, das Graspflänzchen auf dem Weg und gar das Unkraut auf den Beeten stören den wohltuenden Eindruck, den ein musterhaft saubergehaltener Garten ausüben soll.

*Boettners Gartenbuch, 1969*

# IV

Das Zimmer ist sparsam möbliert, nur die Wände hängen voller Bilder. Es sind ausschließlich Aufnahmen, die mit Lenes Arbeit zu tun haben. Hemma liest die Worte auf den weißen Papierstreifen, die an die unteren Bildränder geklebt wurden. *Le Sacre du printemps* (1962), *Deep Song* (1941), *Frontier, Rooms* (1955). Lene muß diese Beschriftungen erst vor kurzem angebracht haben, Hemma hat sie vorher noch nie gesehen.

»Ich muß sie beschriften, ich bringe sonst alles durcheinander«, klagt Lene. Sie zeigt auf ein Gruppenfoto. »Das ist unsere Kompanie, mit der wir in Frankreich aufgetreten sind.«

»Hört sich militärisch an.«

»Ballett hat etwas Militärisches. Tanz ist Disziplinierung des Körpers zu anatomisch korrekter Bewegung. Eine echte Herausforderung, schon bei der Arbeit am eigenen Körper, aber erst recht bei der Choreographie für andere.« Sie tritt neben Hemma und weist auf das Porträt einer strengen Dame.

»Das ist Martha Graham. Eine Pionierin des Modern Dance. Ich bearbeite gerade eines ihrer frühen Stücke, *Heretic*, ein Gruppenstück für elf oder dreizehn Tänzerinnen, es entstand 1929. Ich habe es selbst schon getanzt. Ich mag diese grafische Klarheit der Figuren: Kreise, Linien, Reihen.« Sie lacht kurz auf. »Ja, es hat was Militärisches. Ist nicht umgekehrt eine militärische Parade auch so eine Art Ballett?«

Hemma nickt. Sie versteht nicht viel von Ballett und Theater, sie liebt Bücher. Zur Zeit liest sie Dostojewski. Schade, daß Lene wenig Zeit für Belletristik hat. Hemma wünscht sich jemanden, mit dem sie sich über das Gelesene austauschen kann. Enzo sieht lieber fern. Bald beginnt die Fußballweltmeisterschaft, er wird ganze Abende mit geballten Fäusten vor dem Bildschirm verbringen. Früher waren sie regelmäßig im Kino, als Agathe noch auf Rosa aufpassen konnte. Aber zur Zeit ist in Hemmas Kopf ohnehin kein Platz für Filme und Bücher, *Anna Karenina* liegt schon seit Wochen auf dem Nachttisch, sie kommt nur langsam voran. Vielleicht liegt es am Thema.

»Du hast Glück, daß ich gerade hier bin. Ab nächster Woche bin ich für ein Vierteljahr in Brüssel. Aber du willst jetzt nicht über Ballett reden, habe ich recht? Wie ist es mit Luise gelaufen, warst du bei ihr?«

»Ja.« Hemma steht noch immer vor den Fotos und knetet ihre Hände. »Es war komisch.«

»Ihr seid euch fremd.« Lene sieht ihre Nichte prüfend an. »Und Martin?«

Hemma wird feuerrot und schaut in eine andere Richtung.

»Er war bei mir, in Turin. Hat dich verzweifelt gesucht.«

»Oh, mein Gott. Hast du ihm gesagt …?«

»Nein, habe ich nicht.«

»Gut«, seufzt Hemma erleichtert.

»Ich weiß nicht, ob es gut ist. Eine Lüge nach der anderen, das kann nicht gut sein. Du solltest mit ihm reden.«

»Ich kann nicht mit ihm reden. Ich kann ihm nicht mehr unter die Augen treten.«

»Hemma, stell dich nicht so altjüngferlich an! Es ist nicht deine Schuld, daß …«

»Soll er doch seine Mutter fragen«, stößt Hemma wütend

hervor, und dann bricht es aus ihr heraus: »Ich weiß nicht mal mehr, ob ich ihn liebe oder hasse. Warum hat sie ihn behalten und mich weggegeben?«

»Frag sie«, antwortet Lene und verzieht den dunkelrot geschminkten Mund.

»Sie hat gesagt, Jakob Sulzer ist mein Vater, aber ich glaube, sie lügt. Kanntest du ihn?«

»Hat sie dir ein Bild von ihm gezeigt?« fragt Lene zurück.

»Nein.« Warum eigentlich nicht? Lene hat recht, das wäre das Naheliegendste gewesen. Besitzt Luise keines?

Lene geht zu ihrer Kommode und findet auf Anhieb ein in Leder gerahmtes Foto. Es zeigt sie und einen jungen Mann. Sie sitzen auf der Lehne einer Parkbank und lächeln sich an.

Hemma schaut mit gierigem Blick auf das Bild. Jakob Sulzer ist ein attraktiver Mann, der exakt dem gängigen Klischee eines Juden entspricht: leicht gebogene Nase, weicher Mund, tiefe, dunkle Augen.

»Kannst du da irgendeine Ähnlichkeit zu dir entdecken?« fragt Lene.

»Nein.«

»Ich auch nicht. Du bist mehr der klassische Typ. Jakob ist ein ›Bilderbuchjude‹. So hat er sich selbst immer ganz stolz genannt.«

»Sie hätte mich nicht weggegeben, wenn er mein Vater gewesen wäre, nicht wahr?«

Lene nickt.

Hemma tippt das Foto an. »Wo war das und wann?«

»Das tut nichts zur Sache«, wehrt Lene mit einer fahrigen Handbewegung ab.

Hemma muß unwillkürlich lächeln. »Jetzt erzähl's mir schon. Ich werde Luise nichts davon sagen. Sie sagt mir ja auch nicht alles.«

»Kurz nachdem du zur Welt gekommen bist, habe ich Deutschland verlassen. Ich hatte die Ohren gestrichen voll von dummen Hetzparolen und Kriegsgeschrei, und ich hatte keine Lust, mein Pflichtarbeitsjahr anzutreten. Ich wollte tanzen, nicht Rüben rupfen. Warum sollte ich diesem Hitler ein Jahr meiner Jugend opfern? Mein Vater ließ sich erweichen und gab mir Geld – mein vorgezogenes Erbe sozusagen. Agathe hat getobt, als sie davon erfuhr, sie nannte mich eine Landesverräterin und Erbschleicherin.« Lene lacht vergnügt bei dieser Erinnerung. »In Paris gab es gute Ballettschulen – bis alles zusammenbrach. Immerhin schaffte ich es bis auf die Bühne …« Sie nimmt das Foto in die Hand und schaut es mit einem versonnenen Gesichtsausdruck an, ehe sie weiterspricht. »Das war eine chaotische Zeit. Die Stadt war voller Emigranten, darunter viele bedeutende Künstler. Hier, in Paris, waren sie plötzlich nur noch Flüchtlinge. Jakob versuchte sich als Journalist und hatte Ambitionen zum Schriftsteller. Er hatte den Vorteil, daß er sehr gut Französisch sprach, seine Mutter hat ihn zweisprachig erzogen. Nach einer Vorstellung stand er plötzlich vor mir, mit seinem Erobererlächeln und seinen Samtaugen … Wir hatten eine heftige Affäre, obwohl mir klar war, daß er hinter meinem Rücken jede aufs Kreuz legte, die ihm gefiel. Es machte mir nicht viel aus. Das Leben war ein einziger Ausnahmezustand. In der ganzen Stadt, besonders aber in den Cliquen der Emigranten und Künstler, herrschte eine fiebrige Stimmung. Im Juni marschierten die Deutschen ein. Jakobs Eltern wurden kurz darauf auf offener Straße verhaftet und deportiert. Ich konnte Jakob eine Weile bei mir verstecken, in meiner Dachwohnung am Place de la Contrescarpe. Aber mit der Zeit wurde das zu gefährlich. Zu viele Spitzel. Niemand konnte mehr genau sagen, für wen sein Nachbar arbeitete. Ich mußte zweimal zu gräßlichen Verhören und befürchtete jeden Tag eine Wohnungsdurchsuchung. Die gab es dann auch, aber zum Glück zu spät. Jakob zog von Wohnung zu Wohnung, er blieb nirgends länger als drei Tage. Es gab einen Minister namens Roche, der organisierte falsche Pässe für Künstler …«

Lene seufzt. »Im nachhinein muß ich sagen: Jakob war ein ziemlich feiger Lump. Nachdem er mit meiner Hilfe aus Frankreich verschwinden und in die Staaten reisen konnte, habe ich nie mehr etwas von ihm gehört.«

»Vielleicht ist er tot?«

»Glaube ich nicht. Einer wie er fällt immer auf die Füße. Aber dein Vater ist er nicht.«

»Wer dann?« Hemmas Stimme ist jetzt flehend. »Bitte, Tante Lene, sag mir endlich die Wahrheit!«

Lene sinkt in ihren Sessel und schaut aus dem Fenster, auf die verwinkelten Dächer des Ortskerns. Die Wahrheit also. Oder das Unglaubliche? Das, was sie alle nicht geglaubt hatten und das doch Wahrheit geworden ist.

Ist es der Lärm oder der Geruch nach Verbranntem, was Lene weckt? Sie steht auf und geht ans Fenster. Einen guten Steinwurf entfernt erhellt ein goldener Schimmer den Asphalt. Sie fährt in ihre Kleider und rennt die Treppe hinunter. Ihr Vater kommt auf sie zu, nimmt sie sanft am Arm. Hinter ihm taucht ihre Mutter auf, im Nachthemd, mit zerdrücktem Haar und weiten Augen.

»Geh wieder nach oben.« Seine Stimme will streng klingen, doch es schwingt ein neuer Ton darin, und als sie ihn ansieht, spürt sie, daß er Angst hat. Sie kann sie beinahe riechen, so wie vorhin das Feuer. Sie gehorcht. Parolen gehen ihr durch den Kopf, die sie in letzter Zeit an Hauswänden gelesen hat. Machen die Schmierer jetzt ernst? Oben stellt sie sich wieder ans Fenster. Glas klirrt. Ihr ist, als hätte sie hinter den gegenüberliegenden Scheiben Gesichter auftauchen und wieder verschwinden sehen. Die Fenster bleiben dunkel. Vielleicht weil man besser beobachten kann, wenn man geschützt im Dunkeln steht, so wie sie selbst. Schritte nähern sich. Lene tritt zurück, hat kein Vertrauen in die Finsternis. Als sie wieder hinausschaut, sieht sie vier zuckende, wandernde Sterne, die sich den Berg hinaufbewegen.

Sie horcht. Es ist still im Haus. Ihre Eltern scheinen wieder ins Bett gegangen zu sein. Sie wartet. Eine Viertelstunde, die sich endlos hinquält. Dann öffnet sie vorsichtig das Fenster, schwingt sich auf den Sims und tastet mit dem Fuß nach dem dicken Ast des Aprikosenbaums. Ihre Hauspantoffeln machen die Sache nicht einfacher, aber die Straßenschuhe stehen unten im Flur. Zu riskant, sie zu holen. Sie klettert langsam, damit sie kein Geräusch verursacht. Zum Glück sind die Läden vor dem Schlafzimmerfenster geschlossen. Nichts hören, nichts sehen. Sie kann es ihrem Vater nicht mal verdenken, er ist Mitglied der KP, wenn auch kein sehr aktives. Ihre Mutter lebt nach dem Prinzip: Augen zu und durch. Sie glaubt ihrem Mann, der trotzig behauptet, der »Unfug« könne nicht mehr allzulange dauern.

In ihren klappernden Pantoffeln hastet Lene die Straße entlang. Schwarzer Qualm quillt aus dem eingeschlagenen Fenster des Milch- und Käsegeschäfts der Michalskis. Lene schlägt die andere Richtung ein. Beim alten Rathaus biegt sie um die Ecke und keucht den Berg hinauf. Die kalte Herbstluft schmerzt in ihren Lungen. In einigen Fenstern der Villen brennt Licht. Eine Feuerwehrsirene heult. Endlich.

Die Villa ist bis unter das Dach erleuchtet, als würde man dort eines jener Feste geben, die den Dorfklatsch für Wochen beleben. Die Vorhänge sind zugezogen, die eiserne Gartenpforte steht offen, sie schlüpft hindurch. Jetzt hört sie Schritte, die über die hölzernen Dielen poltern, und es klingt wie umgeworfene Möbel.

Rasch zwängt sie sich hinter den Holzschuppen, atmet den heimeligen Waldgeruch der aufgeschichteten Buchenscheite. Etwas raschelt, und Lene fährt zusammen, als sich wenige Meter neben ihr eine Gestalt aufrichtet und über den Gartenzaun springt. Ihr Schatten verschmilzt mit dem Dunkel des Nachbargartens.

Die Haustür geht auf. Nervös zuckt der Strahl einer Taschenlampe durch die Nacht. Luise duckt sich, so tief sie kann, hinter die Holzscheite, findet eine Lücke, durch die sie mit einem Auge schauen kann.

Nacheinander betreten sie den Lichtkegel der Außenleuchte wie eine Bühne. Die Taschenlampe wird ausgeknipst, Hemden werden zurechtgezupft, Hände fahren ordnend durch Fassonschnitte, streichen über Bäuche wie nach dem Genuß einer üppigen Mahlzeit, reichen eine Flasche weiter.

Als die plumpen Schritte und Witze auf der Straße verklingen, verläßt Lene ihr Versteck. Die Haustür mit dem schmiedeeisernen Ziergitter steht achtlos offen. Lene geht hinein. Sie kennt den »Salon« der Sulzers, Laura Sulzer hat ihr einmal Stunden gegeben, Sprechunterricht, als Lene fünfzehn war und noch nicht wußte, ob sie Schauspielerin oder Tänzerin werden wollte. Oder beides.

Es knirscht, als sie in die Scherben eines Spiegels tritt. Sieben Jahre Pech, denkt Lene und fällt im nächsten Moment beinahe über einen umgeworfenen Stuhl.

Sie rennt nach oben. Auch hier Anzeichen nachlässiger Verwüstung. In einem der Zimmer, vermutlich Jakobs, hängt Luises Kleid über einem Korbsessel.

»Luise? Bist du hier?«

Alles bleibt ruhig. Lene geht noch eine Treppe höher.

Das Dachzimmer wurde zuletzt von dem arischen Dienstmädchen bewohnt, das vor zwei Monaten gekündigt hat. Luise kniet auf dem schmalen, schmucklosen Eisenbett und sieht ihre Freundin aus großen, fiebrigen Augen an. Ihr ganzer Körper zittert. Das Hemd ist aufgeschlitzt, ihre Unterlippe ist zerbissen. Das zusammengeknüllte Laken zwischen ihren Schenkeln färbt sich zusehends rot.

»Sie haben ihn nicht gekriegt«, flüstert sie triumphierend. »Er ist ihnen entwischt, ja?«

»Ja.«

»Ich habe sie aufgehalten. Die konnten ihm nicht nach, sie mußten mich ja festhalten, hast du gewußt, daß ich so kräftig bin?«

»Nein«, schluchzt Lene, und Luise fängt an, schauerlich zu lachen.

»Hast du die Kerle erkannt?« fragt Hemma, als Lene ihren Bericht schließt, indem sie ihr Gesicht hinter ihren Händen verbirgt.

Lene verharrt einen Moment, dann hebt sie den Kopf und schaut ihre Nichte an. Deren Augen sind schmal geworden.

»Ja.«

»Wer waren sie?«

Lene schüttelt langsam mit dem Kopf. »Nie hätte ich denen so etwas zugetraut. Gut, drei von ihnen waren zwar bei der SA, aber daß sie sich deshalb wie Bestien benehmen ... Damals sind mir die Augen aufgegangen, und ich habe zu ahnen begonnen, wozu sie noch fähig sein würden.« Ihr Blick wandert erneut über die Dächer. »Der Hermann ging mal mit mir in eine Klasse. Der Franz, sein älterer Bruder, der ist mir eine Zeitlang vergeblich nachgestiegen. Der Felber Kurt, der war immer mit dem Franz zusammen, ein Klassenkamerad.«

Sie geht noch einmal zu ihrer Kommode und kommt mit einem Karton zurück, aus dem sie ein Foto hervorkramt. Es ist ein Klassenfoto, die Kinder sind etwa zehn Jahre alt und sitzen und stehen auf den Stufen vor dem alten Schulgebäude.

»Der Hermann.« Ein Junge mit engstehenden Augen und einer Topffrisur. »Der ist Gerichtsvollzieher geworden. Er wohnt noch immer hier, bei seiner Mutter, am anderen Ende.« Sie deutet mit einer Kopfbewegung nach Westen, in Richtung Kiefernwald und Rheinebene.

»Der Kurt ist bei Stalingrad gefallen.« Sie hält Hemma eine stark vergilbte Seite des Gemeindeblättchens hin. »Ich habe die Anzeige aufgehoben. Weiß auch nicht warum.« Das unscharfe Foto zeigt einen jungen Soldaten mit blonden Haaren und einem kugelrunden, gutmütigen Gesicht.

»Der Franz ist Anwalt, in Darmstadt.«

»Von dem hast du kein Foto?«

»Nein.«

»Und der vierte?«

»Welcher vierte?«

»Du hast gesagt, drei von Ihnen waren bei der SA. Also waren es mehr als drei.«

»Nein. Nein, du irrst dich. Es waren die drei.« Nichts gegen die Wahrheit, aber irgendwann ist es genug.

»Wie hießen die zwei Brüder mit Nachnamen?«

»Hemma, was hast du vor?«

»Ich werde mir die Herren mal ansehen, nichts weiter.«

Die werden sich freuen! Lene sieht ihre Nichte argwöhnisch an. Ihr Unterkiefer ist verkantet, ihr Mund ein harter Strich. Franz, durchzuckt es sie plötzlich. Sie sieht aus wie Franz.

»Bitte nimm dabei Rücksicht auf Luise. Es war schlimm genug für sie.«

»So?« braust Hemma auf. »Wie kann sie dann hier leben? In so einem kleinen Ort *muß* man sich doch begegnen. Auf dem Markt, beim Bäcker, auf der Post… ›Tag, Hermann, wie geht's, was macht dein Bruder? Übrigens, ich habe neulich das Zimmer streichen lassen, in dem ihr mich der Reihe nach durchgefickt habt.‹«

»Diese Worte würde Luise vermutlich nicht benutzen«, gibt Lene gleichmütig zu bedenken. Allmählich verliert sie die Lust an diesem Gespräch.

»Ist doch wahr!« murmelt Hemma, und dann fragt sie: »Wie bringt sie es fertig, in *dem* Haus zu leben, all die Jahre. Kannst du mir das erklären?«

»Weil es Jakobs Haus ist. Weil sie auf seine Rückkehr gehofft hat. Sie hofft wahrscheinlich noch immer darauf.«

»Aber das ist doch vollkommen irrsinnig!«

»Wem sagst du das? Andererseits hat unsere Generation gelernt, sich an Irrsinn zu gewöhnen.«

»Weiß ihr Mann davon?«

Lene zuckt die Schultern, und Hemma fällt für eine zähe Minute in grüblerisches Schweigen. Schließlich sagt sie: »Sie konnte mich gar nicht lieben. Wie auch? Ich erinnere sie wahrscheinlich mein Leben lang an diese grauenhafte Nacht.«

»Ja«, sagt Lene. »Das kann schon sein. Solche Erinnerungen sind wie Bandwürmer, die wird man so leicht nicht los.«

Im Zimmer ist es heiß, Fliegen surren an der Fensterscheibe auf und ab. Luise liegt kreidebleich und erschöpft im Bett. Der Sommer '39 ist einer der heißesten seit langem. Das Kind liegt in einem Waschkorb, der auf einem Stuhl vor dem Fenster steht. Es schreit.

Lene nimmt das Bündel ungeschickt heraus und streckt es Luise entgegen wie einen Laib Brot. Der kleine Kopf fällt zur Seite, die Ärmchen rudern hektisch durch die Luft. Das Schreien geht in ein aufgeregtes Schnaufen über.

»Es hat Hunger.«

»Ich kann nicht. Ich hab Tabletten bekommen, gegen die Milch. Die Schwester bringt nachher eine Flasche.«

»Willst du es dir nicht noch mal überlegen?«

»Jetzt? Ein bißchen spät, meine ich. Deine Schwester will morgen kommen. Es ist alles vorbereitet und geregelt.«

»Ja, schon«, räumt Lene ein. »Aber jetzt, wo ich den Wurm so sehe … Ich will nicht, daß du es hinterher bereust und böse auf mich bist.«

»Keine Angst. Ich werde dir mein Leben lang dankbar sein.«

»Vielleicht … ist es ja doch von Jakob?«

In diesem Moment hört der Säugling auf zu zappeln und reißt die Augen auf. Sie sind von einem tiefen, schwermütigen Blau.

Rosa nimmt ohne Hast die Füße vom Küchentisch, als Volker hereinkommt.

»Noch sauer?«

»Ja.«

»So schlimm war das doch gar nicht, was du auf dem Band gesagt hast.«

»Es war jedenfalls nicht für deine Ohren bestimmt.«

»Entschuldige. Ich bin nun mal furchtbar neugierig, besonders wenn ich meinen Namen höre.« Er probiert ein schiefes Lächeln und schaut auf die Uhr. »Also, *Lola rennt* dürfte gerade aus sein, aber wenn du willst, können wir die Tage gerne mal …«

»Hier, dein Weinglas steht noch da«, unterbricht Rosa. Ihres ist leer, ebenso die Flasche.

»Wie süß!«

»Quatsch, das ist Chianti.«

»Ich meine dich. Ich weiß gar nicht, wann zum letztenmal eine Frau in meiner Gegenwart rot geworden ist. Wollen wir nicht das blöde Band vergessen und da weitermachen, wo wir vorhin stehengeblieben sind?«

Rosa steht auf, schnappt sich das Weinglas vom Tisch und geht damit in ihr Schlafzimmer. Sie stellt es auf den Nachttisch und zieht Jeans und Pullover aus.

»Was ist?« sagt sie zu Volker, der unschlüssig in der Tür steht. »Du wolltest doch da weitermachen …«

Er fährt sich durch sein Haar. »Äh, waren wir schon so weit, ja?«

Sie kommt auf ihn zu. »Jetzt, wo du alles über mich weißt, könnten wir doch ein paar Förmlichkeiten überspringen, was meinst du?«

Volker legt seine Hände locker auf ihre Hüften. Ihr Stimmungsumschwung hat ihn überrumpelt. Rosas Hände zeichnen unter seinem T-Shirt seine Wirbelsäule nach, erst hinauf, dann hinunter. Ihr Atem riecht ein wenig nach Rotwein.

Wir hätten was essen sollen, denkt Volker. Sie verträgt keinen Wein auf leeren Magen.

Ihre Hand wühlt sich unter die Barriere seines Gürtels. Er rückt ein wenig von ihr ab.

»Äh, warte mal.«

»Was ist?«

»Ich … ich bin ein Romantiker.«

»Das macht doch nichts.«

»Vielleicht ist jetzt nicht der richtige Zeitpunkt. Ich meine, deine Tante ist heute gestorben …«

»Glaub mir, die hätte nichts dagegen.«

»… und meine Großmutter ist verschwunden, und wir haben erst gestern zwei Menschen beerdigt …«

»Das ist es ja gerade«, flüstert Rosa dicht an seinem Ohr. »Mich machen Beerdigungen immer tierisch an. Überhaupt Friedhöfe, der Gedanke an Tod und Vergänglichkeit … Laß uns die Zeit nutzen, die uns noch bleibt.«

»Ich weiß nicht recht …«

»Was ist es dann?«

»Was ist was?«

»Was dich anmacht.«

Volker kratzt sich am Hinterkopf, dann murmelt er: »Es wird dir nicht gefallen.«

»Unterschätz mich nicht.«

»Na, gut: Darf ich noch mal den Schrank im anderen Schlafzimmer aufmachen?«

»Meinetwegen«, sagt Rosa nach kurzem Zögern. Sie folgt ihm über den Flur in das ehemalige Schlafzimmer ihrer Eltern, und Volker öffnet den Schrank. Sofort ist der pudrige Duft wieder da.

»Ist dir schon mal aufgefallen, daß jeder Schrank seinen ganz eigenen Geruch hat, fast wie ein Mensch?« fragt Volker.

»Kann sein. Rieche ich wie mein Schrank?«

»Dein Schrank riecht nicht besonders intensiv, weil du deine Klamotten überall herumwirfst.«

»Woher weißt du das?«

»Ich habe hier schon mal übernachtet, erinnerst du dich?«

»Und da hast du an meinem Schrank gerochen?«

»Ja. Weißt du, so ein Schrank riecht nach allem möglichen: Waschmittel, Schweiß, Rauch, Lavendelkissen. Dazu kommt der Geruch des Holzes, je nachdem, ob er alt ist oder neu. Sehr alte Schränke riechen ein wenig moderig, und neue riechen nach Leim und Sägemehl ...«

»Der hier ist aus Schleiflack.« Rosa beobachtet ungeduldig, wie seine Hand von Bügel zu Bügel gleitet.

»Dann natürlich das Parfum, das in den Kleidern hängt, oder ein Hauch von Körperlotion und Shampoo. Und die Kleider selbst riechen auch, nach Chemie, nach Leder oder Wolle. Und Seide! Hast du schon mal neue Seide gerochen?«

»Ein Schrankfetischist«, konstatiert Rosa und lächelt ein wenig verkrampft. »Das hatten wir noch nicht.«

Sein Finger fährt über ihren Mund, dann über Kinn, Hals und Brust, bis er an ihrem BH hängenbleibt.

»Kannst du den ausziehen?«

»Schon, ja.«

Rosa streift die Träger von ihren Schultern. Gleich wird man sehen, denkt sie, ob er wirklich auf Airbags steht oder lieber auf was Handfestes. Sie hakt den Verschluß auf. Anstatt sie anzusehen, dreht er sich um und zerrt etwas aus dem Schrank. Das Ding – ein Negligé, ein Unterrock oder so was Ähnliches – ist aus Nylon und von einem rührenden Hellblau, mit einem naiven Spitzenbesatz an Saum und Ausschnitt.

Rosa kichert nervös: »Sieht aus, als hätte Doris Day damit versucht, Rock Hudson zu verführen.«

»Kannst du das anziehen?«

»Also echt! Du bist wirklich ganz schön daneben«, findet Rosa und reißt ihm den Fetzen aus der Hand.

Lene ist erleichtert, als sich der Vorhang des Théâtre Royal de la Monnaie zum letztenmal senkt. Sie geht als letzte von der Bühne, sie hat es nicht eilig. Sommerpause. Ihr Stück war ein Erfolg, im Herbst sollen noch zwölf Vorstellungen stattfinden, die ursprünglich gar nicht geplant waren. Ein Meilenstein in ihrer Karriere. Sie müßte glücklich sein, zufrieden wenigstens. Sie ist es auch, aber gleichzeitig ist da diese Leere. Vier Wochen liegen vor ihr, vier freie Wochen, der ganze August, und sie weiß nicht recht, was sie damit anfangen soll. Natürlich gibt es tausend Bekannte, die sie gerne als Gast beherbergen würden, sie bräuchte nur anzurufen. Paris, New York, Zürich, Ascona, sie kann es sich aussuchen. Oder dieser Spanier mit der Yacht, wie hieß er noch gleich? Ach, egal.

Was ist los mir dir, Lene? Midlife-crisis? Dafür bist du doch fast schon ein bißchen alt. Du bist lediglich überarbeitet. Wahrscheinlich fehlt dir nur ein Liebhaber. Diesbezüglich war Brüssel kein sehr erfolgreiches Pflaster. Was wahrscheinlich nicht an der Stadt und ihren Männern liegt, stellt sie nach einem kritischen Blick in den Spiegel fest. Sie schminkt sich die Lippen nach, legt etwas mehr Rouge auf, zwingt sich zu einem Lächeln und betritt die Garderobe der Mädchen. Es herrscht ausgelassene Stimmung, jemand hat Champagner mitgebracht, man drückt ihr ein Glas in die Hand. Auch ein paar junge Männer sind anwesend, man sieht die Sache hier nicht so eng.

»Auf dich!«

»Auf die Ferien!«

»Was machst du, wohin fährst du?«

»Mal sehen.« Es ist einer dieser seltenen Augenblicke, in denen Lene Menschen beneidet, die ein richtiges Zuhause haben: Familie, Kinder, jemanden, der auf sie wartet. Vielleicht ist es Zeit, mir ein Schoßhündchen anzuschaffen.

Die Tür öffnet sich erneut, das Geschnatter ebbt ein wenig ab, Köpfe wenden sich der Tür zu. Auch Lene dreht sich um, und für einen Augenblick glaubt sie sich in Paris, der Abend nach der Premiere, er betritt die Garderobe … *Bon soir, schöne Helena.*

Ich verliere meinen Verstand!

»Bon soir, schöne Helena.«

Das ist nur ein Déja-vu, nichts weiter. Lenes Augen irren durch den chaotisch vollgestopften Raum. Die anderen beachten den Besucher nicht mehr, jetzt, da er mit Lene spricht, nur die vorlaute Henriette nähert sich.

»Lene, diesen schönen Mann hast du uns die ganze Zeit vorenthalten.« Sie drückt Jakob einen Kuß auf die Wange, und der lächelt Lene zu.

Seine Augen.

»Du tanzt ja gar nicht mehr.«

Seine Stimme. Er spricht französisch. Ihr Ton ist so einschmeichelnd wie früher.

Lene antwortet auf deutsch. »Und du? Bist du etwa ein berühmter Romancier geworden.«

Als wäre es gestern gewesen, hört sie ihn am Tisch eines Cafés verkünden: »Ich werde euch einen Roman hinknallen, der weltweit für Furore sorgen wird!«

»Nein«, seufzt er, »nur ein kleiner Redakteur einer Literaturzeitung ohne viel Bedeutung.«

Er sieht immer noch verdammt gut aus, das registriert Lene mit einem Blick. Volles graues Haar, drahtige Figur … Und diese unwiderstehlichen Samtaugen, mit denen er abwechselnd ihr Gesicht und die strammen Ärschchen der umherhuschenden Tänzerinnen betrachtet.

»Ich sehe, du hast dich kein bißchen verändert.« Lene stellt ihr Glas hin, nimmt ihre Handtasche und führt ihn hinaus. Ihre Jacke läßt sie zurück, sie hat es eilig, an die Luft zu kommen. Draußen ist es noch immer warm. Sie schlendern die Rue Léopold entlang, schweigend. Nicht sehr weit vom Theater hält er an.

»Hier wohne ich.« Ein prächtiger Altbau. Ein Witz, denkt

Lene. Seit fast drei Monaten arbeite ich in der Straße, in der er lebt. So nah war er mir die ganze Zeit!

Er zieht den Schlüssel aus der Tasche und lächelt sie an. »Kommst du mit rauf?«

Es klingelt an der Haustür.

»Geh nicht. Nicht jetzt.«

»Du weißt, daß ich das nicht fertigbringe.«

»Wenn das wieder diese Computerratte ist ...«

»Er hilft mit bei einer wichtigen Sache. Nur ganz kurz.«

»Eine Minute! Dann werfe ich ihn eigenhändig im hohen Bogen raus«, mault Volker.

Aber Rosa hat bereits das Schlafzimmer verlassen und ist an der Haustür.

»Sie?!«

»Sorry, ich war auf dem Rückweg von der Spätschicht«, entschuldigt sich Julian Putzig und fügt interessiert hinzu: »Hier läuft wohl gerade 'ne Siebziger-Jahre-Fete?«

»Ja, so was Ähnliches«, seufzt Rosa, und Putzig taxiert mit Kennerblick die lederne Fransenweste mit dem Peace-Zeichen, die sie über dem hellblauen Unterrock trägt, der dadurch etwas von seiner Unschuld eingebüßt hat.

»Ich will aber nicht stören.«

Wobei schon? Bis jetzt war ich lediglich ein Kleiderständer.

»Männer«, seufzt Rosa und bedeutet dem späten Gast, hereinzukommen. Er folgt ihr in die Küche, wo sich Rosa eine Zigarette dreht und ansteckt.

»Es ist wegen Ihrer Tante. Ihre Sachen werden morgen eingepackt. Darf ich sie zu Ihnen bringen lassen, bis klar ist, was mit ihrem Nachlaß geschieht? Vermutlich werden Sie sowieso erben, Sie haben doch Platz, und bei uns ist keiner.«

»Was ist es denn?«

»Ihre Kleider, ein bißchen Geschirr und die Einrichtung,

die in ihrem Zimmer war. Die Möbel hat sie selbst mitgebracht, als sie zu uns kam. Könnten Sie die aufbewahren?« Er unterdrückt mit wenig Erfolg ein Grinsen. »Vielleicht haben Sie für die Kleider ja Verwendung.«

»Und um mich das zu fragen, kommen Sie mitten in der Nacht hierher?« Sie wirft einen vorwurfsvollen Blick auf die Küchenuhr. Es ist kurz vor zwölf. »Meinetwegen können Sie die Sachen hierher schicken lassen. Ist sonst noch was?«

»Ja. Ich bin eigentlich hier, um Ihnen etwas Bestimmtes zu bringen.« Er geht noch einmal hinaus, öffnet die Haustür und kommt mit einem schweren Paket zurück, das er auf die Spüle stellt.

»Vorsicht, der Karton ist etwas schmutzig geworden. Ich habe die tote Maus auf der Treppe zu spät bemerkt.«

»Eine Liebesgabe.«

»Nicht direkt. Es sind die Fotos und die Tagebücher Ihrer Tante. Sie lagen ihr immer sehr am Herzen, und ich dachte, ich bringe Sie Ihnen, bevor Hinz und Kunz darin herumschnüffeln.«

»Danke. Das ist sehr … feinfühlig von Ihnen.«

Rosa öffnet den Karton. Es sind über zwanzig Bücher mit schwarzem Einband, ein paar sogar in Leder. Obenauf liegen die gerahmten Fotos, die zuletzt die Wand in Lenes Zimmer im Pflegeheim zierten.

»Sie mochten meine Tante.«

»Ja, sehr. Sie war so lebensfroh und klug, selbst in ihrer Verwirrung.«

»Meinen Sie, ich bin schuld, daß sie starb? Weil … ich habe wohl etwas angesprochen, was sie sehr aufgeregt hat, und …«

Putzig schüttelt energisch seinen massigen Schädel.

»Niemand hat schuld«, sagt er ernst. »Ihre Zeit war gekommen, so oder so. Als diese Dame neulich bei ihr war, da hat sie sich noch viel mehr aufgeregt, und es ist nichts passiert. Sie müssen sich keine Vorwürfe machen.«

»Welche Dame?«

»Eine Dame eben. Ihre Tante nannte sie Luise.«

»Wann war die da?«

Putzig räuspert sich, dann denkt er nach. »Wann war die da… warten Sie mal. Ich glaube, es war Dienstag. Ja, Dienstag. Sie kam schon am Vormittag, also außerhalb der Besuchszeit, was wir ja nicht so gerne haben, aber solange es nicht zur Gewohnheit wird… Sie war nicht lange da, und als sie ging, hat sich Ihre Tante furchtbar aufgeregt und ihr über den Flur keine sehr netten Worte nachgerufen. ›Naive Gans‹ und noch Deutlicheres. Schwester Benedikta mußte einschreiten. Wenn man Ihre Tante längere Zeit nicht gesehen hatte, war der Umgang mit ihr nicht ganz einfach.« Er lächelt nachsichtig. »Je älter die Leute werden, desto mehr fallen sie in Verhaltensmuster aus der Kindheit zurück. Vielleicht weil ihnen die Vergangenheit näher ist als das letzte Mittagessen. Aber jetzt muß ich los, meine Frau wartet, wir müssen noch das Wohnzimmer dekorieren, unsere Tochter wird morgen drei.«

»Ah, ja«, sagt Rosa mit offenem Mund. »Dann noch mal vielen Dank, daß Sie extra hergekommen sind. Sehen wir uns auf der Beerdigung?«

Er nickt und geht hinaus. Er ist fast so breit wie der Flur.

Als die Haustür zuschlägt, erscheint Volker.

»Wo bleibst du denn?« fragt Rosa spöttisch. »Dauernd warte ich darauf, daß du ihn im hohen Bogen rauswirfst.«

»Ich konnte mich mit Ach und Krach bremsen.« Er legt den Arm um sie. »Wollen wir jetzt da weitermachen, wo wir gerade aufgehört haben?«

Luise gießt das kochende Wasser in den Kaffeefilter und bestreicht ein Brötchen mit bröckeliger Butter und Himbeermarmelade. Selbstgemachte. Die Früchte wachsen auf der Rückseite des Holzschuppens. Das Holz wird nur noch für den Küchenherd gebraucht, ihr Mann hat 1964 auf dem Einbau einer Zentralheizung bestanden. Neben dem Garagenbau eine seiner wenigen gewonnenen Schlachten in zweiunddreißig Jahren Ehe. Sie arrangiert ihr Frühstück auf dem Tablett und trägt es in den »Salon«. Die Standuhr zeigt fünf Minuten nach halb sieben. Die Sonne hat bereits die Höhen des Odenwalds erklommen und scheint nun blaß durch das etwas unebene alte Glas der Erkerfenster auf das matt schimmernde Parkett. Sie steht noch immer um die Zeit auf, zu der sie früher Martin das Frühstück zubereitete und ihn für den Schulbus fertig machte. Eine alte Gewohnheit, an der man nichts ändern muß, sie war ohnehin nie eine Langschläferin. Im Winter stand sie damals noch früher auf, um die Öfen anzuheizen. Aber seit zwei Wochen ist es heiß, ein typischer schwüler Bergstraßensommer. Der war auch so heiß. Luise schenkt sich Kaffee ein und gähnt, wobei sie sich die Hand vor den Mund hält. Sie hätte sich doch noch eine Stunde Schlaf gönnen sollen, nach den Ausschweifungen des gestrigen Abends. Eine rührige Witwe aus dem Ort, mit der sie locker befreundet ist, hat sie im letzten Herbst zu einem Jahresabonnement in diesem neuen Staatstheater überredet, und gestern abend war die letzte Ringvorstellung vor der Sommerpause. *Wallensteins Tod*. Eine Inszenierung, die sich in die Länge zog wie der Dreißigjährige Krieg. Wäre ich bloß zu Hause geblieben und hätte mir den Kommissar oder den Lembke angesehen.

Sie beißt, ein wenig lustlos noch, in ihr Brötchen. Irgend etwas fehlt. Die Zeitung, natürlich.

Ehe sie die Haustür öffnet, zieht sie den Gürtel ihres Morgenmantels noch enger um ihre Wespentaille. Nicht schlecht für eine Frau von Mitte Fünfzig, registriert sie mit Genugtuung. Sie hat sich in letzter Zeit als Konzession an die Bequemlichkeit gestattet, sich erst nach dem Frühstück anzukleiden. Selbstverständlich nur, wenn dieser Mensch nicht im Haus herumlungert. Sie vergewissert sich im großen Garderobenspiegel, daß das Nachthemd nirgends hervorschaut. Obwohl kaum jemand Anstoß an ihrer Aufmachung nehmen könnte, dafür sind die Grundstücke, ihres und die der Nachbarn, viel zu eingewachsen. Höchstens ein Fußgänger, der im richtigen Moment am Gartentor vorbeikommt, könnte einen kurzen Blick auf sie werfen. Aber um diese Zeit ist kaum jemand unterwegs. Das Viertel ist gealtert, die Kinder, die hier früher zahlreich vorhanden waren, haben nun selbst Kinder, und die Alten – also Leute wie sie und Ernst – sind noch nicht alt genug, um ihren angestammten Platz für die junge Generation zu räumen. Ihr Blick streift ein flaches Päckchen in rosengeblümtem Geschenkpapier, das seit gestern auf dem Biedermeiertischchen neben dem Telefon liegt. Das Tischchen stammt noch aus dem Besitz der Sulzers, es ist eines der wenigen intakten Stücke, die nicht von den alten Paulys entwendet oder verscherbelt wurden. In dem Päckchen ist ein azurblauer Seidenschal für Hemma. Zum Geburtstag. Luise beschleicht ein ungutes Gefühl. Hoffentlich erwartet sie nicht zuviel von mir. Es ist schwierig, sich an diese neue Tochter zu gewöhnen. Es braucht Zeit. Es war einfacher, sie aus der Ferne zu beobachten und sich einzureden, daß es ihr gutgeht, daß sie alles hat, was der Mensch braucht. Jetzt fühlt sie sich in Hemmas Gegenwart wie eine säumige Schuldnerin, die nicht bezahlen kann. Kann man überhaupt eine Person lieben, der man etwas schuldet?

Als sie mit der Zeitung vom Briefkasten zurückkommt, sieht sie die Schubkarre. Es ist Hemmas Schubkarre, sie selbst besitzt keine von dieser Größe, fast wie eine Badewanne.

Hemma kommt jetzt in unregelmäßigen Abständen und macht den Garten. Letzten Freitag war sie hier. Sie hat drei kugelförmige Buchsbäumchen in dreieckiger Anordnung neben den Eingang gepflanzt, dort, wo früher die Kamelien standen. Mit Kamelien hatte Luise immer wieder Pech, keine der teuren Pflanzen überlebte. »Zu zugig«, hat Hemma gemeint, und Luise hat sich gefragt, wie Laura Sulzer, die nicht gerade für ihre Qualitäten als Hausfrau bekannt war, die empfindlichen Pflanzen zum Blühen bringen konnte.

Kann es sein, daß Hemma die Schubkarre hier vergessen hat? Aber so ein Riesending kann man unmöglich tagelang übersehen, zumal es mitten auf dem mit Sandsteinplatten markierten Weg steht, der um das Haus herum zum Kellereingang und zum Garten führt. Ist Hemma etwa schon hier? In der Küche waren vorhin die hölzernen Rolläden noch nicht hochgezogen. Luise spart sich diesen kleinen Kraftakt meistens bis nach dem Frühstück auf. Ernst wollte automatische Läden aus Kunststoff einbauen lassen, aber gegen diese Veränderung hat sich Luise erfolgreich durchgesetzt. »Plastik paßt nicht zum Charakter dieses Hauses. Außerdem ist das mein Morgentraining«, hat sie argumentiert und ihren mäßig entwickelten Bizeps angespannt.

Nein, Hemma kann nicht hier sein, sonst würde ihr hellgrauer Lieferwagen *Gärtnerei Semper, Arheilgen* vor der Tür stehen. Ihre Nachbarin hat bereits registriert, daß sie eine auswärtige Gärtnerin beschäftigt. »Das werden die hiesigen Gärtnereien aber nicht gerne sehen.«

Luise hat wahrheitsgemäß geantwortet, daß ihr das egal sei. Mit den Gärtnereien des Ortes hat sie nichts zu tun, so wenig wie mit den anderen Bürgern und Gewerbetreibenden. Sie ist weder im Turnverein noch bei den Landfrauen, sie besucht keine Gottesdienste und tätigt ihre Einkäufe in Darmstadt. Luise schätzt Anonymität. Fängt man in einem Geschäft an, sie wiederzuerkennen oder gar beim Namen zu nennen, war sie zum letztenmal dort.

»Du führst ein Leben, als würdest du steckbrieflich gesucht«, hält Martin ihr gelegentlich vor, worauf sie ihn stets sanft, aber bestimmt darauf hinweist, daß das ja wohl ihre Sache sei.

Nur wenige Bekannte sind aus der kurzen Zeit unumgänglicher sozialer Kontakte – Martins ersten vier Schuljahren, ehe er in Bensheim ans Alte Kurfürstliche Gymnasium ging – geblieben: ein paar Frauen ihres Alters, mit denen sie sich übers Wetter austauscht, wenn eine Begegnung auf der Straße oder in der Bahn unumgänglich ist.

Sie geht durch das taufeuchte Gras um die Schubkarre herum. Am Boden der Blechwanne steht eine übelriechende bräunliche Pfütze. Luise rümpft die Nase und geht weiter. Erwartungsgemäß ist niemand im Garten, der, seit Hemma ihn pflegt, wie ein kleiner Park wirkt. Die Thujenhecke ist in zwei Meter Höhe exakt gestutzt, die Obstbäume fachgerecht geschnitten, die Beete haben neue, feminin geschwungene Konturen erhalten, sind sauber gegen den Rasen abgestochen und frei von Unkraut. Lavendelbüsche bedecken die nackten Füße der Rosen, stramm steht dazwischen der blaue Rittersporn, und die Rose am Pavillon blüht in fast schon obszöner Pracht. Sogar ihre Schwiegertochter hat voller Anerkennung bemerkt, der Garten sei dieses Jahr »üppig«, und ihr Enkel kugelte auf dem sattgrünen Rasen herum wie ein junger Hund. Das war vor zwei Wochen, als sie Martins Einunddreißigsten unter dem Kirschbaum feierten. Luise hat die Festtafel ganz in Weiß gedeckt (bedauerlicherweise blüht der Baum Mitte Juli nicht mehr), sich ein weißes Leinenkleid angezogen und ein weißes Band in ihren fast taillenlangen Zopf geflochten. Valérie fand das entzückend, ihr Sohn zog nur die Augenbrauen hoch.

Das einzig Bunte auf dem Tisch war die Ansichtskarte mit den Geburtstagswünschen, die Ernst seinem Sohn aus Dubai geschickt hat. Er selbst wird erst im September wiederkommen, teilte er darauf vage mit. Die Karte lehnte an der weißen Kaffeekanne und wirkte deplaziert.

Als Luise der Familie gestand, daß nicht sie, sondern eine Gärtnerin das Wunder vollbracht hat, erkundigte sich Martin hastig nach der Adresse. Wozu braucht der eine Gärtnerin? Seine Frau ist im Zuge der Zurück-zur-Natur-Bewegung erfolgreich dabei, ihr Reihenhausgärtchen in einen Miniaturdschungel zu verwandeln. Martin war überhaupt ein wenig seltsam. Abwesend, als wäre er nur ein Zufallsgast auf seiner eigenen Feier. Eheprobleme? Verwunderlich wäre es nicht. Wenn man so blutjung heiratet, mit dreiundzwanzig, und dann gleich ein Kind... Luise findet ihre Schwiegertochter zwar im Grunde sympathisch, aber auch reichlich überdreht und schlampig. Wie sie herumläuft, in diesen schlabberigen indischen Klamotten. Es würde mich nicht wundern, wenn sie Rauschgift nähme. Aber Volker, ihr Enkel, ist ein liebes Kerlchen, das muß man Valérie lassen, trotz der antiautoritären »Erziehung«, die dem Kleinen seitens seiner Mutter zuteil wird. Martin dagegen scheint zu seinem Sohn keinen sehr intensiven Draht zu haben. Andererseits hing Martin als Kind auch mehr an mir. Söhne hängen anscheinend immer mehr an ihren Müttern.

Versunken in derlei Überlegungen, ist Luise inzwischen um die Eibenhecke herumgegangen, die die Terrasse nach Norden hin gegen kühle Winde und neugierige Blicke abschirmt. Die Sandsteinplatten liegen jetzt voll in der Morgensonne, fast könnte man schon draußen frühstücken. Aber als Luise sieht, was auf den Platten angerichtet ist, vergeht ihr der Gedanke.

Volker verteidigt seinen Schlaf gegen die Hand, die grob an seiner Schulter zerrt und rüttelt. Es dauert, bis er sich blinzelnd aufrichtet.

»Was'n los?« brummt er gequält. Aus dem Flur fällt ein Streifen Licht auf die Bettdecke. Die Leuchtanzeige des Radioweckers zeigt 04.08. Rosa steht als dunkler Schatten vor ihm.

»Ich hab nur mal eine Frage.«

»Ja.«

»Was, ja?«

»Ich mag dich auch sehr gern.«

»Ist es so was wie Inzest, wenn ein Cousin mit seiner Cousine schläft?«

»Wer mit wem?« gähnt Volker.

»Leute, die dieselbe Großmutter haben.«

Volker läßt sich zurücksinken. »Nur in Amerika«, haucht er müde. »Warum?«

»Nur so«, antwortet Rosa.

Volker blinzelt sie verständnislos an. »Ich will schlafen«, grunzt er und wühlt seinen Kopf tief in das Kissen.

Als Volker am frühen Morgen in die Küche kommt, hängt Rosa über dem Tisch, den Kopf auf den Armen, die Arme auf den Tagebüchern, sie schläft. Sie trägt einen ausgebeulten Jogginganzug, die Requisiten der Nacht hängen müde über der Stuhllehne. Volker nimmt nacheinander ein paar der Bücher in die Hand und sieht sie sich an. Manche umfassen einen Zeitraum von fünf, sechs Jahren, dann wieder scheint Lene Flossmann zwei Bücher in einem Jahr vollgeschrieben zu haben. Sämtliche Einträge sind mit blauer Tinte geschrieben, die Schrift ist altertümlich und schwer zu entziffern.

Vorsichtig zieht er das Buch, über dem Rosa eingeschlafen ist, unter ihr hervor.

*Seeheim, den 3. Mai 1974*

*Luise, du einfältige Person! Für wie dumm hältst du deine Tochter eigentlich? Oder glaubst du dieses Jakob-Märchen inzwischen selbst?*

*Wieder mal mußte ich Hemma erzählen, was damals passiert ist. Warum eigentlich immer ich? Es war scheußlich, das alles wieder aufzurühren! Jetzt will Hemma sich die Herren ansehen. Mon dieu! Daß Ernst auch dabei war, habe ich verschwiegen. Zugegeben, das war feige. Aber es müssen doch nicht alle unappetitlichen Familiengeschichten von mir aufgetischt werden!*

*Luise … Verwartet ihr Leben sinnlos in diesem alten Kasten, lebt mit IHM und liebt dabei ein Phantom. Romantisches Schaf oder Masochistin? (Es würde mich brennend interessieren, ob sie mit Ernst schläft, aber ich wagte bis jetzt nicht zu fragen.) Manchmal verspüre ich den boshaften Drang, ihr die Wahrheit über Jakob zu erzählen. Aber ich fürchte, das hält unsere Freundschaft nicht aus. Gibt es das überhaupt, Freundschaft unter Frauen? Sind wir nicht ein Leben lang Rivalinnen um die Gunst unserer Väter, unserer Geliebten?*

*Was bin ich froh, keine Familie mehr zu haben! Schlangengezücht! Bedauernswerte Hemma. Die Affäre mit ihrem Bruder nimmt sie sehr mit. Die bürgerliche Moral sieht so was halt nicht gern, und Hemma kann sich über solche Schranken nicht hinwegsetzen – Ergebnis der restriktiven Erziehung meiner sauertöpfischen Schwester. Mir scheint, jahrelang wußte Hemma nicht, wohin mit ihrer Liebe, jetzt weiß sie nicht, wohin mit ihrem Haß.*

*Und Luise ist ähnlich, gerade so, als wäre* sie *Agathes Schwester, nicht ich. Sie kann offenbar nicht die Zuneigung aufbringen, die Hemma jetzt braucht. Bestimmt ist Luises Herz längst versteinert.*

*Vielleicht rede ich noch mal mit Hemma, ehe ich nach Brüssel abreise. Wie ich mich auf diese Stadt freue, gerade jetzt!*

*P. S. Ich glaube, daß Franz oder Ernst als Väter in Frage kommen. Kurt sah aus wie ein Mops, und Hermann hat so trotzig weiche Lippen und komische Augen.*

Mit dieser Eintragung endet das Buch. Volker bläst die angehaltene Luft aus und legt es wieder vor Rosa auf den Tisch. Er nimmt einen Zettel, schreibt eine Nachricht darauf und verläßt leise die Wohnung. Draußen nimmt er die Blechschaufel, die neben der Tür an der Wand lehnt, kratzt damit eine seltsam plattgedrückte Maus von den Stufen und schleudert den kleinen Körper angewidert ins Unkraut.

Es ist kurz vor halb acht. Martin hat gerade das Büro betreten, als das Telefon klingelt. Eigentlich sollte er noch gar nicht hier sein, aber Miltenberger hat an diesem Morgen schon um sechs bei ihm zu Hause angerufen und ihn mit alkoholrauher

Stimme gebeten, für ihn den Frühdienst zu übernehmen. Mal wieder. Valérie hat sich beschwert. Mal wieder.

Er räuspert sich, ehe er abnimmt und sich meldet. Sofort wird am anderen Ende aufgelegt. Hemma, durchzuckt es ihn. Vielleicht ein erster Ansatz, mit ihm zu reden. Er hat aufgehört, sie anzurufen, ihrem Auto nachzufahren und vor dem Laden herumzulungern. Er findet ihr Verhalten zwar noch immer rätselhaft, aber auch ein wenig schäbig. Wenigstens eine Erklärung schuldet sie ihm, findet er. Es tut noch immer weh, auch wenn der rasende Schmerz ganz allmählich ein bißchen nachläßt. Vielleicht ist doch was dran an der platten Weisheit, daß die Zeit alle Wunden heilt. Er wird noch viel Zeit brauchen, ehe er sich als kuriert betrachten darf, aber ein Anfang ist gemacht.

Er betrachtet das Foto von Valérie und Volker auf seinem Schreibtisch. Es wurde in Südfrankreich aufgenommen, am Strand. Valérie trägt eines ihrer Flattergewänder, das ein starker Wind eng an ihren mageren Körper preßt. Sie lächelt ihr Fotografierlächeln, ihr langes, dunkles Haar steht wie eine Fahne fast waagerecht vom Kopf ab. Sein Sohn stochert mit einem Stock im Sand und schaut auf, sein Gesicht offenbart gleichermaßen Ärger über die Störung bei etwas Wichtigem und neugierige Erwartung.

Vorgestern hat ihm Valérie berichtet, sie habe einen alten Jugendfreund wiedergetroffen, als sie über Christi Himmelfahrt bei ihrer Familie in Straßburg war. Er weiß, daß sie mit dem Freund nicht nur essen war, auch wenn sie es nicht gesagt hat. Es wurmt ihn ein wenig, aber es ist in der Hauptsache gekränkte Eitelkeit, wie er sich eingesteht. War nicht er am meisten dagegen, daß Menschen einander besitzen?

Wieder das Telefon. Miltenberger: »Danke, daß du hier sitzt. Mensch, ich habe gestern so eine scharfe Alte aufgerissen ...«

»Schaffst du es wenigstens bis zwei?« fragt Martin, der sich jetzt keine Details anhören will und schon gar nicht in Miltenbergers Chauvinistenjargon. Das alles erinnert ihn zu stark an eigene Erlebnisse auf Miltenbergers pinkfarbenem Plüschbett.

»Ich denke schon. Ja, klar«, krächzt Miltenberger.

Martin seufzt. Das wird nicht mehr lange gutgehen, orakelt er. Er hat aufgegeben, die Stunden zu zählen, die er seinen Kollegen schon vertreten hat. Hat er nicht hoch und heilig geschworen, seit seiner letzten Kur clean zu sein? Es sah zunächst ganz danach aus. Bis vor drei Wochen. Bis zum 7. Juli, dem Tag, an dem Deutschland die Holländer im Endspiel besiegte und Fußballweltmeister wurde. Darauf genehmigte sich Miltenberger einen …

Martin deckt seinen Vorgesetzten, so gut er kann. Er beschwindelt den Dienststellenleiter, dem das Problem des Beamten Miltenberger zwar bekannt ist, nicht aber die Ausmaße, die dessen Sucht zuweilen annimmt. Er fälscht Berichte und Fahrtenbücher, belügt Kollegen und erfindet kreative Ausreden, wenn es um den Verbleib Miltenbergers geht: Verdeckte Ermittlung im Herrengarten, Befragung einer bettlägerigen Zeugin vor Ort, ein Zahnarztbesuch. Als Gegenleistung bekommt er von Adi erstklassige Beurteilungen. Und er kann recht selbständig arbeiten, was er zu schätzen weiß. Ein kleines Problem ist Hausmann, der eifrige neue Anwärter, der ihnen vor zwei Wochen zugeteilt worden ist. Der muß erst noch lernen, wann er den Mund zu halten hat.

Gegen Mittag wird Martin von Ewald Rüger von der Streife angerufen. Er hört ihm kurz zu, dann nimmt er seine Jacke und verläßt das Büro. Er trifft Jürgen Hausmann auf dem Flur. Der junge Kollege hält einen Becher Kaffee in der Hand und flirtet mit der neuen Sekretärin vom Betrugsdezernat. Martin rempelt ihn an, und der Kaffee schwappt aus dem Becher auf Hausmanns Schuhe.

»Auf geht's, die bösen Jungs jagen«, sagt Martin und grinst, als Hausmann seinen Rest Kaffee hinunterstürzt und ihm mit Riesenschritten nachläuft.

Lene erwacht von einem ungewohnten und doch seltsam vertrauten Geruch. Sie richtet sich auf. Die andere Seite des altmodischen Himmelbetts ist leer. Ihre Hand streicht über das zerknitterte Laken. Die Spur seines Körpers. Die Stelle ist noch ein ganz klein wenig warm. Milchkaffee. Es duftet nach frischem Milchkaffee mit Zimt und Kardamom. Wie lange hat sie diesen Duft nicht mehr gerochen? Zwanzig Jahre mindestens. Lene steht auf und geht ins Bad. Eine riesige Wanne für zwei, goldgerahmte Spiegel, Marmorfliesen. Fast zu protzig, um vom Gehalt eines kleinen Redakteurs finanziert zu werden. Lene klatscht sich literweise kaltes Wasser ins Gesicht. Nützt nichts, stellt sie resigniert fest. Es ist so ungerecht! Jakob ist durch die Falten um seine Augen eher noch attraktiver geworden, mich dagegen lassen sie nur müde und verbraucht aussehen. Sie inspiziert das Bad. Keine Damenkosmetika bis auf eine fast leere Flasche Chanel No. 5 im hintersten Winkel eines verspiegelten Schränkchens. Muß wohl eine vergessen haben.

»Du bist noch immer eine leidenschaftliche Geliebte«, sagt er beim Café au lait, den er tatsächlich noch immer mit einer Prise Zimt und Kardamom zubereitet.

»Vertrautes Gelände.« Sie lächeln sich zu. Er trägt einen seidenen Morgenmantel in dezenten Farben, seine Füße stekken in ledernen Pantoffeln. Lene trägt ihr Abendkleid von gestern, die Pailletten am Ausschnitt reflektieren das graue Morgenlicht, das durch die riesigen Sprossenfenster fällt.

»Warum Brüssel? Warum nicht Amerika, wie die anderen?«

»Amerika«, er winkt ab, »ich war dort, bis der Krieg aus war. Hat mich nicht begeistert. Hier ist es ›gemütlich‹, wie die Deutschen sagen. International und doch gemütlich.«

»Gemütlich« ist das erste deutsche Wort, das aus seinem Mund kommt, schon gestern abend im Bett sprach er nur französisch, aber das war schon früher so.

»Wer ist die Frau, die Chanel No. 5 benutzt?«

Jakob macht eine ratlose Geste. »Weiß ich nicht mehr.«

»Warum bist du nicht verheiratet?«

»Heiraten? Ich? Du weißt doch: Man kann Menschen nicht besitzen, das glaube ich immer noch. Und du?«

»Nie und nimmer«, beteuert Lene. Sie nimmt einen Schluck Kaffee und leckt sich den Schaum von den Lippen. Jakob sieht ihr fasziniert zu.

»Dein Schnurrbart macht mich noch immer wahnsinnig.«

»Du nennst dich Jacques Sternfels.« Sternfels war das Pseudonym seiner Mutter. Darauf hätte man kommen können. »Kein Wunder, daß wir dich nicht gefunden haben.«

»Wer ist ›wir‹?«

»Luise und ich. Sie schreibt – über meine Adresse – an Gott und die Welt, um dich zu suchen.«

»Und Gott hat bis jetzt nichts hören lassen?« meint er ironisch. »Wozu macht sie das?«

»Sie hat Ernst Pauly geheiratet, um an das Haus zu kommen. Und dort wartet sie jetzt auf dich.«

Jakob stellt seine Kaffeeschale unsanft ab und schüttelt den Kopf. »Sie ist … verrückt, oder?«

Lene hebt kurz die Schultern. »Vermutlich.«

Eine unbehagliche Stille tritt ein. Schließlich richtet sich Jakob auf und sieht Lene an wie ein Lehrer, der seinen störrischen Schülern zum x-tenmal denselben Sachverhalt erklärt. »Hör zu, Lene. Ich hab's dir schon in Paris erklärt: Das Kind, das ist nicht meins, das schwöre ich. Als ich das Haus verlassen habe, da war sie noch Jungfrau. Auch wenn sie schon die Strümpfe ausgezogen hatte.«

Lene schweigt. Sie sieht ihn an, wie man ein gefangenes Insekt beobachet. Jakob rutscht auf seinem Stuhl hin und her. »Was erwartet sie denn nach all den Jahren?«

»Vielleicht eine Erklärung. Oder eine Entschuldigung.«

Er steht auf und wandert im Zimmer auf und ab. »Daß das so gekommen ist, tut mir leid. Aber was hätte ich allein gegen die vier ausrichten können? Mir blieb doch nichts anderes, als zu verschwinden. Die wollten mir ans Leder!«

Er ist ein Feigling, durchzuckt es Lene. Ein guter Liebhaber, aber ein Feigling.

»Das mußt du Luise erzählen, nicht mir«, seufzt Lene, die bereits bereut, dieses leidige Thema angeschnitten zu haben, noch dazu nach einer so ergiebigen Nacht. »Was mich betrifft: Mir hätte eine Postkarte gereicht. ›Lebe wie Gott in Frankreich in Belgien, danke für die Hilfe, Jakob!‹ Ich bin nicht sentimental.«

Er kommt auf Lene zu, die noch immer vor ihrem Café au lait sitzt, stützt die Hände auf den Tisch und beugt sich zu ihr hinunter.

Dieser kalte Zorn auf einmal in seinem Blick. Lene fröstelt in ihrem ausgeschnittenen Kleid.

»Ich schulde euch *boches* überhaupt nichts«, zischt Jakob. »Immerhin habt ihr meine Eltern vergast.«

Jetzt reicht es Lene. Sie steht auf. »Das, mein Lieber, ist keine Frage der Schuld zwischen Deutschen und Juden, sondern eine Sache von Anstand und Charakter. Du verdankst dein schönes Leben hier Luise und mir. Hast du vergessen, wer dich in Frankreich wochenlang versteckt hat? Weißt du nicht mehr, wie oft ich zu den Verhören mußte? Denkst du, die waren ein Zuckerschlecken? Warum, glaubst du wohl, hat dir dieser Roche den Paß besorgt? Für einen Blick in meine schönen Augen? Oder weil du so ein vielversprechendes junges Literaturtalent warst? Vergiß es!«

»Hör auf, die Rolle des Opferlamms steht dir nicht. Du hast es doch freiwillig getan.«

»Du ... du gottverdammter Egoist!« flüstert Lene, blaß vor Zorn, und Jakob entschließt sich nun doch, deutsch zu sprechen: »Es hat dir doch gefallen, mich bei dir zu verstecken.

Da konntest du dich wenigstens mal ganz exklusiv von mir besteigen lassen.«

Nur mit Mühe kann Lene Haltung bewahren. Aufrecht, und doch so erniedrigt wie noch nie, geht sie zur Tür, schnappt sich ihre Tasche von der Garderobe und rauscht wortlos hinaus. Erst draußen, auf der Treppe, beginnt sie vor Wut zu heulen. Man sollte ihm Luise auf den Hals hetzen, denkt sie. Das hätte dieser Lump verdient!

Rosa erwacht, weil ihr Kopf und Rücken weh tun. Sie hat es nicht geschafft, alle Tagebücher zu lesen, trotz der Kanne Kaffee, die sie sich gestern noch einverleibt hat. Lenes eigenwillige Sütterlinschrift bereitet ihr Schwierigkeiten, außerdem sind viele Aufzeichnungen uninteressant, zumindest für den Moment. Sie handeln von Proben, Aufführungen, Projekten und Ballettintrigen und legen Zeugnis ab von Lenes Amouren, die so wechselhaft waren wie die Spielpläne der Theater, an denen sie auftrat oder inszenierte. Bewegte Zeiten, damals.

Sie gähnt herzhaft, zieht die steif gewordenen Schultern zusammen und bemerkt jetzt den Zettel, der vor ihr liegt. Muß der Kerl meine Rechnungsformulare so vergeuden?

*Ich bin nach Mainz, das Video besorgen. Machst du uns Spaghetti zum Mittag? Kuß von deinem Cousin Volker.*

Typisch! Kaum zeigt man etwas Entgegenkommen, schon wird man an den Herd beordert. Aber sie ertappt sich dabei, wie sie lächeln muß, sogar beim Zähneputzen und auch noch als sie sich Kaffee kocht und dabei an Frau Pauly denkt, die jetzt plötzlich ihre Großmutter ist – ihre verschwundene Großmutter, um genau zu sein. Und wenn man Lenes Aufzeichnungen Glauben schenken darf, dann ist es gut möglich, daß sie gestern die Reste ihres leiblichen Großvaters verbuddelt hat.

Nun ja.

Lenes Aufzeichnungen sind lückenhaft. Nach dem Eintrag vom Mai 1974 fehlen fast zwei Jahre. Das nächste Tagebuch beginnt im Frühjahr 1976 mit einer Tournee durch Ostdeutschland, Polen und die Tschechoslowakei, wobei Lene in Prag eine feurige Affäre mit dem verheirateten Intendanten hatte.

Ob Luise den fehlenden Band hat? War sie deshalb am Dienstag bei Lene, um belastendes Material verschwinden zu lassen? Lene selbst war zwar harmlos, wer würde ihren wirren Reden schon glauben, aber ihre Aufzeichnungen konnten anscheinend gefährlich werden.

Ein sehr alter Herr mit vollem weißen Haar, dem man auch noch im Alter seine Attraktivität ansieht, sitzt in einem Lehnstuhl vor einer Bücherwand und schildert einen Vorfall in seiner Schule in Deutschland: Ein Lehrer benutzte ihn als Anschauungsobjekt, um den arischen Schülern zu erklären, woran man einen Juden erkennt. Er erzählt mit müder Stimme, nüchtern und ohne Bitterkeit. Während er spricht, erscheint als Untertitel sein Name: Jacques Sternfels.

Es kommen andere Leute zu Wort, eine Frau aus Tel Aviv, noch ein alter Mann, der stark berlinert, dann werden Schauplätze des Holocaust gezeigt, dann kommt noch einmal der alte Herr. Er erzählt von seiner Flucht aus Deutschland nach Frankreich und wie seine Eltern in Frankreich auf der Straße von der Gestapo verhaftet wurden. Er selbst fand bei seiner deutschen Freundin Unterschlupf, die für ihn ihr Leben riskierte. Später gelang ihm die Flucht in die Vereinigten Staaten.

Wieder wird der Name eingeblendet und sein Jahrgang, 1918.

»Ich blöde Kuh«, murmelt Rosa. »Lene hat dauernd von ihm geredet. Jacques. Ich hab's nur nicht kapiert.«

»Tja. Jetzt müßte man wissen, wo das aufgenommen worden ist.« Volker macht den Fernseher aus.

»Amerika. Das hat er doch gesagt.«

»Es klang aber nicht so. Er hat einen französischen Akzent, findest du nicht?«

»Mir kam's wie holländisch vor. Aber in Sprachen bin ich nicht so gut.«

»Außerdem waren die anderen Herrschaften alle aus Europa und Israel. Warum sollten die Autoren wegen dieses einen Beitrags in die USA reisen oder ihn einfliegen lassen? Für solche Extravaganzen hat das Öffentlich-rechtliche garantiert kein Geld. So spektakulär war es dann auch wieder nicht, was er zu berichten hatte.«

»Er war der einzige, der seinen jetzigen Wohnort verschwiegen hat. Vielleicht war er zu Besuch in Europa.«

»Ja, das kann sein. Man könnte natürlich die Autoren der Sendung ...« Volker unterbricht sich, als es zweimal kurz an der Tür klingelt.

Rosa geht öffnen. »Jochen!« strahlt sie den Verblüfften an. »Komm rein. Du kommst genau richtig.«

Die Garageneinfahrt ist mit einem gelben Band abgesperrt, und davor, auf dem Gehweg, parkt ein Streifenwagen. Ein paar Nachbarn stehen herum.

Es ist ein Siedlungshäuschen aus den fünfziger Jahren, schmucklos, einfach, Fenster mit Kunststoffrahmen in Holzimitation, eine angeflickte Garage mit Wellblechdach. Das Ganze könnte einen neuen Anstrich vertragen. Der Garten ist ebenso pragmatisch wie phantasielos angelegt und einigermaßen gepflegt. Längst nicht so wie der seiner Mutter seit neuestem. Martin wüßte nur zu gerne, warum Hemma diesen Auftrag angenommen hat, wo sie ihm doch sonst panisch aus dem Weg geht. Was wird sie tun, wenn er sie eines Tages dort antrifft? Er hat es schon öfter auf gut Glück versucht, aber bisher vergeblich. Vielleicht kennt sie seinen Dienstplan.

»So eine Schweinerei habe ich noch nie gesehen«, reißt ihn

Rüger, der dienstältere der beiden Streifenpolizisten, aus seinen Grübeleien und setzt Martin mit knappen Worten über den bisher bekannten Sachverhalt in Kenntnis. »Es begann mit einer Vermißtenanzeige heute morgen ...«

Dann stößt er für Martin die Haustür auf, die ein angerostetes Schild mit der Aufschrift *Hermann Baumgart – Gerichtsvollzieher* trägt, und gibt den Blick frei auf einen kleinen, dunkelgrün gefliesten Flur mit Wandgarderobe. Über den Rahmen der angelehnten Wohnzimmertür, die der Haustür gegenüber liegt, spannt sich diagonal ein rot-weiß gestreiftes Plastikband.

Rüger ist an der Haustür stehen geblieben. »Ich dachte, ich sperr da lieber mal ab. Die Spurensicherung hat's nicht gerne, wenn ...«

»Sehr gut«, unterbricht Martin. »Ich seh's mir nur mal an.«

Er zieht seine Schuhe neben dem Kokosfußabtreter aus und betritt das Haus. Hausmann folgt seinem Beispiel. Martin faßt über das Band und gibt der Wohnzimmertür einen kleinen Schubs. Nein, er wäre auch ohne das rot-weiße Band nicht weitergegangen. Das, was er jetzt im gutbürgerlichen Wohnzimmer von Veronika Baumgart und ihrem Sohn Hermann zu sehen bekommt, ist nicht so ganz das Richtige für seinen leeren Magen: Ein beiger Sessel aus Cordsamt, die obere Hälfte der Lehne ist voller Blut. Ein heller Teppichboden aus Berberschlinge bedeckt die knapp zwanzig Quadratmeter Wohnraum. An die zehn davon sind blutig. Stellenweise ist es bräunlich angetrocknet, dazwischen bildet es dunkle Lachen. Blutspritzer ziehen sich über die Rauhputzwand hinter dem Sofa, quer über den Couchtisch aus Marmor, auf dem eine Teekanne in Zwiebelmusterdekor und eine silberne Schale mit Pralinen stehen. Blut ist auf dem Türglas der Vitrine und auf der hellblauen Dralondecke, die neben dem Sessel liegt. Vor dem Tisch ist ein an den Rändern ausgefranstes Rechteck frei geblieben. Wie eine Insel.

Martin preßt seine Hand auf den Mund und hastet an Hausmann vorbei nach draußen. Er schafft es – ohne Schuhe – bis um die Ecke, wo er sich hinter einen Stachelbeerstrauch kniet und grünen Gallensaft hervorwürgt. Wieder zurück vor der Haustür, muß er sich gegen das Geländer lehnen und ein paarmal tief einatmen. Erst jetzt, an der frischen Luft, wird ihm der intensive Geruch da drinnen bewußt. Süßlich-faulig. Metallisch.

Martin Pauly ist zwar noch kein alter Hase, aber er kennt den Anblick von Toten. Doch jeder hat seine Achillesferse. Martin Pauly kann kein Blut sehen. Sogar als er mit den Kollegen beim obligaten Blutspenden war, ist er während der Abnahme ohnmächtig vom Stuhl gestürzt und hat sich dabei die Oberlippe aufgeschlagen.

»Geht's wieder, Junge?« Rüger klopft Martin väterlich auf die Schulter.

»Ja«, sagt Martin schroff. »Wurde etwas gestohlen?«

»Bis jetzt wissen wir nur von dem Teppich im Wohnzimmer. Ein Perser, sagt die Zeugin Baumgart.«

Das freie Rechteck.

»Und natürlich die Leichen«, fügt Rüger hinzu.

»Die Leich*en*?«

»Na ja. Es werden doch zwei Männer vermißt ...«

»Ich weiß. Aber es könnte doch ein Bruder den anderen getötet und weggeschafft haben, oder nicht?«

»So viel Blut von einem Menschen?«

Martin winkt müde ab. »War ja nur so ein Gedanke.«

»Gibt es Einbruchsspuren?« Das war Hausmann, der jetzt ebenfalls aus dem Haus tritt. Auch er ist recht blaß geworden.

»Außen konnte ich keine feststellen. Auch keine Fahrzeugspuren.« Rüger richtet seine Antwort an Martin. »Kein Wunder, auf diesen Waschbetonplatten. Der Wagen vom Gerichtsvollzieher steht in der Garage, der da ...«, er deutet auf den Mercedes, der vor der Garage steht, »... gehört dem Bruder. Franz Baumgart, ein Anwalt. Seine Frau wartet da drüben.«

Sie ist rothaarig und etwa Ende Vierzig. Zusammen mit Rügers jüngerem Kollegen steht sie neben dem Streifenwagen und schaut erwartungsvoll in ihre Richtung.

»War sie da drin?« fragt Martin und zieht seine Schuhe wieder an. Seine sandfarbenen Socken haben Grasflecken bekommen.

Rüger legt bekümmert die Stirn in Falten. »Ich konnte doch nicht ahnen, was uns da erwartet. Aber wenigstens hat sie gleich den fehlenden Teppich bemerkt.«

»Hausmann, du kannst schon mal die Personalien der Nachbarn aufnehmen.« Martin deutet auf die kleine Gruppe Neugieriger, die sich vor dem Gartentor versammelt hat. Hausmann setzt sich willig in Bewegung, Martin geht auf die Frau zu. Sie hat inzwischen auf der Rückbank des Streifenwagens Platz genommen, aber die Tür offen gelassen. Ihr Teint ist sehr hell, sie ist eine echte Rothaarige, wie Martin zu erkennen glaubt. Er stellt sich vor.

Helga Baumgart gibt an, daß ihr Mann Franz das Haus in Eberstadt gestern abend gegen acht Uhr verließ.

»Er wollte seinen Bruder zum Skat abholen. So wie jeden Montag.« Sie schluchzt auf und schneuzt sich in ein zerknülltes Papiertaschentuch. »Meine Schwiegermutter ist zur Kur. In Bad Salzuflen. Wie soll ich ihr das nur beibringen?«

Martin kramt eine Visitenkarte aus seiner Brieftasche hervor. Die Karten sind neu, Miltenberger ist ganz stolz darauf. Er reicht sie Helga Baumgart.

»Der Kollege fährt Sie jetzt nach Hause. Rufen Sie an, wenn … was ist. Dürfen wir Sie morgen so zehn Uhr bei Ihnen zu Hause besuchen?«

»Sicher. Glauben Sie, daß Franz tot ist?« Sie sieht Martin hilfesuchend an.

Himmel, die Frau hat doch das Wohnzimmer gesehen. Wie kann sie dann diese Frage stellen?

»Das kann ich zu diesem Zeitpunkt noch nicht sagen«, antwortet er ausweichend. Die Wagentür fällt zu.

Hinter dem Tor des gegenüberliegenden Grundstücks steht eine Frau mit weißem Haar, deren Neugier sich offenbar in Grenzen hält. Martin nickt ihr zu, daraufhin senkt sie verlegen den Blick und verschwindet im Haus. Ihr Garten verfügt über keine so hohen, dichten Hecken wie das Baumgartsche Grundstück. Offenbar mag sie Rosen. Der Rasen ist frisch gemäht. Neben dem Tor stehen drei Buchsbäumchen in dreieckiger Anordnung. Martin wird von einer heißen Welle überrollt.

Unsinn, sagt er sich. Wahrscheinlich ist es in Gärtnerkreisen gerade in, Bäumchen in dieser Anordnung zu setzen. Er wird gleich mit dieser Frau reden. Sie könnte eine wichtige Zeugin sein, denn sie sieht als einzige Nachbarin auf Baumgarts Gartentor und auf einen Teil des Vorgartens. Martin schaut hinüber zu Hausmann. Der hat seinen Notizblock gezückt und ist von älteren Frauen umringt. Martin geht zum Dienstwagen und bittet über Funk die Zentrale, den Kollegen Miltenberger zu Hause anzurufen und dringend hierher zu bestellen. Kater hin oder her, aber das hier ist ja wohl Chefsache.

Dann zieht sich Kriminaloberkommissar Martin Pauly noch einmal die Schuhe aus und begibt sich zum Tatort. Nicht, daß er wild auf den Anblick da drinnen wäre, aber vorhin, ehe ihm schlecht wurde, hat er etwas gesehen, das ihn irritiert hat. Er weiß nicht mehr, was es war, deshalb will er sich noch mal allein und in Ruhe umsehen. Vielleicht ist es ja auch eine gute Therapie für ihn.

»Hast du ihn?«

»Klar.« Jochen reicht Rosa einen Zettel, der mit seiner winzigen Handschrift bekritzelt ist.

*J. Sternfels, Rue Léopold 26, B-1000 Brüssel.*

»Telefonnummer steht auf der Rückseite.«

»Das ging aber schnell.«

Jochen war keine zwanzig Minuten weg.

Er rollt die Augen und schnaubt verächtlich. »Telekom-Auskunft im Internet. Ganz einfach und legal. Kann jeder Trottel«, er nickt Volker zu, der sich neugierig nähert.

»Klar«, grinst der verlegen. »Warum einfach, wenn's auch kompliziert geht?«

»Brüssel«, gähnt Rosa. »Ich glaube, ich habe gestern nacht noch was von Brüssel gelesen, ehe ich eingeschlafen bin.«

Alle drei schauen auf den Küchentisch, der noch immer mit Lenes Büchern bedeckt ist.

»Kann mir mal einer verraten, worum es geht?« Jochen sieht Rosa mit müdem Blick an.

»Willst du mit uns essen?« fragt Rosa zurück.

»Nein, danke, ich muß noch ...« Er brabbelt etwas Unverständliches und verläßt die Küche. Rosa eilt ihm hinterher. »He, vielen Dank auch noch.«

»Geht klar. Das nächstemal bitte etwas weniger Idiotisches«, antwortet er und zieht die Haustür hinter sich zu. Volkers Gegenwart scheint ihm nicht zu behagen.

Volker steht bereits im Flur, den Telefonhörer und Jochens Zettel in der Hand. Während Rosa Wasser aufsetzt, lauscht sie angestrengt, aber sie hört nichts außer einem leisen französischen Fluch. Er legt auf.

»Es meldet sich niemand.« Er legt einen Arm um Rosas Taille. »Was meinst du, ob wir zwei mal kurz nach Brüssel düsen sollten?«

Rosa tippt sich an die Stirn. »Ich düse gar nirgends hin. Ich muß mich um Lenes Beerdigung kümmern. Du kannst deine liebestolle Großmutter ruhig selbst einfangen. Ich koche jetzt. Tomatensoße oder Zucchini?«

»Egal. Und sie ist *unsere* liebestolle Großmutter, wenn schon.«

Rosa zieht einen Flunsch. An den Gedanken muß sie sich erst noch gewöhnen.

»Toll. Erst einen Drachen, jetzt eine Mörderin.«

»Das bezweifle ich.«

»Immerhin hatte sie gute Gründe, oder etwa nicht?«

»Schon, ja«, räumt Volker ein. Ehe sie sich das Video ansahen, hat ihm Rosa den Tagebucheintrag über die Nacht vom 9. November 1938 gezeigt. Lene konnte erst ein halbes Jahr später darüber schreiben.

»Aber es paßt nicht. Erstens: Warum so spät? Zweitens: Sie hat immerhin einen von ihnen geheiratet.«

»Das will mir auch nicht in den Kopf. Was muß das für ein Leben gewesen sein? Vielleicht hat Luise ihren Mann vergiftet?«

Volker läßt diese Frage unbeantwortet. Inzwischen scheint alles möglich. »Ich erinnere mich nur noch schwach an ihn. Ich fand ihn eigentlich sehr nett. Ein ruhiger Typ. Er war selten zu Hause. Daß *er* sie geheiratet hat, verstehe ich erst recht nicht.«

»Wiedergutmachung. Oder sie hat ihn erpreßt.« Rosa kramt im Küchenschrank. »Spaghettini oder Tagliatelle?«

Volker deutet auf die dünnen Spaghetti. »Wie furchtbar. Sein ganzes Leben mit einer wandelnden Anklage zu verbringen, die verbissen wie ein Terrier auf ihren Jugendschwarm wartet ...«

Er legt Lenes Tagebücher sorgsam aufeinander, trägt den Stapel zur Anrichte und beginnt, den Tisch zu decken. »Ich kann mir nicht vorstellen, wie so eine Ehe funktionieren soll.«

»Ein gräßliches Wort.« Rosa schüttelt sich.

»Was, Ehe?«

»Funktionieren. Ein Staubsauger muß funktionieren oder ein Computer. Aber eine ›funktionierende Ehe‹ – nein, danke!«

Die Nudeln stürzen in das brodelnde Wasser.

»Deshalb war er so viel auf Reisen«, kombiniert Volker. »Unglaublich, was für Folgen so eine Jugendsünde ein Leben lang haben kann.«

»Jugendsünde!?« Rosa fuchtelt mit dem dampfenden Kochlöffel vor seinem Gesicht herum. »Das war kein Lausbubenstreich! Deine Großmutter hat sicher ihr Leben lang darunter gelitten. Wahrscheinlich ist sie deswegen so … so …«

»Verrückt?«

»Ja. Oder findest du es normal: diese Heirat, die lebenslange Warterei auf diesen Jakob, dieses seltsame Zimmer da oben … und die zwei Leichen in ihrem Garten.«

»Falls sie es gewesen ist«, zweifelt Volker erneut.

»Wer denn sonst?«

Er stellt zwei Teller auf den Tisch. »Hemma.«

Rosa hört auf, in der Tomatensoße zu rühren, und stützt die Hände in die Seiten. »Spinnst du? Und warum, bitte schön? Ebensogut könnte es dein Vater gewesen sein. Er hat durch meine Mutter von der ganzen üblen Sache erfahren und wollte die Ehre seiner Mutter wiederherstellen.«

»So was in Richtung Vendetta, meinst du?«

»So was, ja.«

»Wir sind hier aber nicht auf Sizilien.«

»Was soll denn das wieder heißen«, fragt Rosa angriffslustig.

»Nichts.«

»Männer haben es doch immer so mit der Ehre. Meine Mutter hatte die wenigsten Gründe.«

»So was ist immer relativ.«

»Klar. Der berühmte Mord wegen fünf Mark.«

»Letztendlich gibt es immer nur zwei Mordmotive«, doziert Volker: »Geld und Liebe.«

»Was ist mit Rache?«

»Rache braucht einen Grund. Entweder man wurde um Geld betrogen, oder man rächt sich für eine enttäuschte Liebe.«

»Hört, hört. Es spricht der berühmte Drehbuchautor Volker Bernheim«, höhnt Rosa.

»Du wirst unsachlich.« Hinter ihm kochen die Nudeln über. Er zieht den Topf von der Platte. »Laß uns erst mal essen. Und dann schau dir mal in Ruhe das Video von ›Aktenzeichen XY‹ an. Und denk dabei mal an deine Katzen.«

Beim zweitenmal ist der Blutgeruch noch aufdringlicher, wenigstens empfindet Martin es so. Wo die Lache am tiefsten ist, hat sich ein Film auf der Oberfläche gebildet. Er bleibt mit angehaltenem Atem unter der Tür stehen und sieht sich den Raum an. Was für ein Massaker hat hier stattgefunden? Sogar auf den exakten Falten der Gardinen sind rote Spritzer, und der Bildschirm des Fernsehers sieht aus, als hätte ihn eine blutige Hand gestreift. Jemand muß stark blutend durch das Zimmer getorkelt sein. Martin betritt den Teppichboden, geht bis an den Rand der Blutlache vor dem Couchtisch. Die Zwiebelmusterkanne. Wo ist die Tasse dazu? Vielleicht in der Küche. Dann noch die flache Silberschale mit den Süßigkeiten. Er kneift die Augen zusammen, reckt den Hals und würde gerne näher herangehen, aber das geht nicht, ohne in das Blut zu treten.

Die meisten der Pralinen sind *Mon Chéries*, Valéries Lieblingspralinen. Sie liegen im Kreis herum auf dem Rand der Silberschale, als hätte jemand seinem Spieltrieb nachgegeben. Und dann ist plötzlich die heiße Welle wieder da. In der Mitte der Schale liegen – angeordnet im exakten Dreieck – drei *Gianduias.*

Martin greift sich an die Stelle, hinter der sein Herz wie wild pocht. Ein Geräusch läßt ihn aufhorchen. Draußen fährt ein dunkelblauer BMW mit Wiesbadener Kennzeichen vor.

Das Folgende geschieht ohne Überlegung, aus einem Reflex heraus: Martin macht einen Sprung auf den Couchtisch zu. Er schafft es gerade bis zu dem Rechteck, wo der

Teppich lag. Er muß sich dabei auf die Tischplatte stützen, um das Gleichgewicht nicht zu verlieren. Durch die Gardine sieht er zwei Männer aus dem BMW steigen. Der eine hat eine unvergeßlich große Nase und geht gerade zum Kofferraum, der andere wird von Rüger mit Handschlag begrüßt. Hektisch grapscht Martin nach den Pralinen und stopft sie in seine beiden Hosentaschen. Zum Glück trägt er heute nicht die engen Jeans, sondern die weitgeschnittenen beigen Baumwollhosen für heiße Tage. Er reibt die silberne Schale auf beiden Seiten mit einem Tempotaschentuch blank und fährt damit vorsichtshalber auch noch über die Tischplatte, ehe er das Tuch wieder einsteckt. Von draußen nähern sich Stimmen.

Das Naschwerk in den Hosentaschen schränkt seine Bewegungsfreiheit ein, und so landet Martin beim Sprung zurück prompt mit beiden Füßen in der Blutlache. Es entsteht ein schmatzendes Geräusch, und er kann die Feuchtigkeit durch seine dünnen Socken fühlen. Ein unbeschreibliches Ekelgefühl! Mit Mühe unterdrückt er das Würgen in seinem Hals. Die Stimmen von Rüger und dem Wiesbadener Beamten kommen näher.

»Das reinste Schlachtfest, Jungs, allerdings ohne den Braten. Das waren sicher wieder diese Terroristen.«

Mit drei panischen Schritten ist Martin an der Tür zum Wohnzimmer, wo er sich noch einmal kurz umdreht. Der Tatort hat sich verändert. Nicht nur, daß die Pralinen fehlen – hoffentlich werden sich Hausmann und Rüger nicht an sie erinnern –, nein, ganz schwach sind seine blutigen Fußabdrücke zu sehen, die vom Tisch zur Tür führen. Rasch geht er zur Haustür, schlüpft in seine Schuhe und dreht sich dann um, um die Kollegen von der Spurensicherung zu begrüßen.

Luise drückt mit der freien Hand auf die Gabel des Telefons.

Nein. Nein, es geht nicht. Sie kann ihren Sohn nicht um Hilfe bitten. Sie müßte ihm dann alles sagen. Nicht nur, daß die neue Gärtnerin seine Schwester ist, sondern *alles*. Unmöglich. Auch wenn sie immer wieder vor sich selbst beteuert, daß ihre Schuld lediglich darin bestand, zur falschen Zeit am falschen Ort gewesen zu sein.

Sie holt tief Atem und geht in die Küche. Wissend um den Anblick, der sie erwartet, zieht sie den Rolladen hoch. Nein, es war keine Fata Morgana, wie sie im stillen für einen Augenblick gehofft hat.

Hermanns Bruder Franz war der älteste und zugleich der »arischste« von allen: groß, athletisch, mit blitzblauen Augen und einem klassischen Profil. Luise kennt ihn nur in SA-Uniform und hat ihn nicht mehr gesehen, seit er mit einem erlösten Röchler von ihr gestiegen ist.

Franz muß bis vor wenigen Stunden ein attraktiver Mann gewesen sein. Jetzt ist er sehr blaß. Eine tiefe Wunde klafft an seinem Hals. Wunde? Unsinn. Wozu die Realität beschönigen? Der Hals ist fast völlig durchgeschnitten, der Kopf hängt nur noch an ein paar Sehnen. Luise hat auf einmal das Bild vor sich, wie Hemma auf der Leiter steht und die Thujenhecke mit einer Sichel kürzt. Ihre Bewegungen sind kräftig, schwungvoll und exakt, die Hecke ist hinterher wie mit dem Lineal gezogen. Hemma hat einmal erwähnt, daß sie nicht viel von motorisierten Geräten hält. Sie bevorzugt, wo immer es möglich ist, Handarbeit.

Hermann war der Jüngste. Er keuchte Luise seinen Kognakatem ekstatisch ins Gesicht. Jetzt liegt er in seinem geronnenen Blut.Noch dazu hängt ihm die Gurgel zum Hals heraus. Hoffentlich bleiben keine Ränder auf den Platten zurück. Erstaunlicherweise wird Luise nicht übel. Nicht von dem Anblick jedenfalls. Sie ist noch immer abgehärtet durch ihre Zeit im Lazarett, wo zahlreiche nicht mehr zu gebrauchende Gliedmaßen der Knochensäge anheimgefallen waren. Natürlich keine Köpfe. Aber so gravierend ist der Unterschied nicht.

Mulmig wird ihr lediglich bei dem Gedanken, daß die

ganze Geschichte nun, nach so vielen Jahren, ans Licht gezerrt werden könnte, daß die Polizei davon erfahren wird, die Zeitung, die Nachbarn … Martin.

Ist es das, was Hemma bezweckt? Ihre Bloßstellung vor Gott und der Welt und vor ihrem Sohn? Will sie, daß Martin die Achtung vor seinen Eltern verliert, ist das ihre Rache dafür, daß ich sie weggegeben habe? Nein! Das lasse ich nicht zu. Da hast du dich verrechnet, du … du Wahnsinnige!

Franz verabschiedet sich vor seinem Bungalow mit einem Kuß auf die Wange von seiner Helga, steigt in seinen Mercedes und fährt davon. Als nächstes parkt er vor dem Haus seines Bruders. Die Sprechstimme berichtet, daß die Brüder Baumgart in Zwingenberg zum Skat verabredet sind, so wie jeden Montagabend. Franz will Hermann abholen. Es ist möglich, meint der Sprecher, daß der oder die Täter das gewußt haben und für ihre Tat bewußt das Haus von Franz Baumgart wählten, weil es abgelegener ist als Franz Baumgarts Bungalow in Darmstadt-Eberstadt.

Man sieht Franz bei Hermann klingeln und Sekunden später das Haus seines Bruders betreten. Wer ihm die Tür aufmacht, sieht man nicht. Vielleicht wollten sie einen Schauspieler sparen, vielleicht will man damit andeuten, daß es bereits der Täter gewesen sein kann. Die Skatbrüder werden gezeigt, die in irgendeinem Vereinsheim vor ihren Biergläsern sitzen und auf ihre Uhren schauen.

»Was an diesem Abend geschah, weiß nur der Täter«, weiß die Sprechstimme. Der kleine Film endet mit der besorgten Helga Baumgart, die am nächsten Tag mit einem uniformierten Polizisten Hermanns Haus betritt. Die letzte Einstellung zeigt das einfache Anwesen und die dazugehörige Straße. Wieder einmal wird klar, daß das Böse überall lauert, selbst in den biedersten Dorfsiedlungen.

Fotos werden eingeblendet, von den vermißten Brüdern und vom fehlenden Perser. (Hermann Baumgart besaß

Fotos von allen Wertgegenständen in seinem Haus, für die Hausratversicherung.)

Eduard Zimmermann spricht mit ernster Miene von einem »rätselhaften Geschehen«. Als Tatwerkzeug – denn von einem Tötungsdelikt geht man aus – vermutet man aufgrund der vorhandenen Spuren ein Messer, Schwert oder ähnliches. »Der oder die Täter sind mit äußerster Grausamkeit vorgegangen.«

Rosa lächelt. Wie jung er da noch aussieht, der Zimmermann. Und wie solide diese Filmchen noch waren, nicht annähernd so blutrünstig und reißerisch wie in den einschlägigen Nachahmesendungen der Privaten.

Ein Kurzinterview mit Hauptkommissar Adolf Miltenberger von der Kripo Darmstadt rundet den Bericht ab. »Über das Motiv der Tat herrscht leider völlige Unklarheit«, sagt der Mann in die Kamera. Er ist ein markanter Typ mit groben männlichen Gesichtszügen und Augenbrauen zum Schuhebürsten. Es folgen die Telefonnummern, an die die Zuschauer ihre Hinweise richten sollen – »oder an jede andere Polizeidienststelle«.

Rosa stoppt das Band. Sie beschließt, so bald wie möglich dort vorbeizufahren. Im Moment hat sie andere Dinge um die Ohren. Eigentlich sollte sie heute in Weiterstadt eine Trockenmauer setzen, aber sie hat den Termin verschoben. »Ein Todesfall in der Familie.« In Gedanken geht sie ihr Tagespensum durch. Zum Bestattungsinstitut wegen des Beerdigungstermins und des ganzen Drumherums. Man wird Lene zu Agathe und Hagen in das Familiengrab auf dem Alten Friedhof in Darmstadt legen. Das wird dir zwar nicht gefallen, hält Rosa eine stumme Zwiesprache mit ihrer Tante, aber es ist die einfachste und preisgünstigste Lösung. Ich kann mir kein neues Grab mit einem neuen Stein leisten, ich weiß leider nur zu gut, was das alles kostet.

Sie hievt sich aus dem Fernsehsessel, es gibt noch einiges zu tun. Als erstes will sie ihren Vater anrufen. Ob er wohl zur Beerdigung kommt? Wann wollte eigentlich Putzig Lenes Möbel bringen lassen? Dann wollte sie auch noch mal diese Nummer in Brüssel versuchen. Und Volker wollte sie noch fragen, was das mit den Katzen bedeuten sollte.

Frau Bartels schüttelt den Kopf. Ihr weißes Haar täuscht von weitem ein Alter vor, das sie noch nicht ganz erreicht hat. Sie dürfte nur wenige Jahre älter sein als seine Mutter, schätzt Martin. Aber die färbt ihr Haar seit Jahren sorgfältig in ihrer Naturfarbe nach.

Nein, ihr ist gestern abend nichts aufgefallen. Nichts gesehen, nichts gehört. Sie hat aber auch nicht aus dem Fenster gesehen, sie hat ferngesehen, im Wohnzimmer, und das geht nach hinten raus.

Martin nickt. »Und die Tage davor? Haben Sie fremde Fahrzeuge in der Straße oder vor dem Haus beobachtet? Fremde Leute? Besucher? Hausierer?«

Die Frau verneint. Nein, nichts. Alles war wie immer.

Sie stehen unter der mit Plexiglas überdachten Haustür. Martin schwitzt. Er fühlt, wie sich die Pralinen in seinen Taschen allmählich seiner Körperform anpassen. Er muß sie schleunigst loswerden, ehe sich die Schokolade durch den hellen Stoff drückt. Warum habe ich sie überhaupt eingesteckt, warum gleich alle? Was für eine hirnlose, panische Aktion! An seine blutigen Socken darf er erst recht nicht denken.

»Sie wohnen allein hier?«

»Ja. Seit mein Mann gestorben ist. Vor drei Jahren. Herzinfarkt.«

»Haben Sie Kontakt zu den Baumgarts?«

»Früher sehr viel. Wir wohnen alle schon hier, seit die Häuser gebaut worden sind. Mein Mann und ich haben hier gebaut. Wir stammen eigentlich aus dem Ried, aber mein Mann hat eine Stelle in der Pfungstädter Malzfabrik bekommen. Anfang der fünfziger Jahre war das. Hier wohnt es sich schöner. Weniger Mücken und sehr ruhig. Die Baumgarts sind von hier. Sie haben früher in der Ortsmitte gewohnt, aber als der Vater nicht mehr aus dem Krieg nach Hause kam, ist die Mutter mit Hermann hier rausgezogen, sie wollte ein kleineres Haus, das ruhiger liegt, hat sie gesagt. Ihr altes lag direkt an der Straßenbahn.«

»Sie sagten, früher hätten sie viel Kontakt gehabt. Jetzt nicht mehr?«

Sie winkt bedauernd ab. »Ach, wissen Sie, in der letzten Zeit geht es mit der Frau Baumgart schwer bergab. Körperlich ist sie noch recht gut beisammen, für vierundachtzig, aber sie wird so vergeßlich. Manchmal habe ich den Eindruck, daß sie mich gar nicht mehr erkennt. So was deprimiert einen.«

»Wie ist Ihr Verhältnis zu Hermann Baumgart?«

»Was man halt so redet, wenn man sich mal sieht. Manchmal hat er mir bei einer kleinen Reparatur geholfen, nachdem mein Mann gestorben war. Ein hilfsbereiter Mann. Sonst weiß ich nichts über ihn.«

»Kennen Sie seinen Bruder Franz?«

»Nur vom Sehen.«

Martin läßt seinen Blick über das Grundstück wandern. »Einen schönen Garten haben Sie«, lächelt er. »Meine Frau und ich haben einen viel kleineren, aber so gepflegt ist er längst nicht. Wie schaffen Sie das, so ganz allein?«

Die Frau lächelt geschmeichelt, dann runzelt sie die Stirn. »Ich habe bis vor kurzem noch alles selbst gemacht. Aber jetzt kann ich nicht mehr. Ischias. Seit ein paar Wochen habe ich eine Gärtnerin.«

»Können Sie die empfehlen?«

»Durchaus.« Sie hält sich die Hand vor den Mund, als würde sie ein Staatsgeheimnis preisgeben. »Sie ist viel billiger als die hiesigen. Und sehr gut. Sie sehen es ja.«

»Ja. Nett, diese Buchsbäumchen da drüben.«

»Sie kommt aus Arheilgen.«

»So was. Wie sind Sie denn an die geraten?« Martin hat Mühe, den beiläufigen Plauderton zu halten.

Frau Bartels zuckt die Schultern. »Die hielt vor ein paar Wochen mit ihrem Lieferwagen an und hat nach einer Adresse gefragt, und ich habe gefragt, ob sie mir den Birnbaum schneiden könnte. Der hat nämlich lauter Wassertriebe. Sie war gleich einverstanden.«

»War diese Gärtnerin gestern auch hier?«

»Gestern? Nein, gestern nicht. Sie kommt zwar sehr unregelmäßig, aber gestern war sie nicht hier. Warum?«

»Die Frau könnte etwas beobachtet haben, während der Arbeit.«

»Ja, natürlich. Nein, sie war letzten Freitag da, zum Rasenmähen. Jetzt im Hochsommer gibt es nicht so viel zu tun. Sie will erst im September wiederkommen, hat sie gesagt.«

Martin nickt und wendet sich zum Gehen. »Danke, das war es schon für heute. Falls Sie sich noch an eine Beobachtung erinnern, rufen Sie mich bitte an. Auch Kleinigkeiten sind wichtig.«

»Ja, gerne. Ist es nicht furchtbar, was da passiert ist?«

»Noch wissen wir ja gar nicht, was passiert ist.«

»Und so was bei uns! Da stecken sicher diese Terroristen dahinter. Gott, was ist das für eine grausige Welt geworden.«

»Es muß nach acht Uhr abends passiert sein. Und zwar mit einem großen Messer oder einem Schwert oder so etwas Ähnlichem. Schußwunden bluten nicht so. Es ist frisches Blut, also aus den Arterien. Das sieht man an der Farbe. Der Gerichtsmediziner tippt auf die Halsschlagader.«

»Die beiden sind sozusagen geköpft worden?« fragt Hausmann dazwischen.

»Kann sein«, bestätigt Miltenberger ungehalten. »Einen, den Jüngeren, hat es vermutlich in diesem Sessel erwischt.« Er deutet auf einige der Fotos in der Mitte des Konferenztisches. »Er dürfte nicht mehr aufgestanden sein, deshalb ist das meiste Blut in das Polster der Lehne gesickert. Der andere muß verletzt herumgelaufen sein und um sich geschlagen haben, darauf deuten die vielen Blutspritzer im ganzen Zimmer hin. Am Ende ist er auf dem Teppich vor dem kleinen Tisch zusammengebrochen.«

Bei dieser Schilderung muß Martin an einen Hahn denken, der mit abgehacktem Kopf noch meterweit durch die Gegend rennt.

»Die Fußabdrücke?« Schon wieder Hausmann.

Wichtigtuer, denkt Martin.

»Sind vermutlich vom Täter. Die Brüder haben beide 43, die Abdrücke sind 45.« Martin widersteht dem Reflex, seine Füße tiefer unter seinen Stuhl zu ziehen.

Miltenberger hält inne und schaut in die Runde wie ein Offizier, der seine Truppe mustert, ehe er fortfährt: »Der oder die Täter haben es nicht eilig gehabt. Man hat die Toten oder Verletzten in Ruhe ausbluten lassen.«

»Vielleicht wollte er keine Sauerei in seinem Auto.« Das war Krug, ein Kommissar vom Dezernat für Wirtschaftskriminalität. Er wurde zu der Ermittlungsgruppe hinzugezogen, um Franz Baumgarts Geschäfte und Mandantschaft zu durchleuchten.

»Kann gut sein«, nickt Miltenberger.

»Bestimmt wollte er warten, bis es dunkel ist«, wirft Martin in die Diskussion.

»Möglich«, bestätigt Miltenberger. »Der Täter muß mit einem Wagen gekommen sein. Damit wollte er sicher lieber erst im Dunkeln vorfahren. Also gegen neun, halb zehn. Das deutet auf Planung hin. Und vor allem auf unglaubliche Kaltblütigkeit.«

»Oder auf große Leidenschaft.« Der Kommentar kommt von Hauptkommissarin Erika Scheible, einer molligen, nicht unattraktiven Frau um die Vierzig. Scheible ist vom Landeskriminalamt abkommandiert worden, um »die Ermittlungen zu koordinieren«, wie sie sich ausdrückte. Sie hat bis jetzt stumm dagesessen und ab und zu etwas in ihr Notizbuch geschrieben. Nur einmal hat sie Martin zugelächelt, und er hat geistesabwesend zurückgelächelt.

Miltenberger fährt fort: »Unsere wichtigste Frage ist zunächst: Womit haben wir es hier eigentlich zu tun? Ist das ein verunglückter Einbruch, ein Totschlag im Affekt, ein Wirtschaftsverbrechen, ein Racheakt? Steckt das organisierte Verbrechen dahinter, oder treibt hier einfach ein Psychopath sein Unwesen?«

»Dieser Franz Baumgart soll es mit der ehelichen Treue nicht so ernst genommen haben«, meint Hausmann.

»Mag sein, aber warum sollte sie ihren Schwager gleich mittöten? Noch dazu so bestialisch. Ich bitte Sie, eine Frau! Außerdem wurden zwei schwere Männerleichen transportiert ...«

Eine Frau. Schwere Männerleichen. Hemma ist kräftig. Kräftiger, als Frauen normalerweise sind, auch wenn man es ihr nicht ansieht. Und sie weiß durch ihren Beruf, wie man schwere Gewichte handhabt. Oft ist das eher eine Frage der Technik als der Körperkraft. Hemmas Körper ...

»Vielleicht stückchenweise«, meint Krug, der offenbar Geschmack am Makabren gefunden hat. »Daher auch das viele Blut.«

Das Blut. Warum so brutal? Und wo sind die Leichen, warum hat sie sie weggeschafft? Wie? Wohin? Er wird Hemma zur Rede stellen, egal, ob dieser Enzo da ist oder sonstwer. Er muß nur erst etwas Luft bekommen. Hausmann darf nichts davon mitbekommen. Er und Hausmann sollen im Umfeld von Hermann Baumgart ermitteln, Miltenberger und Krug werden sich um Franz Baumgart kümmern, da sie hinter den Geschäften des als ausgefuchst geltenden Wirtschaftsanwalts ein Motiv für die Tat vermuten. Und Erika Scheible soll versuchen, das Puzzle aus ihren Informationen zu einem erkennbaren Bild zusammenzusetzen.

Die Maschinerie läuft. Die Beamten der Spurensicherung sind mit der Auswertung beschäftigt, man hat begonnen, die umliegenden Wälder mit Hunden zu durchsuchen, der persönliche Besitz der Brüder wartet in den Büros darauf, gesichtet zu werden.

»... haben wir noch ein Haar von einer fremden Person. Es ist dunkel, fünf Zentimeter lang und nicht sehr kräftig. Wir wissen außerdem, daß der Täter die Leichen auf dem Teppich nach draußen geschleift hat...«

Martin schreckt auf. Ein Haar? Nun ja. Solange die Person dazu fehlt, ist ein Haar lediglich ein Haar. Vielleicht ist das Haar ja von ihm.

»Wir müssen die Sprache dieses Täters verstehen lernen«, hört er Erika Scheible sagen.

Die Sprache des Täters. Warum hat sie die *Gianduias* auf das Silbertablett gelegt? Eine Botschaft für mich? Soviel er weiß, gibt es diese Nougatpralinen nur in Turin und Umgebung zu kaufen. War Hermann Baumgart vor kurzem in Turin gewesen? Eher unwahrscheinlich, spekuliert Martin.

»... stehen unter einem enormen Druck der Öffentlichkeit. Die Presse wird hinter dem Fall her sein wie der Teufel hinter der armen Seele«, verkündet Miltenberger.

Von so einem Fall hat Martin immer geträumt. Ein spektakuläres Verbrechen, an dessen erfolgreicher Aufklärung er maßgeblich beteiligt ist. Nun ist die Gelegenheit da, und anstatt aufzuklären, ist er damit beschäftigt zu verschleiern. Mit einem gewissen Abscheu vor sich selbst denkt er daran, wie er die Pralinen auf der Dienststelle ins Klo gespült hat. Er hätte die *Gianduias* gerne behalten, um wahrscheinlich Hemmas Fingerabdrücke auf dem Goldpapier zu finden, aber das Ganze war nur noch ein einziger zäher Brei, den er aus seinen Hosentaschen kratzte.

»... Pauly!? MARTIN!«

Martin fährt hoch und schaut in Miltenbergers strenge Augen unter seinen furchterregenden Brauen.«

»Würdest du dich bitte konzentrieren?«

»Entschuldige. Was ist?«

»Ob es was bringt, die Nachbarschaft morgen noch mal vorzuladen?«

»Kollege Hausmann und ich haben schon alle gründlich befragt. Sie haben angeblich nichts gesehen. Kollege Hausmann wird sich zunächst die Klienten von Hermann Baumgart vornehmen, und ich habe vor, das Material zu sichten, das wir bei Hermann Baumgart sichergestellt haben.«

»In Ordnung«, brummt Miltenberger. Martin hat das Gefühl, keinen sehr kompetenten Eindruck in der Runde gemacht zu haben.

»Ich habe noch etwas.« Hausmann wartet, bis sich alle Augen auf ihn richten. »Die Herrschaften haben an den Montagabenden nicht Skat gespielt, sondern Poker. Um Geld«, verkündet er mit vielsagendem Blick. »Das waren auch schon mal vierstellige Beträge.«

»Sehr interessant«, lobt Miltenberger pflichtschuldigst.

»Und ich werde mir außerdem mal diesen Gärtner vorknöpfen«, plappert Hausmann weiter und löst mit seinem Jargon ein müdes Lächeln bei Hauptkommissarin Scheible und einen Adrenalinschub bei Oberkommissar Pauly aus.

»Welchen Gärtner?« stößt Martin hervor.

»Eine Nachbarin hat einen Lieferwagen mit der Aufschrift einer Arheilger Gärtnerei bemerkt, der während der letzten Wochen öfter in der Straße geparkt hat.«

»Ach so, der«, meint Martin leichthin. »Das habe ich geklärt. Es ist eine Gärtnerin, und sie arbeitete bei der Nachbarin, dieser Frau Bartels. Ich habe mit ihr gesprochen.«

»Mit der Gärtnerin?«

»Nein, mit Frau Bartels.«

»Aber die Gärtnerin könnte doch ...«

»Die Befragung dieser eventuellen Zeugin habe ich für morgen angesetzt«, fällt Martin seinem eifrigen Zauberlehrling ins Wort. Er spricht nicht direkt zu ihm, sondern in die

Runde. »Anwärter Hausmann hat genug mit den Befragungen der Klienten von Hermann Baumgart zu tun.« Er fühlt, wie ihm der Schweiß aus allen Poren bricht.

»Ja, übernimm du das«, sagt Miltenberger, den Hausmann ebenfalls nervt.

Martin nickt. Mein Gott, was für ein Alptraum!

Nicht nur, daß er Spuren verwischen muß, er muß auch noch seine eigene geheime Ermittlung durchführen. Er ist ein Kämpfer an zwei Fronten, und er weiß nicht einmal, wofür.

Luise stößt den Spaten in die Erde, faßt sich ächzend in die Bandscheibengegend und klettert aus der Grube. Sie wischt sich mit dem Ärmel von Ernsts altem Hemd, das sie zur Verrichtung grober Gartenarbeiten trägt, über das verschwitzte Gesicht. Aus dem blassen Morgen ist ein strahlender Hochsommertag geworden, der Himmel leuchtet in einem diamantharten Blau durch die Blätter des Kirschbaums, in dessen immer kleiner werdendem Schatten Luise seit über zwei Stunden schuftet. In ihren Gummistiefeln stapft sie nun zur Terrasse und beugt sich schnuppernd über Franz. Höchste Zeit, daß die Herren ins Kühle kommen! Auf der Terrasse steht die Luft, und obwohl sie den großen Sonnenschirm aufgespannt hat, beginnen die Kadaver allmählich zu riechen. Franz zuerst, beschließt sie. Das Recht des Ältesten. Als sie ihn an den Fußknöcheln zu seiner letzten Ruhestätte schleifen will, findet sie den Zettel, der unter dem Absatz seines italienischen Slippers klemmt. Es ist ein leeres Rechnungsformular der Gärtnerei Semper. Die Schrift auf der Rückseite ist ein wenig verschwommen, wahrscheinlich vom Morgentau, aber man kann sie trotzdem lesen: *Liebe Mama, laß alles liegen, ich komme zum Aufräumen. Deine Tochter Hemma.*

Die Terrasse ist leer. Die Sandsteinplatten sind frisch geschrubbt, was man daran erkennen kann, daß auch das Moos in den Ritzen verschwunden ist. Außerdem lehnt der Besen neben dem heruntergelassenen Rolladen der Terrassentür. Hemma geht in Richtung Pavillon, begutachet die Stelle schräg vor dem Kirschbaum. Die Erde ist festgetreten, Grassamen ist ausgestreut, es wurde gegossen, aber die Mittagssonne hat die Feuchtigkeit schon fast aufgesogen. Mit dem, was an Aushub übriggeblieben ist, wurden die Beete aufgefüllt, der Rest liegt entlang der Thujenhecke und hinter dem Komposthaufen. Eine Menge Boden wurde bewegt.

Für sie gibt es nichts mehr zu tun.

Ihr Blick gleitet an der Fassade empor. Alle Rolläden sind zu, das Haus verharrt in vorwurfsvollem Schweigen. Sie geht zurück. Sie muß über den Zaun steigen, denn das Tor ist verschlossen. Ihre Schubkarre lehnt außen daneben, sauber abgespritzt, das Blech blitzt in der Sonne. Hemma lädt sie in den Lieferwagen und fährt langsam davon. Sie hat Tränen in den Augen, sie versteht die Sprache der Dinge.

Raupen, Maikäfer und anderes schädliches Ungeziefer werden mit heißem Wasser getötet und dann auf den Komposthaufen geworfen, wo größere Mengen durch ihren Gehalt an Nährstoffen nützlich werden können.
*Boettners Gartenbuch, 1969*

# V

Auf dem Tisch steht ein Strauß Rosen in einem aufdringlichen Rot. Hemma braucht sie nicht zu zählen, es müssen fünfunddreißig sein. Neben ihrem Teller liegen ein Päckchen in zerknülltem Geschenkpapier und eine selbstgezeichnete Karte. Hemma erkennt ein Haus mit Blumen darin und eine Frau mit einer grünen Schürze, daneben ein Kind mit abstehenden Zöpfen. Sie und Rosa im Gewächshaus. Am unteren Bildrand steht in krakeligen Buchstaben: *Herslichen Glükwunsch zum Gebursdag.*

Rosa hampelt auf ihrem Stuhl herum, sie kann kaum erwarten, bis ihre Mutter das Geschenk auspackt.

Dann hält Hemma den Gipsklumpen in der Hand und betrachtet ihn von allen Seiten. Anders als die Karte hat er durchaus etwas Abstraktes.

»Das ist eine Eule«, platzt Rosa heraus.

»Ah, ja. Sie ist wunderschön, deine Eule.«

»Ja, sehr schön«, beteuert auch Enzo.

Rosa strahlt, und Hemma umarmt ihre Tochter. »Danke, mein Schatz.« Auch Enzo gratuliert seiner Frau zum Geburtstag, und Rosa kichert verlegen, als Enzo Hemma küßt.

»Du warst lange fort, gestern abend«, sagt Enzo, nachdem Rosa den Frühstückstisch verlassen hat.

»Wir sind noch einen Wein trinken gegangen.«

»Wo denn?«

»Im Rathaus ... sag mal, was soll das?« fährt Hemma ihn an. »Ich werde doch noch mit den Leuten von meinem Englischkurs was trinken gehen können, ohne daß du gleich Gott weiß was denkst.«

»Ich denke, es sind Ferien.«

»Schulferien, ja. Aber gestern war trotzdem der letzte Kurs, weil er im Mai zweimal ausgefallen ist, als die Kursleiterin krank war. Wir haben fünfzehn Lektionen bezahlt, also kriegen wir die auch. Trotz Ferien. Sonst noch Fragen?«

Sie ist aufgestanden und sieht ihn angriffslustig an.

»Schon gut«, sagt er, und sein Ton verrät, daß es nicht gut ist, gar nichts ist gut in letzter Zeit. Sie hat einen anderen, ganz sicher.

Sicher spioniert er mir nach. Aber das kann er ruhig, denkt Hemma trotzig. Sie sieht ihn an, sie kann seine Gedanken lesen, und wie oft in letzter Zeit überkommt sie dabei ein Anfall von Überdruß. Ihr ist plötzlich, als könne sie ihn keine Minute länger ertragen. Ich habe ihn satt. So furchtbar satt. Ihn und das alles hier und auch mich selbst. Die Frau in der grünen Schürze und der Erde unter den Fingernägeln. Am liebsten würde ich mich wie eine Schlange häuten und wäre danach eine ganz andere Person.

Enzo kommt auf sie zu und legt seine Hände auf ihre Schultern. »Warum lernst du Englisch, sag? Wozu das?«

»Damit ich hier nicht verblöde.«

Enzo lächelt sie an, es ist ein seltsames Lächeln, irgendwie unheimlich. »Ich liebe dich, Emma. Ich würde dich auch am Ende der Welt finden.«

Hemma antwortet nicht. Sie wischt seine Hände von ihren Schultern und räumt den Tisch ab. Enzo verläßt die Küche, dreht sich aber in der Tür noch einmal um. »Ich liebe dich, Emma, und du ge'örst mir.«

»Ich weiß.« Hemma zieht sich Gummihandschuhe über und läßt das Spülwasser ein. Sentimentaler, abergläubischer

Trottel! Verkauft diese teure Spülmaschine zu einem Spottpreis an einen Türken, weil sie angeblich Unglück gebracht hat.

Als sie mit dem Abwasch fertig ist, nimmt sie Rosas Gipseule und geht damit ins Gewächshaus. Sie stellt sie unter die Phönixpalme neben ihrem Lieblingsplatz, an dem sie oft sitzt und durch das Glasdach den Flugzeugen hinterherschaut und sich in ein neues Land träumt, in eine große Stadt. Sie ist sich nicht ganz im klaren darüber, was sie in dieser Stadt eigentlich tut, wovon sie lebt – es ist ja nur ein Tagtraum, und in Träumen ist für den Lebensunterhalt automatisch gesorgt – aber sie lebt allein irgendwo hoch droben, wie ein Vogel in seinem Nest, und sie geht in Cafés und wird von interessanten Männern angesprochen, Musiker, Maler, Schriftsteller, Lebenskünstler. Aber jetzt ist für Träume keine Zeit. Sie verläßt ihren Platz, rollt den langen Gartenschlauch auf und macht sich daran, auf dem Parkplatz vor dem Laden den Lieferwagen zu waschen. Außen und innen. Sie braucht dafür fast den ganzen Vormittag, weil sie sehr gründlich vorgeht und zwischendrin drei Kunden bedient und für Rosa Pfannkuchen macht. Als der Wagen gesäubert und Enzo damit weggefahren ist, geht Hemma zu den Kompostgittern. Sie kramt zwischen den Pflanzenabfällen eine Plastiktüte hervor, leert deren Inhalt auf die Erde und schüttet aus einem Kanister Benzin darüber. Scheußliches Kostüm, denkt Hemma, als die Flammen mit einem gierigen »Wfff« über den blauen Stoff mit den braunen Flecken herfallen. Und die Schuhe erst! Wo habe ich das Zeug nur geklaut? In dem Geschäft sollte man auf keinen Fall mehr einkaufen. Und wie das stinkt!

Als sie die Plastiktüte zusammenknüllt, merkt sie, daß der hellblaue Unterrock noch drin ist. Sie hält ihn an den Trägern gegen das Sonnenlicht. Er ist ohne Flecken und sieht irgendwie rührend aus. Sie nimmt ihn mit ins Haus. Ein Andenken.

Sie geht ins Bad und duscht sich kalt. Dann fönt und frisiert sie sich sorgfältig und legt Lidschatten und Lippenstift auf. Könnte ja sein, daß er heute schon kommt.

»Hast du noch mal die Nummer in Belgien angerufen?« erkundigt sich Volker, während er eine Salatsoße zusammenrührt. Er hat Gewürze eingekauft, ein teures Olivenöl und einen luxuriösen Korkenzieher. Rosa hat nichts gesagt, als er die Sachen in ihrer Küche unterbrachte.

»Nein«, antwortet Rosa, den Kopf müde in die Hand gestützt. »Das habe ich total vergessen. Ich hatte heute eine solche Rennerei. Sterben ist ganz schön stressig, für die anderen.« Und du hättest ja auch dran denken können, fügt sie im stillen hinzu. Im Delegieren sind die Herren immer gut.

»Ich hatte Mühe, das Sumpfhuhn von übereilten Aktionen abzuhalten. Da mein Vater erst morgen abend kommt, wollte sie jetzt auf einmal doch zur Polizei gehen. Ich habe sie bequatscht wie ein Teppichhändler, damit sie wartet, bis er da ist.«

Volker legt vier Lammkoteletts in die heiße Eisenpfanne. »Riecht lecker, was?« sagt er zu der roten Katze, die aufgeregt um seine Beine streicht.

»Warum dauert das so lange?«

»Du bist gut. Er muß ja erst mal an Land segeln und dafür sorgen, daß das Schiff sicher untergebracht ist, und dann muß er vom Hafen zum Flughafen ...«

»Hast du mit ihm telefoniert?«

»Ja. Er hat gesagt, wir sollen nichts unternehmen, bis er da ist.«

»Hast du ihm was von den Knochen erzählt?«

Volker öffnet die Flasche Burgunder, die er mitgebracht hat. »Noch nicht.«

»Warum nicht?«

»Weil ich dabei sein Gesicht sehen möchte. Hast du ihn eigentlich mal kennengelernt?«

»Einmal kurz, ja. Er hat mich seltsam angesehen. Aber vielleicht bilde ich mir das auch nur ein.«

Volker gießt den Wein ein. »Er ist dein Onkel.«

»Falls er das weiß.«

»Was für ein Durcheinander.« Volker schüttelt den Kopf und dreht die Koteletts um.

»Mein Vater kommt zu Lenes Beerdigung.«

»Freust du dich?«

»Ja und nein. Ich bin überrascht. So dicke waren er und Tante Lene eigentlich nie. Andererseits denke ich wieder, wenn er jetzt so ohne weiteres kommen kann, warum hat er mich dann nicht schon längst mal besucht?«

»Wahrscheinlich denkt er das gleiche von dir.«

»Kann sein. Vielleicht hat er gewartet, daß ich endlich mal heirate.«

Er antwortet nicht, und ihr ist es plötzlich peinlich, vom Heiraten gesprochen zu haben. »Für Sizilianer sind Beerdigungen und Hochzeiten etwas Heiliges«, fügt sie hinzu und fragt: »Wann ist denn das Essen fertig?«

»In ein paar Minuten, warum?«

»Dann versuch ich's jetzt noch mal.«

Sie geht zum Telefon.

Diesmal hat sie Glück; es wird abgenommen, und eine rauchige Frauenstimme sagt: *»Qui?«*

»Äh, hallo. Mein Name ist Rosa Ganni. Ich suche meine Großmutter, Frau Luise Pauly. Kann es sein, daß sie bei Ihnen ist – also, ich meine bei Herrn Sternfels?«

Am anderen Ende ist es still. Wahrscheinlich hat die Frau kein Wort verstanden. Rosa öffnet den Mund, um Volker zu rufen, als die Stimme in klarem Deutsch antwortet.

Rosa läßt den Hörer sinken, ihr Unterkiefer klappt nach unten. Volker kommt auf sie zu, er riecht nach Gebratenem und Kräutern.

»Und?« fragt er gespannt. »Was ist los?« Er legt den Arm um sie, denn sie sieht aus, als würde sie jeden Augenblick umkippen.

Rosa braucht ein paar Sekunden, ehe sie sprechen kann. »Jakob Sternfels ist tot. Und deine … unsere Großmutter ist nicht in Brüssel.«

»Wer sagt das?«

»Meine Mutter.«

Er trägt die Jeansjacke, die er bei ihrer ersten Begegnung auf der Autobahnbrücke anhatte. Unter seinen Augen zeichnen sich Schatten ab.

»Ich muß dich sprechen. Sind wir allein?«

Hemma nickt. Enzo ist mit Rosa zum Schwimmbad am Woog gefahren, es ist ein heißer Tag.

»Komm mit.« Sie hängt das Schild *Komme gleich wieder* an die Ladentür und schließt ab. Bei dieser Hitze kauft sowieso niemand Blumen. Wieder einmal geht Martin hinter ihr her, ohne zu wissen, was sie vorhat, aber diesmal zwingt er sich, nicht auf ihre Beine zu sehen, nicht eine Sekunde. Sie führt ihn zum Gewächshaus. Wider Erwarten ist es dort drinnen nicht allzu heiß, denn die Türen sind geöffnet, es herrscht Durchzug. Sie gehen vorbei an Kästen mit Kakteen und Zierpflanzen, deren Namen er nicht kennt, die er aber alle schon mal irgendwo gesehen hat, in Büros und Wohnungen. Auf den Holzborden an den Seiten und in der Mitte klaffen etliche Lücken. Viele Pflanzen stehen jetzt draußen, Oleanderbüsche, Feigenbäume und Bananenstauden sind zu beiden Seiten des Gewächshauses aufgereiht und spenden jetzt, am Vormittag, sogar noch ein wenig grünlichen Schatten. Fast ganz hinten steht eine improvisierte Bank, ein Brett auf zwei Säulen aus übereinandergestapelten, mit Mörtel verbundenen Ziegelsteinen. Die Bank steht zwischen zwei hohen Palmen, die vermutlich schon zu groß sind, um sie zu verkaufen.

In sein Reihenhauswohnzimmer würden sie jedenfalls nicht passen.

»Ein schöner Platz.« Grünlich gefiltert fällt das Sonnenlicht durch das Glasdach und verleiht dem Ganzen einen Hauch tropischer Exotik.

»Setz dich.«

Er gehorcht und zieht dabei seine Jacke aus. Wozu trägt er sie überhaupt, bei dem Wetter? Hemma deutet auf etwas Weißes im Kübel der einen Palme, das Martin erst für einen Stein gehalten hat.

»Eine Eule. Die hat mir Rosa zum Geburtstag geschenkt.«

»Stimmt. Du hattest Geburtstag. Vor drei Tagen, ja?« Dem Tag, als er zu Hermann Baumgart gerufen wurde. Zufall?

»Ja.«

*»Happy Birthday.«* Er lächelt matt, aber nur ganz kurz. Nur keine sentimentalen Erinnerungen aufkommen lassen. Sie ist eine Mörderin.

»Das hier ist mein Lieblingsplatz. Hier komme ich immer her, um nachzudenken oder zu lesen.«

»Ein sehr schöner Platz.« Wie zur Bestätigung fegt ein kühler Luftzug durch das Glashaus und bringt die Blätter eines *Ficus benjaminus*, der hinter der Bank steht, in Bewegung.

»Hemma, ich bin nicht zum Vergnügen hier.«

»Ich weiß.«

Sie sehen sich an. Martin gibt sich als erster geschlagen und senkt den Blick.

»Wirst du mich verhaften?«

Er schüttelt stumm den Kopf. Eins nach dem anderen. Erst die einfachen Fragen, auch wenn ihm die schwierigen mehr auf der Seele brennen.

»Wie hast du's gemacht?«

Sie zeigt mit dem Daumen über ihre Schulter. An der von einer Schlingpflanze ziemlich zugewucherten Rückwand hängen etliche Arbeitsgeräte griffbereit an einem Brett, jedes an seinem eigenen Haken. Martin hört Miltenbergers Stimme: »Mit einem großen Messer oder einem Schwert …« Die Sichel. Martin schluckt. Er sieht erneut das blutige Baumgartsche Wohnzimmer vor sich, er hat schon zweimal davon geträumt.

»Wie hast du sie fortgeschafft?«

»Mit der Schubkarre und dem Lieferwagen.«

»Und wohin?«

»In den Garten deiner Mutter.«

»Hemma, das ist nicht witzig.«

»Das sollte es auch nicht sein.«

Martin steht auf. »Okay«, sagt er und wischt sich über die Stirn. Der kühle Luftzug hat plötzlich nachgelassen, jetzt ist es stickig. »Dann der Reihe nach: Warum?«

Auch Hemma ist aufgestanden. Sie sieht Martin in die Augen, ihm wird noch ein paar Grad heißer.

»Ich wollte doch nur ihre Erinnerungen auslöschen.«

»Was? Welche Erinnerungen?«

»Frag deine Mutter.« Hemma geht langsam in Richtung Vordereingang.

»Hemma, Herrgott noch mal!« Er läuft hinter ihr her, erwischt sie vor dem Gewächshaus am Arm und zwingt sie stehenzubleiben. »Wenn ich dir helfen soll – und glaub mir, du brauchst wirklich Hilfe –, dann rede! Erklär's mir. Warum hast du das getan? Warum bist du in Turin einfach abgehauen?«

Hemma legt ihre Hand auf seine, die noch immer ihren Oberarm umklammert. Er lockert den Griff. Ihre Hand fühlt sich angenehm kühl an.

»Martin«, sagt sie, und ein Schauer überrieselt ihn, »wir dürfen uns nicht …«

Sie verstummt, und er folgt ihrem Blick. Vor dem Laden sieht er Enzo aus dem grauen Lieferwagen steigen. Martin ist sich nicht sicher, ob er ihn und Hemma gesehen hat.

»Frag deine Mutter«, wiederholt Hemma leise, »frag sie auch nach dem vierten Mann.«

»Nach wem? Hemma, das ist kein Spielchen mehr.« Aber Hemma ist bereits um die Ecke verschwunden.

Martin folgt ihr um das Gebäude des Ladens herum und wäre fast mit Enzo zusammengestoßen. Er ist einen halben Kopf kleiner als er, etwa so groß wie Hemma. Er entspricht nicht ganz der Vorstellung, die Martin von einem Sizilianer hat, dafür ist er zu hellhäutig, und auch sein Haar ist nicht tiefschwarz. Er sieht eher wie ein Römer aus, findet Martin.

»Kann ich Ihnen 'elfen?«

»Nein, danke. Ich ... ich habe mir nur die ... die Pflanzen angesehen. Ich komme dann ein andermal wieder.« Martin geht rasch zu seinem Kadett. Irgendwie hat er das Gefühl, daß Enzo ihm kein Wort geglaubt hat. Er empfindet eine tiefe, wenn auch völlig ungerechtfertigte Abneigung gegen den Mann. Wahrscheinlich ist Hemma als junges Ding auf seinen Papagallo-Charme hereingefallen, so wie ich auf Valéries französischen Akzent, den alle so sexy fanden. Whow, eine Französin, du Glückspilz, hört er seine Freunde und Kollegen von damals, und ihre schwülen Phantasien lagen zum Greifen in der Luft. Daß derlei exotische Attribute nicht lange vorhalten, merkt man erst im nachhinein. Mittlerweile geht ihm Valéries nasales, fehlerhaftes Deutsch gewaltig auf die Nerven, ebenso wie ihre einander schier nahtlos ablösenden Spleens: Haschischrauchen, vegetarische Küche, hennagefärbtes Haar und momentan die Frauenbewegung. Was kommt wohl als nächstes, wird sie der RAF beitreten oder in einer orangefarbenen Kutte singend durch Fußgängerzonen ziehen?

Vor der Ladentür steht Hemmas Tochter. Ihr Haar ist heller als das ihrer Mutter, fast blond. Sie hat noch den Badeanzug an, ihr linker Arm steckt in zwei leeren Schwimmärmeln, in der rechten Hand hält sie einen toten Fisch, den sie ins Sonnenlicht hält, daß die Schuppen in allen Farben schillern.

Am liebsten würde Martin sofort zu seiner Mutter fahren, um Hemmas ungeheuerliche Behauptung zu überprüfen. Aber er hat Valérie versprochen, den Samstag zu Hause zu verbringen und auf seinen Sohn aufzupassen, während sie ein Seminar der Volkshochschule besucht. *Weibliche Sexualität und Spiritualität.* Er will lieber gar nicht wissen, was sie da machen. Je sachkundiger Valérie seit neuestem über den »klitoralen Orgasmus« und das »weibliche Lustempfinden« theoretisiert, desto mehr vergeht Martin die Lust an der Praxis. Hemma hat nie über solche Dinge geredet. Sie tat einfach das, wozu sie gerade Lust hatte.

Zum Glück hält sich sein Sohn bei seiner Freundin im Garten nebenan auf. Bis vor wenigen Wochen wurde die achtjährige Marie von Volker ignoriert: »Mädchen, ph!« Das änderte sich an dem Tag, an dem sich die Nachbarn eine Schwimmtonne zulegten. Das Ding nimmt den halben Garten ein, und Valérie findet es unästhetisch und spießig, aber es hat den Vorteil, daß sich Martin nun in Ruhe das Material über Hermann Baumgart ansehen kann, das er von der Dienststelle mit nach Hause genommen hat: Ordner mit den üblichen Papieren, die eine bürgerliche Existenz im Lauf der Zeit ansammelt, zwei Umzugskisten voller Unterlagen, die mit Hermanns Tätigkeit als Gerichtsvollzieher zu tun haben, und zwei Fotoalben.

Martin holt sich eine eiskalte Cola aus dem Kühlschrank, setzt sich auf die Terrasse unter die gestreifte Markise und blättert die Alben durch. Ein Hochzeitsbild des Ehepaars Baumgart, Hermann und sein Bruder im Taufkleid, Klein-Hermann im Garten mit den Eltern, mit den Großeltern, mit dem Bruder, Hermann bei der Einschulung, viermal unterm Weihnachtsbaum mit wechselnden Verwandten, alles in Schwarzweiß. Ein Bild des Vaters als Soldat, aufgenommen, ehe er in den Krieg zog, aus dem er nicht zurückkehrte. Das zweite Album ist Hermanns Jugendzeit gewidmet. Ein paar Klassenfotos, Hermann und Franz in der HJ-Uniform, davon gibt es vier Aufnahmen im Abstand von einem Jahr, dann nur noch Hermann in HJ-Uniform. *Jungvolk Bergstraße* steht in altmodischer Handschrift in verblassender Tinte unter einem Gruppenbild. *Wehrertüchtigungslager 1936*: Uniformierte Jungs beim Vorbereiten eines Lagerfeuers, beim Singen, beim Aufstellen eines großen Zeltes. Ein Mann um die Dreißig in SS-Uniform. *Unteroffizier Stein, unser Ausbilder.*

Die Hitlerjugend scheint Hermanns Leben völlig in Beschlag genommen zu haben. Martin trinkt seine lauwarm gewordene Cola leer und schaut hinüber in den Nachbargarten. Sein Sohn steht auf der Leiter der Tonne und winkt ihm zu, ehe er in das künstlichblaue Wasser hechtet. Viel älter als er waren Hermann und Franz auf den ersten Bildern nicht. Martin stellt sich seinen Sohn in dieser Uniform vor. Wehrertüchtigungslager! Was für ein Unfug! Kein Wunder, daß die alle ein bißchen verkorkst sind. Er schüttelt sich und blättert weiter. Hermann beim Schulabschluß, ausnahmsweise in Zivil. Dann Franz in einer anderen Uniform. Vielleicht SA? Martin kennt sich in diesen Dingen nicht aus. Auf der nächsten Seite klebt ein Bild von Franz und zwei Freunden, alle drei in diesen Uniformen. Sie müssen für den jungen Hermann große Vorbilder gewesen sein, denkt Martin. Mühsam entziffert er die Bildunterschrift. *Die drei Musketiere von der AHS.* Was, zum Teufel, bedeutet AHS? Plötzlich stutzt er. Das rechte »Musketier« kommt ihm bekannt vor. Nein, das kann nicht sein. In diesen Uniformen und mit diesem rigorosen Haarschnitt sehen die doch alle gleich aus. Und doch …

Er klappt das Album zu und geht an den Zaun. Seine Nachbarin, eine kräftige Blonde, erhebt sich aus ihrer Hollywoodschaukel und kommt ihm entgegen.

»Frau Kuhn, darf ich Volker für eine Stunde oder so bei Ihnen lassen? Ich muß dringend weg.«

»Aber natürlich«, ruft Maries Mutter über den Gartenzaun. »Sie haben jetzt sicher viel zu tun, nach dem, was hier passiert ist.«

»Ganz recht«, nickt Martin dankbar.

»Hat man denn schon eine heiße Spur?«

Martin setzt sein charmantestes Lächeln auf. »Dazu darf ich leider nichts sagen. Nicht einmal meiner eigenen Frau.«

»Verstehe«, sagt seine Nachbarin und zwinkert ihm verschwörerisch zu. »Dann gehen Sie mal Verbrecher jagen, ich passe so lange auf ihren Buben auf. Die zwei verstehen sich ausgezeichnet.«

Martin ruft Volker zu, daß er gleich wiederkäme, aber der hört ihn nicht, weil er gerade einen Handstand unter Wasser probiert, und Frau Kuhn wundert sich, daß der Herr Kommissar nicht mit dem Wagen wegfährt, sondern, ein Fotoalbum oder so etwas Ähnliches unter den Arm geklemmt, in der prallen Mittagssonne die Straße hinunter geht.

Auf dem kurzen Weg von seinem Haus zur Villa seiner Mutter fallen bei Martin ein paar Groschen. Er erinnert sich an Hemmas Worte vor wenigen Stunden, als ihre kühle Hand die seine berührte: »Martin, wir dürfen uns nicht ...«

Was? Was dürfen wir nicht? Uns sehen? Weder ihr Mann noch ihre Tochter haben Hemma vor Turin davon abgehalten, mich zu treffen. Warum sollte Hemmas Familiensinn nach einer Moralpredigt ihrer Tante dermaßen akut aufflammen? Zumal diese Tante laut Hemmas Erzählungen und so, wie er sie kennengelernt hat, die letzte ist, die ihrer Nichte eine Moralpredigt wegen einer außerehelichen Beziehung halten würde.

Er biegt um die Ecke, in die Straße, in der er aufgewachsen ist. Hohe Bäume werfen Schatten auf geharkte Gehwege, die Villen aus der Zeit um die Jahrhundertwende sitzen in ihren Gärten am Hang wie feingemachte alte Damen. Er atmet tief durch und wischt sich mit dem Ärmel über die schweißbedeckte Stirn. Vom Odenwald her strömt eine angenehme Kühle.

Noch mal von vorn: Weshalb ist Hemma nach Turin gefahren? Um Lene nach ihren Eltern zu fragen. Lenes Antwort muß der Grund für ihre Abreise und ihr darauf folgendes beharrliches Schweigen und Sichverstecken gewesen sein.

»Martin, wir dürfen uns nicht …«

Lieben. Wir dürfen uns nicht lieben. Das wollte sie sagen. Er ist sich plötzlich ganz sicher. Warum nicht? Wer verbietet es uns? Ihr mickriger Macho? Den kann man austricksen. Ihre Furcht, Rosa zu verlieren? Vor dem Turiner Treffen war Hemma durchaus bereit, dieses Risiko zu tragen. Sie spielte sogar an diesem letzten Nachmittag mit dem Gedanken, ihren Mann zu verlassen, »mit oder ohne Rosa«, wie sie sagte.

Das Bild seines Vaters im Album von Hermann Baumgart … Ist Hemma seine Tochter? Eine Jugendsünde des »Musketiers«, war es das, was Lene ihr in Turin beichtete?

»Frag deine Mutter.«

Warum hat Hemma nicht gesagt: »Frag deinen Vater?« Und sie sprach von *ihren* Erinnerungen, denen seiner Mutter. Welche ihrer Erinnerungen könnte Auslöser für einen so grausigen Doppelmord sein?

Ist *sie* es? Meine Mutter? Ist sie *unsere* Mutter? Das wäre eine logische Erklärung dafür, daß sie einerseits ihm, Martin, ohne Erklärung aus dem Weg geht und andererseits seit ihrer Rückkehr aus Turin den Garten seiner Mutter pflegt.

Was aber hat es mit dem Foto seines Vaters auf sich?

Er ist inzwischen am Gartentor angekommen und geht hindurch, ohne zu klingeln. Am Haus sind alle Rolläden heruntergelassen, um die Hitze auszusperren. Martin geht zuerst nach hinten, in den Garten. In der Nähe des Kirschbaums ist der Rasen frisch eingesät worden. Und zwar erst vor wenigen Tagen. Nur ein dünner zartgrüner Flaum bedeckt die kahle Stelle, an der seine Mutter erst kürzlich noch diese übertrieben festliche weiße Geburtstagstafel für ihn aufgebaut hatte.

Hemma hat also die Wahrheit gesagt. Sie sagt immer die Wahrheit. Er läßt sich auf einen Terrassenstuhl plumpsen. Der Sonnenschirm ist aufgespannt, ein leeres Glas steht auf dem Tisch. Die Cola von vorhin rumort in seinem Magen, und noch während Martin das Chaos in seinem Kopf zu ordnen versucht, geht die Terrassentür auf.

»Martin? Was sitzt du in der Hitze herum, komm doch rein.«

»Tag, Mama. Was hast du denn mit dem Rasen angestellt?«

»Ich habe ihn neu eingesät, er war so vermoost.«

Martin muß ein paar Sekunden sitzen bleiben und seine Übelkeit niederkämpfen. Dann folgt er ihrer Aufforderung, geht in den »Salon«, öffnet die Vitrine und holt das Hochzeitsfoto seiner Eltern hervor, das unauffällig zwischen den Mitbringseln seines weitgereisten Vaters steht. Er setzt sich an den polierten Tisch, schlägt das Album auf und hält das Hochzeitsbild daneben. Er hat gelernt, Fotos zu vergleichen, er kennt die Merkmale, auf die man achten muß, auch wenn Frisuren geändert, Bärte stehengelassen oder abrasiert, Wangen dicker, dünner oder schlaffer geworden sind. Form und Stellung der Augen. Der Schwung der Brauen. Der Mund. Form der Nase. Abstand zwischen Nase und Oberlippe. Auf welcher Höhe enden die Ohrläppchen? Die Ohren an sich genügen oft schon zur Identifizierung einer Person. Kinne verändern sich meist wenig ...

Der Mann auf beiden Bildern ist sein Vater, da gibt es keinen Zweifel, es sei denn, er hätte einen Zwillingsbruder. Seine Mutter beobachtet sein Tun mißtrauisch.

»Was machst du da? Was ist das für ein Album?«

»Was ist AHS?« fragt Martin zurück. Seine Mutter kommt näher. Sie legt die Hände auf eine Stuhllehne, ihre Knöchel treten weiß hervor. Sie schaut über seine Schulter auf die Bilder.

»Was bedeutet AHS?« wiederholt Martin geduldig.

»Adof-Hitler-Schule. Eliteschulen. Nachwuchs für die SA. Es gab eine ganz in der Nähe, in Zwingenberg ...«

Luise läßt sich auf den Stuhl sinken, bleibt aber starr aufgerichtet sitzen und sieht ihrem Sohn dabei in die Augen. Es sind Hemmas Augen, hauptsächlich der Form nach, und obwohl sie braun sind, haben sie auch ab und zu diesen Grünstich. Und der Mund, diese eigenwillig gebogene Oberlippe, unverkennbar. Wie konnte ich nur so blind sein, die ganze Zeit?

»Also gut«, sagt seine Mutter mit verkniffenen Lippen. »Was willst du wissen?«

Martin sitzt in seinem Büro und schaut betont gleichmütig in das ausgemergelte Gesicht seines Gegenübers.

»Django, du enttäuschst mich schwer. Hast du die Branche gewechselt?«

»He, ich schwör's dir, er hat mich förmlich dazu genötigt. Drum gebettelt hat er. Ich hätt's von allein nie gemacht, das ist nicht mein Metier.«

»Das dachte ich bis jetzt auch immer.«

Djangos »Metier« sind leichte Mädchen und schwere Motorräder und ab und zu die Verbreitung von Falschgeld, Urkundenfälschung, illegaler Handel mit Schußwaffen und gefälschten Ausweispapieren und dergleichen. Gestern hat ihn ein junger Kripobeamter auf dem Luisenplatz festgenommen, nachdem Django ihm zwanzig Gramm Heroin verkauft hatte.

»Der Kerl hat 'ne Visage wie'n Spritzer kurz vor dem Abnippeln. Mann, ich hab' Mitleid mit dem gekriegt! Kann ich wissen, daß er ein Bulle ist? Beschäftigt ihr neuerdings Maskenbildner, oder sieht der Kerl wirklich so fertig aus?«

»Ja, wir werden immer besser in der Wahl des Personals«, grinst Martin. Auch er hat schon als Spitzel in der Drogenszene gearbeitet, aber inzwischen kennt man dort sein Gesicht, zumindest in Darmstadt.

»Kaffee, Django?«

»Nein. Hast du Zigaretten?«

»Nein.«

Martin ist nicht so ganz bei der Sache. Er rechnet jeden Augenblick mit dem Anruf seiner Mutter, die ihn womöglich bitten wird, seinen Vater vom Flughafen abzuholen. Martin ist sich nicht im klaren, wie er ihm begegnen soll, nach allem, was er jetzt weiß. Soll er ihn zur Rede stellen oder tun, als ob er von nichts wüßte? Er und seine Mutter haben beschlossen, nichts über die Leichen unter dem Kirschbaum verlauten zu lassen. Dank des warmen Wetters mit regelmäßigen abendlichen Gewittergüssen wächst der neu angesäte Rasen recht rasch. Trotzdem meidet Martin die elterliche Terrasse in letzter Zeit und besucht auch seine Mutter nicht mehr so oft »auf einen Sprung«, wie er das bisher mindestens einmal die Woche getan hat. Etwas Abstand scheint seiner Mutter ganz recht zu sein. Was sie ihm zu sagen hatte, war ihr peinlich bis auf die Knochen. Sie brachte nicht einmal das Wort »Vergewaltigung« über die Lippen, als sie die Vorgänge von Hemmas Zeugung in vagen Andeutungen schilderte. Die Antwort auf die Frage, warum sie seinen Vater dann geheiratet hat, ist sie allerdings bis jetzt schuldig geblieben. Zu den Baumgartschen Leichen auf ihrer Terrasse bemerkte Luise lediglich zu ihrem Sohn: »Eine Zumutung, mir so was vor die Tür zu legen. Ohne Vorwarnung und dann noch bei dieser Hitze! Sei froh, daß du diese verrückte Person nie kennengelernt hast.«

Daß sein Vater vom Tod der Brüder erfährt, wird unvermeidlich sein, noch immer wird im Ort darüber geredet, wenn auch nicht mehr so intensiv wie am Anfang.

»Hey, alter Kumpel, nun mach mal kein Drama draus. Der Kerl hat übers Ziel hinausgeschossen, er hat mich förmlich zu einer Straftat provoziert.«

»Wie?« Martin versucht sich wieder auf Django zu konzentrieren.

»Na, er hat einen irren Preis geboten. Da konnte ich nicht widerstehen.«

»Dich müßte man allein schon wegen deiner Dummheit bestrafen.«

»Das sagt der, der von mir in jeder zweiten Mathearbeit abgeschrieben hat.«

Martin seufzt. Django. Er ist sein Jahrgang. Fünf Jahre lang sind sie zusammen in eine Klasse des Bensheimer Gymnasiums gegangen, bis Django die Schule in der zehnten Klasse verlassen mußte, trotz einigermaßen guter Noten. Er war einfach zu selten zum Unterricht erschienen, und als er seinem Deutschlehrer eine verpaßte, war das Maß voll.

Schulkameraden. Martin muß an das Foto der »drei Musketiere« denken. Er hat es verschwinden lassen.

Die Ermittlungen im Baumgart-Fall kommen nur langsam voran, sofern man überhaupt von Vorankommen sprechen kann. Miltenberger und Krug neigen immer mehr zu der Ansicht, daß es sich bei dem Fall um eine Art Racheakt der Mafia handelt. Franz Baumann hatte Kontakte zu Personen aus der einschlägigen Szene. Über den Grund für so eine drastische Vendetta rätselt man allerdings noch. »Sieht so aus, als ob über eine Wohnungsbaugesellschaft Schwarzgeld gewaschen wurde, meine Leute sind noch dran«, ließ Krug neulich verlauten, und Martin mußte seinen Spott unterdrücken. Die Mafia, wie aufregend.

Martin hat ein fingiertes Befragungsgespräch mit der »Zeugin Ganni« protokolliert und zu den Akten gelegt: Nichts gehört, nichts gesehen. Eine von vielen Hoffnungen, Licht ins Dunkel zu bringen, die in der Sackgasse endeten, wie bisher alle potentiellen Spuren in diesem Fall.

Das Telefon schrillt, und Martin zuckt zusammen.

»Du?« Martin kann nicht verhindern, daß er rot anläuft. »Was ist?«

»Kann ich dich sprechen?« Hemmas Stimme klingt ruhig.

»Jetzt?«

»Wenn's geht. Ich warte im Herrengarten.«

»Gut, ich bin gleich da.« Er legt auf. »Django, du mußt mich kurz entschuldigen.«

»Klar, ich hab' Zeit.«

»Das sehe ich auch so. Versprichst du mir, daß du auf dem Flur auf mich wartest, oder muß ich dich wieder einsperren?«

»Ich geh mal Zigaretten holen und bin in einer halben Stunde wieder da, ist das okay?«

»Wenn du abhaust, und ich krieg dich, landet deinen Arsch für ein paar Jahre im Loch, dafür sorge ich.«

»Wie du daherredest! Und so einer hat das große Latinum. Du siehst zuviel fern, Mann!«

Seite an Seite verlassen sie das Polizeipräsidium.

»He, was meinst du, bin ich diesmal dran?« fragt Django auf der Straße.

»Wir reden nachher«, antwortet Martin, und dann trennen sie sich. Vielleicht wäre es klüger, Django zur Mitarbeit zu bewegen, überlegt er. Kaum einer kennt die Szene besser als er. Muß mal mit Miltenberger drüber reden. Miltenberger. Wenn Martin nicht alles täuscht, dann ist sein Boß gestern früh wieder mit einer kleinen Fahne im Büro erschienen.

Im Park sieht er sich suchend um. Ein paar Mütter schieben Kinderwagen über die Wege, aber es lungern auch genug zwielichtige Gestalten herum. Die Drogenszene hat Darmstadts grüne Lunge längst erobert. Er schlendert den Weg entlang, der ungefähr durch die Mitte des Parks vom Schloß bis an die Grenze des Martinsviertels führt. Auf halber Strecke kommt sie ihm entgegen. Sie trägt offenbar ihre Arbeitskleidung, eine nicht ganz saubere Jeans, ein ausgeleiertes T-Shirt. Trotzdem sieht sie verwirrend gut aus, findet er.

Sie ist deine Schwester, verdammt noch mal!

Die Verlegenheit zwischen ihnen ist beinahe greifbar. Sie begrüßen sich mit »hallo«, aber sie berühren sich nicht.

»Da bin ich«, sagt Martin und ringt sich ein Lächeln ab.

»Danke«, sagt Hemma. »Wie geht's dir?«

Er weiß – oder bildet sich jedenfalls ein –, daß sich hinter der Floskel ehrliches Interesse verbirgt.

»Geht schon«, antwortet Martin. Sie treten an den Rand des Weges, um eine Frau und ein Kind auf einem kleinen Fahrrad vorbeizulassen.

»Und du?«

»Nicht so besonders«, antwortet Hemma. »Ich muß weg.«

»Hast du Angst? Du stehst nicht unter Verdacht, und es sieht ganz so aus, als ob der Fall nie aufgeklärt wird. Mein Chef pflegt zu sagen, ein Mord wird in den ersten 48 Stunden aufgeklärt oder gar nicht mehr.«

»Nicht deswegen«, antwortet Hemma. »Martin, du hattest neulich recht. Ich brauche wirklich Hilfe. Ich brauche deine Hilfe ...«

Als Martin ins Präsidium zurückkehrt, lehnt Django in seinen Cowboystiefeln breitbeinig an der Wand vor Martins Büro und raucht, als wäre es die letzte in seinem Leben.

»Mach das Ding aus und komm rein«, brummt Martin nicht unfreundlich. Django fläzt sich in den Besucherstuhl.

»Es sieht nicht gut aus, Django. Du kannst fünf Jahre kriegen für diesen Scheiß. Du hast noch Bewährung.«

Django wird ein wenig blaß um die Nase.

»Aber du kannst mir vielleicht einen Gefallen tun. Einen *persönlichen* Gefallen, damit wir uns richtig verstehen. *Quid pro quo*, so viel Latein verstehst du doch noch, oder?«

Nie hätte ich mir träumen lassen, mal so ein Gespräch zu führen. Wie sehr habe ich bisher korrupte Bullen verachtet. Noch während seiner eigenen Worte ekelt er sich vor sich selbst. Himmel, wie tief bin ich schon gesunken.

Sein alter Schulkamerad wittert Morgenluft und richtet sich erwartungsvoll auf. »Ich höre.«

»Wie gut sind deine Verbindungen zur Druckergilde?«

»Was brauchst du?« Django hält die Hände auf, als könne

er, was immer Martins Wunsch ist, sofort vom Himmel fallen lassen. »Dollars? Travellerschecks? Euroschecks? Schweizer Franken?«

Ohne es zu wollen, muß Martin grinsen. »Nur einen Paß.«

Luise öffnet die Haustür, als es zum drittenmal mit Nachdruck klingelt und ihr Mann aus seinem Arbeitszimmer ruft: »Luise, machst du bitte die Tür auf, dieses Geklingel geht einem auf die Nerven.«

Logisch, daß er so reagiert. Er kann von seinem Zimmer aus ja nicht sehen, wer draußen steht. Luise reißt die Tür auf und sagt im selben Moment mit abweisendem Ton: »Was willst du?«

Hemma sieht ihre Mutter ruhig an. »Ich wollte fragen, ob du nächste Woche zu Rosas Geburtstag kommen möchtest. Am 27. September.«

»Bist du verrückt?« ist alles, was Luise dazu sagen kann.

»Du bist ihre Großmutter.«

Luise schickt sich an, die Tür vor Hemmas Nase zuzuknallen, aber Hemma steht bereits im Türrahmen und stützt ihre linke Hand gegen das eiserne Liliengitter.

»Überleg's dir«, sagt sie und macht einen Schritt auf Luise zu. »Und jetzt will ich deinen Mann sprechen. Er ist da, ich weiß es.«

Luise mustert ihre Tochter. Sie sieht nicht aus, als ob sie eine weitere Bluttat plant, dazu ist ihr helles Leinenkleid zu schick. Aber vielleicht hat sie ja einen Revolver in ihrer Handtasche.

»Was willst du von ihm?«

»Was glaubst du wohl?« fragt Hemma zurück.

»Verschwinde, oder ich rufe die Polizei«, droht Luise mit schriller Stimme.

»Schön, dann kann ich denen gleich den Garten zeigen«, antwortet Hemma und geht auf die Treppe zu, denn von oben dringt Ernsts Stimme, gedämpft durch die Tür seines Zimmers: »Luise, ist irgendwas?«

Luise verzichtet auf eine Antwort, sie wendet sich von Hemma ab, geht in den Salon und schließt mit Nachdruck die Tür hinter sich. Hemma zögert einen Augenblick, dann geht sie die Treppe hinauf. Als sie oben ist, wird eine Tür geöffnet, und der Mann steht vor ihr. Er steht mit dem Rücken zum Fenster, so daß sein Gesicht im Schatten liegt. Er bleibt einen Moment unschlüssig stehen, dann wendet er sich um und setzt sich hinter seinen mächtigen Schreibtisch.

»Komm rein, Hemma«, sagt er. »Und mach die Tür zu.«

Hemma betritt das Zimmer und drückt die Tür ins Schloß.

»Nimm dir den Stuhl«, er deutet auf einen Holzstuhl, der an der Wand unter dem Fenster steht, aber Hemma bleibt stehen und sieht ihn an. Ein recht passabel aussehender älterer Herr Mitte Fünfzig mit sonnengebräunter Haut. Ein wenig eng stehende blaue Augen und eine scharfe Nase. Der Mund ist Martins Mund, eindeutig.

»Willst du mich auch töten?« fragt er und lächelt Hemma an. »Laß dich nicht aufhalten. Aber bitte keine solche Schweinerei wie die, von der ich in den Zeitungen lesen konnte. Eins solltest du dabei aber noch wissen: Luise liebt mich nicht, aber sie hat auch im Lauf der Jahre aufgehört, mich zu hassen. Es ist ihr egal, ob ich tot oder lebendig bin. Aber dich, Hemma, wird sie auch nicht lieben, ganz egal, was du noch alles anstellst. Sie liebt ein Gespenst, eine Vorstellung von Liebe, wie sie in Wirklichkeit gar nicht existiert. Es ist wahrscheinlich unsere – meine – Schuld, daß sie so geworden ist, das will ich nicht abstreiten. Aber ich habe auch bezahlt. Mein Leben lang habe ich bezahlt. Es war kein besonders schönes Leben. Wenn du es mir nimmst, verliere ich nicht viel. Aber um dich ist mir richtig angst.«

Jetzt zieht sich Hemma den Stuhl heran und setzt sich.

»Ich brauche Geld.« Sie macht eine das Zimmer umfassende Handbewegung. »Ein Teil davon ist doch auch meins, nicht wahr? Als Luises Tochter. Und vielleicht sogar deine.«

»Ja, da hast du recht«, sagt er nur.

»Du hast einen hochbezahlten Job, und das Haus war doch fast geschenkt, oder täusche ich mich da?«

Ernst Pauly nimmt einen tiefen Atemzug. »Mein Vater hat es sich ergaunert, anders kann man das nicht nennen, ja. Er hat es mir überschrieben, als ich Luise geheiratet habe. Das Haus hat einer Familie Sulzer gehört. Juden. Die alten Sulzers sind im KZ umgekommen, aber der Sohn hat überlebt.«

»Jakob, nicht wahr? Luise hat mir von ihm erzählt.«

»Jakob, ja. Jakob, das Gespenst. Er nannte sich nach dem Krieg Jacques Sternfels und lebt in Brüssel, soviel ich weiß.«

»Oh«, meint Hemma überrascht. »Davon weiß Luise aber nichts, oder?«

Ernst schüttelt den Kopf. »Sulzer – oder Sternfels – hat sich Anfang der fünfziger Jahre über einen belgischen Anwalt mit mir in Verbindung gesetzt, um seine Ansprüche geltend zu machen. Berechtigte Ansprüche, ohne Zweifel. Damals war Martin noch ein kleiner Junge, und ich war gerade wieder auf den Beinen nach meiner Operation. Ich war nach dem Krieg so gut wie gelähmt …«

»Ich weiß«, unterbricht Hemma.

»Jedenfalls dachte ich damals, wir hätten vielleicht eine Chance, noch eine normale Familie zu werden, Luise, der Kleine und ich. Deshalb habe ich eingewilligt, diesem Jakob eine Abfindung für das Haus zu erstatten, wenn er im Gegenzug verspricht, hier nie wieder aufzutauchen oder mit meiner Frau in Verbindung zu treten. Er war sofort einverstanden.«

»Hast du befürchtet, Luise würde mit ihm durchbrennen?« fragt Hemma und kann nicht umhin, einen gewissen Respekt vor diesem Mann zu empfinden.

»Nein. Luise bedeutete ihm nichts. Sie war für ihn nur eine von vielen. Ich wollte ihr diese Enttäuschung ersparen.«

Er zuckt müde die Achseln. »Das war, im nachhinein betrachtet, ein großer Fehler, ich habe damit ihre lebenslange Selbsttäuschung unterstützt und eine Illusion genährt.«

Er steht auf, geht zum Regal, auf dem eine halbvolle Flasche Kognak hinter drei umgedrehten Schwenkern steht. »Willst du auch einen?«

Hemma schüttelt den Kopf, und Ernst gießt sich ein. Unter anderen Umständen, überlegt Hemma, hätte eine Frau mit diesem Mann recht glücklich werden können. Er ist zumindest kein Dummkopf und hat irgendwie Stil.

Ernst setzt sich wieder und schwenkt den Kognak gegen das Licht. Sein intensiver Duft breitet sich aus. »Ich dürfte das eigentlich nicht. Ich habe ein Hepatoblastom. Eine Lebergeschwulst, bösartig. Es wird nicht mehr lange dauern. Das heißt, ich werde es rechtzeitig beenden.« Er sagt das in einem Ton, der keinerlei Mitleid erregen will, und fügt hinzu: »Das weiß aber niemand.«

Hemma nickt.

»Wo waren wir stehengeblieben? Ah, Jakob Sulzer. Wir einigten uns auf 90 000 Mark. Damals stand ich, wie gesagt, erst am Anfang meiner Laufbahn als Ingenieur. Ich verdiente gut, aber wir hatten wenig Ersparnisse, denn natürlich wollten wir uns nach der langen Zeit der Entbehrung auch mal ein paar Dinge leisten: schöne Möbel, Geschirr ... Ich wollte uns ein Heim schaffen. Die Forderung von Jakob Sulzer brachte mich in Bedrängnis, zumal ich Luise nichts davon sagen wollte.« Er läßt den Kognak langsam die Kehle hinabrinnen, ehe er weiterspricht: »Die Errichtung einer Anlage zur Ölförderung ist natürlich immer ein Millionengeschäft. Zu meinen damaligen Aufgaben gehörte es, die Angebote der diversen Maschinenbaufirmen zu prüfen und technische Gutachten zu verfassen. Nach diesen Gutachten wurde in der Geschäftsleitung entschieden, wer den Auftrag bekam, eine Bohrstelle auszurüsten. Kurz und gut: Ich brachte die Summe auf, indem ich mich von den Firmen bestechen ließ.

Ich beging quasi ein Unrecht, um ein anderes gutzumachen. Ich weiß nicht, ob das richtig war. Moralisch sicher nicht, auch wenn es nie rausgekommen ist und den Firmen nicht weh getan hat. Danach, als Jakob Sulzer ausbezahlt worden war, wurde ich der korrekteste, unbestechlichste Gutachter der ganzen Branche.« Er sieht Hemma in die Augen und sagt übergangslos: »Wieviel brauchst du?«

Hemma senkt den Blick. »Genug für einen Neuanfang eben.«

»Und wo willst du neu anfangen? Was willst du anfangen?«

»Das weiß ich noch nicht. Vielleicht … vielleicht nach Amerika.«

»Und wann brauchst du es?«

»So bald wie möglich.«

»Gut. Es wird ein paar Tage dauern. Ich muß einige Wertpapiere verkaufen.« Er steht auf und lächelt. Die Besprechung ist beendet. Hemma umklammert ihre Tasche und steht ebenfalls auf.

»Wie erreiche ich dich? Soll ich in die Gärtnerei kommen oder dort anrufen?«

Hemma schüttelt den Kopf. »Nein. Gib es Martin. Der weiß, wo er mich findet.«

»Martin«, wiederholt Ernst Pauly nachdenklich, als handele es sich um einen flüchtigen Bekannten. Er sieht Hemma forschend an. »Verstehst du, warum er Beamter geworden ist?«

Hemma spürt, wie sie errötet. »Nein. Vielleicht aus einer unbestimmten Sehnsucht nach Rechtschaffenheit.«

Ernst Pauly lacht. Ein leises, angenehmes Lachen. »Du bist gut«, meint er, »schade, daß wir …« Er läßt den Rest des Satzes ungesagt.

Die Türklinke in der Hand, bleibt Hemma stehen und sieht ihm offen ins Gesicht. »Es tut mir leid, das mit deiner Krankheit. Und ich wäre froh, wenn … wenn du mein Vater gewesen wärst.«

»Wer weiß?« gibt Ernst Pauly zurück. »Den anderen hast du ja nicht viel Zeit gelassen zum Kennenlernen.«

»Franz hat dich verraten. Es waren seine letzten Worte.«

»Dann verdanke ich ihm immerhin diese Unterhaltung«, sagt Ernst Pauly lächelnd und ohne Sarkasmus.

Hemma schlüpft rasch durch die Tür. Warum fragt er mich nicht nach den Leichen? Weiß er Bescheid, oder ist es ihm egal?

»Papa, hast du gewußt, daß Agathe gar nicht die richtige Mutter von Mama war?« Rosa riskiert einen Seitenblick, lang genug, um zu sehen, wie ihr Vater verwundert die Augen aufreißt. Seine stumme Antwort überrascht sie nicht. Hätte er es gewußt, warum hätte er es ihr jahrelang verschweigen sollen? Warum hat Hemma es Enzo verschwiegen? Er muß ihr nicht mehr sehr nahegestanden haben, die letzten Monate über.

»Woher weißt du das?«

»Aus Tante Lenes Tagebüchern. Tante Lene hat es Mama nach Agathes Tod mitgeteilt.«

»Und wer ist die Mutter?«

Rosa antwortet nicht sofort, sie muß sich konzentrieren, um sich auf dem Flughafengelände nicht zu verfahren und die richtige Autobahnauffahrt zu treffen.

»Eine alte Schulfreundin von Lene, eine gewisse Luise Pauly.«

»Pauly«, wiederholt ihr Vater. Er sagt den Namen noch zweimal.

»Kennst du sie?«

»Sie war eine Kundin. Wie alt ist sie inzwischen?«

»Sie wird achtzig, wie Lene. Hast du sie gekannt?«

»Nicht persönlich. Deine Mutter machte dort den Garten, aber nur ein paar Monate.«

»Wann genau?«

»Im Frühling und Sommer, ehe sie verschwand. Die letzten Wochen aber nicht mehr. Sie wohnt in See'eim, ja?«

»Ja.« Rosa ist überrascht. Über Hemmas Tätigkeit als Gärtnerin ihrer Mutter stand nichts in Lenes Aufzeichnungen. Schien es Lene nicht wichtig, oder wußte sie nichts davon? Und warum weiß ihr Vater nach all der Zeit noch ziemlich genau, wann Hemma dort gearbeitet hat? Für ihn muß Luise Pauly doch eine Kundschaft wie jede andere gewesen sein. Vorausgesetzt, er sagt die Wahrheit. Verdammt, warum mißtraue ich plötzlich meinem eigenen Vater? Diesen Floh hat mir Volker ins Ohr gesetzt, mit seiner morbiden Fernsehkrimiphantasie!

»Sie ist jetzt wieder eine Kundin. Diesmal von mir.«

»Wieso das?« fragt ihr Vater mit gerunzelter Stirn.

»Wir haben uns zufällig an Agathes Grab getroffen, und seitdem betreue ich ihren Garten.« Rosa hat entschieden, ihrem Vater nichts von den Funden im Garten zu erzählen.

»Zufällig getroffen?« zweifelt er.

Rosa zuckt die Schultern. Inzwischen hat ihr Glaube an Zufälle gelitten. Seltsam, das alles: Da pflegt Hemma Luise den Garten, obwohl sie befürchten muß, dort Martin über den Weg zu laufen, mit dem sie eine Affäre hatte, die ihr zu jenem Zeitpunkt aus begreiflichen Gründen sehr peinlich sein muß. Und ihr Ehemann soll von alledem nichts mitbekommen haben? Wußte er wirklich nichts von der Affäre mit Martin Pauly? Wenn nicht, was bringt es, wenn ich ihm davon erzähle, argumentiert Rosa für sich. Und wenn er davon gewußt hat, fragt sie sich im selben Moment und hört im Geist Volker dozieren: Eifersucht – ein geradezu klassisches Mordmotiv.

»Du weißt das nur aus Lenes Tagebuch?« unterbricht ihr Vater ihre Grübeleien. »Diese Frau Pauly selbst 'at dir nichts gesagt?«

»Nein. Vielleicht wollte sie es mir schonend beibringen. So lange arbeite ich noch nicht bei ihr.«

»Und der Vater? Wer ist Emmas Vater?«

»Das steht nicht drin.«

»'ast du mit dieser alten Frau Pauly nicht darüber gesprochen?«

»Nein. Sie ist nämlich verschwunden.«

»Verschwunden?«

»Ja, verschwunden. Sie hat am Tag vor Lenes Tod ihren Koffer mitgenommen, aber keine Nachricht hinterlassen.« Rosa erzählt ihrem Vater das Nötigste über Jakob Sternfels und schließt mit den Worten: »Aber dort ist sie nicht, wir haben angerufen.«

»Wer ist wir?«

»Ihr Enkel, also, ihr anderer Enkel – praktisch mein Cousin – und ich. Er heißt Volker und ist der Sohn von Luise Paulys Sohn Martin. Martin Pauly.«

Aus den Augenwinkeln beobachtet Rosa den Gesichtsausdruck ihres Vaters bei der Erwähnung des Namens Martin Pauly. Seine Züge bleiben ruhig, fast ausdruckslos. Eine Maske?

»Dann ist dieser Mann Emmas Bruder?« fragt er nach einer geraumen Weile.

»Ja.«

»Und dieser Mann weiß nicht, wo seine Mutter sein könnte?«

»Nein. Er ist noch in Urlaub, er kommt erst heute abend zurück.«

»Warum kümmerst *du* dich darum?«

»Sie ist meine Großmutter.«

»Stimmt«, gibt ihr Vater zu und fragt: »War schon jemand bei der Polizei?«

»Was soll die Polizei schon tun? Der alten Frau Pauly wäre das sicher nicht recht, wenn die Polizei sie sucht. Sie ist ein wenig … exzentrisch.«

»Seltsam.«

»Was?«

»Du ’ast eine ganz neue Familie.«

»Ja. Das ist ein seltsames Gefühl.«

Beide schweigen für den Rest der Fahrt. Es ist Sonntag abend, und der Verkehr ist nicht sehr dicht, sie kommen gut voran. Ihr Vater sieht aus dem Fenster und scheint in Gedanken versunken. Oder berührt ihn das alles nicht mehr? Die Mutter einer Frau – seiner Frau –, die seit fünfundzwanzig Jahren verschwunden ist, ist nun selbst verschwunden. Spielt das für ihn irgendeine Rolle?

Enzo spricht erst wieder, als sie zu Hause angekommen sind und sein Blick durch Rosas schäbige Küche wandert. »Es ist ja alles so wie früher.« Es klingt nicht erfreut, eher vorwurfsvoll.

Er ist kleiner geworden, findet Rosa.

»Magst du einen Espresso?« Rosa hat die Kanne blankpoliert, sie steht einsatzbereit auf dem Herd, daneben eine Dose frisches Pulver.

»Lieber ein schönes deutsches Bier, wenn eins da ist.«

Bier ist da, Rosa ist auf den Besuch vorbereitet.

»’ast du einen Freund?« fragt ihr Vater unverblümt, als sie sich am Tisch gegenübersitzen. Rosa hat sich einen Kaffee gemacht, sie mag Bier nicht besonders.

»Nun ja … dieser Volker … du wirst ihn spätestens morgen sehen, auf der Beerdigung. Aber daß du mir ja nichts vom Heiraten sagst! Ich kenne ihn nämlich noch nicht lange.«

*»Capito.«*

»Schwöre es bei der Madonna und allen sizilianischen Heiligen!«

»In Ordnung«, sagt Enzo und lacht, aber Rosa ist ernst geblieben.

»Papa, ich habe dir noch nicht alles erzählt.«

»Noch was?« Es klingt, als wolle er sagen: Für heute reicht es eigentlich.

»Ich habe gestern bei diesem Jakob Sternfels in Brüssel angerufen.«

»Das ’ast du schon gesagt. Diese Frau Pauly ist nicht dort, weil er tot ist.«

»Stimmt. Aber es war jemand am Telefon, eine Frau, und ich … ich glaube, es war Mama.«

»Wer?«

»Meine Mutter. Hemma.«

»Unmöglich.«

»Warum denn? Schau, Tante Lene war zu der Zeit, als Mama verschwand, ebenfalls in Brüssel, das geht aus ihren Aufzeichnungen hervor. Vielleicht ist Mama zu Lene gefahren und hat diesen Jakob über sie kennengelernt. Das könnte doch sein, oder?«

»Der Mann war aber doch damals schon über fünfzig.«

»Das beweist gar nichts.«

»Was genau sagte diese Frau am Telefon?«

»Sie sagte: ›Jakob ist tot, Rosa. Und Luise ist nicht hier.‹ Sie nannte meinen Namen. Okay, ich habe mich mit ›Rosa Ganni‹ vorgestellt, aber man nennt doch fremde Leute nicht beim Vornamen.«

»In einer fremden Sprache? Früher sind mir solche Sachen auch passiert.«

»Es war Mamas Stimme, ich kann’s beschwören. Der Tonfall, die Art …«

»Wie lange ’ast du ihre Stimme nicht mehr gehört, Rosa?«

»Mit Stimmen ist es wie mit Gerüchen. Man erkennt sie auch nach vielen Jahren wieder.«

»Glaub mir, das war ein böser Scherz oder eine Verwechslung. ’ast du da noch mal angerufen?«

»Natürlich, schon etliche Male. Aber es geht immer nur der Anrufbeantworter ran. Die Stimme auf der Ansage könnte dieselbe sein, aber sie spricht französisch. Ich habe Mama nie französisch reden hören, und eine andere Sprache verändert den Tonfall. Du hörst dich auf italienisch auch anders an als auf deutsch.«

»'ast du eine Nachricht hinterlassen?«

Rosa nickt. »Ja. Daß morgen Lenes Beerdigung ist und daß Frau Pauly sich melden soll, falls sie doch noch dort auftauchen sollte. Vielleicht ...«, Rosa zögert, ehe sie sich zum Weitersprechen entschließt, »... ist sie schon unterwegs und geht deshalb nicht ans Telefon. Vielleicht kommt sie morgen zu Lenes Beerdigung.«

Enzo schüttelt den Kopf, als wolle er sagen: Glaub, was du willst.

»Wo ist die Beerdigung?«

»Morgen um drei Uhr auf dem Alten Friedhof. Sie kommt ins Familiengrab der Sempers.«

»In Agathes Grab?« fragt Enzo erstaunt, fast schon entsetzt.

»Ja, ich weiß auch, daß Tante Lene ihre Schwester nie leiden konnte. Aber viel wird ja nicht mehr von ihr übrig sein.«

»Und warum keine – wie sagt man?«

»Einäscherung? Habe ich mir überlegt. Aber eigentlich möchte ich lieber ein richtiges Grab, das ich pflegen kann.«

Enzo ist auf einmal recht blaß geworden. »Kann es passieren, daß man noch etwas findet?«

Rosa muß im geheimen über ihren Vater lächeln. Er hatte immer ein kompliziertes Verhältnis zum Tod, anders als seine Frau mied er Friedhöfe. Nach Hemmas Verschwinden ließ er diesen Geschäftszweig einschlafen und gab damit eine wichtige Einnahmequelle auf. Jahre später war es Rosa, die die alten Kontakte zu den Bestattungsinstituten wiederbelebte und in der Grabpflege ihre liebste Beschäftigung fand.

»Etwas?« stellt Rosa sich dumm und muß sich dabei ein Grinsen verkneifen.

»Knochen«, stößt Enzo hervor und klingt dabei, als wäre er gerade um das Grundstück gerannt.

»Durchaus«, meint Rosa leichthin, aber dann lächelt sie beruhigend: »Keine Sorge, der Totengräber wird sie schon nicht offen herumliegen lassen. Fünfundzwanzig Jahre sind für eine Neubelegung lange genug. Außerdem legen wir sie auf Hagens Seite, es ist ja ein Doppelgrab. Wenn er das wüßte, unser Drei Liter … Papa, was ist?«

Enzo erwacht. Da war ein Geräusch, draußen. Ein Quietschen wie von einer rostigen Türangel. Er hat einen leichten Schlaf, seit im Laden eingebrochen wurde und vor allen Dingen seit Hemma nicht mehr neben ihm schläft, sondern drüben, über dem Laden, in der Wohnung ihrer Mutter. Sie tut das seit über vier Monaten, seit dem »Streit« in der Küche. Hemma hat das Wort »Vergewaltigung« benutzt. Wie absurd! Schließlich ist sie meine Frau! Enzo findet, daß sie den Vorfall künstlich hochspielt, obwohl sie nie mehr darüber gesprochen haben. Sie behandelt ihn freundlich, um nicht zu sagen höflich, aber mit deutlicher Distanz. Sie spricht mit ihm über Rosa und die Belange des Geschäfts, aber mehr nicht. Nie wieder führt sie ihm Kleider vor oder diskutiert mit ihm das Zeitgeschehen. Enzo glaubt immer noch, daß sie ihn betrügt oder betrogen hat. Vielleicht mit diesem Mann, der vor etwa sechs Wochen hier war und sich so seltsam benommen hat, als er ihm begegnete. Er hat den Mann seitdem nie mehr gesehen. Ist es aus, oder sind sie nur vorsichtiger geworden? Die komischen Anrufe haben aufgehört, und Hemma ist in letzter Zeit abends kaum noch weggegangen, und wenn, dann stimmten ihre Angaben. Er hat das nachgeprüft, er ist ihr etliche Male heimlich gefolgt. Tagsüber fährt sie, wenn sie überhaupt wegfährt, zu ihren Kunden oder zum Friedhof, es ist alles ganz normal. Er ist natürlich auch ein paarmal früher als angegeben von seiner Arbeit nach Hause gekommen, aber sie war immer zu Hause und mit harmlosen Dingen beschäftigt.

Es ist alles normal. Nur daß sie weiterhin in der düsteren Wohnung ihrer Mutter schläft.

Neulich, als er auf ihrer Rückkehr ins gemeinsame Schlafzimmer bestand, hat sie von Scheidung gesprochen. Er ist aus allen Wolken gefallen. Warum will sie sich scheiden lassen, er hat ihr nichts getan, er war immer ein treuer, fleißiger Ehemann und ein guter Vater, und er liebt sie, verdammt noch mal!

»Scheidung? Eher würde ich …« Er ließ den Satz unvollendet, vielleicht weil er selbst nicht wußte, was er gerade sagen wollte.

»Würdest du was? Mich umbringen? Dann tu's doch«, sagte Hemma. »Nimm ein Messer oder deine lächerliche Pistole und erschieß mich. Du kannst mich in eine deiner Terrassen einmauern oder – noch besser – in Agathes Grab, das ist noch so gut wie frisch, das fällt nicht auf. Du kannst mir täglich Blumen hinstellen, und ich gehöre dir endlich ganz.« Und dann fing sie an, hysterisch zu lachen, und sagte dabei: »Niemand sucht auf dem Friedhof nach Leichen, obwohl sie da doch hingehören, ist das nicht ein Witz?«

Dieser Hang zum Hysterischen ist neu an ihr, den hat sie erst seit ein paar Wochen, ungefähr seit ihrem Geburtstag. Ob das diese sogenannte Midlife-crisis ist? Mit fünfunddreißig? Enzo drehte sich um und ging weg, so etwas wie: »Du bist ja total verrückt«, murmelnd.

Enzo sitzt aufrecht im Bett und horcht. War da nicht eben ein Poltern? Ein schrecklicher Gedanke piesackt ihn seit ein paar Tagen: Womöglich trifft sie ihren Liebhaber nachts und schläft deshalb in Agathes Wohnung. Das allerdings wäre der Gipfel der Unverfrorenheit.

Aber die Geräusche kommen nicht aus der Richtung des Ladens, sondern es klingt, als schleiche jemand im Gewächshaus herum. Die Bodenbretter knarren, und vorhin hörte es sich an wie die rostigen Angeln der hinteren kleinen Tür. Im Moment ist wieder alles ruhig. Trotzdem wird er mal nachsehen. Er steht auf und schlüpft rasch und im Dunkeln in seine Jeans und irgendeinen Pullover. Dann steigt er auf die

Bettkante und tastet in seiner Hälfte des Kleiderschranks zwischen den wenig benutzten Sachen im obersten Fach herum. Seine Hand stößt an etwas Kaltes, Hartes. Er klemmt sich die Pistole in den Hosenbund, tastet sich in den Flur und nimmt im Vorübergehen die Taschenlampe mit, die immer neben dem Telefon steht, griffbereit für den Fall eines Stromausfalls. Leise verläßt er das Haus. Die Nacht ist klar, und der Halbmond wirft ein schwaches Licht, gerade genug, um sich ohne Taschenlampe zu orientieren. Schritt für Schritt schleicht er sich an die nördliche Rückseite des Gewächshauses heran. Eine Katze kreuzt seinen Weg, er fährt zusammen. Dann duckt er sich in den Schatten der beiden Kompostgitter, die nahe an der Wand zum Gewächshaus stehen. Tatsächlich, da drin tut sich etwas. Im hinteren Teil, der ihm jetzt am nächsten ist, ist ein schwaches Licht zu sehen, wie von einer Kerze oder einer abgeschirmten Taschenlampe. Und war da nicht gerade der Schatten einer Person? Er kann nicht erkennen, was im Gewächshaus vorgeht, Hemma hat im Frühjahr eine Pfeifenwinde vor die innere Seite der Rückwand gesetzt. Dieses für seine Begriffe völlig nutzlose Gewächs bedeckt inzwischen nahezu die gesamte Wand mit seinen herzförmigen Blättern, und seine Triebe wuchern in dem warmen Klima gierig weiter, an den Wänden entlang und bis an die Decke. Enzo überlegt. Soll er die Polizei rufen? Der Gedanke widerstrebt ihm. Er hegt eine tiefsitzende Abneigung gegen alles, was eine Uniform trägt. In seiner Familie pflegt man Schwierigkeiten intern zu lösen, höchstens mit Hilfe von guten Freunden, aber auf jeden Fall ohne Polizei. Wer mit denen zu tun bekommt, zieht immer den kürzeren. Er fühlt den Druck der Pistole an seinem Bauch und berührt sie mit einer Hand. Der kühle, glatte Stahl, das rauhe Muster des Griffs vermitteln ihm ein Gefühl von Macht und Sicherheit. Langsam tritt er aus dem Schatten und nähert sich dem schwachen Lichtschein. Die hintere Tür zum Gewächshaus ist nur angelehnt, aber wenn er sie öffnet, wird es quietschen, so wie vorhin, als er von genau diesem Geräusch erwacht ist. Trotzdem, er muß es riskieren, denn das Eisentor an der vorderen Seite ist erst recht nicht ohne Lärm zu öffnen.

Er bewegt die Tür mit einem raschen Ruck, so daß nur ein ganz kurzes Knarren hörbar wird. Die Waffe in der Hand, schlüpft er durch den Spalt. Die Wärme des lauen Herbsttages hat sich im Gewächshaus gehalten, vielleicht ist das der Grund, warum ihm der Schweiß die Schläfen hinunterrinnt. Er bleibt hinter einer Bananenstaude stehen. Wenn nur dieser Fußboden nicht aus lauter Brettern bestünde, die bei jedem Schritt knarren können. Er tastet sich voran, von der Banane zum Trompetenbaum, von Schatten zu Schatten. Einen Teil der empfindlichen Pflanzen hat er vor wenigen Tagen nach drinnen gebracht, die ersten Nachtfröste sind nicht mehr weit. Stimmen. Da war eben ein Murmeln, ein Flüstern. Da ist jemand.

Eine Taschenlampe liegt auf der Bank von Hemmas Lieblingsplatz, ihr Strahl ist gegen den Übertopf der Phönixpalme gerichtet, so daß nur ein kleiner Lichtkreis entsteht. Davor steht ein Mann. Enzo kann sein Gesicht nicht sehen, das wenige Licht fällt auf seine Hände, in denen er einen Beutel oder eine Tüte hält. Und da ist eine zweite Gestalt im Dunkeln, verdeckt von den Wedeln eines großen Farns. Man sieht nur den hellen Fleck eines weißen Kleidungsstücks, und selbst das kann man nur erahnen.

Enzo entschließt sich zum Angriff. Er richtet den Strahl seiner Lampe auf die aufrechte Gestalt vor ihm: ein Männergesicht, vor das nun ein Arm geschoben wird, um das Licht abzuwehren.

»Was ist da los?« ruft Enzo. »Was machen Sie da?«

Der Mann wendet sich ein wenig zur Seite, als wolle er dem Lichtstrahl ausweichen. Enzo nimmt die Taschenlampe in die linke Hand, zieht mit der rechten die Pistole und richtet Lampe und Waffe auf den Mann.

»Stehenbleiben. Oder ich schieße.«

Der Mann hebt ein Bein und stößt damit die andere Taschenlampe von der Bank, so daß jetzt seine Schuhe angeleuchtet werden. Es sind dunkle Turnschuhe mit weißen Schnürsenkeln. Sie bewegen sich zwei Schritte auf ihn zu.

»Stehenbleiben!« schreit Enzo noch einmal und macht eine abwehrende Bewegung mit der Pistole, und da löst sich auch die zweite Gestalt aus dem Schatten und kommt näher. Enzo umklammert seine Waffe. Der Knall kommt völlig überraschend und ist so immens laut, daß Enzo für einen Moment glaubt, die Explosion sei mitten in seinem Kopf losgegangen. Die Wucht des Rückschlages reißt ihm die Pistole aus der Hand, sie poltert zu Boden. Ein weiterer Knall. Enzo zuckt zusammen. Hat der andere jetzt geschossen? Dann ist es still, bis auf das Schwirren und Singen in seinen Ohren. Der Strahl der anderen Lampe beginnt zu zucken und fängt Hemmas Gesicht ein. Ihre Augen sind weit aufgerissen, ihr Mund verzerrt. Sie lehnt mit dem Rücken am linken Pfeiler der selbstgebauten Bank und hält sich mit beiden Händen den Bauch. Auch Enzos Lampe richtet sich jetzt auf Hemmas Körper, und er kann die dunkle Flüssigkeit sehen, die zwischen ihren Fingern hervorquillt.

»*Dio mio!* Emma!«

Er stürzt nach vorn und kniet sich neben seine Frau, die ihn aus großen Augen ansieht. »Emma! Oh, Emma!« wimmert Enzo. Jetzt wendet Hemma den Kopf von ihm ab und sieht den Fremden an, der an ihrer anderen Seite kniet und unentwegt unverständliche Worte auf sie einflüstert.

»Rufen Sie einen Krankenwagen!« herrscht Enzo den Mann an, aber der reagiert nicht.

Aus Hemmas Kehle kommt ein trockener Husten. »Martin.«

»Nicht sprechen«, sagt der Mann mit weicher Stimme.

Aber Hemma hebt den Kopf und flüstert: »Enzo darf nichts geschehen, Rosa braucht ihn. Laßt mich verschwinden.«

»Unsinn, es kommt alles wieder in Ordnung. Sei jetzt still, Liebes«, flüstert der Mann.

Enzo kauert starr neben Hemma, deren helle Bluse sich zusehends dunkel färbt.

»Ihr müßt ...«, ein Husten erstickt ihre nächsten Worte, am Ende ist nur noch »Agathes Grab« zu verstehen.

»Hemma, nicht reden«, sagt der Mann.

»Versprich es!«

»Ist gut«, antwortet der Mann. »Ich verspreche es.« Er streicht Hemma das Haar aus der Stirn, und es ist diese Geste, die Enzo zur Weißglut bringt.

»Nimm deine dreckigen 'ände weg«, schreit er und reißt den Mann zurück, so daß der das Gleichgewicht verliert. Aber blitzschnell ist der Mann aufgestanden, und Enzo fühlt einen harten Schlag gegen sein Kinn. Er läßt die Lampe fallen, taumelt gegen ein Orangenbäumchen und fällt zusammen mit der Pflanze rücklings auf die Dielen. Im Nu hat er sich wieder aufgerappelt. Seine Lampe ist kaputtgegangen, die andere liegt wieder auf der Bank und leuchtet genau auf Hemmas blutverschmierte Hände. Sein Widersacher steht bewegungslos da, ein regloser schwarzer Schatten, als wäre Enzo gar nicht vorhanden. Da sieht er den Mann plötzlich in sich zusammensinken wie einen leeren Sack. Von oben fällt jetzt sibriges Mondlicht auf die zwei am Boden liegenden Gestalten. Er beugt sich zu Hemma. »Ich 'ole einen Arzt«, keucht er nahe an ihrem Ohr. »Du wirst wieder gesund. Warte, ich komme wieder, *subito.*« Ohne sich um den Mann am Boden zu kümmern, hastet Enzo davon, wobei er im Dunkeln einige Pflanzen umreißt und über leere Töpfe stolpert. Er erreicht die hintere Wand, er muß sich um einen Meter vertan haben, denn seine Hände verfangen sich für ein paar panische Sekunden im Geäst dieser Schlingpflanze, ehe sie etwas Festes ertasten. Es ist der Lichtschalter links neben der Tür. Gut so, Hemma soll nicht im Dunkeln liegen. Aber als Enzo den Schalter betätigt, tut sich nichts. Er versucht es noch zweimal, dann beschließt er, es sein zu lassen und lieber ins Haus, zum Telefon, zu rennen. Er darf jetzt keine Zeit mehr … Es ist ein Gefühl, als höre er seine eigene Schädeldecke bersten. Ein glühender Schmerz breitet sich innerhalb von Sekundenbruchteilen von seinem Kopf bis in die letzten Nervenenden aus, dann umfängt ihn eine wattige Schwärze.

Als er wieder wach wird, ist es draußen schon hell, und durch den Türspalt, vor dem er liegt, strömt eiskalte Luft. Er versucht aufzustehen. Sein Kopf schmerzt bei der kleinsten Bewegung, und sein Kiefer läßt sich nur schwer bewegen. Nach und nach sickert die Erinnerung an die Geschehnisse der Nacht in sein Hirn. Er rappelt sich auf, kommt irgendwie auf die Beine, wobei ihm erneut ein greller Schmerz durch den Schädel fährt. Neben ihm liegt Rosas Geburtstagsgeschenk. Der Gipsklumpen ist an seinem stumpfen Ende blutig, und es kleben ein paar dunkle Haare daran. Enzo faßt sich an den Hinterkopf und fühlt eine Kruste getrockneten Bluts. Etwas streift sein Bein, und er schreckt zusammen. Es ist nur die Katze mit den grauen Streifen, sie trägt eine Maus im Maul. Er folgt der Spur von umgeworfenen Pflanzen, die er gestern nacht hinterlassen hat. Er bekommt fast keine Luft vor lauter Angst vor dem, was er gleich vorfinden wird.

Rosa steht am Arbeitstisch neben dem Vordereingang des Gewächshauses und legt letzte Hand an das Blumengesteck, das sie morgen an Lenes Grab stellen wird. Rote Rosen und weiße Lilien. Kein Spruchband. Lene wird wissen, von wem die Blumen sind, und dem Rest kann's egal sein. Ein zweites Gesteck steht auf einer der Bänke, es ist Blau in Blau, und Rosa hat es – ohne Auftrag – in Frau Paulys Namen angefertigt. Sie hat das Gefühl, daß Frau Pauly das sicherlich recht sein wird, egal wo sie gerade ist. Die getigerte Katze sieht ihr aufmerksam bei der Arbeit zu, während die Schwarze ein Bastknäuel mit den Pfoten vor sich her treibt.

Ihr Vater hat sich hingelegt, er sei erschöpft von der Reise. Er sah auch ganz so aus. Er ist jetzt vierundsechzig. Auch nicht mehr der Allerjüngste, denkt Rosa. Sie legt die Schere hin und dreht sich eine Zigarette. Ihr Vater ist ihr fremd geworden, gesteht sie sich ein. Was nach acht Jahren wohl kein Wunder ist. Haben wir verlernt, miteinander zu reden, oder war das früher auch schon so, und es ist mir nur nicht aufgefallen, weil es immer Alltagsdinge zu besprechen gab? Warum interessierten ihn die Details von Lenes Beerdigung so sehr? Warum leugnet er so vehement die Möglichkeit, daß es Hemmas Stimme gewesen sein könnte?

Während sie gedankenverloren durch die Scheiben nach draußen sieht, sieht sie Jochen auf die Haustür zugehen. Er läuft mit eingezogenen Schultern, als befürchte er jeden Moment, der Himmel könnte ihm auf den Kopf fallen. Rosa ruft ihn zu sich.

»Mein Vater ist zu Besuch, er ruht sich aus«, erklärt sie, und ihr fällt ein, daß Enzo noch gar nichts von ihrem Mieter weiß. Vielleicht hätte ich ihn als meinen Verlobten ausgeben sollen. Ein Gedanke, der Rosa grinsen läßt.

»Jochen, ich bitte dich um einen allerletzten Gefallen«, begrüßt ihn Rosa.

»Planst du einen Selbstmord?«

»Erraten.« Sie deutet auf die beiden Gestecke. »Ich will schließlich nicht, daß die Konkurrenz an mir verdient. Nein, es ist wegen meiner Mutter. Ich glaube, ich habe mit ihr telefoniert.«

»Du glaubst?«

Statt einer Antwort fischt Rosa den Zettel mit Jacques Sternfels' Adresse und Telefonnummer aus der Hosentasche, den Jochen ihr vorgestern selbst gegeben hat. »Tu mir einen Gefallen: Finde, was immer du finden kannst, über diesen Mann heraus. Er ist angeblich bereits tot, aber das kann höchstens ein halbes Jahr her sein. Im letzten Jahr ist er noch für einen Fernsehbericht gefilmt worden.«

»Schon klar«, nickt Jochen und strahlt dabei. »Ehrlich gesagt, ich habe schon mal damit angefangen, nur so zum Spaß.«

»Du bist einfach unmöglich, weißt du!«

»Er ist letztes Jahr, am 11. Dezember '98, gestorben. Vorher war er zehn Tage im Krankenhaus, das konnte ich anhand der Krankenversicherungsdaten rausbekommen.«

Dann hat die Frau also nicht gelogen.

»Er war nicht verheiratet, aber er hat mit einer Frau zusammengelebt. Einer gewissen Maria Oberhofer, geboren am 12. Mai 1942 in Kassel. Deutsche Staatsangehörige. An sie wurde die Lebensversicherung in Höhe von etwa 80 000 Mark ausbezahlt, und zwar dieses Jahr im Januar.«

»Hm. Oberhofer. Dann habe ich mich wohl geirrt.«

»Warum?« meint Jochen. »Sie kann doch unter falschem Namen dort leben, mit falschen Papieren.«

»Ja, das kann natürlich sein«, stimmt ihm Rosa zu. »Sie geht jetzt blöderweise nicht mehr ans Telefon. Jedenfalls vielen Dank.«

»Immer zu Diensten«, antwortet Jochen. »Willst du noch mehr? Dann checke ich noch Kreditkarten und Konten. Und was ist mit dem Telefon?«

»Wenn das geht. Jeder Hinweis hilft. Ich glaube, ich bin ganz nah dran.«

»Ich werde was finden, verlaß dich drauf. Wer lebt, hinterläßt Spuren.«

»Wer stirbt, auch«, ergänzt Rosa trocken. »Und vielen Dank für alles.«

»Wofür? Bis jetzt habe ich dir doch überhaupt nichts Brauchbares geliefert.«

»Doch«, sagt Rosa und sieht ihn direkt an. »Du hast mir das Gefühl gegeben, etwas zu unternehmen. Das hat mir mehr geholfen, als du vielleicht ahnst.«

Jochen strahlt noch ein bißchen mehr und weicht dabei verlegen Rosas Blick aus. »Sind die Blumen da für deine Tante?«

»Ja. Morgen ist die Beerdigung. Willst du mitkommen? Ein bißchen frische Luft würde dir guttun.«

»Danke für die Einladung«, meint Jochen mit einer Spur Sarkasmus im Ton, aber Rosa kann an ihrer Einladung nichts Seltsames finden. »Weißt du schon, daß es jetzt die Möglichkeit gibt, im Internet ein virtuelles Grab zu kreieren. Mit Fotos, mit der Stimme des Verstorbenen, mit kleinen Filmsequenzen aus dem Leben, Musik … Eine Art Homepage für Tote. Wenn du willst, helfe ich dir dabei.«

Ein virtuelles Grab für Tante Lene im Internet! Rosa fängt an zu lachen. Sie beugt sich über ihren Arbeitstisch und lacht, daß ihr die Tränen über die Wangen laufen, und wenn sie glaubt, den Anfall im Griff zu haben, braucht sie nur den verdutzten Jochen anzusehen, um von einem erneuten Lachkrampf geschüttelt zu werden. Schließlich läßt sich Jochen davon anstecken.

»Mit virtuellen Blumenkränzen«, japst Rosa völlig außer Atem. »Wechselnd nach Saison.«

»Mit der Grabrede vom Pfarrer«, kichert Jochen, »und einem Video von der Beerdigung.«

»Und eine Fotogalerie muß her, mit allen ihren Liebhabern.«

»Und eine E-mail-Adresse. Man weiß ja nie …«

Beide brechen erneut in Gelächter aus.

»Schön, daß Lenes Tod Sie so erheitert«, sagt eine heisere Stimme von der Tür her. Beide verstummen schlagartig und fahren herum.

»Frau … Frau Pauly!« Rosa wischt sich die Lachtränen aus den Augenwinkeln, blinzelt und starrt die Gestalt, die vor ihr steht, ungläubig an.

»Sie … Sie sind wieder da.«

»Allerdings. Immerhin wird morgen meine beste Freundin beerdigt.«

»Schickes Kostüm«, sagt Rosa, der beim besten Willen nichts anderes einfällt. Das Kostüm ist grau, und die Schuhe passen im Ton genau dazu. Es sieht neu aus und ist sehr elegant.

»Ich geh dann mal«, sagt Jochen und nickt Frau Pauly schüchtern zu, ehe er sich verdrückt.

»Mein Mieter«, erklärt Rosa, noch immer das Lachen in der Stimme. »Er wohnt über dem Laden.«

Sie sehen sich an. Ob sie schon weiß, daß ich weiß ... überlegt Rosa und fühlt sich etwas unwohl. Zum Glück taucht jetzt Volker hinter seiner Großmutter auf.

»Die Ausreißerin ist zurück.« Er zwinkert Rosa verstohlen zu.

»Ich bin nicht ausgerissen, ich war lediglich verreist«, verkündet Frau Pauly hoheitsvoll.

»Wo waren Sie denn?« fragt Rosa gespannt.

»In Italien.«

»Italien?« Rosa betont das Wort, als hätte Frau Pauly »Südpol« gesagt.

»Ja, Italien. Was ist daran so sonderbar? Ich war in Pisa und in Florenz und in Siena, und ich wollte eigentlich noch nach Rom, aber dann habe ich heute morgen mit meinem Sohn telefoniert – es war übrigens das erstemal, daß ich dieses komische Handy angerufen habe, aber es hat funktioniert –, und da habe ich von Lenes Tod erfahren. Und daß hier Aufregung herrscht, über mein *Verschwinden.*« Sie wirft die mageren Arme in die Luft. »Mein Gott, wie lächerlich! Ich bin alt genug, um nicht Hinz und Kunz um Erlaubnis fragen zu müssen, wenn ich mal verreisen will.«

»Nein, aber du hättest Bescheid sagen können. Wir haben uns Sorgen gemacht. Mein Vater kommt jetzt extra früher aus dem Urlaub zurück.«

»Er sagte mir, er hätte sowieso genug von der Schaukelei«, versetzt Frau Pauly eigensinnig. »Außerdem habe ich aus Pisa eine Karte an Gertrud geschrieben, gleich nach meiner Ankunft«, verteidigt sich Frau Pauly. »Was kann ich dafür, daß die italienische Post so langsam arbeitet. Oder dieses

Sumpfhuhn hat die Karte verschlampt, zutrauen würde ich es ihr.«

»War die Reise ein spontaner Entschluß?« fragt Rosa.

»Das allerdings. Ich habe am Abend eine Sendung über die Toskana gesehen – eigentlich wollte ich ganz was anderes anschauen –, aber die Bilder waren so verlockend, daß ich beschlossen habe, keine Zeit mehr zu verlieren.«

»Und vorher waren Sie noch bei Lene?« Eigentlich müßte ich »du« zu ihr sagen, fällt Rosa ein, aber irgendwie scheint ihr diese vertrauliche Anrede unangemessen, zumindest zum jetzigen Zeitpunkt.

»Nein, vorher war ich *nicht* bei Lene«, antwortet Frau Pauly und wendet sich ihrem Enkel zu. »Jetzt fängt sie auch noch damit an.«

Volker legt ihr beschwichtigend die Hand auf die Schulter. »Komm, ich bring dich jetzt nach Hause, du bist sicher müde. Wir kommen gerade vom Bahnhof«, erklärt er Rosa.

»Ich habe in Ihrem Namen ein Grabgesteck für Lene angefertigt«, Rosa deutet auf das blaue. »Gefällt es Ihnen?«

»Das ist wirklich sehr aufmerksam von Ihnen. Und machen Sie noch so ein Spruchband dran, mit Goldbuchstaben. *Von deiner Freundin Luise Reuber.* Mit »eu«, wenn ich bitten darf. So hieß ich ledig. Lene mochte den Namen Pauly nicht, aber das ist eine alte Geschichte.« Sie greift anmutig nach Volkers Arm, als Signal zum Aufbruch. Volker macht Rosa mit der freien Hand ein Zeichen, daß er sie anrufen wird.

Rosa schaut den beiden nach, wie sie langsam zurück zum Parkplatz gehen. Als sie sie nicht mehr sieht, fegt sie den Boden auf; sie ist gerade fertig, da betritt ihr Vater das Gewächshaus.

»Du arbeitest?«

»Nur ein bißchen. Hast du geschlafen?«

»Auch nur ein bißchen.« Er sieht sich prüfend um. »Diese Pfirsichbäume sind schon sehr groß. Wirst du sie nicht los?«

»So nach und nach schon.« Man kann nur hoffen, daß die restlichen zehn weniger Ärger verursachen werden, denkt Rosa dabei.

Enzo geht langsam durch das Gewächshaus. »*Madonna!* Du mußt diese schreckliche Pflanze abschneiden, sie nimmt das ganze Licht weg.«

Rosa tut, als hätte sie nichts gehört, und ihr Vater verschwindet im dämmrigen Grün.

Dann steht Enzo vor Hemmas altem Lieblingsplatz. Er sieht aus, wie er immer aussah. Auch er hat diesen Platz all die Jahre so gelassen, wie er war. Nur die Pfeifenwinde hat er jedes Jahr radikal gestutzt.

Der Platz vor der Bank ist leer. Nur der dunkle, feuchtglänzende Fleck auf den Holzdielen macht ihm klar, daß das alles kein böser Traum war. Aber wo ist Hemma? Wo ist der Mann, den sie »Martin« nannte? Enzo geht ins Haus, schaut in alle Zimmer, schaut in den Laden und in Agathes Wohnung. Beide Autos, der Alfa und der graue Lieferwagen, stehen an ihren Plätzen. Wieder zurück in der Küche, läßt er sich erschöpft auf einen Stuhl sinken. Die Bilder der Nacht durchstoßen die Mauer aus Schmerz und stürmen in rascher Folge auf ihn ein: Hemma im Schein der Taschenlampe, am Boden liegend, blutend. Ihre erstaunt aufgerissenen Augen. Hat sie eigentlich geschrien, sie muß doch Schmerzen gehabt haben. Und dann ihre Worte, die sie nicht an ihn richtete, sondern an diesen Mann. Wie konnte das passieren? Die Waffe war gesichert, ganz bestimmt, und er hat den Abzug doch kaum berührt. Und wo ist Hemma jetzt? Der Mann. Er hat sie weggebracht. Er hat mich niedergeschlagen und Hemma weggebracht. Er wollte nicht, daß der Krankenwagen und die Polizei hierher kommen, das hat er Hemma doch versprochen, das habe ich selbst gehört. Ja, so muß es gewesen sein. Er hat sie in ein Krankenhaus gebracht, um mir nicht zu schaden, weil Hemma das so wollte. Es wird alles gut werden. Sie liegt jetzt gerade irgendwo in einem sauberen weißen Bett, und Ärzte und Krankenschwestern kümmern sich um sie. Die Pistole! Enzo geht noch einmal ins Gewächshaus und sieht sich gründlich um, obwohl ihm das Bücken höllische Kopfschmerzen verursacht. Seine Umgebung verschwimmt ihm immer wieder vor den Augen. Die Waffe ist nirgends zu finden, auch keine leeren Patronen. Hemma hatte recht, ich hätte sie mir nie anschaffen dürfen. Enzo atmet tief durch. Also gut: Ich werde jetzt ein paar Schmerztabletten nehmen, mich waschen, Rosa ein Frühstück machen, sie zur Schule schicken und dann alle Krankenhäuser anrufen. Vielleicht meldet sich ja bis dahin der Mann bei mir. Es wird alles gut werden … Diese blutigen Holzplanken werde ich verbrennen und ersetzen, ehe Rosa etwas bemerkt. Es wird alles gut werden, alles wird wieder gut, ganz sicher.

Rosa tunkt den letzten Rest Soße mit einem Stück Weißbrot auf und lehnt sich dann träge seufzend auf dem Stuhl zurück. Enzo hat seine berühmten *Spaghetti alla Norma* gekocht, und sie ist gerade dabei, seine Kochkünste in den höchsten Tönen zu loben, als sich ihr Handy meldet, das auf dem Kühlschrank liegt. Es ist Volker, und Rosa ist froh, daß er sie auf dem Handy anruft, denn so kann sie mit dem Apparat vor die Haustür gehen. Es ist nicht notwendig, daß ihr Vater jedes Wort mitbekommt.

»Ich bin auf dem Weg zum Flughafen, meinen Vater holen. Gibt's bei dir was Neues?«

»Nein, wir haben gerade gegessen. Wie geht's unserer Reisenden?«

»Gut. Es ist unglaublich: Ihre größte Sorge ist, was sie morgen zur Beerdigung anziehen soll und ob sie es vorher noch zum Friseur schafft.«

»Was ist daran unglaublich?« fragt Rosa zurück und denkt:

Männer werden so etwas nie begreifen. »Was meinst du, hat sie Jakob im Fernsehen gesehen oder nicht?«

»Sie hat nichts dergleichen erwähnt, und ich wollte keine schlafenden Hunde wecken, indem ich sie frage. Aber ich habe noch mal die Programmzeitung durchforstet. Es gab an diesem Abend keinen Reisebericht über Italien. Sie kann natürlich ein paar Tage vorher einen gesehen haben, oder ein paar Wochen. Manchmal bringt sie solche Dinge ein wenig durcheinander.«

»Glaubst du, sie war überhaupt in Italien? Oder war sie vergeblich in Brüssel und gibt es nur nicht zu.«

»Nein, sie war schon in Italien. Die Postkarte ist zwar noch nicht angekommen, aber sie hat Souvenirs mitgebracht: den schiefen Turm in Form lauter kleiner Muscheln und den David als Mousepad – für mich, stell dir vor! – und den Campo von Siena in einer Schneekugel ... lauter entzückende Sachen. Wir können uns schon auf die Erbschaft freuen.«

»Also bitte!« empört sich Rosa lachend und fragt: »Warst du dabei, als sie ihren Koffer ausgepackt hat?«

»Ausgepackt hat sie ihn nicht gleich. Nur diese Herrlichkeiten rausgenommen. Sie hat sich darüber gefreut wie ein Kind. Im Herbst will sie nach Venedig.«

»Das Tagebuch von Lene war nicht zufällig im Koffer?«

»Ich habe es nicht gesehen. Ich konnte ja schlecht ihre Sachen durchsuchen, und ehrlich gesagt habe ich in dem Moment auch gar nicht dran gedacht.«

Rosa brummt ärgerlich vor sich hin. »Was meinst du, warum leugnet sie, daß sie bei Lene war?«

Für ein paar Sekunden ist es ruhig, man hört nur die Fahrgeräusche, dann antwortet er: »Ich habe folgende Theorie: Sie hat Jakob *doch* im Fernsehen gesehen und ist daraufhin zu Lene. Vielleicht ahnte sie, daß die ihr was verschwiegen hat, und hat sich irgendwie verarscht gefühlt, als sie den alten Herrn da charmant parlieren sah.«

»Putzig sagte, Lene hätte die Besucherin unter anderem eine ›naive Gans‹ genannt.«

»Ja, das paßt. Vielleicht wollte Luise ursprünglich – also nach der Sendung – zu Jakob. Als sie endlich seinen neuen Namen wußte …«

» … hat sie die Auskunft angerufen«, ergänzt Rosa. »Und als sie Brüssel hörte, da ist ihr ein Licht aufgegangen. Deshalb hat sie auch den richtigen Band mitgenommen, den ab Mitte '74. Ich habe noch mal nachgesehen. Lene war vom Juni bis November '74 in Brüssel. Es gibt auch ein Foto von ihr und ihrer damaligen Truppe.«

»Ich bin sicher, daß deine Tante und Jakob sich dort getroffen haben. Über so eine Inszenierung wird in den Zeitungen geschrieben, und dieser Jakob erschien mir ganz wie einer, der das Feuilleton vor dem Sportteil liest. Sagte sie nicht auf dem Band: ›Er hat mich gefunden‹?« fragt Volker.

»Ja, ich erinnere mich. Lene hat garantiert über diese Begegnung etwas in ihr Buch geschrieben«, spekuliert Rosa.

»Und Luise hat es gelesen. Und zwar am Dienstag, sofort nach dem Besuch bei ihr. Wahrscheinlich auf dem Bahnhof oder schon im Taxi. Bei ihr geht das sicher schneller als bei uns, sie ist diese Schnörkelschrift besser gewohnt.«

Rosa wandert mit dem Telefon am Ohr vor dem Haus auf und ab. »Warum hat Tante Lene ihrer Freundin nichts von Jakob gesagt? Was, meinst du, war der Grund?«

»Die Wahrheit«, antwortet Volker prompt. »Daß Jakob an einem Treffen mit Luise nicht die Bohne interessiert war und während der ganzen Jahre keinen Gedanken an sie verschwendet hat.«

»Du hast wahrscheinlich recht. Dieser Jakob scheint mir sowieso ein etwas zweifelhafter Charakter gewesen zu sein. Nach dieser Nacht – du weißt schon – ist er offenbar nicht mehr zurückgekommen, um nach Luise zu sehen. Er ist sang- und klanglos abgehauen, zwar aus gutem Grund, aber ohne sich noch mal zu melden oder sich wenigstens nach Luise zu erkundigen, bei Lene zum Beispiel. Es steht jedenfalls nichts davon in den älteren Büchern. Das zeugt nicht gerade von tiefen Gefühlen, wenn du mich fragst.«

»Ja«, stimmt ihr Volker zu. »Das ist nicht die feine Art. Außerdem wäre es für Jakob ein Klacks gewesen, Luise zu finden, wenn er je gewollt hätte. Eine winzige Anfrage beim Einwohnermeldeamt hätte genügt.«

»Aber um das zu erkennen, hätte Luise nicht Lenes Tagebücher gebraucht«, zweifelt Rosa. »Wenn sich einer sechzig Jahre lang nicht meldet, dann ist was faul. Dann ist er entweder tot, oder er hat kein Interesse. Das muß Luise doch im Lauf der Jahre von selbst kapiert haben.«

»Man darf die Macht der Verdrängung nicht unterschätzen«, hält Volker dagegen. »Sie hat wahrscheinlich die tollsten Ausflüchte erfunden, warum er noch nicht aufgetaucht ist. Und dann sieht sie ihn plötzlich putzmunter im Fernsehen und liest in Lenes Aufzeichnungen endlich Wort für Wort, was dieser Mann in Wirklichkeit für ein Hallodri ist.«

»Und schon hat die Macht des geschriebenen Wortes die Macht der Verdrängung besiegt«, spöttelt Rosa und fährt mit ernster Stimme fort: »Kein Wunder, daß sie nach diesem Schock nicht gleich wieder nach Hause wollte. Sie war ja lange genug zu Hause. Und ich verstehe auch, daß sie nicht gleich daran gedacht hat, uns zu informieren. Weißt du, irgendwie tut sie mir leid. So ein vergeudetes Leben! Ich bin dafür, wir lassen sie erst mal in Ruhe.«

»Sie sagt sowieso nichts, wenn sie nicht will«, meint Volker. »Ich werde mich lieber an meinen Vater halten, ich denke, der kann uns mehr erzählen. Auch über deine Mutter.«

»Ach, etwas Neues gibt es doch«, lenkt Rosa von dem heiklen Thema ab und berichtet ihm von Jochens Entdekkung. »Er will jetzt mal die Konten checken und das Telefon. Der ist ein echter Freak, der kommt beinahe überall rein. Behauptet er wenigstens. Jetzt kann er's mal beweisen.«

»Rosa, dir ist schon klar, daß du den Jungen damit zu einer

Straftat anstiftest? Der kann in echte Schwierigkeiten geraten, manche Institutionen verstehen keine Späße, wenn man in ihren Dateien herumfuhrwerkt.«

Rosa schaut hinüber zu Jochens Wohnung. Durch die Ritzen der heruntergelassenen Rolläden schimmert Licht. Was soll's, denkt Rosa trotzig. Manchmal geht es eben nicht ohne die Überschreitung von ein paar Gesetzen.

»Ich habe ihn nicht dazu gezwungen«, antwortet sie schroff. Hätte ich bloß den Mund gehalten! »Jochen macht so was ständig und gerne.«

»Wie du meinst. Ich bin jetzt fast da. Ich melde mich morgen früh, okay?«

»Okay«, antwortet Rosa und drückt auf die Ende-Taste. Das Tagebuch, grübelt sie, während sie zurück ins Haus geht. Sie wüßte zu gerne, was in diesem Buch steht. Und dann denkt sie an Volker. Sie hatte das Gefühl, daß er sie mochte. Diese verdammte Skelettgeschichte hat sie zwar zusammengebracht, aber jetzt steht sie wie eine Mauer zwischen ihnen. Solange jeder die Eltern des anderen des Mordes verdächtigt, wird das wohl nichts Rechtes. Diese Zweifel sind zerstörerischer, als jede Wahrheit es sein kann. Sie muß rauskriegen, was da gelaufen ist.

Und ich werde es rauskriegen, schwört sich Rosa. Bis jetzt war es nur Neugier, ein Detektivspielchen, aber allmählich wird es ernst. Ich bin nicht bereit, zuzulassen, daß diese uralte Geschichte auch noch mein Leben versaut! Entschlossen geht sie zurück ins Haus. Als erstes, beschließt sie, werde ich damit aufhören, meinen Vater mit Samthandschuhen anzufassen.

Enzo hängt den Telefonhörer auf. Die Zahlen der Wählscheibe tanzen vor seinem Gesicht, er schafft es gerade noch ins Schlafzimmer, wo er sich auf das Bett sinken läßt. Dieser Kopfschmerz! Wahrscheinlich ist das eine Gehirnerschütterung. Ich sollte mich hinlegen. Aber wie kann ich jetzt faul herumliegen? Hemma ist in keinem der Krankenhäuser, weder in Darmstadt noch in der Umgebung. Und dieser Mann hat sich auch noch nicht gemeldet. Ein schrecklicher Gedanke gewinnt gegen seinen Willen an Gestalt. Immer wieder sieht er Hemmas gegen ihren Bauch gedrückte Hände. Das viele Blut. Der andere Mann, warum ist der umgekippt? Ich habe ihn doch gar nicht angefaßt. Hemmas ganze Bluse, die Hände, alles war voller Blut. Ich habe auf sie geschossen, und dann ist sie verblutet, weil keiner ihr helfen konnte. Warum, zum Teufel, hat der Mann mich niedergeschlagen? Zu zweit hätten wir Hemma bestimmt retten können. Wie hat er die Verletzte überhaupt zum Wagen geschafft? Vielleicht ist sie daran gestorben. Hätte er bloß einen Krankenwagen gerufen, egal was Hemma gesagt hat. Lieber wäre ich ins Gefängnis gegangen, als Hemma … Sie ist tot.

Alles in ihm sträubt sich gegen diesen Gedanken, aber anders kann es nicht sein. Und er hat sie getötet, er, Enzo, ihr eigener Mann, Vater ihrer Tochter. Und ein anderer Mann hat sie weggebracht. Vielleicht in einen Fluß geworfen, im Wald vergraben … Wird er je erfahren, wo sie ist? Er fängt an zu weinen, erst leise, dann lauter, wie ein kleiner Junge. Irgendwann steht er auf und macht sich im Bad einigermaßen zurecht. Rosa wird bald von der Schule kommen. Was soll er ihr nur sagen?

Enzo geht an diesem Abend früh ins Bett, aber er kann nicht einschlafen, obwohl er sich fühlt wie ein ausgewrungener Lappen. Schreckliche Bilder quälen ihn. Er steht wieder auf, findet im Badezimmerschrank eine Packung Schlaftabletten und nimmt zwei davon. Sie wirken ziemlich rasch, halten aber nicht sehr lange an. Er erwacht, als es hell wird. Mechanisch zieht er sich an und verrichtet ein paar notwendige Arbeiten. Der Kopfschmerz hat nachgelassen, er nimmt vorsichtshalber noch eine Schmerztablette. Wie soll es jetzt weitergehen?

Um halb sieben weckt er Rosa und macht ihr ein Frühstück und ein Schulbrot. Er ist fast froh, diese kleinen Pflichten erledigen zu müssen, sie sind wie Krücken, an denen er sich festklammern kann. Als Rosa fort ist, geht er aus alter Gewohnheit zum Briefkasten und holt die Zeitung herein, obwohl ihn ihre Lektüre heute gewiß nicht interessiert. Obwohl ... Würde es heute schon drinstehen, wenn man irgendwo die Leiche einer Frau gefunden hätte? Ein weißes DIN-A4-Blatt fällt aus der Zeitung. In Druckschrift, mit Kugelschreiber geschrieben, steht darauf:

Gehen Sie zur Polizei und melden Sie Ihre Frau als vermißt.
Sie geraten sonst unter Mordverdacht! Täuschen Sie eine
Abreise vor.
Beseitigen Sie die Spuren. Denken Sie an Ihre Tochter!

Der Brief ist nicht unterzeichnet, aber Enzo weiß auch so, von wem er ist. Er zittert auf einmal am ganzen Körper. Hemma ist tot. Warum hat dieser Kerl nicht geschrieben, wo Hemma ist? Er, Enzo, hat doch ein Recht zu wissen, wo seine tote Frau ist, verdammt noch mal!

Er sitzt eine Weile wie gelähmt da, dann macht er sich einen doppelten Espresso. Rosa. Ich muß an Rosa denken. Und an mich. Sie braucht mich, der Mann hat recht, auch wenn er an allem schuld ist. Wenn ich nur wüßte, wo ich diesen Kerl finden kann. Was haben die beiden im Gewächshaus überhaupt gemacht? Eine seltsame Zeit und ein seltsamer Ort für ein Rendezvous. Aber das ist jetzt nicht so wichtig. Jetzt muß er handeln, das hat er begriffen.

Als erstes ruft er die Mutter von Rosas Freundin Silvia an und fragt, ob Rosa bei ihnen zu Mittag essen kann. Die Frau willigt ein, ohne Fragen zu stellen. Enzo atmet auf. Er geht ins Wohnzimmer, wo der Schreibtisch steht, an dem Hemma die Buchhaltung macht. Ihr Paß. Er verbrennt ihn über der Spüle, zusammen mit dem Brief des Fremden. Er säubert das Becken danach gründlich. Wie ein Verbrecher, der seine

Spuren beseitigt, denkt Enzo angewidert. Die blutigen Holzdielen im Gewächshaus hat er gestern schon herausgerissen und verbrannt und gegen zwei ebenfalls abgelaufene Dielen aus dem Eingangsbereich ersetzt. Niemand kann mehr erkennen, daß sie ausgetauscht wurden. Die neuen Dielen am Eingang lassen sich plausibel erklären, in diesem Bereich wird das Holz am meisten abgenutzt. Die Gipseule hat er mit einem Hammer zerbröselt und die Bröckchen auf dem Bahndamm ausgestreut.

Enzo geht ins Schlafzimmer, greift wahllos einen Packen Unterwäsche, reißt ein paar Blusen und Röcke von den Bügeln und steckt sie in eine Tüte. Hemmas Schminksachen und ihre Zahnbürste wandern von der Ablage unter dem Badezimmerspiegel ebenfalls in die Tüte. Als er aufsieht, erschrickt er vor seinem eigenen Gesicht. Wie ein Geist sieht er aus. Zehn Jahre älter, mit einem Schlag. So soll ich zur Polizei? Warum nicht? Die kennen mich ja nicht, die wissen nicht, wie ich sonst aussehe. Und ich hatte eine schlaflose Nacht, weil meine Frau nicht nach Hause gekommen ist, nach einem harmlosen Streit …

Ja, so wird er es schildern. Sie haben sich gestritten – wegen einer Kleinigkeit, die er sich noch ausdenken muß –, und sie hat im Zorn ein paar Sachen gepackt und das Haus verlassen, gestern, am späten Abend. Und nun macht er sich langsam Sorgen. Das klingt gut. Er wird auch Rosa diese Version der Geschichte erzählen, das ist am besten. Einer Frau, die allein unterwegs ist, kann vieles passieren …

Noch einmal prüft er sein Aussehen. Der Schlag gegen das Kinn hat keine äußerlichen Spuren hinterlassen, auch wenn er immer noch nicht schmerzfrei gähnen kann. Die Kopfwunde hat er gesäubert, sie verschwindet unter seinem dichten, dunklen Haar. Ich werde vorsichtshalber meine Baskenmütze aufsetzen. Hemmas Sachen kann ich unterwegs in irgendeine Mülltonne stecken.

Als er auf der Suche nach einer Mülltonne, die zur

Abholung bereit steht, kreuz und quer durch die Stadt rast, kommen ihm plötzlich wieder Hemmas letzte Worte in den Sinn.

Mit einem abrupten Brems- und Wendemanöver ändert Enzo den Kurs seiner Fahrt. *Stupido!* Daß ich daran nicht gleich gedacht habe! Die Mülltonne kann warten, ebenso die Vermißtenanzeige. Er parkt den Alfa vor dem Alten Friedhof im Parkverbot und muß sich zusammenreißen, um nicht durch die Gräberreihen zu rennen. In seiner Aufregung findet er Agathes Grab nicht sofort. Seit der Beerdigung seiner Schwiegermutter ist er nicht mehr dort gewesen und vorher auch nur ein einziges Mal. Er haßt Friedhöfe, er hat nie verstanden, warum Hemma an der Grabpflege solche Freude hatte. Wenn er ihr ab und zu dabei helfen mußte, dann tat er es mit einem unguten Gefühl. Einzig das Grab seines *figlio* hat er während der letzten Monate regelmäßig besucht, aber das liegt am anderen Ende des Friedhofs.

Endlich findet er den richtigen Gang und steht vor dem richtigen Grab. Der neue Stein aus grauem Granit glänzt mit den Goldbuchstaben um die Wette, er wurde erst vor wenigen Wochen gesetzt. Kein Zweifel, der Boden ist frisch umgegraben, um das zu sehen, muß man kein Gärtner sein. Ein Rosenstock und drei kleine Buchsbäumchen stecken schief in der Erde, als hätte ein Unkundiger sie eilig und schlampig in den Boden gedrückt. Enzo dreht sich der Magen um, aber da er nichts gegessen hat, schluckt er die scharfe Flüssigkeit, die seine Speiseröhre hinaufgekrochen ist, wieder hinunter. Unter Tränen und mit bloßen Händen setzt er die Rose und die drei Bäumchen etwas tiefer und gerade in die Erde und klopft sie vorsichtig fest. Dann geht er zu den Gießkannen, füllt zwei davon mit Wasser und gießt die Pflanzen.

Als Rosa nach dem Telefongespräch mit Volker wieder in die Küche kommt, sieht sie ihren Vater in einem von Lenes

Tagebüchern blättern. Er hätte mich wenigstens vorher fragen können, findet sie. Sie überlegt gerade, ob sie ihm das sagen soll, als er das Buch zuklappt.

»Ich kann diese Schrift kaum lesen. Ist es wirklich wahr, daß diese Frau Pauly die Mutter von Emma ist?«

»Warum sollte Lene so was erfinden?«

»Sie war nicht ganz richtig im Kopf.«

»Damals, als das geschrieben wurde, schon«, gibt Rosa zurück.

»Und ihr Sohn 'eißt Martin? Martin Pauly?«

»Ja.« Rosa setzt sich ihm gegenüber. »Hast du ihn gekannt?«

»Warum sollte ich ihn gekannt 'aben? Ich sage dir doch, sie 'at mir nichts davon erzählt.« Er geht zum Kühlschrank, holt sich eine Flasche Bier und öffnet sie. »… *fratello*«, murmelt er vor sich hin.

»Ja, Bruder«, wiederholt Rosa und fährt fort. »Was dachtest du? Ihr Liebhaber?«

Ihr Vater sieht sie mit großen Augen an. »Was soll das 'eißen? Ich kenne diesen Mann nicht. Deine Mutter 'atte keinen Lieb'aber! Wir waren glücklich, bis auf diesen dummen Streit. Sie ist fortgegangen, und ihr ist …«

»HÖR SCHON AUF!«

Ihr Vater zuckt zusammen.

»Entschuldige.« Rosa fährt leiser fort: »Du lügst. Wenn ihr so glücklich wart, warum hat Hemma dir nichts über ihre richtige Mutter erzählt? Außerdem kennst du Martin Pauly. Er war Polizist. Er war hier und hat nach Hemma gesucht.«

»Es waren viele verschiedene Polizisten 'ier«, erwidert Enzo matt.

Rosa beugt sich weit über den Tisch und sieht ihrem Vater in die Augen: »In diesem Moment holt Volker seinen Vater Martin Pauly vom Flughafen ab. Spätestens morgen, nach der Beerdigung, werde ich mit diesem Mann über meine Mutter sprechen. Er wird mir alles sagen, alles, was er weiß. Aber es wäre mir lieber, es von dir zu hören, von *meinem* Vater. Mir ist inzwischen egal, was du getan hast. Aber sag mir jetzt endlich die Wahrheit!«

Enzo schließt die Augen. Er gibt sich geschlagen, er weiß, daß er verloren hat.

Als Enzo geendet hat, ist es eine Weile still zwischen Vater und Tochter. Dann steht Rosa auf, nimmt ihren Tabak mit und geht hinaus. Sie dreht sich eine Zigarette im Gehen, und als sie fertig ist, steht sie vor der Bank im Gewächshaus. Ihr kleines Versteck vor der Welt. Der Platz, an dem sie nachdachte und träumte. Verrat, denkt Rosa. Wie kann dieser Platz so idyllisch sein? Hätte ich nicht spüren müssen, daß hier etwas geschehen ist, etwas Schreckliches? Irgend etwas in der Atmosphäre hätte doch darauf hindeuten müssen, daß dieser Ort ein schlechtes Karma hat. Statt dessen habe ich mich hier wohl gefühlt. Sie raucht ihre Zigarette zu Ende, tritt sie aus und schnippt die Kippe irgendwohin. Dann geht sie zurück ins Haus. Ihr Vater sitzt immer noch auf dem Küchenstuhl, dreht die Bierflasche in seinen kräftigen Händen und starrt stumm auf den Fußboden.

»Weißt du, wenn du mir das schon früher gesagt hättest, dann hätte ich wenigstens gewußt, wo ich sie finden kann. Ich habe mir immer ein Grab für sie gewünscht, einen Ort, wo ich hin kann, wenn ich gerne mit ihr sprechen wollte. Ich habe mir auch immer gewünscht, daß sie tot ist. Den Gedanken, daß sie weggegangen ist, ohne mich, fand ich viel schlimmer. Ich habe mich immer gefragt, warum? War ich nicht niedlich genug, nicht klug genug, hat sie mich deshalb nicht genug geliebt, um mich mitzunehmen oder hierzubleiben?«

Enzo schüttelt den Kopf. »Natürlich 'at sie dich geliebt. Ihre letzte Sorge 'at dir gegolten. Und ich 'abe dich auch geliebt. Ich 'atte Angst, daß du mich 'aßt, wenn ich dir sage, daß ich sie umgebracht 'abe.«

»Du hast sie nicht umgebracht! Das war ein Unfall. Dieser verdammte Polizist hätte das wissen müssen. Es war schlimmstenfalls fahrlässige Tötung. Du wärst sicher nicht ins Gefängnis gekommen, wenn er einfach die Wahrheit gesagt hätte, anstatt meine Mutter einfach zu … zu verscharren! Was hatte er überhaupt in der Nacht in unserem Gewächshaus zu suchen?«

Enzo zuckt nur die Schultern. Rosa weiß auf einmal nicht, wohin mit ihrem Zorn. Und da ihr Vater wie ein nasser Sack auf seinem Stuhl hängt und eine ausgesprochen mitleiderregende Figur macht, richtet sich ihre Wut auf das außenstehende und nahezu unbekannte Objekt: Martin Pauly. Hemmas Bruder, ja. Aber er war auch eine Weile ihr Liebhaber. Wollte er seinem Rivalen eins auswischen, indem er ihn ein Leben lang mit schlechtem Gewissen herumlaufen läßt? Männer! Herrgott, wie mich so was ankotzt!

»Hast du diesen Mistkerl später noch mal getroffen?« fragt sie ihren Vater.

»Ja. Wie du sagst, er war 'ier. Einmal. Da erst 'abe ich begriffen, daß er bei der Polizei ist. Die Anzeige 'at ein anderer aufgenommen. Wir 'aben nicht viel geredet. Er sagte nur, diese Untersuchung und die Ver'öre, das wäre Routine, das müßte ich durchstehen, aber mir würde nichts passieren. Er 'ätte die Pistole weggeworfen. Und so war es ja dann auch. Man konnte mir nichts beweisen.«

»Ja, aber der ganze Ort hat dich verdächtigt, die ganze Zeit, oder was glaubst du, warum die alten Kunden fast alle weggeblieben sind?«

»Es war meine Schuld«, murmelt Enzo, »auch wenn es ein Unfall war. Ohne diese dumme Pistole wäre das nicht passiert.«

»Na warte! Diesen Herrn werde ich mir vorknöpfen. Die ganze feine Familie! Gleich nach der Beerdigung …« Sie stutzt. »Die Beerdigung … hast du deswegen vorhin so komisch gefragt – nach den Knochen und so?«

Enzo nickt. Auch Rosa ist auf einmal etwas flau im Magen. Sie steht auf und geht zum Kühlschrank. Dann legt sie ihrem Vater die Hand auf die Schulter. »Ich denke, wir zwei könnten jetzt einen Grappa gebrauchen, was meinst du?«

Enzo lächelt sie vorsichtig an. »Ja. Könnte nicht schaden.«

Tschock. Tschock. Der Reihe nach treten die Trauergäste nach vorn und werfen eine kleine Schaufel Erde auf den Sarg. Ein Geräusch, bei dem Rosa jedesmal zusammenzuckt. Das Grab meiner Mutter, denkt sie unentwegt. Die ganze Zeit war das das Grab meiner Mutter. Ob in diesen feuchten Erdklumpen noch etwas von ihr steckt? Ihr Geist?

Rosa war heute morgen schon einmal hier, als die Grube eben ausgehoben wurde. »Wollte nur mal nach dem Rechten sehen«, sagte sie zu dem städtischen Angestellten. Sie kennt den Mann, ein Arbeitskollege sozusagen. »Sie ist meine Tante.«

»Ach so. Keine Sorge, wir machen schon alles richtig. Ist ja nicht das erstemal.«

»Irgendwelche besonderen Vorkommnisse?« Sie zwang sich zu einem breiten, harmlosen Grinsen.

»Alles bestens, Frau Gärtnerin«, antwortete der Mann, und Rosa atmete auf.

Und weil es gerade erst neun Uhr war, als sie den Friedhof wieder verließ, ging sie kurz entschlossen zum Friseur und ließ sich das Haar auf Kinnlänge abschneiden und haselnußbraun tönen.

Ihr Vater bekreuzigte sich, als sie zu ihm in die Küche trat. »'eilige Madonna, du siehst aus wie deine Mutter.«

»Das war keine Absicht.«

»Es sieht sehr schön aus.«

Bis jetzt hat Lenes Beerdigung den üblichen reibungslosen Lauf genommen. Sogar das Wetter spielt mit, es ist ein Nachmittag im Mai, wie er schöner kaum sein könnte, fast schon eine Spur zu warm für die schwarze Kleidung. Rosa steht jetzt neben dem Grab und nimmt als einzige Verwandte die Beileidsbezeugungen entgegen. Es sind mehr Leute erschienen, als sie erwartet hat. Knapp zwanzig ehemalige Kollegen und Kolleginnen aus der Ballettszene und etwa ebenso viele Alte aus dem Pflegeheim, wahrscheinlich alle, die noch einigermaßen auf den Beinen sind. Auch Jochen ist gekommen, und er tritt jetzt brav vor, wirft sein Schäufelchen Erde auf den Sarg. Seine Nase ist rot überhaucht. Er wird sich doch auf dem Friedhof keinen Sonnenbrand geholt haben?

Rosa schielt zu ihrem Vater, der schräg hinter ihr steht. Er ist sehr blaß. Sie lächelt ihm aufmunternd zu, dann muß sie sich wieder umdrehen, denn Julius Putzig drückt ihr herzhaft die Hand und gibt den üblichen Spruch von sich.

»Sehen Sie da drüben die alte Dame mit dem schwarzen Hut?« fragt Rosa leise. »Neben dem jungen Mann.«

»Ja.«

»Ist das die Dame, die zuletzt bei meiner Tante war?«

»Das weiß ich nicht.«

»Wieso nicht?«

»Ich war doch gar nicht dabei. Schwester Benedikta hat es mir nur erzählt.«

»Ist sie auch da?« Rosa sieht sich suchend zwischen den schwarzgekleideten Menschen um, die jetzt langsam den Friedhof verlassen.

»Nein, sie konnte nicht. Jemand muß sich ja noch um die restlichen Patienten kümmern. Ist sowieso der reinste Betriebsausflug heute. Beerdigungen sind stets ein willkommener Anlaß für die Herrschaften, um mal rauszukommen. Also dann. Auf Wiedersehen.«

»Wiedersehen. Und danke.«

»Wofür?«

»Ich glaube, Sie waren ihr letzter Freund.«

Putzig grüßt und tritt ab, und Rosa schaut zu Volker, der neben seiner Großmutter steht. Sie haben nur kurz telefoniert, heute morgen. Volker meinte, sein Vater wollte erst zur

Beerdigung kommen, habe es sich dann aber anders überlegt, als er hörte, daß Rosas Vater auch dort sein würde.

»Was hat er zu den Baumgart-Brüdern gesagt?«

»Er weiß Bescheid. Er will mit dir sprechen.«

»Ich mit ihm auch«, hat Rosa geknurrt, und sie haben das Treffen für morgen nachmittag angesetzt. Es war ein sehr distanziertes Gespräch, wie die Verabredung zweier feindlicher Parteien zu zähen Friedensverhandlungen. Rosa fühlte sich hinterher kreuzelend. Wer weiß, was Martin Pauly seinem Sohn erzählt hat. Vielleicht hat er ihn davon überzeugt, daß Rosa nicht der richtige Umgang für ihn ist?

Ihr Vater wird morgen nach Sizilien zurückfliegen, er hat sich nicht dazu bewegen lassen, länger zu bleiben. Rosa ist das im Moment ganz recht. Sie will jetzt möglichst rasch Klarheit in diese wirre Geschichte bringen. Aber sie hat hoch und heilig geschworen, im Spätherbst nach Sizilien zu kommen.

Frau Pauly und Volker sind die letzten, die ans Grab treten. Volker bückt sich für seine Großmutter und reicht ihr eine volle Schaufel Erde, die sie hinabwerfen kann, zusammen mit ein paar weißen Rosen. »Bis bald, Lene«, murmelt sie.

Volker geht inzwischen zu Rosa und lächelt sie auf eine eigentümliche Weise an.

»Du siehst rattenscharf aus, in Schwarz.«

»Danke.«

»Jetzt geht's mir wie dir.«

»Was meinst du?«

Er lächelt und drückt sie kurz an sich: »Beerdigungen machen wirklich geil.«

»Ich merk's«, zischt Rosa.

Er streicht ihr Haar etwas zurück, und seine Lippen berühren ihr Ohr. »Wir können uns nicht mal kurz in die Leichenhalle abseilen, oder?«

Rosa schluckt und findet erst wieder zu sich, als Frau Pauly ihr die Hand drückt.

»Ich glaube, wir müssen uns mal unterhalten, mein Kind«, lächelt sie verschmitzt. »Da ist etwas, das ich schon lange mal loswerden wollte. Aber deswegen brauchst du nicht so knallrot zu werden«, fügt sie hinzu und wendet sich um. »Volker! Willst du mich gleich hierlassen, oder wie? So warte doch, Junge! Ich bin doch kein Reh!«

Um neun Uhr morgens, gleich nach dem Frühstück, möchte ihr Vater zum Flughafen gebracht werden, obwohl seine Maschine erst um halb zwei startet. Aber er hat Angst, sie zu verpassen, und Rosa hat Verständnis für seine kleine Schrulle und fährt ihn hin.

»Ich bin gerne noch eine Weile hier und sehe mir die Geschäfte an.«

Sie verabschieden sich ein wenig steif. Keiner möchte das große Abschiedswort sprechen. Rosa verspricht noch einmal, im Herbst nach Sizilien zu kommen.

»Du kannst noch im Meer baden, es ist wunderbar im Oktober!«

Dann geht sie zurück, und als sie sich noch mal umwendet, sieht sie seine kleine Gestalt vor der Auslage eines exquisiten Herrengeschäfts. Er schaut die Sachen an und schüttelt den Kopf. Wahrscheinlich über die Preise.

Als sie vom Flughafen zurückkommt, ist noch Zeit bis zu ihrem Treffen mit Martin Pauly. Sie haben verabredet, sich bei Rosa zu treffen, Martins Frau soll von ihrem Gespräch nichts mitbekommen, und Rosa ist auch nicht besonders scharf auf eine Aussprache in Gegenwart von Gertrud Pauly.

Wann hat sie überhaupt die Tomatenpflänzchen zum letztenmal gegossen? Ist das Basilikum schon angesät? Und wollte sie nicht ein paar Sonnenblumen vor die Südwand des Gewächshauses pflanzen? Höchste Zeit, daß hier der Alltag wieder einkehrt. Seit einer Woche vernachlässigt sie den Betrieb und vertröstet ihre Kundschaft. So kann das nicht weitergehen.

Rosa werkelt eine Weile herum. Ihr Zorn auf Martin Pauly hat sich inzwischen ein wenig gelegt. Eigentlich, findet sie, ist er auch nur eine traurige Figur, genau wie ihr Vater. Wahrscheinlich trifft jeden von ihnen gleich viel Schuld. Schuld, grübelt Rosa. Wer hat eigentlich schuld an allem, was passiert ist. Alle? Keiner? Es ist wie eine Kettenreaktion. Sind am Ende die vier Kerle, die Luise in jener Nacht vergewaltigten, schuld daran, daß Enzo seine Frau erschoß und daß sie, Rosa, ihr halbes Leben lang auf eine Tote gewartet hat? Bestimmt hätte jeder einzelne etwas tun können, um sein Schicksal zu beeinflussen. Niemand zwang Luise, ein Leben lang zu schweigen und auf Jakob zu warten. Und wenn sie wirklich gewollt hätte, hätte sie Hemma sicher nicht wegzugeben brauchen. Lene, die kleine Intrigantin, hätte Hemma viel früher die Wahrheit sagen können, nicht erst nach Agathes Tod.

Und niemand zwang Martin und Hemma, eine Affäre miteinander anzufangen, und Enzo hat selbst schuld an der Eskalation der Geschehnisse, weil er die Augen zu lange vor der Wahrheit verschloß. Und ich? Ich hätte ihn schon viel früher energisch zur Rede stellen sollen. Aber ich habe mich lieber in Selbstmitleid gesuhlt, anstatt mein Leben in die Hand zu nehmen. Das arme, verlassene, mutterlose Kind. Habe aus meiner Wohnung ein Museum gemacht, einen Friedhof der Erinnerungen. Dazu hat mich auch keiner gezwungen, ganz im Gegenteil.

Plötzlich merkt sie, daß sie auf »ihrer« Bank sitzt und sich eine Zigarette dreht. Alte Gewohnheit. Trotz allem, was hier geschehen ist, hat dieser Ort für sie nach wie vor nichts Schreckliches.

Als sie fertiggeraucht hat, geht sie ins Haus, duscht und fönt sich die neue Frisur. Sie sieht sich in ihrer Küche um. Nein, wirklich nicht geeignet, um Besuch zu empfangen. Das Wohnzimmer mit dem abgewetzten Sofa und dem zerschlissenen Teppich ist auch nicht besser. Ich werde das alles rauswerfen, beschließt sie. Sie schlüpft in ein schwarzes, ärmelloses Baumwollkleid. Da mir ja Schwarz so gut steht …

Als sie sich vor dem Spiegel im Bad die Lippen nachzieht und die Wimpern tuscht, kommt ihr eine Idee. Sie lächelt. Sie weiß jetzt, wo sie Martin Pauly empfangen wird. Jedenfalls nicht in ihrer schäbigen Küche.

Martin Pauly ist pünktlich, und Rosa erwartet ihn vor dem Laden. Sie gerät kurzzeitig in Panik, als sie sieht, daß er allein ist. Warum ist Volker nicht mitgekommen? Feigling! Andererseits – vielleicht will Martin Pauly mir Dinge sagen, die seinen Sohn nichts angehen. Sie gibt ihm die Hand und mustert ihn genauer als bei ihrer ersten Begegnung im Garten seiner Mutter. Er hat volles graues Haar und einen schön geschwungenen Mund, den sie diesmal besser sieht, denn er ist glattrasiert. Bis auf einen kleinen Bauchansatz ist er immer noch ein recht gutaussehender Mann. Seine grauen Augen haben ab und zu einen melancholischen Blick. Sicher waren es diese Augen, die ihrer Mutter gefallen haben, denkt Rosa. Oder die Hände.

»Du siehst deiner Mutter sehr ähnlich mit dieser Frisur.«

»Das hat mein Vater auch schon bemerkt. Kommen Sie mit.« Es geht ihr mit ihm wie mit Luise Pauly: Sie bringt es vorerst nicht fertig, ihn zu duzen, obwohl er ja eigentlich ihr Onkel ist. Sie geht um den Laden herum direkt zum Gewächshaus. Er bleibt am Eingang stehen.

»Da rein?«

»Wieso nicht?« Rosa lächelt spöttisch. »Es ist nicht heiß. Und es gibt Eistee.«

»Du hast offenbar Sinn fürs Dramatische«, meint er und folgt ihr. Er geht langsam, denn er sieht sich dabei immer wieder um.

Dann sitzt er auf der Bank und Rosa ihm gegenüber auf einem Klappstuhl. Die versprochene Kanne Eistee steht auf einem Tablett. Rosa gießt das Getränk in zwei Gläser. Martin Pauly dreht sich um. Anscheinend interessiert ihn das Brett, an dem die Gartengeräte hängen, ganz außerordentlich. Rosa räuspert sich, und er wendet sich wieder ihr zu.

»Soso, du hast also die Vergangenheit ausgegraben«, leitet er das Gespräch ein. »Bist du sicher, daß dir gefällt, was da zum Vorschein kommt?«

»Um das zu entscheiden, ist es jetzt ein bißchen spät, oder? Jetzt würde ich gerne die Wahrheit wissen.«

»Worüber?«

»Warum liegen die Baumgart-Brüder im Garten Ihrer Mutter?«

»Weil deine Mutter sie da hingelegt hat.«

»Soll das heißen, daß meine Mutter sie umgebracht hat?«

Martin Pauly nickt. Er steht auf, geht zu dem Brett mit den Werkzeugen und nimmt die Sichel vom Haken. Er fährt mit dem Daumen über die Klinge, als wolle er die Schärfe prüfen. »Damit hat sie sie quasi geköpft. Es war kein schöner Anblick.« Er hängt das Mordwerkzeug wieder auf.

»Haben Sie die Leichen gesehen?«

»Nein. Nur den Tatort. Meine Mutter hat sie vergraben. Hemma hat sie ihr in der Nacht auf die Terrasse gelegt, und sie hat sie am Morgen dort gefunden.«

»Warum sollte meine Mutter das getan haben?«

»Es waren Liebesgaben. Sie wollte damit die Liebe meiner Mutter erkaufen, indem sie Rache nimmt an den Männern, die ihr vor Jahren Schmerzen zugefügt haben. Es hat nicht funktioniert.«

»Hat meine Mutter Ihnen diese Tat gestanden?«

»Nicht nur das. Sie hat Beweise am Tatort hinterlassen. Eine Art Botschaft, die nur ich verstehen konnte. Ich habe sie entfernt. Ich wollte sie nicht einsperren. Es hätte niemandem genützt.«

Er lügt. Er selbst war es. Es ist einfach, alles auf eine Tote zu schieben. Als hätte er ihre Gedanken gelesen, sagt er:

»Du glaubst mir nicht. Ich kann es dir nicht beweisen. Ich selbst habe sämtliche Indizien, die auf sie hinweisen konnten, unterschlagen und vernichtet. Deine Mutter wurde nie verdächtigt. Aber das ist die Wahrheit, glaub mir.«

»Wie war das mit Ihnen und meiner Mutter?« fragt Rosa.

Er lächelt: »Wir lernten uns durch Zufall kennen. Damals hatte sie gerade ihr Baby verloren, sie wirkte ziemlich durcheinander. Wir haben uns verliebt. Es war ... wir haben uns wirklich sehr geliebt. Wir konnten ja nicht ahnen, daß wir verwandt sind. Als Hemma das durch ihre Tante herausfand, wollte sie mich nicht wiedersehen. Dann erfuhr ich, daß sie den Garten meiner Mutter pflegt. Das habe ich nicht verstanden. Erst nach ... den Morden, als ich auf ein Foto stieß, das die Verbindung zwischen den Baumgarts und meiner Familie offenlegte. Da ist mir ein Licht aufgegangen, und ich habe meine Mutter zur Rede gestellt.«

»Was hatten Sie in jener Nacht im Gewächshaus zu suchen?«

Martin Pauly holt tief Luft, dann sagt er: »Deine Mutter und ich hatten uns seit Wochen nicht mehr gesehen oder gesprochen. Auch ich war sehr verwirrt. Die Frau, die ich geliebt hatte – noch immer liebte –, war meine Schwester, und sie war eine Mörderin. Dann rief sie mich – es war Anfang September – auf der Dienststelle an. Wir trafen uns sofort. Sie sagte, ich müsse ihr helfen. Sie wollte weg. Weg von deinem Vater, der ihr das Leben zur Hölle machte. So hat sie es ausgedrückt. ›Es ist die Hölle, ich habe ihn so satt.‹ Ich sagte, sie solle sich scheiden lassen, aber sie meinte, Enzo würde sie niemals und nirgends in Ruhe lassen. Damit habe er ihr gedroht. Er betrachtete sie als seinen Besitz. Sie wollte, daß ich ihr einen Paß besorge, auf einen anderen Namen.« Er nimmt einen großen Schluck Tee. »Es war ein verrückter Plan. Absolut irre. Aber ich willigte ein. In der Zwischenzeit ist mein Vater für ein, zwei Wochen nach Hause gekommen. Hemma hat ihn besucht. Meine Mutter dachte erst, sie wollte ihn jetzt auch noch umbringen – du weißt, er war einer von diesen …«

»Ja, ich weiß.«

»Aber deine Mutter verlangte nur Geld. Er gab es ihr. Nicht sofort natürlich, sondern eine gute Woche später, durch mich. Sie hatte ja ein gewisses Anrecht darauf. Es waren 60 000 Mark. Nicht wenig damals.«

»Was war das für ein Plan?« fragt Rosa atemlos.

»Der Plan, ja. Hemma lebte in dem Wahn, Enzo würde sie überall auf der Welt aufspüren, ob mit falschem Paß oder ohne. Ich konnte ihr diese fixe Idee nicht ausreden. Kurz nachdem sie bei meinem Vater gewesen war, trafen wir uns noch einmal. Sie hatte eine Pistole dabei und ein Buch über Waffen. Aufbau, Funktion und so weiter. Wir manipulierten die Waffe so, daß die Sicherung außer Kraft gesetzt und der Abzugswiderstand nur noch sehr gering war. Das Ding ging quasi bei der kleinsten Berührung des Abzugs los.

»Es war Enzos Pistole«, unterbricht Rosa.

Martin Pauly nickt. »Dazu sollte ich ihr Übungsmunition besorgen. Platzpatronen. Als ich den Paß hatte und die Munition und mein Vater mir das Geld übergeben hatte, verabredeten wir uns sofort für den nächsten Abend gegen Mitternacht. Sie wollte keinen Tag länger warten. Als ich hier eintraf, hatte sie bereits die Sicherungen für das Licht herausgeschraubt. Sie hatte sich in einem Laden für Theaterrequisiten Kunstblut beschafft. Sie wollte ihren eigenen Tod inszenieren, um von ihm loszukommen. Es war verrückt, aber es hat funktioniert. Wenigstens teilweise.«

»Teilweise?«

»Nun, dein Vater kam tatsächlich ins Gewächshaus, weil er uns wohl für Einbrecher hielt.«

»Den Teil kenne ich«, bemerkt Rosa.

»Die Waffe ging los. Deine Mutter war unglaublich überzeugend. Sie lag hier …«, er deutet vor seine Füße, »… am Boden und hielt sich den Bauch und stammelte unter viel

Geröchel, wir sollten ihre Leiche verschwinden lassen, damit Enzo nicht ins Gefängnis mußte. Und zwar in Agathes Grab.«

»Der Trick hat funktioniert. Mein Vater glaubt bis heute daran.«

»Ich sollte deinen Vater außer Gefecht setzen. Es sollte so aussehen, als ob ich ihre Leiche entfernt und verbuddelt hätte. Aber mein Schlag war nicht fest genug, Enzo stand gleich wieder auf. Dafür fiel *ich* in Ohnmacht. Ich kann nämlich kein Blut sehen. Auch kein Theaterblut, und wie ich da ihren Bauch sah und wie es zwischen ihren Händen hervorquoll, da mußte ich an das Wohnzimmer der Baumgart-Brüder denken und bin umgekippt. Ich kam erst wieder zu mir, als mich Hemma gerade in die Schubkarre verladen wollte.«

»Dann hat *sie* meinen Vater das zweitemal niedergeschlagen.«

»Ja. Mit irgendeiner Gipsfigur.«

»Aha«, meint Rosa nur. »Und dann?«

»Wir sind zum Friedhof gefahren, und Hemma hat das Grab umgewühlt, damit es aussieht, als ob jemand etwas vergraben hätte. Dann fuhr ich sie zum Bahnhof. Sie hatte kein Gepäck dabei, nur eine neue Bluse und eine neue Jeans. Und das Geld und den Paß. Sie zog sich auf dem Bahnhofsklo um, dann nahm sie den ersten Frühzug nach Frankfurt. Sie hat mir nicht gesagt, wohin sie von dort aus wollte.«

Rosa stürzt ihr Glas Eistee hinunter. Ihr ist übel. Martin nimmt ihre Hand. »Geht's?«

Rosa nickt. »Noch ein Glas, bitte.«

Er gießt ihr ein, und Rosa trinkt etwas langsamer als vorhin. Die Farbe kehrt in ihr Gesicht zurück.

»Und bei alledem hat sie nie von mir gesprochen? Daß sie mich mitnehmen will?«

»Sie wollte schon. Aber sie sah ein, daß das nicht ging. Sie konnte ja schlecht deinen Tod auch noch vortäuschen.«

»Ich verstehe. Ich war das Bauernopfer.«

»Rosa.« Wieder ergreift er ihre Hand. »Deine Mutter war ziemlich durcheinander. Um nicht zu sagen verrückt. Denk an die Morde, die sie begangen hat.«

»Sie hat mich nicht geliebt.« Rosa stellt diese Tatsache ganz sachlich fest.

Martin nickt. »Sie hat es wohl nie gelernt. Von Agathe nicht und nicht von meiner Mutter. Aber deswegen bist du nicht weniger wert. Dein Vater hat dich doch geliebt, oder? Und ich glaube, mein Sohn hat auch einiges für dich übrig.«

Martin steht auf und geht ein paar Schritte hin und her. »Volker hat mir erzählt, daß du im Haus so gut wie nichts verändert hast.«

»Nein. Ich habe eine rege Friedhofspflege betrieben, ich dumme Gans.«

»Darf ich … darf ich es mir mal ansehen? Ich würde gerne sehen, wie sie hier gelebt hat.«

»Aber klar. Dann erfüllt das Museum endlich mal seinen Zweck. Nur hereinspaziert.«

Er zögert. »Lassen wir's. War wohl keine so gute Idee.«

»Nein, ist schon gut. Verzeihen Sie, wenn ich etwas sarkastisch bin.« Sie steht auf, nimmt ihr Schlüsselbund und geht voran. Martin folgt ihr, die Kanne und die Gläser in der Hand.

»Du hast die gleichen hübschen Waden wie deine Mutter. Habe ich schon erwähnt, daß ich mich als erstes in ihre Waden verliebt habe?«

»Nein. Ich finde meine immer zu dick.«

Rosa läßt Martin allein durchs Haus gehen. Er sieht sich ohne Kommentar um, dann kommt er zu ihr in die Küche.

»Dieser Paß«, fragt Rosa, »lautete der zufällig auf den Namen Maria Oberhofer, geboren am 12. Mai 1942?«

Martin hebt erstaunt die Augenbrauen. Sie haben die gleiche gerade Form wie Volkers.

»Woher weißt du das?«

»Ich habe meine Quellen.«

Täuscht sie sich, oder ist *er* jetzt rot geworden? »Dann kennst du den Rest auch?«

»Welchen Rest?«

»Nun, sie nennt sich tatsächlich Maria Oberhofer. Das war ein sogenannter ›echter‹ Paß. Er wurde der echten Frau Oberhofer gestohlen, und man mußte nur noch das Bild einfügen. Solche Papiere sind natürlich besser als gefälschte.«

»Und sie lebte mit Jakob Sulzer alias Jacques Sternfels zusammen, bis er im Dezember starb«, ergänzt Rosa. »Wenn das Luise wüßte.«

»Oh, bitte nicht.«

»Keine Sorge. Ich werde nichts verraten.«

»Sie hatte seine Adresse von meinem Vater. Er hat ihn schon vor Jahren ausgezahlt und meiner Mutter nie etwas davon gesagt.«

»Das hätte er mal besser getan.«

»Ja, vielleicht. Ich habe ihn kennengelernt.«

»Jakob Sulzer? Wann, wie?«

Martin stützt das Gesicht in die Hände. Diesen Teil hat er eigentlich verschweigen wollen. Er weiß selbst nicht, warum er jetzt davon anfängt. Vielleicht hat er das Gefühl, diesem Mädchen etwas schuldig zu sein.

»Fünf Jahre hörte ich nichts von Hemma. Ich dachte, sie wäre längst in Amerika. Dann schickte sie mir zum sechsunddreißigsten Geburtstag eine Schachtel *Gianduias*. Das sind Nougatpralinen, die es nur in Turin gibt, wo wir zuletzt zusammen waren. Die Pralinen kamen ohne eine weitere Nachricht direkt vom Café Baratti in Turin. Ich habe alle Hebel in Bewegung gesetzt, um die Anschrift des Auftraggebers zurückzuverfolgen. Ja, und dann bin ich nach Brüssel gefahren, bei nächster Gelegenheit. Es war das Jahr, in dem Gertrud und ich geheiratet haben. Sie … sie war nicht immer so, wie sie heute ist.«

»Was geschah in Brüssel?«

»Wir haben uns getroffen. Sie lebte mit Jakob zusammen.

Es war eine seltsame Beziehung. Eine Liebesbeziehung, aber auch eine Art Vater-Tochter-Beziehung oder eine Lehrer-Schüler-Beziehung. Er war sehr belesen. Er brachte ihr alles bei, was er über Bücher wußte, und sie sog das auf wie ein Schwamm. Sie hat einen Buchladen für deutsche und französische Literatur im Zentrum von Brüssel. Vom Geld, das ihr damals mein Vater gab. Sie denkt, daß du glaubst, sie ist tot.«

»Du triffst sie noch?« fragt Rosa, und es fällt ihr nicht auf, daß sie ihn eben zum erstenmal geduzt hat.

Er nickt wie einer, den man bei einer Schandtat ertappt hat.

»Ich begann, diese Segelurlaube vorzutäuschen, weil ich wußte, daß Gertrud mir überallhin folgen würde, nur nicht aufs Wasser. Sie kann nicht schwimmen. Deine Mutter und ich trafen uns von da an ein- oder zweimal im Jahr. Irgendwo. Italien, Frankreich ... Jakob wußte davon. Er hat es toleriert. Er war selbst kein Heiliger. Sie haben sich auf ihre Weise geliebt, ohne sich besitzen zu wollen.« Er lächelt ein bißchen wehmütig. »Das war immer mein Ideal. Hemma wollte mich gar nicht öfter sehen. Sie sagte, der Alltag würde uns bloß ersticken, und wir hätten aufgrund der Ereignisse und der Verhältnisse keine andere Chance. Sie hat wahrscheinlich recht.«

»Und wie hast du ihn kennengelernt?«

»Sie hat mich ihm vorgestellt, es ist schon über zehn Jahre her. Wir waren zusammen essen. Es war sehr – kultiviert. Und sehr komisch.«

Martin denkt mit Schaudern an die Szene im Restaurant. Beim Nachtisch meinte der alte Herr launig, man müsse grundsätzlich jedes gesellschaftliche Tabu für sich selbst in Frage stellen und neu definieren. ›Die Liebe unter Geschwistern zum Beispiel. Das Verbot hatte durchaus seine Berechtigung, weil man versuchte, der Zeugung idiotischer Kinder vorzubeugen. Im Zeitalter der Geburtenkontrolle ein höchst überflüssiges Tabu, findet ihr nicht?« Martin wäre am liebsten unter den Teppich gekrochen, und Hemma ging sich schleunigst die Nase pudern.

»Er hat einen gewissen Charme«, erklärt Martin Pauly. »Ich kann die Frauen schon verstehen, die auf ihn reinfallen. Für Hemma war es vielleicht auch ein bißchen Rache an Luise, für die Zurückweisung, oder was weiß ich.« Er schüttelt den Kopf, ehe er fortfährt. »Jakob ist – war – ein durch und durch unmoralischer Mensch. Damit hat er sogar kokettiert. Ohne seinen Einfluß auf Hemma hätte sie sich wahrscheinlich nicht wieder bei mir gemeldet. Paradox, nicht wahr?«

»Dann warst du jetzt also auch nicht segeln, sondern ...«

Martin steht auf. »Das bleibt unter uns, ja? Ich hätte es dir nicht erzählen müssen.«

»Keine Angst. Sag, weißt du, warum sie nicht mehr abgenommen hat, nachdem ich sie am Telefon hatte?«

»Ich weiß es nicht. Vielleicht will sie, daß du weiterhin glaubst, sie sei tot. Sie hat ein sehr, sehr schlechtes Gewissen, was dich betrifft.«

»Das hätte ich an ihrer Stelle auch. Sag ihr, wenn du das nächste Rendezvous mit ihr verabredest, daß sie mir auch weiterhin gestohlen bleiben kann.«

Martin reicht Rosa die Hand. »War schön, mit dir zu reden. Wirklich. Irgendwie ist mir jetzt wohler.«

Männer! Hauptsache, denen ist wohl.

»Ja«, lächelt Rosa. »Es war sehr aufschlußreich.«

Kaum ist Martin Pauly gegangen, ruft Volker an. »Und? Wie war's?«

»Beschissen«, antwortet Rosa und bricht in Tränen aus. »Ich fühl mich so wahnsinnig beschissen.«

»Halte durch, ich komm sofort zu dir.«

»Nein, lieber nicht. Wenn's mir schlechtgeht, muß ich erst mal allein sein.«

»Stimmt. Das hatten wir schon mal. Sehen wir uns wenigstens morgen?«

»Ja, bestimmt. Ich …«

»Ja?«

Sie möchte ihn fragen, ob er Lust hätte, ein paar Tage mit ihr wegzufahren? Im Sommer, ans Meer. Aber sie bringt es nicht über die Lippen.

»Nichts. Bis dann.«

»Ja, bis dann.«

Als sie aufgelegt hat, hat sie plötzlich das Bedürfnis, etwas Gewalttätiges zu tun. Geschirr zerschmettern, Möbel zerschlagen, eine Waffe abfeuern. Irgendwas in dieser Richtung. Sie geht ins Bad, nimmt den alten Fön ihrer Mutter und knallt ihn so lange gegen die Kante der Badewanne, bis sein Gehäuse zerspringt und sie am Ende nur noch das Kabel mit ein paar Innereien in der Hand hält. Erschöpft setzt sie sich auf den Rand der Wanne.

Auf einmal merkt sie, daß sie in ihrem ärmellosen Kleid friert. Sie geht in ihr Schlafzimmer und zieht sich das Kleid aus und Jeans und Pullover über. Ihr Blick begegnet dem des Bären, der gleichmütig vom Bücherbord herunterschaut. Wenigstens weiß sie jetzt, wer ihr den gegeben hat. Sie hält die Stille und die Einsamkeit in ihrem Haus nun auf einmal doch nicht mehr aus. Nicht einmal eine Katze läßt sich sehen. Wo sind die undankbaren Biester, wenn man ihre Gesellschaft einmal gebrauchen könnte? Sie schnappt sich die Wagenschlüssel und fährt zum Alten Friedhof. Sie redet sich ein, die Anordnung der Kränze und Gestecke an Lenes Grab überprüfen zu müssen, aber in Wirklichkeit geht es ihr mehr um die stumme Gesellschaft ihrer vertrauten Kunden. Vorsichtshalber nimmt sie die Rosenschere und eine kleine Hacke mit. Sie kann es nicht leiden, untätig an Gräbern herumzustehen und dem Unkraut beim Wachsen zuzusehen.

Der Friedhof liegt im goldenen Licht des späten Nachmittags, und die Amseln singen um die Wette. An Lenes Grab ist alles in Ordnung. Die Mainächte sind noch kühl, so daß sich die Blumen bis jetzt gut gehalten haben. Es ist sogar ein Gesteck dazugekommen, weiße Rosen und blaue Iris. Jemand hat es wohl nicht mehr zur Beerdigung geschafft. Es ist kein Band mit einem letzten Gruß daran.

Sie wendet sich ab und sieht nach den Gräbern ihrer anderen Schützlinge. Auch bei Isidor Schepp ist alles, wie es sein soll. Sie sticht lediglich ein paar sprießende Unkräuter aus und lockert den Boden ein wenig an der Oberfläche. Plötzlich fällt ihr das Versprechen wieder ein, das sie ihrem Vater gegeben hat, als sie nach Lenes Beerdigung vor dem völlig überwucherten, seit Jahren kaum noch gepflegten Grab mit dem kitschigen weißen Marmorstein und einem kitschigen weißen Engel darauf standen. »Das ist eine Schande«, hat er gesagt und angefangen, mit bloßen Händen an den zähen Efeuranken zu zerren. Rosa bat ihn aufzuhören und versprach ihm reumütig, das Grab des *figlio* in Zukunft besser zu pflegen. Aber der Efeu wächst im Frühjahr rasch, und obwohl Rosa ihn im Februar gestutzt hat, hatte er bis gestern den weißen Stein schon wieder so weit überwuchert, daß nicht einmal mehr der Name »Carlo« auf dem vermoosten Marmor zu lesen war. Eigentlich, findet sie, wäre heute ein guter Zeitpunkt, um damit anzufangen.

Als sie das Grab des *figlio* erreicht, glaubt sie zunächst, sich in der Reihe geirrt zu haben. Aber nein, der weiße Stein, der Engel, sie sind unverkennbar, und da steht es ja auch, deutlich lesbar auf dem frisch geschrubbten Stein:

*Carlo – 18.–19. Juli 1973*

Der Efeu ist bis auf die Ränder zurückgeschnitten, die Mitte des kleinen Grabes wurde mit schwarzer Humuserde aufgefüllt. Die Erde ist frisch geharkt. Links vor dem Stein wachsen drei kugelrunde kleine Buchsbäumchen und schräg davor ein Lavendelbusch und eine niedrige, bodendeckende Rose, die die ersten zartrosa Knospen zeigt. Alle Pflanzen sind frisch gegossen.

Rosa sieht sich um. Es sind an diesem schönen Abend etliche Leute auf dem Friedhof, aber niemand befindet sich in unmittelbarer Nähe. Rosa bleibt am Grab stehen, bis sich ihr Herzschlag wieder einigermaßen normalisiert hat.

Gut, denkt sie, als sie den Friedhof verläßt, ohne sich noch einmal umzudrehen. Ich werde jetzt nach Hause fahren und warten.

Diesen einen Abend noch.

PIPER

**Susanne Mischke**

***Die Eisheilige***

Roman. 290 Seiten. Geb.

Nach dem großen Erfolg von »Mordskind« legt Susanne Mischke ihren neuen Roman vor – bitterböse und mit einer feinen Prise Humor.
Sophie Kamprath hat viele Talente. Ihre Kleiderkreationen verwandeln selbst ihre farblosen Nachbarinnen in wahre Schönheiten. Und seit kürzlich auch noch dieser ungehobelte Maler genau im richtigen Moment vom Gerüst gefallen ist, steht Sophie sogar in dem Ruf, ihren Mitmenschen den Tod wünschen zu können. Kein Wunder, daß sie sich in der schwatzhaften Nachbarschaft mit einemmal allergrößter Popularität erfreut. Nur der kauzige Rudolf ist von der neuesten Gabe seiner Frau nicht sonderlich angetan. Denn zum einen hätte er Sophie am liebsten nur für sich allein. Und zum anderen ist er sich neuerdings seines Lebens nicht mehr ganz so sicher ...
Susanne Mischke hat mit ihrer Sophie Kamprath eine Frau geschaffen, die mit verblüffender Phantasie und viel Eigensinn durchs Leben geht. »Die Eisheilige« ist ein äußerst kurzweiliges Lesevergnügen voller Witz, Bosheit und augenzwinkerndem Hintersinn.

PIPER

## Karin Fossum

## *Wer hat Angst vorm bösen Wolf*

Roman. Aus dem Norwegischen von Gabriele Haefs.
320 Seiten. Geb.

Es geschieht im Niemandsland zwischen Nacht und Morgen, wo die Vögel verstummen und niemand weiß, ob sie je wieder singen werden. Errki läuft einfach los, und keiner in der psychiatrischen Anstalt von Finnemarka hält ihn auf. Errki hört Stimmen in seinem Kopf, und deshalb ist er auch der ideale Sündenbock, als man die alte Halldis Horn von einer Spitzhacke erschlagen auf ihrem einsamen Anwesen findet. Konrad Sejer aber glaubt nicht an Errkis Schuld. Aufmerksam und in seiner unaufdringlichen Beharrlichkeit geht er allen Spuren nach. Doch allein der 13jährige Kannick, ein verwahrloster Halbwaise, der großes Talent zum Bogenschützen besitzt, scheint einen Anhaltspunkt zu bieten.

In der flirrenden Hitze eines norwegischen Sommers entwickelt Karin Fossum ihren Mordfall, in dem sie die Schicksale dreier hilfloser Täter auf tragische Weise miteinander verknüpft.

PIPER

**Jeremy Dronfield**

***Die Heuschreckenfarm***

Roman. Aus dem Englischen von Berthold Radke.
439 Seiten. Geb.

Carole Perceval lebt zurückgezogen inmitten der weiten Moore Yorkshires. Die Ruhe und die tägliche Routine des Farmlebens sollen ihr helfen, über den schrecklichen Tod ihrer besten Freundin hinwegzukommen. Bis in einer stürmischen Nacht ein Fremder an ihre Tür klopft. Durchnäßt und verwirrt gibt er vor, sein Gedächtnis verloren zu haben und nicht zu wissen, wer er ist. Seine Hilflosigkeit und seine scheue Zurückhaltung lassen Carole ihm vertrauen. Sie gewährt dem Namenlosen, den sie schließlich Steven tauft, Unterschlupf. Nach und nach scheint seine Erinnerung zurückzukehren. Doch intuitiv beginnt Carole selbst seiner Vergangenheit auf den Grund zu gehen – und ein Jahre alter Zeitungsartikel bestätigt ihre dunkelsten Ahnungen: Stevens Auftauchen auf ihrer Farm ist kein Zufall.
»Die Heuschreckenfarm« – ein beklemmender Kriminalroman in der Tradition von Barbara Vine und Ian McEwan, psychologisch vielschichtig und mit größter erzählerischer Raffinesse inszeniert.

## Dacia Maraini

### *Kinder der Dunkelheit*

Aus dem Italienischen von Eva-Maria Wagner. 254 Seiten. Geb.

Adele Sòfia, die sympathische römische Kommissarin, sieht sich hier mit Verbrechen konfrontiert, die mehr von ihr verlangen als nur starke Nerven. Vielleicht Dacia Marainis schönstes und traurigstes Buch.
Was war der zarten, taubstummen Alicetta in der Klinik passiert, wo die beiden Pfleger sie doch so liebevoll jeden Abend badeten? Eines Morgens jedenfalls lag sie tot in ihrem Bett … Warum glaubte niemand dem mutigen kleinen Tano, der vergeblich seinen Vater anzeigen wollte – bis sein fünfjähriges Brüderchen nackt aus dem Tiber gefischt wurde? Wie war es möglich, daß Viollca, die elfjährige Albanerin, von ihren Eltern nach Italien zum Geldverdienen geschickt wurde?
Adele Sòfia, der einfühlsamen Kommissarin, gelingt es, Licht hinter das Dunkel dieser tragischen Fälle zu bringen. Zwölf auf Polizeiberichten beruhende Kriminalgeschichten: Dacia Marainis Blick in die Abgründe der menschlichen Seele ist sachlich, engagiert und zärtlich.